Hannah Stäuder
Wandelbar

Wandelbar

2010-2015
Von **Hannah Stäuder**

Bibliografische Information der Deutschen Nationalbibliothek:
Die Deutsche Nationalbibliothek verzeichnet diese Publikation
In der Deutschen Nationalbibliograie, detallierte bibliografische
Daten sind im Internet über dnb.dnb.de abrufbar.

TWENTYSIX – Der Self-Publishing-Verlag
Eine Kooperation zwischen der Verlagsgruppe Random House und BoD – Books on Demand

© 2016 Stäuder, Hannah

Herstellung und Verlag:
BoD – Books on Demand, Norderstedt.

ISBN: 9783740726423

Widmung:
Für Tilikum...

*In der Hoffnung,
die Menschen
werden
erkennen, dass
Sie nicht alles und jeden
besitzen können.*

Widmung:

Als erstes möchte ich gerne eine Erklärung zu meiner Widmung abgeben. Wahrscheinlich weiß nicht jeder um wen es darin geht. Sie handelt von Tilikum, einem Orca der in Florida/USA in einem kleinen Becken, alleine, in Gefangenschaft leben muss. Doch eigentlich geht es nicht spezifisch um Tilikum, er dient mir eher als anschauliches Beispiel für alle Tiere die in Gefangenschaft nicht die Standards gewährleistet bekommen, welche eine pure Existenz von einem wahren Leben unterscheiden. Er ist das prominenteste Beispiel für Orcas in Gefangenschaft, da seine Geschichte bereits in dem Film *Blackfish* erzählt wird. Ich hoffe, dass wenigstens ein paar Menschen auf diese Ungerechtigkeit aufmerksam werden. Denn diese wunderschönen Tiere haben genau wie wir ein Recht auf ein erfülltes und glückliches Leben. Klar, über Glück lässt sich streiten doch in diesem Fall fällt die Entscheidung doch etwas leichter wenn man zwischen einem Dasein in einem kleinen Swimmingpool oder einem Leben im weiten Ozean entscheidet. Diese Welt gehört schließlich nicht nur den Menschen, was viele oftmals vergessen. Sondern sie gehört allen Wesen unter ihrer Sonne. Ich weiß nicht, wann wir angefangen haben zu glauben, der Mensch stände über allem und jedem. Doch ich hoffe, dass bald der Tag kommt, an dem wir uns daran erinnern, dass wir auch *nur* Menschen sind, nicht mehr und nicht weniger. Aber ob Mensch oder Tier, wir wollen alle unsere Freiheit.

    Wie schwer ist es Sie uns zu lassen?

Wandelbar

Datum: 3.10.2013
Name: Kathrin Maria Jones
Geburtstag: 1.2.1998
Heimat: England/Porthleven
Haarfarbe: dunkel Braun
Augenfarbe: Bernsteinfarben
Hautfarbe: Sonnenbraun
Schulform: Gramma School
Notendurchschnitt: 2,6
Lieblingstier: Katze
Lieblingsfarbe: Lila
Lieblingsessen: Nudeln
Lieblingsfach: Kunst
Haustier: Keins
Sonstiges: Vegetarierin

Ich dachte mir, mit einem Steckbrief kann man sich ein besseres Bild von mir machen, naja jedenfalls ist das mein Steckbrief von vor einem Jahr. In dem Steckbrief wird ein guterzogenes junges Mädchen beschrieben - das hat sich bis zum heutigen Tag jedoch ein wenig verändert. Denn mittlerweile bin ich *anders*.

Es war Herbst, Oktober um genau zu sein, und schon so gegen acht. Der Himmel war grau und der Wind blies mir den Regen ins Gesicht. Meine Mutter und ich mussten noch schnell etwas einkaufen gehen, da wir noch Lebensmittel für die nächsten Tage brauchten. Es war nur wenig los, dank des schlechten Wetters und wir retteten uns

schnell in den Schutz des Ladens. Darin roch es gut, nach Blumen, Obst und Gemüse, die einen im Eingangsbereich empfingen. Wir packten uns ein Netz Orangen ein, etwas Salat und eine Hand voll Äpfel. Als wir weiter gingen sahen wir eine Dame die laut mit einem Verkäufer stritt welcher sein bestes gab sie zu beruhigen. Sie beklagte sich darüber, dass es viel zu gefährlich seie den Boden während der Öffnungszeiten zu wischen. Doch der Verkäufer gab ihr wohl zu verstehen er hätte von dem Gebiet keine Ahnung und sie wolle sich bitte leise an die Geschäftsleitung wenden. Daraufhin stapfte die Dame wütend in Richtung Kasse. Wir bewegten uns ebenfalls weiter, aber in Richtung Fleischtheke. Der ekelerregende Geruch von totem, blutigem Fleisch stieg mir in die Nase. Ich musste weg sehen da der Anblick mir stark auf den Magen schlug und ich mich beinahe übergeben hätte. Meine Mutter nahm ein paar Scheiben Wurst und etwas Hackfleisch. In der Zwischenzeit ging ich in die Tiefkühlabteilung. Ich liebte die Tiefkühlabteilung, da gab es alles Mögliche an eingefrorenen Leckereien wie Torten oder Pizzen auch die kleinen leckeren Röllchen aus Nudelteig in denen allerlei Gemüse eingepackt war. Ich war gerade in meinen Essensträumen versunken, da stuppste mich meine Mutter auch schon an.
„Können wir?"
„Ähm… Ja, klar doch"
Kraftlos und müde trottete ich meiner Mutter hinterher zur Kasse. Dort war eine junge Frau die uns freundlich begrüßte, die Verkäuferin. Sie scannte rasch unsere Wahre und gab meiner

Mutter den Kassenbon, während ich verzweifelt versuchte alle Teile in eine viel zu kleine Tüte zu packen. Nach ein paar Minuten die meine Mutter zum quatschen mit der Verkäuferin nutzte schlossen wir unsere Jacken und huschten in die regnerische Nacht hinaus. Die Dunkelheit bereitete mir eine unbehagliche Gänsehaut.
Als wir an den unzähligen Einkaufswagen, den Parkplätzen, der Hühnchenbude und den Müllcontainern vorbeihuschten, errang ein klägliches Quietschen meine Aufmerksamkeit. Ich machte meine Mutter ebenfalls darauf aufmerksam und wir sahen uns um von wem es wohl stammen könnte. Wir sahen in den Müllcontainern, sowie vor und neben den Containern nach, sogar in die Büsche hinter den Müllcontainern, nichts. Wir hörten auch das Quietschen nicht mehr und wollten uns wieder in Richtung Auto begeben, doch ich sah einen Schatten im Augenwinkel zucken und ging langsam wieder auf die Müllcontainer zu. Das Quietschen setzte ein, aber es kam unter einem der Container her. Vorsichtig beugte ich mich hinunter und sah unter den Blechkasten. Etwas Kleines zuckte zusammen und ging schnell rückwärts, es hatte wohl nicht erwartet, von großen Augen angestarrt zu werden. Das Quietschen verklang und ein strenger, beißender Angstgeruch machte sich breit. Ich richtete mich wieder auf.
„Lass uns den Container wegsschieben. Ich glaube da ist irgendwas."
 Meine Mutter guckte mich verwirrt an, packte aber trotzdem die eine Seite des Blechkastens und

gemeinsam schoben wir den großen, grünen Container zur Seite. Das kleine Etwas erschreckte sich erneut und fing abermals an zu quietschen, wie ein verzweifeltes kleines Hundebaby. Das entsetzliche Klagen dieses Tierchens versetzte mir einen stechenden Schmerz. Es machte sich klein und bewegte den Kopf verstört in alle Richtungen. Sobald der Schatten des Containers verschwunden war konnten wir die kleine Gestalt erkennen. Es war ein kleines, nasses, graues Fellknäuel, ungefähr in der Größe von zwei Billiardkugel. Sein kleiner Körper war mager, sein Fell verschmutzt und die linke Vorderpfote war mit Blut verschmiert. Seine großen blauen Augen sahen mich verängstigt an. Er war noch viel zu jung und zu klein um sich alleine durchzuschlagen oder zu ernähren.
Ich sah zu meiner Mutter und gab ihr zu verstehen, dass wir dieses kleine Fellknäuel mitnehmen mussten und so kamen wir zu einer Katze.
Ich hob das kleine Kätzchen behutsam auf und trug es zum Auto, wie eine Glasfigur versuchte ich es möglichst vorsichtig und bedacht in den Händen zu halten bis ich am Auto angekommen war. Dort setzte ich mich und nahm das kleine auf meinen Schoss. Wir fuhren los aber
„wohin?",
wollte meine Mutter wissen.
„Nach Hause…?",
war meine Annahme, aber meine Mutter belehrte mich eines besseren, dass wir das Kleine nicht einfach mitnehmen konnten, schließlich wussten wir nichts über es. Das einzige was wir

ausschließen konnten war das das Katzenbaby wohl jemand anderem gehöre, auf Grund seines Alters lässt man es ja noch nicht alleine durch die Gegend streifen. Ansonsten stellte sich natürlich noch die Frage ob es krank war. Wir überlegten kurz und kamen dann zu dem Entschluss, dass wir das Kätzchen auf jeden Fall erst zum Tierarzt bringen mussten. Es war unruhig, quietschte um die 40 Mal pro Minute und wenn es nicht so ausgehungert gewesen wär, wäre ich jede Wette eingegangen, dass es mich vollgekotzt hätte. Nach einer unendlich langen Fahrt, also drei Minuten, kamen wir beim Tierarzt an. Eine kräftige Dame saß an einem Schreibtisch im Nebenzimmer. Aber die Tür der Praxis war verschlossen und so klopfte ich an das Nebenzimmerfenster.
Die Dame trottete an die Tür.
„Tut mir leid wir haben geschlossen, kommen sie doch bitte morgen von 11- 17 Uhr wieder."
„Ich bitte sie das ist ein Notfall."
Ich hielt ihr die Katze vor die Nase.
„Wer weiß ob sie bis morgen um elf noch durchhält."
Sie zögerte und beäugte das zuckende Fellknäul in meiner Hand.
„Gut, folgen sie mir bitte."
Meine Mutter grinste mich an und wir folgten ihr in den Behandlungsraum. Ich legte mein kleines Fellknäuel auf den Tisch und erzählte was vorgefallen war. Die Frau sah sich das kleine Kätzchen genau und behutsam an. Nach fast 20 Minuten hatte die Dame nun eine Diagnose oder eher eine Liste aller Diagnosen die sie uns

mitteilte:

* Schürfwunden
* Unterernährung
* Starke Verschmutzung
* Blutung an der rechten Vorderpfote
* Blasenentzündung

Wir waren relativ erleichtert da wir dachten es würde schlimmer um das Kleine stehen.
Die Ärztin teilte uns erfreut mit, dass es ein kleiner Kater war den wir da hatten. Dann erstellte sie eine Liste für zuhause, was wir wofür machen mussten. Gegen die Schürfwunden bekamen wir eine Salbe die sie direkt schon mal auftrug. Dann verschrieb sie, ihm viel zu trinken zu geben und genügend Ruhe damit die Blasenentzündung schnell weg geht. Als Letztes gab sie uns zehn Flaschen spezieller Aufbaubabymilch gegen die Untergewichtigkeit und damit wir ihn mit irgendetwas füttern konnten. Sie bat uns noch den kleinen Kerl gut zu säubern und ihm ein warmes Bett zu machen aus einer Decke und im Idealfall einem Wärmbeutel als eine Art Ersatz für die Geschwister und die Mutter.
Nun waren wir fertig und meine Mutter freute sich schon auf die Rechnung, aber die Ärztin wollte kein Geld. Sie meinte, wer solch eine gnädige Tat vollbringt, ein komplett heruntergekommenes Tier aufzupäppeln, dem könne auch ein wenig unter die Arme gegriffen werden. Glücklich über den neuen Familienzuwachs fuhren wir nach Hause.

Wir waren erst wenige Meter vom Arzt entfernt, da viel uns ein Tiergeschäft ins Auge das noch geöffnet hatte. Schnell rannte ich hinein während meine Mutter auf den kleinen aufpasste. Ich holte zuerst ein schwarz-weißes Plüschbett, welches ich im ersten Regal bereits fand und etwas Spielzeug. Das alles warf ich in meinen Einkaufswagen. Und so schnell wie ich gekommen war so schnell ging ich auch wieder.
Zurück auf dem Parkplatz warf ich alle Sachen in unseren Kofferraum und setzte mich auf den Beifahrersitz.
Ich nahm das kleine beleidigte Kätzchen auf meinen Schoss und wir fuhren los. Nach geradeaml fünf Minuten Fahrtzeit im Tempo achtzig und viel zu vielen Kurven, in denen unser neues Haustier sich als sehr Autofahrt freudig entpuppte waren wir zuhause. Während ich nicht mehr wusste wo rechts und links ist war unser Kater tief und fest eingeschlafen. Das Einschlafen in fünf Minuten fand ich an sich schon unmöglich aber bei dem Fahrstil meiner Mutter dachte ich im ersten Moment der Kater sei tot. Zum Glück war das nicht der Fall und so hob ich ihn vorsichtig auf meinen Arm wobei er mit den Augen blinzelte und gähnte. Vorsichtig schlich ich zur Haustür, aus der passender Weise, gerade mein Vater herausstürmte, er hatte uns wohl vom Fenster aus gesehen. Aber ich hatte absolut keine Lust ihm zu erklären warum ich ein kleines verdrecktes Kätzchen in der Hand hielt und meine Mutter lauter Tierkram ins Haus schleifte, meine Mutter anscheinend auch nicht. Aus diesem Grund begrüßte ich ihn lediglich mit einem seufzerartige

„Hallo."
Das schien meiner Mutter aber doch etwas zu wenig zu sein also fügte sie wie eingespielt hinzu: „Mach dir keine Sorgen. Gleich erkläre ich dir alles in Ruhe. Tut mir leid, dass wir zu spät sind."
In der Ecke unseres Terracotta-Flures lagen bereits meine Schuhe, meine Jacke und die anderen Sachen die nichts mit dem Kätzchen zu tun hatten und die ich beim hereinstürmen einfach in die Ecke geworfen hatte. Meine Mutter legte all das Zeug das ich gekauft hatte auf dem Wohnzimmerteppich zu einem Haufen zusammen. In der Zeit war ich sehr beschäftigt, schließlich musste ich unseren Kater nun waschen, bürsten, ihm die Wunden reinigen und ihm seine Medikamente geben. Zuerst verteilte ich aber alles was wir gekauft hatten im Haus. Das Körbchen kam in mein Zimmer, die Babymilch in die Küche, das Katzenklo ins Bad und das Spielzeug verteilte ich willkürlich im ganzen Haus. Ich schnappte mir auf dem Rückweg ins Wohnzimmer noch ein flauschiges Kissen und huschte zurück an den Sessel in dem der kleine Kater selig schlief. Behutsam hob ich ihn auf das Kissen und auf dem Weg ins Bad öffnete er auch schon langsam seine Äugelein. Ich ließ derweil lauwarmes Wasser in unser Waschbecken ein was der kleine neugierig betrachtete. Dann setzte ich ihn mit dem Kissen auf den Beckenrand und goss ein bisschen Baby Shampoo in das Wasser. Verwundert von diesem neuen Element versuchte er es in die Kallen zu bekommen und schlug vergeblich danach bis er sich langsam an die Kannte stellte und versuchte vorsichtig hineinzugehen. Das wiederum erwies

sich als äußerst schwierig weil das Porzellanbecken zu rutschig war. Fünf Minuten lang ging er immer wieder an andere Stellen des Waschbeckenrandes doch überall war es zu rutschig. Schließlich konnte ich nicht mehr warten, nahm den Kleinen in die Hand und setzte ihn vorsichtig ins Wasser. Er war skeptisch und strampelte mit den Beinen im Wasser herum, wie ein Hund schwamm er schließlich hin und zurück. Aber ich wollte ihn ja waschen und ihm keinen Schwimmunterricht erteilen. Also hielt ich ihn mit einer Hand auf der Stelle, sodass er nicht weiter paddeln konnte und mit der anderen nahm ich einen Schwamm den ich sacht über sein Fell wischte. Es gefiel ihm augenscheinlich denn er versuchte ab und zu den Kopf an dem Schwamm zu reiben doch dabei verlor er meistens das Gleichgewicht und tauchte kurz ab. Nach fünfzehn Minuten waren wir fertig mit baden und er fand seine neue absolute Lieblingsbeschäftigung: Das Föhnen. Eigentlich war nur vorgesehen seinen Körper kurz zu trocknen, doch ehe ich mich versah duschte er sich bereits in der warmen Luft des Föhns. Nach der Föhndusche nahm ich mir eine weiche Bürste mit der ich sein Fell striegelte und anschließend noch in Form schnitt, er sollte ja schließlich nicht mehr aussehen wie ein Fellball vom Straßenrand. Anschließend mussten nur noch seine Wunden versorgt werden. Etwas Salbe an die Pfote, etwas an die Flanke und ein wenig auf sein Bein. Endlich war er fertig und nun konnte ich auch endlich sehen was für ein unglaublich hübsches Tier wir da gefunden hatten. Sein Fell war pechschwarz und seine Augen waren strahlend blau. Sein Mund war äußerst gepflegt, ohne mein zutun, obwohl er unter einem Container gelebt hatte waren seine Zähne blütenweiß und sein Zahnfleisch blutrot, ebenso wie seine Zunge. Nachdem ich ihm letztendlich noch eine Tablette gegen Infektionen und Entzündungen gegeben hatte war er ganz benommen. Für ein paar Sekunden schlief er sogar im Stehen ein. Ich hob den kleinen Kerl auf das Kissen und trug ihn ins Wohnzimmer zurück, wo auch seine restlichen Sachen standen. Der Kater war so erschöpft, dass er sich nur auf dem Kissen umher ziehen konnte. Ich nahm mir die Flasche und füllte etwas Katzenmilch hinein damit er wieder zu Kräften kam. Wie hypnotisiert betrachtete ich ihn, bis mein Handy piepte. Ich sah zwei neue Nachrichten von meiner besten Freundin Jenna und von meinem besten Freund Kai.

Jenna:
Hey Kathy
Lebst du noch?? Ich hab sicher eine Ewigkeit Nichts mehr von dir gehört :'(Warum warst du Donnerstag, Freitag und heute nicht da, ist irgendwas passiert?? Meld dich doch mal.

Dass ich mich seit fünf Tagen nicht mehr bei Jenna gemeldet hatte, war mir völlig aus dem Sinn gekommen. Aber es ist ja nicht so, dass ich im Krankenhaus läge oder ähnliches, ich war ja einfach etwas kränklich. Das wird sie sicher verstehen dachte ich mir und las die nächste SMS.

Kai:
Hey Kathy
Ich wollte eigentlich nur mal fragen ob du
vielleicht weißt ob wir was in Englisch für
Montag zu machen haben. Ach und wie geht´s
dir eigentlich so?
Bist du krank oder hast du dich verletzt?

Anscheinend fragten sich viele warum ich nicht in der Schule war, was mir irgendwie seltsam vorkam. Wenn Jenna oder sonst wer krank war hatte ich mir keine großen Sorgen gemacht. Vielleicht lag es daran das ich einfach zu mutig war um mir nicht alle paar Monate etwas zu brechen, so dass ich bereits mehrere Ärzte aus der Notaufnahme beim Vornamen kannte. Leider hatte ich überhaupt keine Lust den beiden zu schreiben denn sobald man antwortet kommt noch bevor man das Handy weglegen kann eine neue Nachricht. Aber es kam mir doch irgendwie blöd vor den beiden nicht zu antworten wenn sie sich schon die Mühe machten nach mir zu fragen. Als erstes schrieb ich Jenna.

Hey Jenna,
Sorry, dass ich nicht geantwortet hab
aber mir war in letzter Zeit nicht so
nach schreiben zu Mute. Sei mir
nicht böse aber ich komme morgen
und auch Anfang nächster Woche
wohl noch nicht wieder. Mach dir
keine Sorgen bin nur etwas kränklich

Als nächstes Kai.

Hey Kai,
Ähm… Also tut mir voll leid aber
ich hab nicht die geringste Ahnung
ob oder was wir in Englisch zu machen
haben. Aber mir geht's eigentlich
ganz gut, ich bin nur ein bisschen
kränklich. Also dann bis evtl.
nächste Woche.

Ich legte mein Handy auf den Tisch und widmete mich wieder unserem Kater. Wie zu erwarten war fing mein Handy noch fünf weitere Male an zu piepen aber dieses Mal schaltete ich es einfach aus, ohne auch nur darauf gesehen zu haben. Während mein Kater schlief beobachtete ich ihn intensiv. So ruhig und friedlich. Er hypnotisierte mich regelrecht wie er einfach so da lag, dass ich nicht einmal bemerkte wie spät es schon war. Erst als ich aus meiner Trance erwachte bemerkte ich wie müde ich eigentlich war. Die Uhr zeigte bereits Viertel nach Zwei. Zu meiner Verwunderung hatte ich eine ganze Weile schon nichts von meinen Eltern gehört, also schlich ich durch das Haus. Aber nichts, weder in ihrem noch in meinem Zimmer, auch im Bad fand ich nicht die geringste Spur von ihnen. Das gesamte Haus war dunkel und wirkte verlassen. Wo könnten sie nur sein? Schließlich hatte ich nicht die Tür knallen hören, was man aber nicht vermeiden kann wenn man das Haus verlässt. Ich stand nun vor der hölzernen Tür im Flur. Verzweifelt sah ich aus dem kleinen Gitterfenster neben dem Flurtisch. Langsam ließ ich mich auf einem beigen Sessel nieder. Schweiß trat mir auf die Stirn und ich verfiel in Panik. Schreiend sprang ich aus dem Sessel und rannte in mein Zimmer, vorbei an meinem Schreibtisch, an dem ich mir den Arm anschlug, worauf hin dieser höllisch anfing zu pochen, bis hin zu meinem Bett, auf welchem ich anfing zu schluchzen und zu weinen. Ich ging den ganzen Abend in Gedanken durch. Wie ich den kleinen badete, ihn pflegte und verarztete aber von meinen Eltern war da nichts. Es war typisch für mich direkt das schlimmste zu erwarten, vor allem wenn es um meine Eltern ging. Ich hatte diesen Charakterzug schon seit ich denken kann, früher bin ich immer vor Angst ohnmächtig geworden wenn meine Eltern nicht da waren doch das passiert nur noch sehr selten vor Angst. Aber plötzlich ertönte ein Geräusch im Hintergrund. Es war tief und irgendwie stockte es ab und zu, aber ich konnte es mit nichts verbinden. Ich zuckte zusammen und als das gleiche Geräusch noch einmal ertönte wurde es mir unheimlich. Langsam stieg ich aus meinem Bett und tappte blindlinks dem Geräusch hinterher. Als ich letztendlich im Schlafzimmer meiner Eltern ankam sah ich nichts. Verständnislos stand ich im Eingang herum und sah plötzlich einen Fuß neben dem Bett liegen. Mein Herz fing an zu rasen, ich trat näher heran. Das Geräusch ertönte schon wieder aber diesmal wusste ich was das war. Meine Mutter schnarchte seelenruhig auf dem Teppich neben ihrem Bett, von der Müdigkeit überfallen und anscheinend aus dem Bett hinausgefallen. Jeder Rest Angst viel von mir ab als ich auch noch meinen Vater unter der Decke bemerkte. Das Dumme daran, das ich sie gefunden hatte war, dass das Adrenalin von meiner Angst schnell verflog. Schon als ich in meinem Zimmer war erschlug die Müdigkeit mich auch und ich ließ mich in mein Bett fallen.

~Das erste Mal~

Die Sonnenstrahlen weckten mich aus meinem tiefen Schlaf. Sie kitzelten in meinem Gesicht und ein Rauschen drang an meine Ohren, ich öffnete die Augen. Zu meiner Verwunderung lag ich nicht mehr in meinem Bett sondern parallel zu einem steilen Abhang. Sicher zwanzig Meter ging er in die Tiefe und zu seinen Füßen erstreckte sich ein langer, weißer Sandstrand der in türkis blauem Meer endete. Der Anblick war überwältigend, im Meer sah ich Delphine ihre Kreise ziehen und am Himmel waren Möwen die ab und zu, zu ein paar runden Felsen nah am Meer, hinunter flogen und darauf platz nahmen. Ganz allein saß ich nicht mal einen halben Meter vom Abhang entfernt. Die Wellen rauschten, doch bald schon übertönte ein anderes Rauschen das der Brandung. Ein beißendes, ohrenbetäubendes und zugleich sehr mechanisches Geräusch. Es wurde lauter und lauter. Ich merkte, dass es hinter mir sein müsste doch ich konnte mich nicht umdrehen, ansonsten würde ich hinunter in die Tiefe stürzen. Unter mir sah ich nun gewaltige, spitze Felsen von denen ich wusste, dass sie vorher noch nicht da gewesen waren. Ängstlich versuchte ich ein Stück weg von der Klippe zu rutschen aber mein Körper wollte nicht. Ich hörte das Rauschen schon so laut das ich keinen klaren Gedanken mehr fassen konnte. In der Luft lag ein widerlicher Gestank nach Abgasen der mich fast ohnmächtig machte. Ich spürte, wie die Luft anfing mich weiter in Richtung Kante zu drücken doch ich wehrte mich dagegen, machte mich klein aber es half nichts. Plötzlich hatte ich wieder die Kraft mich zu drehen und wagte behutsam einen Blick hinter mich. Langsam konnte ich die grünen Wiesen hinter mir erkennen die übersät waren mit fluffigen Schafen die das grüne Gras verschlangen. An dem Bild stimmte eines jedoch gar nicht und zwar: Das große Segelflugzeug, dass mich nun erfasste und von der Klippe stieß. Wie aus Stein fiel und fiel und fiel ich. Ich drehte mich im Flug sodass ich die spitzen Felsen genau sehen konnte bevor sie mich gleich durchbohren würden. Noch wenige Meter nur, dann würde ich sterben, an einem solch schönen Ort stellte ich es mir aber garnicht mal so schlimm vor. Ich spürte die erste Spitze die gegen meinen Bauch stieß. Ich wartete auf den Schmerz den sie beim durchstoßen verursachen würde, doch der kam nicht. Der Felsen zerbarst unter mir. Genau wie die Anderen, die nicht meinen Körper zerstörten sondern die mein Körper unter sich zerstörte. Wie Porzellan brachen sie unter mir weg und ich landete nun im weichen Sand. Unsagbar erleichtert darüber, dass ich noch lebte sprang ich auf und wollte nur noch das Meer und den Sand genießen, aber da viel ich bereits in den nächsten Schock. Der bis dahin blaue Himmel war aschgrau, die Möwen die auf den Steinen entspannten waren plötzlich riesige Aßgeier die mich im Blick hielten und das friedliche türkise Meer war eine braun-rote Lache deren Wellen haushoch in den bewölkten Himmel ragten. Vollkommen verstört lief ich wieder in Richtung Klippe an der es mir ein leichtes war emporzuklettern. Ich sah über die Kante zu den grünen Wiesen und den fluffigen Schafen, doch dort war keine Wiese nur Beton und kein Schaf verirrte sich hier her und die, die es wohl doch getan hatten konnte man nur als Skelette wiederfinden. Weinend und entsetzt drehte ich mich wieder um und lief weg, doch weit kam ich nicht. Stattdessen viel ich erneut in die Tiefe in der mich nun kein Sand mehr erwartete sondern das braun-rote Meer in dem ich kläglich ertrank...

Erschrocken sprang ich aus meinem Bett und viel auf den Boden. Benommen stand ich wieder auf und sah zur Uhr die an meiner pinken Wand hing. Sie zeigte bereits 9:12 Uhr das heißt die Schule hatte bereits begonnen, was allerdings nicht allzu schlimm war, da ich starke Kopfschmerzen hatte und mich auch sonst nicht gut fühlte. Die Frage war nur, was war mit meinen Eltern, die ja arbeiten mussten und nicht wussten, dass ich heute nicht in die Schule gehen konnte. Barfuß tappte ich aus meinem Zimmer, den Flur entlang bis zu ihrem Schlafzimmer. Ich schaltete das Licht an und fand die beiden da wieder, wo ich sie gestern Nacht zurückgelassen hatte. Mein Vater wachte verschlafen auf und blickte in das wohl schönste Augenpaar auf der Welt, den Augen eines Katzenbabys. Er hatte sich auf das Bett geschlichen und fuchtelte mit der Pfote an der Nase meines Vaters herum. Die Augen unseres Katers waren so wunderschön und klar. Doch mein Vater war anscheinend noch zu müde um sich daran zu erinnern, dass wir ja jetzt ein neues Familienmitglied hatten. Er erschrak sich so abrupt, dass er mit dem Ellenbogen seinen Nachttisch umstieß.
„Au verdammt!", ich sah zu meinem Vater.
„Wer hat bitte diesen bescheuerten Tisch auf mich geworfen!?", aber mein Vater sagte gar nichts.
„Wäre jemand vielleicht auch mal so freundlich mir endlich hoch zu helfen?!"

Es war gar nicht mein Vater der da schrie sondern meine Mutter, der dieser schwerer Holztisch wohl direkt gegen die Stirn gehauen war. Ich ging schnell zu ihr hinüber und sah bereits die kleine Platzwunde über ihrem linken Auge. Mein Vater half ihr hoch, doch sie konnte kaum stehen. Meine Mutter wankte nur kurz und ließ sich dann auf das Bett fallen. Ich wollte mir die Wunde etwas genauer ansehen aber bei dem kleinsten bisschen Blut wurde mir sofort flau im Magen. Dann guckte mein Vater sich das Ganze an und stellte fest, dass es wohl genäht werden müsse. Meine Mutter stützte sich an der Bettkante auf und ging mit meinem Vater in Richtung Flur. Sie kamen an der Uhr vorbei und mein Vater sah dass es mittlerweile schon fast zehn war.
„Verdammt!"
Schrie er, woraufhin meine Mutter wieder fast umfiel.
„Wir sind viel zu spät! Kathrin warum hast du uns nicht geweckt?"
„Ich bin ja selber gerade erst aufgestanden."
„Ja und warum hat dein Wecker nicht geklingelt?"
In solch einer Situation zu sagen das der Wecker irre laut war und man ihn deshalb aus dem Regal bis in den Schrank geworfen hatte, wäre nicht so gut gewesen, also argumentierte ich:
„Das weiß ich auch nicht, muss wohl kaputt sein."
„Ist das so, ja?"
„Ja… Aber das ist doch jetzt total egal, schließlich muss Mom ins Krankenhaus und genäht werden."
„Da wäre ich übrigens auch für" beteiligte sie sich.
Mein Vater sah auch einverstanden aus und die beiden verschwanden durch die Tür,

glücklicherweise musste ich diesmal nicht mit denn genau wie Fleischtheken mag ich auch keine Krankenhäuser. Ich ließ mich in den Sessel fallen und betrachtete den kleinen Kater der putzmunter vor mir herum tänzelte. Mir viel plötzlich auf, dass wir noch nicht einmal einen Namen für unseren Familienzuwachs hatten. Ich dachte lange einfach still vor mich hin und sah wie er auf einem kleinen Kieselstein kaute. Da fiel mir der perfekte Name für ihn ein: Jack. Der Name hallte ganz plötzlich durch meinen Kopf als hätte man ihn mir zugerufen. Ein kalter Windzug riss mich aus meinem Tagtraum. Ich stand auf und schlich zu dem offenen Fenster im Esszimmer, da kam Jack auch schon neugierig angelaufen und sprang mit einem eleganten Satz auf die Fensterbank. Ich streichelte seinen Kopf und er stieg langsam mit einem, dem zweiten und schließlich auch dem dritten und vierten Bein aus dem Fenster. Er glitt einfach durch den schmalen Spalt, was eigentlich, selbst für eine dünne Katze nicht möglich war. Schnell riss ich das Fenster ganz auf und hob ihn wieder ins Haus. Er kannte sich ja nicht mal in der Umgebung aus und war noch so klein und schwach, auch wenn er so wirkte als wäre er schon Jahre lang hier und seie vollkommen gesund. Nachdem ich ihn auf dem Esstisch abgesetzt hatte schloss ich das Fenster und auch alle anderen die noch geöffnet waren, wurde jedoch schon bald unterbrochen. Mein Vater kam durch die Tür gestürzt.
„Komm schnell mit nach draußen, Frau Hattwig wird gerade vom Krankenwagen abgeholt."
„Wieso was ist passiert?"

„Das erzähl ich dir gleich, komm jetzt und wünsch ihr gute Besserung sie fragt doch auch immer wie es dir geht."
Ich lief meinem Vater hinterher. Marlene war eine nette ältere Frau die zwei Häuser weiter wohnte. Sie war immer sehr nett zu Kindern, was man nicht von den anderen Nachbarn sagen konnte. Ich trat aus dem Haus, die Luft war feucht und kalt, der Himmel noch im Dämmerlicht und das blaue Leuchten des Krankenwagens machte die Umgebung nicht weniger gruselig. Die Rettungssanitäter hoben Marlene gerade auf die Trage. Ich schlich näher heran und erhaschte einen Blick auf sie. Als ich nah genug war konnte ich erkennen, dass viele Schnitte an ihren Armen und im Gesicht rot glänzten. Es sah allerdings nicht so aus als hätte sie schwere Verletzungen, aber ich wollte doch noch etwas mehr erfahren.
„Marlene, was ist denn passiert? Wie geht es dir?" Fragte ich sie, doch bevor sie antworten konnte viel ihr Blick auf mein Bein. Ich folgte ihrem Blick und sah Jack, wie er sich an mein Bein schmiegte. Irgendwie verwundert nahm ich ihn hoch und wand mich Marlene wieder zu.
„Also wie geht es dir, und warum hast du überall Schürfungen und Schnitte?"
Sie sah mich an, ihre geweiteten Augen und ihr starrer Blick machten mir jedoch etwas sorgen.
„Marlene ist alles in Ordnung du wirkst so geschockt…?"
Ein lautes Piepen unterbrach mich und einer der Sanitäter schob mich zur Seite und begann mit einer herz- druck- Massage und ein zweiter holte den Defibrillator und legte ihr einen Zugang.

Mittlerweile waren alle Nachbarn auf der Straße und hielten den Atem an. Der Sanitäter setzte den Defibrillator an ihre Brust und versetzte ihr einen Schlag, ihr Herz schlug wieder und die beiden Männer schaften sie in den Wagen. Mein Vater huschte schnell zu dem ersten der ins Auto einsteigen wollte.
„Was ist denn mit ihr passiert, woher kommen die ganzen Wunden?"
„Als wir ankamen meinte sie, sie wurde angegriffen und danach ist sie wohl durch die Glastür gefallen. Allerdings glauben wir nicht, dass da noch wer an ihrem Unfall beteiligt war, schließlich haben wir nichts was darauf hinweist gesehen. Jetzt müssen wir aber wirklich los, schönen Tag noch."
„Ihnen auch."
Ich entfernte mich ein paar Schritte, was Jack wohl gar nicht gefiel, denn er versuchte sich wie wild loszustrampeln. Ich ließ ihn aber nicht, schließlich durfte er noch gar nicht draußen sein. Allein schon, dass er es geschafft hatte rauszukommen machte mir Sorgen. Er strampelte immer stärker und wehrte sich mit seinen dünnen kleinen Krallen und den gefährlich spitzen Zähnen. Bis ich ihn schließlich nicht mehr halten konnte und er von meinem Arm sprang. Er lief wieder in Richtung Krankenwagen, schlich sich an den Sanitätern vorbei und sprang auf die Trage. Genau in dem Moment erlitt sie wieder einen Herzinfarkt. Der eine Sanitäter sprangen wieder an den Defibrillator während der andere mit einem Wink Jack hinunter warf. Ich hatte ihn zwar erst seit gestern Abend aber trotzdem kannte ich

ihn schon ziemlich gut und ich wusste, dass er es überhaupt nicht vertragen konnte wenn man ihn auf Seite schob. Äußerst elegant viel er zu Boden und landete auf seinen Pfoten, sofort sah ich in seinen Augen dass er erneut versuchen würde hinauf zu springen.
„Stopp!"
Schrie ich so laut ich konnte und tat einen Satz nach vorne. Das kam jedoch zu spät denn in dem Moment als der Sanitäter den Defibrillator anlegte und den Knopf betätigte sprang mein Kater auf Marlenes Körper… Langsam sank ich auf den Boden und fing an zu weinen. Ich hatte diesen kleinen Kater erst seit einem halben Tag und die Tatsache, dass er nun an einem elektrischen Schlag starb machte mich unglaublich traurig. Ich hörte Marlenes Stimme, sie war zum Glück nicht an dem Herzinfarkt gestorben im Gegensatz zu Jack.
„Kann einer bitte dieses Tier von meiner Trage werfen?! Ich habe keine Lust heute noch einen Infarkt zu bekommen!"
Schrie sie, was doch etwas verwunderte denn schließlich war Jack doch schon tot. Oder etwa doch nicht? Langsam hob ich den Blick und stand wieder auf. Kurz erhaschte ich einen Blick auf die Trage. Dort lag die verschreckte Marlene die gerade versuchte einen kleinen schwarzen Körper von der Trage zu werfen… meinen Jack. Ein paar Meter weiter standen die Sanitäter, die verwundert den Kopf schüttelten. Schnell sprang ich auf und rannte zu Jack. Ich nahm ihn auf den Arm und hielt ihn so fest, dass er sich nicht mehr rühren konnte. Ich brachte ihn schnell zurück ins

Haus und ließ mich erschöpft auf den Sessel sinken. Ich holte erst mal tief Luft, aber viel Zeit blieb mir nicht zum Erholen, denn ich spürte einen warmen, nassen Tropfen auf meinem Fuß. Verwundert sah ich hinunter und bemerkte ein kleines Rinnsal Blut meine Hand hinunterlaufen. Mein Blick folgte ihm bis zu meinem Oberarm. Dort war ein murmelgroßes Loch und ich hatte nicht die geringste Ahnung wieso mir solch eine tiefe Wunde nicht aufgefallen ist, geschweige denn mir Schmerzen bereitet hatte. Schnell holte ich den Erstehilfekoffer aus dem Badezimmerschrank und verband meine Wunde. Ich war mir aber immer noch nicht sicher woher die Wunde überhaupt kam, doch ich hatte auch absolut keine Lust jetzt schon wieder über irgendetwas nachzudenken, schließlich war der Tag schon seltsam genug und das bereits vor Zwölf.

Den ganzen restlichen Tag über war ich sehr lustlos, meine Beine waren träge und mein Kopf fühlte sich so schwer an, dass ich ihn kaum aufrecht halten konnte. Der nächste tag kam so schnell und es fühlte sich an als wäre nichts gewesen. Das einzige Andenken war meine Wunde die gar nicht danach aussah jemals wieder zu zu heilen. Immer wieder blutete sie einen Verband nach dem nächsten durch. Theoretisch hätte ich einfach in ein Krankenhaus gehen müssen, so wäre es jedenfalls meiner Mutter sehr lieb gewesen, aber die panische Angst hielt mich davon ab. Und so ging ich mit einem Verbandvorrat in die Schule.

~Begegnungen~

Noch etwas benebelt von einer Schmerztablette schlich ich zum Bus. In der großen, mit vielen Fenstern ausgestatteten Aula saßen bereits meine Klassenkameraden. Meine Schule ist ein Rundbau, so etwas Modernes sieht man nicht oft hier in Porthleven. Über ganze sechs Etagen geht sie, außen befinden sich alle Klassen- und fachräume, diese sind durch rund Flure verbunden und sieht von oben betrachtet wie eine Uhr aus. Denn in der Mitte des Rundbaus befindet sich eine riesige Säule. Diese Säule hat in der Mitte ein gläsernes Treppenhaus und in jeder Etage befindet sich eine Plattform auf der zum Beispiel ein Kiosk oder Sitzgelegenheiten stehen. Die Plattformen sind dann noch jeweils über zwei schmale Brücken mit den Fluren vor den Klassenräumen verbunden. Meine Klassenkameraden sitzen immer an unserem Stammplatz im sechsten Stockwerk. Träge schläppte ich mich die tausend Treppen hoch und schmiss meine Tasche neben die der Anderen. Wenige Sekunden später hatte ich bereits Jennas Arme um meinen Hals geschlungen und ihre hell braunen Locken kitzelten mich an der Nase. Anscheinend hat man mich vermisst, denn alle meine Freundinnen hatten sich in eine Schlange eingereiht und umarmten mich so liebevoll, dass ich richtig gerührt war. Meine Rührung hielt nur leider nicht lange an, denn bereits bei Melissas Umarmung viel mir auf, dass man sich, nach nur vier Fehltagen, doch wohl kaum so darüber freuen konnte das ich wieder in

die Schule auftauchte. Aus diesem Grund fragte ich vorsichtig nach. Melissa hatte mittellange blonde Haare mit hellbraunen Strähnen, ihre Augen waren petrolblau und sie war ungefähr einen Kopf größer als ich. Ich konnte Melissa echt gut leiden denn diese charmante „Rosarote Blümchen Art", die sie so an sich hatte, ließ einen die grauheste Welt einwenig bunter sehen. Was man auf den ersten Blick allerdings nicht vermuten würde da sie zunächst nämlich eher arrogant und versnobbt wirkte. Doch der Schein trügt manchmal, sie war eine meiner besten Freundinnen und aus diesem Grund sagte sie mir auch die Wahrheit, als ich sie fragte, wieso um Himmels willen alle so unglaublich fröhlich waren, obwohl ich nur vier Tage weg war.
„Ach das ist doch selbstverständlich"
„Ähm… Nein eigentlich nicht, schließlich waren es nur vier läppsche Tage."
„Ja schon, aber wenn du doch ins Krankenhaus musstest dann wird es schon was Ernstes gewesen sein. Ach ja, warum warst du da eigentlich?"
„Ich war wo? Wer hat das gesagt?"
„Na Jenna… Aber wieso bist du so überrascht?"
Langsam drehte ich mich um. Jenna hatte ihre grünen Augen zugekniffen und sich in Abwehrstellung gebracht.
„Komisch, das muss mir wohl entfallen sein aber Jenna erinnert sich sicher warum ich da war, oder?"
„Ich habe vielleicht etwas übertrieben als ich gesagt habe warum du nicht da warst."
Ich konnte Jenna nie lange böse sein, also stellte ich die Sache einfach nur richtig, setzte mich in

einen pinken Sitzsack und lauschte den Gesprächen um mich herum. Da ging es bei ein paar Mädchen, anscheinend eine Stufe unter mir, um neue Schminke und Klamotten, ich hörte eine Weile gelangweilt zu, aber dann quietchte ein Haufen Mädchen aus der achten Stufe, die direkt hinter mir saßen so laut in mein Ohr, dass ich zusammenzuckte. Die eine der drei beruhigte die anderen zwei, die geschrien haben, wieder und sagte energisch sie sollen ihren Mund halten. Die meisten Sachen, die Achtklässlerinnen von sich gaben waren ganzschön uninteressant, wie zum Beispiel das Gespräch darüber wer von ihnen wohl als Erste mit ihrem Freund schluss macht und was gute Gründe dafür wären. Ich meine, sowas ist ja wohl mehr als bescheuert und deshalb versuchte ich die nervigen Stimmen auszublenden und weiteres über irgendeine neue Wimperntusche zu hören, aber diese Ziegen waren so überzeugend laut, dass ich ihnen lauschte.

„Hey, Leute beruhigt euch mal wieder!"
„Wie sollen wir uns denn beruhigen wenn du uns nich endlich einzelheiten erzählst?"
„Echt mal, du kannst uns doch nicht diese Nachricht schicken und dann einfach nicht mit der Sprache rausrücken! Was ist das denn jetzt für ein Typ?"
„Okay, okay ich rede ja schon… Also ich bin gestern an der Bibliothek vorbeigekommen und da war Frau Korzec mit so einem neuen, unglaublich heiß!"
„Ja und weiter? Wer war das?"
„Und vor allem wie sah er aus?"

„Jaja beruhigt euch, ich rede ja schon. Also der Typ ist anscheinend ein neuer Schüler, denn er hatte gerade

seine Bücher bekommen und Frau Korzec hatte ihn begrüßt also..."
"Was also?"
"Echt mal, du musst das schon so erklären das Leute wie wir das verstehen können!"
"Das heißt er kommt in Frau Korzecs Klasse! Und wo liegt Frau Korzecs Klasse wohl?"
"Direkt neben unserer!"
Ein wildes Gekreiche begann. Ich fand ihr Gerede so unfassbar kitschig aber aus irgendeinem mir unverständlichen Grund war selbst ich neugierig geworden. Was ich aber sofort wieder bei Seite schob denn mit den Achtklässlern hatten wir sowieso nichts zu tun. Trotz allem wollte ich auf jeden Fall weiter lauschen was die Drei zu sagen hatten, aber als ich hinter mir nach ihrem Gespräch horchte merkte ich, dass da gar kein Gespräch mehr war. Aber nicht nur das Gespräch über einen tollen Typ war weg, sondern auch alle Anderen, das Welpenthema und sogar das über diverse Games. Sichtlich verwundert überlegte ich was wohl passiert ist und drehte mich langsam um. Eventuell war ich zu verwundert, denn Jenna wand sich zu mir und in all der Stille ertönte Jennas lautes:
"Was ist denn los?"
Und kurz darauf starrten alle Blicke dieser Plattform auf mich, was ganz schön seltsam war denn eigentlich ist das doch eine so normale Frage die eigentlich niemandes Aufsehen erregen müsste. Doch mir war zu diesem Zeitpunkt noch nicht klar dass nur wenige Sekunden vorher jemand auf der Plattform angekommen war. Erschrocken wand ich mich zur anderen Seite um

als eine kalte, weiche Hand mich antippte. Mein Blick wanderte von meinem schwarzen Spaghettiträgertop zu meiner Schulter und ging über zu einer crémefarbenden Hand. Langsam schlich mein Blick den starken Arm hinauf, hin zu einem schwarzem Hemd und weiter bis hin zu strahlend blauen Augen.
„Na sag schon, was ist los?"
Ich erwachte aus meiner Starre und dachte nach wie lange ich ihn wohl an gestarrt hatte.
„Ähm nichts,… alles bestens."
„Ach echt? Schien mir aber eben gar nicht so. Geht's dir wirklich wieder gut?"
Jenna war es diesmal die das fragte, in solch einem Moment fragte ich mich immer wieder wie sie es nur hinbekam so offen zu reden, obwohl irgend ein Kerl der nebenbei wirklich unfassbar gut aussah und den wir nicht mal kannten sich in die Unterhaltung integriert hatte.
„Ja, ja klar ich bin nur irgendwie… ach egal."
„Verwirrt?"
Fragte er wieder.
„Nein, nein, wieso sollte ich denn verwirrt sein?"
„Na… ist das nicht offensichtlich? Du findest mich hübsch und das macht dich nervös."
Er zwinkerte mir zu. Ich war so vollkommen empört darüber wie überzeugt der Kerl von sich war, dass ich ihn anblaffte
„Was? Pff…Ich bitte dich."
„Sieh einer an, du wirst ja ganz rot."
War ich wirklich rot? Und selbst wenn was bildete der sich ein? Ich überlegte was ich antworten könnte doch da ging er auch schon wieder, mit einem frechen Lächeln im Gesicht. Aber ich saß

immernoch hier, auf diesem pinken Sitzsack und alle starrten mich an. Alle hatten es gehört und die Achtklässler sahen nicht allzu glücklich aus.
„Also ist irgendwas passiert wärend ich weg war?"
Wand ich mich wieder an meine Klasse in der Hoffnung, dass alle anderen sich nun auch wieder eine Beschäftigung suchten.

Nach ein paar langweiligen Unterrichtsstunden in denen ich entweder nichts verstanden oder garnicht erst zugehört habe, hatten wir Mittagspause. Diese Zeit war für mich die schönste Zeit am ganzen Vormittag. Da konnte man machen was man wollte, denn die Lehrer, die die Aufsicht machen sollten waren wirklich schwer aufzufinden. Das war jedoch sehr im Interesse aller Schüler. Diese Mittagspause war allerdings weniger schön oder besser gesagt grauenhaft. Andauernd kamen Achtklässlerinnen in unseren Raum und warfen mir einen teils wütenden, teils verwirrten Blick zu und stammelten sowas wie
„ups… das ist ja gar nicht unsere Klasse."
 Oder
„Können wir uns euren Besen ausleihen?"
Dabei interessierte sie doch nur eine Frage.
„Wo ist der Neue?"
Tatsächlich stellten manche die Frage auch genau so direkt. Ich hatte allerdings keine Ahnung wo er war und es war mir auch eigentlich sehr recht, dass es auch kein Anderer wusste, denn ich fand das alles mehr als seltsam. Zu allem Überfluss hatte ich auch noch tierische Kopfschmerzen und

Kreislaufprobleme, was daran liegen konnte, dass meine, grad mal münzgroße Wunde mittlerweile ganze sieben Verbände durchgeblutet hatte.
Sarah Vesseley war eine auf den ersten Blick mürrische aber doch ziemlich nette Blondiene, mit ihren braunen Augen und ihrem gelockten Haar zog sie meistens die Blicke auf sich, doch am meisten mochte ich an ihr, dass es ihr egal war. Sie verstellte sich nicht und hatte immer ein offenes Ohr und ein loses Mundwerk. Und genau dafür mochten wir sie so sehr, weil sie war, wer sie war.
Die nächste war Kim die hilfsbereiteste Kroatin die ich kannte. Sie hatte rot-braune lange dicke Locken die sie meistens zu einem Zopf band und tief braune Augen. Kim entsagte allen Trends die unser Umfeld uns einreden wollte, denn sie war das, was man einen Hippi nennt. Aber wir respektierten sie so sehr, dass wir sogar akriebisch genau den Müll trennten und die Umwelt pflegten, jedenfalls solang sie dabei war. Als letztes wäre da noch Melissa. Sie war wirklich eine tolle Freundin und mit Jenna meine liebste.
„Kathy das kann ja wohl keine normale Wunde sein."
„Kim hat recht, Kath die hat schon sieben Verbände durch und du kannst kaum noch sitzen ohne einzuschlafen oder vom Stuhl zu fallen"
wand nun Melissa ein.
„Ach quatsch, das ist einfach ne fette Wunde sonst nichts."
Erwiderte ich.
„Nichts da, Quatsch! Dir geht's mies, dass hat ja sogar dieser Typ heute Morgen gemerkt. Also wissen wir das ja wohl genau! Und was ist

eigentlich mit dir los, Jenna, du bist doch auch sonst nicht so still?"
Das bemerkte nun nicht nur Sarah, auch Kim und mir viel es auf.
„Ja, Jenna, was is'n los mit dir, hat Kathy dich angesteckt?"
„Ich bin nicht ansteckend!"
Fuhr ich Melissa an, die besänftigend die Hände hoch nahm.
„Schon gut, schon gut, ich habe ja nichts gesagt. Aber Jenna wenn´s keine Krankheit ist, was hast du dann?"
Wir wanten uns alle Jenna zu, die mittlerweile Tränen in den Augen hatte.
„Och Süße, was ist denn los? Komm schon erzähls uns."
Ich breitete meine Arme aus um sie zu umarmen. Jenna rutschte zu mir und begann ein wenig zu schluchzen.
„Es ist wegen Kai…"
„Welcher? Unser Kai? Kai Jepken? Der Kai?" informierte Sarah sich
„Ja natürlich der. Als ob ich noch jemand anders mit dem Namen kenne…"
„Komm zum Punkt was ist mit ihm?" krächzte nun Melissa
„Jaja schon gut… Also ich hab ihm gesagt, dass ich irgendwie ein bisschen auf ihn stehe und so weiter…"
Unser aller Augen wurden weit.
„Aber er meinte nur trocken, ich seie ja ganz nett aber das wärs dann auch schon, und noch irgendwas von wegen er steht auf Kathrin… aber

Hauptsache ist doch wohl das er mich nur nett findet."
Heulte sie. Die anderen sahen mich an und ich starrte ungläubig zurück. Danach schlossen wir sie in die Arme und redeten nicht ein Wort mehr über Jungs, allerdings waren wir damit wieder am Anfangsthema.
„Also echt, du solltest nach Hause fahren. Das ist doch nicht normal."
„Ganz genau. Warum hörst du denn nicht auf uns wenn wir dir sagen, dass du krank aussiehst. Ich meine, ich wechsel hier zum achten Mal deinen Verband und die Wunde sieht genauso aus wie beim vierten Mal wechseln!"
meckerte Sarah.
„Ich sags jetzt zum letzten Mal, es geht mir bestens und ich muss nicht nach Hause!"
Ich erhob mich protestierend von meinem Stuhl und stand wacker wie ein Fels in der Brandung.

„Kathrin? Kathrin? Kathrin kannst du mich hören?"
„W-w-was? W-was ist den passiert? Wo bin ich überhaupt?"
Ich lag auf dem Boden. Über mir sah ich Frau Korzec wie sie mit einem nassen Tuch meine Stirn abtupfte.
„Wag es bloß nicht sowas je wieder mit uns zu machen Kathy, hast du das kapiert!? Nie wieder!"
Sarah stand über mir ebenso Jenna die meine Hand hielt und Kim, die Tränen in den Augen hatte. Neben ihr stand auch Melissa die versuchte, sie zu beruhigen. Mein Rücken und mein Kopf pochten und taten irre weh.

„So Kathrin ich werde dann mal deine Eltern anrufen damit sie dich abholen kommen und ihr…"
Die Lehrerin wand sich an meine Freundinnen: „Sorgt jetzt dafür, dass sie auf dem Krankenbett liegen bleibt und keine Dummheiten anstellt."
Mir viel auf, dass ich mich im Krankenzimmer befand. Erschöpft schloss ich die Augen und schlief ein. Sicher eine viertel bis halbe Stunde lang lag ich schlafend da. Bis etwas weiches Feuchtes an meiner Stirn klebte, aus Reflex versuchte ich es mit der Hand weg zu wischen aber wie sich heraus stellte wischte ich nichts weg, sondern schlug eher etwas weg. Etwas, dass sich nun beschwerte.
„Autsch… Aber ich glaube das habe ich verdient wenn ich dich schon geweckt habe."
In meinem Kopf pochte plötzlich nur noch ein Gedanke: Was soll ich nur Jenna sagen wenn es Kai war, der mich da küsste? Ich traute mich gar nicht die Augen zu öffnen bis dann die Stimme darauf bestand. Langsam blickte ich hoch, aber da sahen mich nicht Kais petrolfarben Augen, sondern zwei eisblaue an. Sie passten perfekt zu den schwarzen Haaren und den blütenweißen Zähnen. Er hatte sein freches Lächeln aufgesetzt und hauchte:
„Okay Kathrin dann sehen wir uns leider erst nächsten Mittwoch wieder."
„Warte was? Woher kennst du meinen Namen? Ich meine, ich kenne ja auch deinen nicht."
„Ich heiße Jackson."
„Aber warte, wieso denkst du das wir uns erst Mittwoch wiedersehen?"

„Tja du bist sicher erst Sonntag wieder auf den Beinen und richtig gesund sicher erst am Mittwoch, aber keine Sorge es sind ja höchstens fünf Tage, das werden wir schon überleben."
Er zwinkerte mir wieder zu.
„Woher willst gerade du das wissen?"
„Intuition."
Mit seinem charmant frechen Lächeln verschwand er durch die Milch-gläserne Tür.

~Vorahnung~

Die nächsten fünf Tage fehlte ich tatsächlich. Es war verrückt, dass ich erst nach meinem Ohnmachtanfall so krank geworden war, denn die Symptome die ich vorzuweisen hatte entsprachen eher einer Vergiftung. Ich war von einem auf den anderen Moment so krank, dass meine Mutter mich ins Krankenhaus brachte. Am Samstag ist es am schlimmsten gewesen denn ich hatte so viel blau geschäumten Speichel der mir teilweise sogar aus dem Mund lief, dass ich nichtmal richtig atmen konnte. Zudem hatte ich alle zehn Minuten ein nerviges Krampfen im Bein was nicht aufhörte bevor ich das Bein fest stabilisierte. Andauernd gingen Assistenzärzte vor meinem riesen Zimmerfenster entlang.
Ich lag so gut wie nie ruhig auf dem Bett herum, wie es sich die Schwestern gewünscht haben und es gab sicher keinen Zweiten in dieser Klinik der ebenso nervös war wie ich. Nach einer Stunde die ich schon in meinem Krankenzimmer lag kam der Chefarzt mit einem Heer an Assistenzärzten.
„Guten Tag Kathrin, mein Name ist Dr. Bend, also"
nun wand er sich an die anderen Ärzte
„wer macht die Anamnese? Dr. Voss sie vielleicht?"
Er sprach nun eine schmale blonde Ärztin, mit einer Figur wie eine Balletttänzerin, an. Sie nickte und wand sich indirekt an mich:

„Kathrin Jones, sechzehn Jahre, heute eingeliefert wegen Bewusstlosigkeit, Krämpfen und starkem bläulichen Speichelfluss."
„Und was wird nun getan, Dr. Voss?"
Prüfte sie der Chefarzt ab.
„Nun würde ich eine Gas-Flüssigkeits-Chromatographie machen obwohl diese nicht zwingend nötig ist."
„Wieso ist sie das nicht, Dr. Voss?"
„Weil alle Syndrome der Patientin eindeutig auf eine Vergiftung hin weisen…"

Ich öffnete die Augen und fand mich in einem weißen Gefängnis wieder. Dort war es eiskalt und der grelle Schnee brannte in meinen Augen. Vor Schmerz kniff ich sie wieder zu. Der kalte Wind brauste mir um die Ohren. Ich blickte zu Boden, aber was ich dort sah verwunderte mich, denn statt weiße Turnschuhe zu tragen, war ich barfuß. Meine Fußnägel waren mit einem blutroten Nagellack bemalt und trotz Schnee spürte ich keinerlei Kälte an den Füßen. Ich folgte meinen Beinen nach oben. Ich trug ein schwarzes Tüllkleid, es war wunderschön, an der Taille hatte es eine art Korsett das meine schlanke Figur noch mehr betohnte und von der Hüfte abwärts ging es in einen schwarz glitzernden Tüllrock über. Ganz kurz fühlte ich mich unglaublich stark, aber das verfolg zu einer ekeligen Unbehaglichkeit. Ich war trotzdem gefesselt von meinem Anblick und konnte nun auch mein Gesicht sehen. Ich hatte schneeweiße Haut, dunkelrot glänzende Lippen, schwarz geschminkte Augen aus denen meine bernsteinfarbenen Iris hervorblitzte und meine schwarzen Haare waren zu einer Hochsteckfrisur drapiert, die hinten auf meinem Kopf zusammen gesteckt war und vorne gelockt hinunter hing. Wie einen Schlag ereilte mich die Erkenntnis, dass man sich doch gar nicht selbst ins Gesicht sehen konnte. Ich stolperte einige Schritte zurück und bekam die Weitsicht über meinen Standort. Ein riesiger eingefrorener See lag dort zu meinen Füßen, ohne Gräser drum herum, ohne Rand wie es ja sonst üblich war. Er war kaum vom Land zu unterscheiden abgesehen davon, dass man sich in ihm spiegeln konnte. Langsam sah ich mich um. Ich konnte in der Ferne ein paar zugeschneite Bäume erkennen und auf der anderen Seite des Sees stand eine Person. Mir stockte der Atem. Die Person bewegte sich auf mich zu und trat auf das Eis. Sie bewegte sich sehr schnell. Nach wenigen Metern hörte ich ein lautes Krachen und die Person war weg. Verwundert sah ich mich um aber da war niemand mehr, weit und breit, nur die Leere der Eiswüste. Ich ging ein paar Schritte in die Richtung in der ich die Person gesehen hatte und ein Schatten zog plötzlich meine Aufmerksamkeit auf sich, etwas unter der Eisschicht bewegte sich ganz schnell auf mich zu. Ich beugte mich über den Schatten der nun genau unter mir lag. Ein lautes Krachen hallte durch die Landschaft und das Gesicht einer äußerst hübschen Frau brach durch das Eis. Ihre Augen waren leuchtend grün und ihre Haare weißblond. Ein wirklich schöner Anblick. Sie kam mit ihrem Gesicht ganz nah an mich heran und legte einen Finger auf ihre Lippen „psst, das muss uner Geheimnis bleiben" damit versank sie wieder im Wasser. Nach wenigen Augenblicken war der See wieder zugefroren und ich sah meinem Spiegelbild wieder in die Augen, aber dieses Mal waren sie leuchtend rot. Ich erschrag als nun plötzlich dicke rote Tropfen auf das Eis fielen. Vor Schmerz presste ich *die Hände auf die Augen, aber immer mehr Blut floss heraus und immer stärker stach der Schmerz durch mich hindurch als würde jemand mir eine unsichtbare Klinge durch beide Augen drücken. Ich torkelte vor Qual und brach auf einmal mit dem Bein im See ein. Die Kanten schlitzten es mir auf und ich spürte wie die Kraft mich verließ, bis ich sie ganz verloren hatte...*

„Ich glaube sie ist wieder da."
Sagte man über mich, doch das Einzige was ich sah war ein helles Licht, der Himmel, so wunderschön und weiß... Weiß, weiß wie Schnee, weiß wie die Eiswüste aber auch weiß wie ein helles Licht, wie das Licht der Sonne. Eine kleine runde Sonne. Sie war so schön, dass ich nach ihr griff, immer näher kam ich an das Licht als wäre es Kilometer entfernt gewesen und in diesem Moment erreichte ich endlich das Ziel. Ich zog an dem Licht aber etwas wollte es nicht freigeben, es wollte das wunderschöne Licht für sich selbst behalten, egoistisch wie es war. Ich konnte spüren wie sich in mir ein Hass gegen das Wesen aufbäumte, weil es sein Licht nicht mit mir teilen wollte. Immer fester zog ich bis eine tiefe Stimme mich aufforderte los zu lassen. Ich ließ die Hände sinken und das Wesen nahm das Licht wieder an sich.
„Sie waren bewusstlos"
erklärte mir das Wesen das, wie sich heraus stellte, kein egoistisches Drecksding sondern der äußerst nette Chefarzt war.
„Sie sind genau nach der Diagnose bewusstlos geworden. Sollen wir nun fortfahren oder brauchen sie noch einen Moment?"

„Nein, nein, schon in Ordnung..."
„Also dann Dr. Voss fahren sie fort."
„Natürlichen Dr. Bendt also eigentlich sind keine weiteren Tests nötig da sie die für Vergiftungen typische Symptome aufweist"
„Und die wären?"
„Das wäre dann, in Mrs. Jones Fall, blauer Schaum vorm Mund und leichte Lähmungserscheinungen."
„Und wie konnte es zu dieser Vergiftung kommen?"
Fragte ich dieses Mal.

„Oh, ähm, da gibt es viele Möglichkeiten, zum Beispiel Verzehr von giftigen Substanzen oder Kontakt mit giftigen Chemikalien... wir werden da wohl noch einiges überprüfen müssen und..."
„Na ich denke das wird nicht nötig sein."
Unterbrach der Chefarzt seine Assistenzärztin.
„Denn, wenn wir uns einen kleinen Moment Zeit nehmen um uns den Arm der Patientin anzusehen, würde uns auffallen, dass da eine beachtlich tiefe Wunde an ihrem Arm ist."
„Oh, ähm selbstverständlich das ist mir auch gerade aufgefallen."
Ergänzte Dr. Voss mit einem leicht überheblichen Räuspern.
„Selbstverständlich, also wenn ich nun fortfahren darf, denke ich, dass diese Wunde doch sehr nach einem Biss aussieht und unterbrechen sie mich bitte Mrs. Jones wenn ich mich irre, aber ich wage mal anzunehmen, dass dieser von einem Tier stammt. Wenn das der Fall ist haben wir es wohl mit T63 zu tun, das steht für toxische Wirkung

durch Kontakt mit giftigen Tieren. Der Biss könnte am ehesten von einer Schlange oder sonstigen Reptilien stammen."
„Also eigentlich stammt der Biss von meinem Kater..."
Das Heer an Assistenzärzten sowie der Chefarzt sahen mich an als könne ich keinen Kater von einer Schlange unterscheiden.
„Bist du dir da wirklich ganz sicher?"
„Ja ich bin mir sicher das eine Katze und kein giftiges Reptil mich gebissen hat."
„Eben meintest du noch es sei ein Kater."
Warf Dr. Voss besserwisserisch ein, der Chefarzt und ich warfen ihr einen vernichtenden Blick zu.
„Also soweit ich weiß sind Katzen oder Kater nicht toxisch..."
bekannte der Chefarzt woraufhin die Assistenzärztin meinte
„Das heißt wir müssen also doch Tests machen, nicht wahr?"
„Ja. Dr. Voss das müssen wir wohl. Wir melden uns wenn wir die Ergebnisse haben."
Wandt er sich nun mir zu. Eine Dame aus dem Heer nahm mir daraufhin etwas Blut ab und das Heer verzog sich aus dem Zimmer.
Erledigt lehnte ich mich zurück und las die Nachrichten von meinem Handy, es gab 11 neue… super.
Eine von Sarah -völlig in Ordnung, eine von Kim - völlig in Ordnung, eine von Melissa - völlig in Ordnung, vier von Kai - Waaas? Völlig übertrieben. Und fünf von Jenna - völlig übertrieben aber in Ordnung denn Jenna ist halt Jenna.

Sarah:
Na, Kathy.
Is alles wieder in Ordnung oder
muss ich mir Sorgen machen?
Es spricht sich rum du seist im
Krankenhaus, sag mir bitte das
dass nur'n Gerücht ist sonst
muss ich dich nämlich sofort
besuchen kommen und du
weist ja das ich Krankenhäuser
gruselig finde...
Meld dich mal
Sarah

Kim:
Hii, Kathy
Was'n los? Bist du wieder gesund,
oder is es was ernstes??
Schreib mir mal
Bis dann

Melissa:
Hey,
Wie geht's dir? Wir machen uns alle voll
Sorgen um dich. Meld dich mal wenn's
dir besser geht OK?
Mel

Kai:
Hi, Kathrin
Ich hab gehört was passiert
ist und wollte einfach mal nach-
hören ob's dir besser geht und so
Meld dich mal
Kai

Hey Kathy
Ich bin's nochmal, is schon sicher
ne Stunde her das ich dir
geschrieben habe und ich mach
mir irgendwie naja... Sorgen, wie
auch immer, meld dich bitte
Kai

Kathrin es ist schon wieder
ne Stunde vergangen und
in der Schule heißt es du
wärst im Krankenhaus...
Bitte antworte mal ich mach
mir echt Sorgen .
Kai

OK ich weiß schon was los ist
du bist sauer das ich Jenna
hab abblitzen lassen aber
das kann ich erklären. Komm
schon schreib mir
Kai

Jenna:
Kath? Was los mit dir?
Hab ewig nichts von dir gehört.
Muss ich mir Sorgen machen?
Jenna

Du bist im Krankenhaus?
Warum schreibst du nicht?!
Jenna

WTF Kathy geh an dein
Handy!!
Jenna

Kathy was ist los? Wo
bist du?
Jenna

Kathy ich kann das solang
Machen bis dein Speicher
Voll ist.
Jenna

Eins war zu dem Zeitpunkt auf jedenfall klar, und
zwar wenn ich nicht sofort den anderen antworte,
würde sicher jemand und damit meine ich Jenna
meine Eltern fragen in welchem Krankenhaus ich
mich befinde um mich zu besuchen und höchst
persönlich zu beschimpfen, weil ich nicht
geantwortet habe. Eigendlich habe ich nichts
lieber als Besuch, wer mag schließlich schon
Einsamkeit, aber heute... war alles irgendwie
anders. Also schrieb ich einfach eine -universal
Antwort- die ich an alle weiterleitete. In dieser
schrieb ich einfach dass ich zwar im Krankenhaus
wäre aber nur wegen einer
Lebensmittelvergiftung. Das alles gut sei und das
ich nur nicht schreiben könne weil in der
Abteilung Handys nicht erlaubt wären. Schnell
leitete ich es an alle weiter und schloss leider für
einen kurzen Moment die Augen...

*Schwarz, kalt, tot, angsteinflößend. Ein Gestank nach
Verwesung lag in der Luft und es war tiefste Nacht
nachdem ich die Augen aufschlug. Das Einzige was die
Dunkelheit erhellte war eine grün schimmernde
Straßenlaterne die der Szene eine grauenerregende
Atmosphäre verlieh. Ich befand mich einige Meter von*

der Lampe entfernt aber trotzdem nah genug um eine Frau, in einem verschmutzten rosé farbenen Kleid, darunter zu erkennen. Es breitete sich an den Füßen rund aus und wirkte wie eine Welle, die sie umkreiste. Ihre Haare fielen in langen, dunkelblonden Locken bis hin zum Bauch und ein mit schwarzen Blumen geschmückter Hut verbarg einen Teil ihres Gesichts. Ihre Erscheinung wirkte sehr geheimnisvoll und unheimlich, aber auf eine beängstigende Weise faszinierte mich diese junge Frau „Du hast Angst nicht wahr?"

Sie blickte zu mir hinüber mit ihren toten grauen Augen und winkte mich zu ihr.

„Na komm schon her, ich beiße nicht..."

Vorsichtig erhob ich mich auf die Füße und schwebte fast, leicht wie eine Feder, zu der Dame hin. Sie sah mich verzehrend an als würde sie es tatsächlich in Erwägung ziehen mich zu -beißen-. genüsslich zog sie meinen Duft durch die Nase ein, während sie die Augen schloss um mir danach einen schlangenartigen Blick zuzuwerfen. Kalt lief mir ein Schauer den Rücken hinunter, als würden ein dutzend Ratten über mich hinweg huschen.

„Kathrin ich bin verwundert dich jetzt schon hier zu sehen? Ich hatte mit dir erst in drei, vier Monaten gerechnet. Bist du denn schon weit genug entwickelt um mich aufzusuchen?"

Prüfend ging sie um mich herum und musterte mich bis ins Detail. Mir fiel ein gewaltiger Spiegel auf der hinter ihr stand. Scheu warf ich einen Blick hinein, was mag mich wohl in diesem Traum erwarten wenn ich in den andern beiden schon ein zu Tode erschreckendes Äußeres hatte? Aber nichts, nur ich, ganz normal.

Kathrin Jones, keine roten Augen, keine Kleider und keine seltsame Frisur, nur ich.
„Hmmm...? Was soll das? Ein schlechter Scherz, ein Witz? Du bist ein Mädchen! Was soll das, du hattest doch schon sicher einen Monat Zeit! Du bist viel zu früh!"
Aggressiv fuhr sie mich an und ihre Pupille war so groß, dass man kaum weiß im Auge erkannte.
„Wofür bereit? Warum zu früh? Für was hatte ich schon einen Monat Zeit? Und was haben sie denn erwartet, natürlich bin ich ein Mädchen."
„Du denkst doch nicht wirklich ich würde dir abkaufen, dass du über nichts Bescheid weißt?"
„Aber ich weiß von nichts, das ist ein Traum, ich bin wieder ohnmächtig geworden."
„Ein Traum?"
Sie lachte aus voller Kehle, so laut, dass ihr Echo die ganze Nacht durchdrang.
„Schätzchen, du bist nicht ohnmächtig sondern tot, aber zu früh."
„Was, wie kann man denn bitte zu früh tot sein? Außerdem bin ich nicht tot, das kann nicht sein."
„Doch das bist du, aber die Frage ist, warum schon jetzt? Du bist noch nicht so weit... aber was mach ich jetzt mit dir? So kann ich dich nicht gebrauchen."
Sie schritt um mich herum und plötzlich durchzog mich ein Schmerz als hätte man eine Eisenstange in meinen Rücken gebohrt. Blut floss von meinen Fingerspitzen zu Boden und mein Blick folgte den Tropfen, doch da war kein Boden auf den sie fielen, sondern Leere. Sogleich wurde mir der Boden unter den Füßen entzogen und ich folgte den Blutstropfen in den Abgrund.

- Am Ende vom Weg kann niemand vor mir flüchten - hörte ich eine Stimme raunen bis ich mich in der Dunkelheit verlor.

Das nervtötende schrille Kreischen der Krankenschwester weckte mich. Eins war mir nun klar, ich litt nicht an Vergiftung, höchstens an Wahnvorstellungen aber auch das war unwahrscheinlich. Die drei Schwestern um mich herum waren nervös und redeten durcheinander und ein kurzer Blick auf den Monitor hinter mir verriet mir warum, mein Herz stand still. Das war unmöglich, ich konnte mich doch bewegen, atmen und alles andere auch aber mein Herz schlug einfach nicht. Mittlerweile bemerkten auch die Schwestern das ich wach und beweglich war woraufhin diese erst fassungslos da standen aber dann panisch los schrien. Ich blendete sie aus, denn ich war viel zu beschäftigt damit mein Leben zu retten. Entsetzt hämmerte ich auf meinen Brustkorb in der Hoffnung, das würde mein Herz wieder zum Schlagen bringen, ohne Erfolg. Vollkommen erschöpft bat ich die Schwestern mir zu helfen doch die rannten davon. Ich war ganz allein und hatte kein bisschen Kraft mehr. Vollkommen am Ende lauschte ich einem leisen Piepen. Es hatte einen regelmäßigen Rhythmus und erinnerte mich an das Piepen des Monitors der meinen Puls anzeigte. Bis mir auffiel, dass das tatsächlich mein Puls war den ich da hörte. Ich lebe! War mein einziger Gedanke aber eine innere Stimme unterbrach meine Gedanken.
 - Wir sehen uns bald wieder Kathrin, sehr bald.

~Veränderungen~

Drei Wochen waren vergangen seit meinem seltsamen Kurztot. Und in dieser Zeit hatte sich schon eine Menge verändert, was mir zu denken machte. Vor allem hatte ich plötzlich ein, von meiner rechten Hand bis zu meinem Unterarm hoch fließendes Mal. Von Tag zu Tag veränderte es sich. In den ersten paar Tagen bestand es lediglich aus Flecken die wie Tropfen von Tinte auf meine Fingerspitzen gedruckt waren. Einige Tage später flossen sie wie ein Rinnsal langsam meine Hand hinauf bis zur Mitte meines Unterarms. Dort versickerten sie in Form von kleinen Wolken in meinem Arm, welche sich nachher zu einer einzelnen zusammen schlossen. Aber danach geschah vorerst nichts mehr mit der Wolke. Was mir auch zu denken gab war das Jackson, der mir ja versprochen hatte das wir uns Montag wiedersehen würden, wie vom Erdboden verschluckt war und niemand sich daran erinnerte ihn je gesehen zu haben, nicht einmal die kreischenden acht Klässlerinnen wussten irgendetwas.
Obwohl ich den Jungen kaum kannte machte es mir schwer zu schaffen ihn nicht wieder zu sehen, es war wie ein großes Fragezeichen das in meinem Kopf umherschwirrte. Beinahe hätte ich geglaubt, dass es ein Tagtraum war ihn getroffen zu haben, aber dann ließ mich etwas meine Meinung ändern. Es geschah an einem Freitag. Nun war ich schon seit fast vier Wochen aus dem Krankenhaus entlassen und hatte in der ganzen Zeit kein

einziges Mal Jackson gesehen oder etwas von ihm gehört was mich zugegeben mehr als traurig stimmte, schließlich sah er unglaublich gut aus und auch seine spontane, geheimnisvolle Art gefiel mir sehr gut. Er hatte eine Würze in meinen Alltag gebracht die mir, jetzt wo sie fehlte, zeigte wie fade und vorhersehbar mein ganzes Leben doch war. Nun ging ich meinen letzten Tag in dieser Woche zur Schule und das nur um ihn wieder zu sehen. Es war wahrscheinlich das erste Mal seit langem, dass ich vier Wochen am Stück zur Schule ging, nicht, dass ich immer schwänzte. Nein, ich war nur sehr empfindlich. Ich war die Erste im Winter mit einer Grippe, ich war die Einzige, die von zu starkem Sonnenschein in Ohnmacht fiel, ich war die Einzige, die mehrmals ins Krankenhaus musste weil sie immer wieder Platzwunden vom -in ohnmachtfallen- hatte. Aber manchmal war ich auch einfach zu schlapp oder kränklich, da blieb ich dann auch gern mal zu Hause. Doch ich musste ihn einfach wiedersehen und jeden Morgen an dem ich mich schlapp fühlte, trat ich mir selbst in den Hintern und dachte nur daran wie sauer ich wäre wenn er genau dann kommt wenn ich nicht da war. Ich stand nur auf für ihn. Also ging ich am Freitag den ersten November gemächlich von dem Parkplatz vor meiner Schule zur Eingangstür. Ich griff nach der Klinke der riesigen Tür und sah einen Schatten hinter mich huschen.
*War das nicht...? Nein quatsch…*dachte ich mir und bekam das Gefühl überzuschnappen. Trotzdem fing mein Herz an zu rasen, vor allem weil ich mir ganz und garnicht sicher war ob er, wenn er es

denn war, mich überhaupt wieder erkennen würde. Fest entschlossen mich nicht umzudrehen machte ich die Tür auf. Gerade einen Schritt später befand ich mich wieder auf dem Parkplatz. Aber meine Füße hatten mich dort nicht hin getragen, sondern es hat mich jemand hoch gehoben, zum Parkplatz geschleppt, mich wieder abgesetzt und schlussendlich geküsst. Tatsächlich geküsst, auf den Mund, heftig und zärtlich zugleich. Ich dachte nicht mehr darüber nach wer das wohl war, ich wusste es einfach - Jackson. Ich fühle mich so sicher und geborgen wie noch nie zuvor.
„Na hast du mich vermisst?"
Immer noch ganz durch den Wind antwortete ich nur stotternd:
„Wa-was? Ich? Ja... ähm naja wo warst du denn eigentlich die ganzen Wochen?"
„Ach ich hatte da was zu erledigen und naja da war dann keine Zeit für Schule"
Nervös spielte ich an meinem Ring herum.
„Du hast dein Versprechen gebrochen."
„Ach ja, wirklich?"
Er grinste, was mich automatisch auch zum Grinsen brachte.
„Ja, du hast versprochen dass wir uns Mittwoch sehen würden, aber du bist bis heute nicht erschienen."
„Oh, das tut mir leid, aber ich hatte so zu sagen einen rundum Job zu erfüllen. Da konnte ich leider nicht raus. Aber ich bin dir eindeutig etwas schuldig."
„Das wäre nur fair."
Er schmunzelte und küsste mich erneut aber dieses Mal wurden wir leider gestört.

„Ja, leck mich doch! Das is doch wohl nicht dein Ernst?!"
Hörte ich Sarah aufschreien.
„Als ob du'n neuen Typen hast und uns nicht mal was von ihm erzählst?!"
Energisch kam sie angestakst und musterte Jackson mit einem prüfenden Blick, aber trotzdem mit einem gespielten Lächeln auf den Lippen.
„Na das is ja mal'n Süßer, wo kommt der denn her?"
Flüsterte sie mir grinsend zu, während sie laut auf ihrem Kaugummi kaute.
Er fing an zu lachen und hauchte mir noch mit einem Zwinkern zu:
„Denk dran, ihn spätestens heute Abend zu lesen"
„Äh ja, ... warte was?"
Stotterte ich, doch da war er schon wieder weg. Ich schob meine Verwunderung über das was er gesagt hatte beiseite, denn Sarah überfiel mich mit ihren Fragen.
„Ja sag'ma, wer war das denn?"
„Ach der? Pff... keine Ahnung hab ich nicht mitgekriegt."
Antwortete ich nüchtern. Aber ich war noch nie eine gute Lügnerin gewesen. Und diese Antwort passte Sarah ganz und gar nicht. Womit ich allerdings nicht rechnen konnte war, dass ihr das so wichtig war, schließlich ist ihr wirklich vieles scheiß egal, selbst wenn es ihre Freundinnen betrifft. Ein wenig gerührt bin ich dann doch gewesen, denn allen anderen hat Sarah gar nicht erst zugehört wenn sie anfingen von Jungs zu reden, warum denn auch? Meine Freundinnen schwärmten jeden Tag von einem anderen aber

das war nicht der Punkt. Doch zeigte mir dieses Ausfragen von Sarah, dass ich eigentlich nichts über ihn wusste. Kaum hatte ich diesen Gedanke, floss er wie ein eiskalter Schauer durch mich hindurch und ich fing an zu zittern.
„Wow... Hey! Du bekommst jetzt aber nicht so ´nen gruseligen Schock oder sowas, klar? Ich bin ohnehin grad etwas durch den Wind also mach's nicht noch schlimmer."
„Jaja, ist schon ok ich hab nur grad... ach Quatsch, vergiss es, ist schon gut... was ist denn los bei dir?"
Versuchte ich das Thema zu wechseln. Erfolglos.
„Ne ne vom Thema ablenken is jetzt nicht, wir gehn erst mal rein und hocken uns irgendwo hin. Dann kannst du mir ganz in Ruhe alles erklären, klar?"
„Klar."
Ohne weiter zu murren folgte ich ihr allerdings nicht um mit Sarah über Jackson zu reden, sondern weil ich merkte das etwas mit ihr nicht stimmte. Wir schlenderten durch das große Forum über Treppen und Flure bis zu unserer Klasse. Dort war noch keiner, weil alle anderen auf dem Podest saßen. Langsam ließen wir uns neben dem großen runden Fenster nieder. Erst sah Sarah nur stumm auf ihre Füße doch dann schüttelte sie das rasch ab und setzte ihr vertrautes Grinsen auf, bevor sie anfing zu fragen:
„Also, wer war der Schuckel?"
„Jackson."
„Aha Jackson... jetzt zu den Details, woher kennst du den?"
„Schule."

Die ganze Zeit konnte ich einfach nicht aufhören sie zu beobachten. Es verschlug mir die Sprache sie so innerlich eingeklemmt zu sehen. Sie unterdrückt etwas und versucht mich mit Fragen davon abzulenken.
„Gut. Und wie lange kennst du den schon?"
„Was ist los mit dir?"
Platzte es nun plötzlich aus mir heraus, wie aus Reflex und auch etwas lauter als ich es eigentlich sagen wollte.
„Was meinst du?"
„Du bist anders, du bist traurig. Warum?"
„Pfff... garni..."
„Sag jetzt bloß nicht garnicht."
Unterbrach ich sie woraufhin sie einmal tief und laut die Luft einsog bis sie schließlich mit der Sprache raus rückte.
„Na schön, ich sag's dir, aber nur weil ich Details hören will. Weißt du, bei uns ist was passiert worüber ich sehr traurig bin und deshalb red ich nich gern drüber."
„Aber mit irgendwem musst du doch reden wenn dich etwas traurig macht. Das muss ja nicht ich sein aber du weißt doch, wir alle sind für dich da, egal was ist."
„Ja schon klar es ist nur... Etwas hat meinen Vater angegriffen."
„*Etwas* hat deinen Vater angegriffen? Meinst du nicht eher jemand."
„Ich möchte hoffen, dass es ein etwas war denn wenn ein Mensch dazu bereit wäre so etwas zu tun würde sich meine einstellung gegenüber menschen deutlich ändern. Naja ich weiß nur, dass ich einfach duschen war und als ich runter in

die Wohnung ging lag da mein Vater auf dem Boden."
Sie fing an zu weinen aber erzählte trotzdem weiter.
„Er war beim Angeln mit einem Freund. Wir können uns alle nicht erklären wie er überhaupt zu uns nach Hause gelangen konnte denn als er da im Flur lag... war er vollkommen... zerfetzt."
Sie musste schlucken, konnte aber gar nicht mehr aufhören zu erzählen, es war als würde das alles in ihrem Kopf Revue passieren. Doch ich ließ sie. Sowas in sich hinein zu fressen ist eigentlich nie eine gute Idee.
„Es war grauenhaft, meine Mutter und meine Schwester waren beide nicht da und er lag mitten im Flur. Ich war nicht sicher ob er noch lebte, also ging ich näher heran. Aber da war das ganze Blut um ihn herum und sein Arm war irgendwie ganz seltsam verdreht. Ich rief seinen Namen und da machte er die Augen auf und sah mich an und er rang nach Luft und, und ich musste ihm doch helfen, ich musste was tun und..."
Mit jedem Wort wurde sie immer schneller und schneller.
„Und ich wollte den Notarzt rufen, aber, aber das Telefon lag in der Küche und er lag im Flur und ich, ich musste an ihm vorbei aber, aber da war alles Blut überall Blut. Aber ich konnte ihn nicht da liegen lassen ich musste was tun, also bin ich durch..."
Sie machte eine Pause da sie vor heulen kaum sprechen konnte.
„Also bin ich durch das Blut gegangen und dann war da überall Blut an meinen Händen an meinen

Beinen, überall dieses Blut und er fing an zu stöhnen und dann das Blut..."
„Aber warum war das Blut überall?"
„Ich bin hingefallen… einfach ausgerutscht."
Ich schluckte. Wie sehr ich sie bewunderte, dafür, dass sie es schaffte mit mir über irgend so einen Kerl zu reden und zu lachen während sie eine solche Last mit sich trug.
„Aber, aber ich habs geschafft, ich hab den Notarzt erreicht und die haben ihn dann mitgenommen."
„Verdammt Sarah... wer oder was konnte so etwas deinem Vater bloß antun?"
„Das wissen wir nicht, ich konnte der Polizei auch nur wenig mitteilen."
Vorsichtig legte ich meine Arme um sie zum Trost.
„Was ist dir denn so aufgefallen?"
Ich weiß, dass ich es nun eigendlich hätte gut sein lassen sollen aber ich kannte Sarah. Sie heulte nicht vor Traurigkeit sondern vor Wut und da lag ich sehr richtig. Denn schon jetzt wischte sie die Tränen weg und wirkte wieder stark.
„Naja, er lag da und sah mit seinen starren Augen zu mir hoch während immer weiter Blut aus sämtlichen Stellen seines Körpers tropfte. Und weißt du was am seltsamsten war, als ich mich neben ihn hockte sah ich an seiner Haut lauter blass grüne Farbflecken und da war auch so ein widerlicher Geruch nach totem Tier, obwohl er noch lebte."
Wie ein Blitz schlugen ihre Worte in mich hinein, es weckte eine böse Erinnerung in mir.
„Verwesung."

Dachte ich laut und Sarah bemerkte es.
„Ja genau, er roch nach Verwesung statt nach Blut, was ungewöhnlich war weil er jede Menge davon verloren hatte. Naja, im Moment ist er übrigens im Wachkoma. Die Ärzte meinen er kommt durch, aber er hat erst mal viel neues Blut gebraucht und musste genäht werden so um die Hundertmal. Die Polizei ist aber eher besorgt was das wohl für ein Tier war, das hier nun frei durch die Gegend rennt."
„Tier?"
„Natürlich Tier oder meinst du etwa immernoch ein Mensch könnte so etwas tun?"
„Nein, ich frag mich nur was für Bestien durch solch ein Kuhkaff wie Porthleven wandern. Aber du hast recht, ein *Mensch* aus dieser Gegend könnte das wohl wirklich nicht..."
„Wow Kath wenn du so düster redest bekommt man echt Schiss."
„Oh tut mir leid, ich vertiefe meine Gedanken wohl zu sehr in den Täter, wobei ich mir eher Sorgen um deinen Dad machen müsste."
„Jetzt quatsch mal keinen Schrott, er lebt ja noch, das ist alles was zählt und das dieser *Täter* uns nicht klein kriegt. Nagut, jetzt weißt du ja was los ist, behalt das aber bitte für dich."
„Ja klar, ich erzähl's keinem, versprochen."
„Gut danke."
„Ist denn mit dir alles in Ordnung soweit, oder brauchst du jetzt irgendwie einen Therapeuten oder so?"
„Quatsch ein Therapeut bräuchte eher mich statt ich ihn."

Wir lachten und ich war erleichtert, dass sie es noch konnte und so war wie sonst auch. Sie wirkte sogar etwas erleichtert.

Gerade als wir unser Gespräch beendet hatten stürmten meine Klassenkameraden, zeitgleich mit dem Klingeln, in den Raum. Den Unterricht fand ich heute ausnahmsweise relativ interessant was ich wirklich nicht erwartet hätte. Bei den Fächern war eher mit totaler Langeweile und einem Kampf zwischen Wachsein und Schlaf zu rechnen, doch nicht heute.

~Ankündigung~

Der Schultag neigte sich dem Ende zu und ehe ich mich versah befand ich mich an der Bushaltestelle. Ich fuhr heute ohne meine Freundinnen Bus. Die anderen riefen mich zwar noch als ich aus dem Schulgebäude ging aber ich hörte sie nicht. Warum weiß ich nicht aber ich wollte so schnell wie möglich von da weg und nach Hause kommen. Einfach ins Wochenende eintauchen und keinen Gedanken an die Schule oder Menschen die ich mit Schule assoziiere verschwenden. Wie üblich zu früh gefreut denn mein Handy vibrierte schon jetzt in meiner Tasche. Ich nahm es raus um es auszuschalten aber die SMS die da in meinem Bildschirm blinkte war von Kim. Das hieß zwar nicht, dass ich sie nicht einfach ignorieren könnte, aber bei Kim brachte ich es einfach nicht übers Herz. Ich las sie:
Kim:
Heyy Kathy,
hör mal, tut mir soooo
leid aber wir können uns
Sonntag doch nicht treffen.
Weißt du ich hab das voll
vergessen dir zu sagen
aber du bist so schnell
weg gewesen, da hatte ich
keine Gelegenheit mehr.
Denn Sonntag ist meine
erste DEMO ohne Eltern!!
Also jedenfalls bin ich den
ganzen Tag mit Mandy in
Tottenham!! Weiß zwar noch
nicht worum es geht aber
Mandy meinte es würd cool

Werden, also sehn wir uns am
Montag.
Kim

Dann stieg ich in den Bus ein. Entspannt hörte ich Musik und sah aus dem Fenster der Sonne entgegen. Die Wärme prickelte auf meiner Haut. Wie in Trance betrachtete ich mein Spiegelbild im Busfenster, aber plötzlich veränderte es sich. Dort war nicht mehr mein Gesicht zu sehen sondern Jacksons. Er zwinkerte mir zu, schnell sah ich mich um, in alle Richtungen doch er war nicht zu sehen. Er hielt einen Zettel in der Hand und steckte ihn in seine Jackentasche. Nun viel mir wieder ein was Jackson mir heute Morgen zugehaucht hatte.
‚Denk dran ihn spätestens heute Abend zu lesen' Anscheinend meinte er einen Zettel. Eindringlich zeigte er auf seine rechte Jackentasche bis ich verstand. Vorsichtig tastete ich in meiner Jackentasche herum und fand einen schwarzen Zettel, den ich nie zuvor gesehen hatte. Verwirrt sah ich wieder ins Fenster doch Jacksons Spiegelbild verwischte als wäre es auf der Wasseroberfläche gewesen. Vorsichtig faltete ich den Brief auseinander, in weißer Schrift stand dort etwas geschrieben.
Liebe Kathrin,
Es ist unglaublich wichtig das du....
Wie aus heiterem Himmel verschwamm die Schrift wie das Bild im Fenster. Verzweifelt strich ich über das Blatt, drehte und wendete es, aber nichts. Was war unglaublich wichtig? Was sollte

ich tun? Kaum flog der Gedanke durch meinen Kopf, da zuckte ich zusammen.
„Naa! Was liest du da?"
Alice ein Mädchen aus meiner Parallelklasse saß hinter mir und hatte wohl mitbekommen das ich beschäftigt war woraufhin sie es als ihre Pflicht ansah mich zu stören. Im Grunde war sie äußerst freundlich hatte aber eine nervige Art an sich die mir nicht sehr gefiel. Ihr Haar hatte sie kirschrot gefärbt und ihre Augen waren dunkel braun. Eigentlich war sie recht hübsch, groß, schlank aber ihr Kleidungsstil war vielleicht etwas ‚over dressed' für die Schule. Sie trug meistens eine Art Uniform mit Lackschuhen, Faltenrock und Sacco.
„Ach garnichts, siehst du ja."
„Ja…? Was is'n das dann für ein Zettel?"
„Ähm… Keine Ahnung das is einfach ein leeres Blatt, ist das ein Problem oder was soll der Verhör?"
Versuchte ich das Gespräch mit einem Lächeln zu beenden, was funktionierte.
„Haha, quatsch, du kennst mich doch, ich bin neugierig wie niemand sonst."
Eigentlich kannte ich sie nicht mal so gut und es war meinerseits nicht nötig das aufzuholen. Ich starrte wieder gespannt auf meinen Zettel nachdem sie sich abgewandt hatte doch da kam nichts, die Botschaft tauchte nicht mehr auf. Wütend sah ich mich um ob mich wieder jemand beobachtete. Zu meiner Enttäuschung war daran nicht so schnell was zu ändern denn alle paar Sekunden blickte jemand in meine Richtung, vielleicht weil ich wie gebannt auf einen leeren Zettel starrte aber vielleicht auch aus Langweile,

eins war jedoch klar und zwar, dass ich mich noch gedulden musste bis ich zuhause war um den Brief zu lesen.
Diese Busfahrt war wohl die längste meines ganzen Lebens, aber irgendwie überstand ich sie und das unendlich lange Warten bis ich schließlich vor meiner Haustür stand. Hastig schob ich den Schlüssel ins Loch und stürmte durch die Tür. Meine Mutter und mein Vater würden erst spät am Abend zurückkommen also hatte ich eine Menge Zeit den Brief zu studieren, wenn die Schrift denn wieder auftauchte. Während ich mich meiner Jacke und meinen Schuhen entledigte ging mir der Gedanke durch den Kopf was wäre wenn auf dem Brief nun nichts stehen würde. Ich könnte nicht einmal Jackson vor heute Abend fragen, denn nach seiner Adresse oder Handynummer hatte ich mich bisher nicht erkundigt. Allerdings fragte ich mich was das bloß für ein Brief war dessen Schrift wie Flüssigkeit einfach weg schwimmt, vor allem was dort draufstand, welche Botschaft nur ich lesen durfte. Mit kribbligen Fingern öffnete ich das weiße Siegel auf dem schwarzen Stück Papier.
Ein schneeweißes, unversehrtes Siegel, welches man auf jeden Fall zerbrechen musste bevor man den Brief öffnen konnte.
Es war schlichtweg unmöglich das es schon im Bus dort auf dem Brief war denn laut meines Wissens hatte ich das Stück Papier einfach geöffnet.

Liebe Kathrin,

es ist unglaublich wichtig, dass du glaubst was in diesen Zeilen geschrieben steht, denn ich schwöre bei meinem Leben, es ist
kein Wort gelogen… Du bist kein gewöhnliches Mädchen, das ist mir bei unserer ersten Begegnung schon aufgefallen, du bist etwas Besonderes. Es wird in den nächsten Tagen nicht leicht für dich, du stehst auf der Schwelle zur schwierigsten Zeit deines Lebens und ich werde dir bei jedem Schritt zur Seite stehen. Nur heute Abend werde ich nicht da sein können, deshalb ist es so wichtig, dass du mir vertraust. Deine Eltern kommen erst Montag nach der Schule zurück. Ich habe sie auf eine kleine Reise nach London geschickt. Mach dir keine Sorgen, sie sind hier in Sicherheit und du wirst es auch sein wenn du dich an meine Anweisungen hältst. Du musst vor Sonnenuntergang alle Rollläden hinunter gelassen haben, alle Fenster und Türen fest geschlossen halten und du darfst sie unter keinen Umständen öffnen. Für niemanden, verstehst du? Nicht für deine ‚Familie‘, deine ‚Freunde‘, deine ‚Bekannten‘, den ‚Postboten‘ nicht mal für ‚Mich‘. Für niemanden darfst du deine Tür öffnen. Ich kann dir noch nicht erklären warum, aber es ist sehr wichtig. Ich hoffe, dass ich dir bald alles erklären kann.
In Liebe,
Jackson

„Pff… genau"
Stöhnte ich.
„Bei seinem ‚Leben‘ schwört er, das weckt ja mal Vertrauen."
Ich hielt nichts davon wenn Leute auf ihr Leben schwörten, da niemand wirklich bereit wäre sein Leben zu geben, sollte er sich irren. Es war also

nur leeres Geschwätz in den meisten Fällen. Über seine ausdrückliche Warnung war ich aber trotzdem sehr verwundert und ich begriff langsam was hier los war.
„Oh ja klar…"
Murmelte ich vor mich hin und schlug mir an die Stirn.
„Der Typ hat den Verstand verloren und ist anscheinend aus irgendeiner Anstalt geflohen. Der kann mir doch nicht vorschreiben, dass ich mich hier verschanzen soll."
Auch wenn mich dieser Brief beunruhigte klang alles was dort stand vollkommen unrealistisch. Wie gerufen schlich Jack sich auf meinen Schoss und forderte mich auf ihn zu streicheln. Er schaffte es tatsächlich mir ein Lächeln ins Gesicht zu zaubern. Also nahm ich den Zettel und warf ihn in den Papierkorb. Um mit meinen Gedanken nur noch bei meinem Kater zu sein. Doch das gefiel ihm anscheinend nicht so gut, denn Jack fischte ihn gleich wieder hinaus und legte ihn vor mich.
„Du willst also das ich mache was dieser Irre mir auf einem Zettel, dessen Schrift ab und zu mal weg fließt, befohlen hat nicht wahr?"
Selbstverständlich konnte er nicht antworten.
„Naja wie irre kann er im Gegensatz zu mir schon sein wenn ich mir einbilde meine Katze könne mich verstehen."
Noch einmal öffnete ich den Brief und mir fiel auf, dass dort noch mehr geschrieben stand. Dieses Mal war ich mir noch sicherer dass unter seinem Namen eben noch nichts gestanden hat oder ich

litt immernoch an Wahnvorstellungen wie bei meiner Vergiftung.

...
In Liebe,
Jackson.

P.S.: Ich verspreche dir du wirst bald alles verstehen aber ich bitte dich, schließ alles ab, öffne nicht die Tür und beeil dich, in einer Viertel stunde geht die Sonne unter.

Eine halbe Stunde später fiel mir auf, dass er wohl doch nicht der Irre war. Sonder das ich, die, die auf einen Fremden hört, die, die einem Zettel vertraut dessen Schrift schwimmen kann und welcher anscheinend Siegel und mehr Text herbeizaubert und die, die sich Tipps von ihrer Katze geben lässt, das ich hier die Irre war. Allerdings war ich eine sehr gut verschanzte Irre. Doch ich bekam Zweifel an der ganzen Sache, ob das wirklich stimmte, und ich in Gefahr war. Die Frage tat sich natürlich auf wovor ich in Gefahr war, bis plötzlich die Tür klingelte. Wie ferngesteuert wollte ich sie öffnen aber da fiel mir der Zettel wieder ein und dass ich auf keinen Fall die Tür öffnen sollte. Ich hatte jedoch ein Problem, denn seit wenigen Wochen war ich chronisch neugierig, ich hatte sowas vor letzten Monat noch nie, nicht mal Weihnachten war ich neugierig gewesen, jedenfalls nicht so stark. Aber jetzt in diesem Moment wo an der Haustür wohl möglich jemand, der mir schaden will, nur zwei Meter entfernt stand, musste ich einfach erfahren wer

das war. Also setzte ich einen Finger auf den Knopf unserer Sprechanlage um zu fragen wer dort stand.
„Hallo, wer ist da?"
„Schätzchen ich bin´s Tante Sue. Du musst mich schnell rein lassen es ist was Schlimmes passiert."
Die Stimme der Frau hörte sich in der Tat genau wie die meiner Tante Sue an, doch hatte Jackson mir prophezeit, dass irgendwer kommen würde damit ich meine Tür öffnete.
„Was ist denn passiert?"
„Süße soll ich dir das nicht lieber drinnen erzählen?"
„Nein, nein sag es mir schon jetzt."
„Na schön, die Polizei hat mich angerufen. Da hat ein junger Mann deine Eltern als Geiseln genommen, wir müssen jetzt aufs Polizeipräsidium."
Nach dieser Aussage musste ich erst mal Luft holen. Ein junger Mann hatte meine Eltern als Geiseln genommen - Jackson. Er wollte doch unbedingt, dass ich nirgendwo hingehe und niemandem öffne. Aber was hätte er davon meine Eltern zu entführen? Egal, dachte ich mir, die Familie geht vor und vor allem woher sollte irgendwer anders wissen, dass ich aufgrund dieser Geschichte raus kommen würde?
Vorsichtig legte ich eine Hand auf die Klinke, bereit sie hinunter zu drücken. Aber dazu kam ich nun doch nicht, weil mir etwas mittlerweile nicht mehr so kleines mit voller Wucht gegen den Kopf sprang. Ich taumelte von der Tür weg und plumpste auf den Boden. Ich fragte mich allen Ernstes wie es ein kleiner Kater schaffte so hoch

und kräftig zu springen und vor allem warum?
Als ich ihn ansah hatte er den Babykatzenblick
aufgesetzt und den bescheuerten Zettel im Mund.
Widerwillig nahm ich das dumme Ding und sah
hinein.

…
In Liebe Jackson.

P.S.: […]

*P.P.S.: Selbst wenn du auf den Verdacht kommen
solltest ich würde dich hinters Licht führen, musst du
mir einfach vertrauen. In dieser Angelegenheit gehen
Dinge vor sich von denen du nichts ahnen kannst. Und
außerdem hätte ich keinen Grund dir Böses zu wollen,
denn ich bin verliebt in dich Kathrin. Vergiss das nicht.*

Jetzt war jedenfalls klar, ich war irre, er war irre
und mein Kater der hatte die größte Meise von
allen. Denn nach seinem Heldensprung war der
kleine nur noch am taumeln. Ich hob ihn
behutsam auf, setze ihn neben mich auf die Couch
und machte den Fernseher an. Ich sah mir einen
Film über ein junges Mädchen an das in ihrer
neuen Schule auf einen Werwolf trifft. Ich hatte
gehofft das ein blutiger Werwolffilm mich an
diesem gruseligen Abend ein bisschen positiv
stimmen würde, allerdings wusste ich nicht das
dieser Film eine Liebesromanze war, in dem das
Biest sich in das Mädchen verliebt und sie dann
sogar am Ende heldenhaft retten muss. Ich wusste
an dem Abend leider auch nicht warum ich so
unausgeglichen war, denn eigentlich liebte ich

diese Art Filme, nur heute nicht. Mir war nach einem brutalen Krimi oder einem blutigen Werwolfkampf zu Mute, was äußerst untypisch für mich war. Ich zapte durch die Sender, bis ich daran gehindert wurde. Denn Jack sprang ohne Grund auf die Fernbedienung und stupste sie von meinem Schoss in Richtung Küche. Langsam folgte ich ihm und hielt in alle Richtungen Ausschau, schließlich war es eigentlich nicht Jacks Art sich zu bewegen wenn er auch gekrault werden kann. Fünf Meter vor der Küche setzte er sich auf den Boden und sah mich an. Aus einem, mir unklaren Grund, setzte ich mich neben ihn. Wir sahen drei Minuten lang nur in Richtung Küche, weder er noch ich wendete seinen Blick ab. Auch wenn ich nicht wirklich wusste was er da betrachtete, blieb ich sitzen. Plötzlich ertönte ein Knacken, dann krachte etwas mit voller Wucht gegen die heruntergelassenen Rollläden des Küchen Fensters. Ich schreckte zusammen und rutschte zurück während er seelenruhig da saß und das Fenster weiter beobachtete. Wieder ertönte dieser Knall und ich bangte ob die Rollläden halten würden. Zwei weitere Male knallte etwas mit Wucht gegen das Fenster und dann, Stille. Jack stand auf und parkte sich wieder auf seinem Platz auf der Couch. Mir viel vor Staunen beinahe die Kinnlade bis zum Boden, hatte mein Kater geahnt, dass sowas passiert? Vor allem fragte ich mich, was wäre nur gewesen wenn ich auf Jackson nicht gehört hätte oder den Brief nicht bekommen hätte? Wohl möglich hätte ich einfach die Tür geöffnet und der Fremde hätte mich mitgenommen oder er wäre durch das

Fenster gekommen weil ich die Rollläden nicht
runter gelassen hätte. Wie sicher Rolläden das
Haus eigendlich machten war mir bissher auch
nicht bewusst gewesen aber was solls. Mir war
klar, dass ich Jackson unbedingt danken musste
wenn ich ihn wieder sah. Mit den Nerven am
Ende setzte ich mich auf die Couch und sah
meinem tapferen Kater beim Schlafen zu,
wodurch ich auch ganz müde wurde und
einschlief – keine gute Idee.

*„Naaa… das ging ja schnell mit dir. Du bist ja schon
mitten drin. Aber du musst noch viele Hindernisse
bewältigen, wenn du so sein willst wie ich." Eine Frau
stand mir gegenüber, sie kam mir seltsam bekannt vor
doch ich wusste nicht woher. Es sah aus als stände sie
in einem See aus Feuer. Er war riesen groß, sodass ich
seinen Rand nicht sehen konnte und er wirkte so als
könne er alles und jeden mit seinen Flammen
verschlingen. „Hab doch keine Angst, das Feuer kann
dir nichts. Komm ruhig her zu mir, ich kann deine
Neugier schon fast riechen." Ich trat ein paar Schritte
näher an den Rand des Steins auf dem ich stand und
tastete mit meinem Fuß vorsichtig das flüssige Feuer
ab. Mir viel dabei auch mein Kleid ins Auge. Ein
Schwarzes mit orangenen Pailletten daran, die in
einem Flammenmuster angeordnet waren. Das Kleid
hatte einen Meerjungfrauenschnitt, es war bis zum
Unterschenkel eng und ab dort ging es mit tuffigen
Tüll auseinander. Es passte perfekt zu meiner
schwarzen, lockigen Hochsteckfrisur und den
schwarzen Lack-high-heels mit denen ich nun über das
Meer von Flammen trippelte. „Gut, gut, noch ein
kleines Stück näher." Sie winkte mich weiter zu sich*

heran. Bis ich ihr Gesicht erkennen konnte, musste ich noch weitere zwanzig Schritte gehen doch sobald ich sie erkannte schreckte ich zusammen. „Was ist los Schätzchen? Hast du mich etwa nicht vermisst?" Nun wusste ich woher ich sie kannte, die Frau die mir im Tot begegnet war. Sie sah genauso aus wie beim ersten Mal als ich sie getroffen hatte. Nur ließen die Flammen im Hintergrund sie nun bedrohlich, statt schaurig wirken. „Was ist denn Süße, kannst du mir etwa immer noch nicht antworten? Das ist traurig, aber ich ahnte es ja bereits. Du darfst nur nie vergessen wer dich so oft besucht hat in letzter Zeit." Ich wollte sie fragen wieso aber ich konnte nicht, es ging einfach nicht, mein Mund weigerte sich dagegen zu sprechen. „Oh schon gut ich weiß genau was du sagen willst. Aber du bist im Moment einfach noch nicht weit genug um deine Stimme in meinem Universum zu erheben. Selbst wenn du denkst dies wäre dein Traum, heißt das nicht du hast die Kontrolle. Keine Sorge, Schätzchen, bald können wir hier so viel plaudern wie wir wollen, du musst nur immer schön auf unseren lieben Freund hören. Außerdem wollte ich dir noch nahe legen bloß keinen Unsinn, wie heute an der Haustür, mehr zu treiben. Denn wir alle drei wollen ja nicht, dass dir etwas „Unangenehmes" widerfährt. Mit wir drei meine ich übrigens, Dich, Mich und den lieben Jackson." Mit einem hämischen Lachen sah sie zu wie sich unter mir das Meer aus Feuer verflüssigte und ich darin versank. Ein immer stärker werdende Schmerz zerrte an mir bis ich schließlich in dem Feuer ertrank. Ich müsste jeden Moment erwachen aber das geschah nicht. Ich konnte genau fühlen wie sich die Lava meinen Rachen hinunter bewegte und meine Lunge in Brand setzte.

~Besucher~

Der quälende Schmerz verschwand erst als ich in meinem Traum gestorben war und auf der Couch aufschreckte. Mein erster Gedanke war, woher kannte sie bloß Jackson? Und warum sollte sie um mein Wohl besorgt sein? Außerdem war ich mir nicht sicher ob sie nur ein Hirngespinst war oder ob sie tatsächlich exsistierte. Zu meinem Glück konnte ich schnell wieder einschlafen aber dieses Mal, ohne von seltsamen Frauen in gespenstischen Landschaften zu träumen. Ich erwachte um neun Uhr morgens. Mich weckte der Geruch von Café und Spiegelei wie ich es an einem Samstagmorgen gewohnt war. Ich rutschte runter von meinem Bett und zog eine schwarze Leggins und ein blaues Strandshirt an. Ich bürstete mir außerdem noch schnell die Haare und wischte die verschmierte Schminke weg, aber ein seltsames Gefühl von Unbehaglichkeit lag heute Morgen auf meinen Schultern. Langsam und verkatert öffnete ich die Zimmertür, bis ich plötzlich ein Räuspern hörte. Die Stimme war zu tief, als dass es meine Mutter sein könnte und mein Vater tat an einem Samstag nichts ohne erst mal lauten Krach zu machen und mich hämisch aufzuwecken, außerdem passte diese Stimme auch nicht im Entferntesten zu meinem Vater. Dazu fiel mir ein, was in dem Brief stand und zwar, dass meine Eltern erst am Montag wiederkommen würden. Hinzu kam, dass ich nicht mal wusste wie ich in mein Bett gelangt bin, denn gestern war ich auf der Couch eingenickt. Vorsichtig schlich ich aus meinem

Zimmer, noch leiser konnte sich nicht mal Jack bewegen und doch…

„Du kannst so leise schleichen wie du willst, ich höre deinen Herzschlag so laut als würde jedesmal jemand die Tür eintreten."

Seltsamerweise hatte ich gerade das Gefühl mein Herz würde vor Schreck still stehen. Hatte die Person von gestern Abend sich jetzt einen Weg in mein Haus gebahnt?

„Na komm schon her, ich beiße nicht an einem Samstag."

Verängstigt und verwirrt tapste ich weiter den Flur entlang, immer lauter schlug mein Herz, so dass ich es selbst schon hören konnte. Ich lugte durch die Tür in das Esszimmer, welches nur durch eine Theke von der Küche getrennt war. Aber da war niemand. Leise schlich ich auf die andere Seite des Zimmers und griff nach dem Butterflymesser das mein Vater dort in einem Korb rumliegen hatte. Wie ein Jäger schlich ich durch den Flur in unser Wohnzimmer, was sich gegenüber von meinem Zimmer befand. Vorsichtig sah ich hinein. Da hörte ich plötzlich etwas knacken und merkte unmittelbar hinter mir den warmen Atem von jemandem auf meiner Schulter. Ich hörte meinen Puls der mir in den Ohren dröhnte. Ich fasste nun all meinen Mut zusammen und rammte der Person hinter mir mit voller Wucht das Messer in die Brust. Ich spürte einen kurzen wiederstand, ein knacken und dann glitt das Messer in den Brustkorb meines Gegenüber. Lange sah ich nur auf die Stelle wo das Messer seinen Körper durchstoßen hatte. Was war bloß los mit mir? Ich hatte soeben jemanden

rücksichtslos erstochen, wie aus Reflex. Meine Hände begannen zu zittern, ich hatte sie aber weiterhin an den Griff des Messers geklammert. Blut durchtränkte das graue Shirt des Mannes und langsam hob ich den Blick von dem muskulösen Oberkörper bis zu dem mir sehr vertrautem Gesicht, Jacksons Gesicht. Mein Körper fühlte sich an als hätte ich das Messer in meine Brust gerammt, ich bekam keine Luft und es war, als würde der Boden unter meinen Füßen nachgeben. Wieso hatte ich seine Stimme nicht erkannt? Plötzlich war mir als würde ich ohnmächtig werden, doch dagegen kämpfte ich mit Leibeskräften an. Ich konnte Jackson jetzt einfach nicht alleine lassen, schließlich hatte er ein Messer, was sein Herz nun durchbohrt haben müsste, in seiner Brust stecken und ich allein trug die Schuld daran. Ich war ein Mörder!
„Oh mein Gott Jackson!"
Schrie ich.
„Es, es tut mir so schrecklich leid… i-ich dachte da wäre ein Einbrecher, was sollen wir denn jetzt machen?!"
Die Tränen stiegen mir in die Augen, flossen sofort über meine Wangen hinunter und tropften zu Boden. Worüber Jackson laut und herzlich anfing zu lachen.
„Ach Süße, das ist doch kein Grund zum Weinen?"
Verstört sah ich ihn an, ich hatte das Gefühl ich wäre ein rücksichtsloser Killer und er? Er lacht? Mein zweiter Gedanke war, dass er nun den Verstand verliert, so wie manche Leute reagieren wenn sie sterben müssen, doch zuerst war ich

verwundert darüber, dass er noch so quicklebendig vor mir stand, schließlich war schon so viel Blut aus ihm geflossen, dass er bereits in einer großen Pfütze davon stand.
„Was?! Du, du hast ein Messer im Herzen stecken und hier ist überall nur Blut und… Warum reden wir jetzt überhaupt darüber, sag mir lieber was ich tun kann!"
„Kathy Süße…"
„Nichts Süße! Wie kann ich dich retten? Ich, ich brauche einen Erste-Hilfe-Koffer."
Wie ein aufgescheuchtes Huhn rannte ich zum Dielenschrank und zerrte einen schuhkartongroßen roten Koffer hervor auf dem ein weißes Kreuz prangte. Ich wühlte einen Druckverband und eine rolle Verbandsklebeband hervor. Dann eilte ich schnell wieder zurück zu Jackson, der hatte sich mittlerweile auf dem Boden drapiert.
„Was soll denn das?! Du darfst dich nicht einfach alleine bewegen, schon garnichts in eine so unvorteilhafte Position. Das Messer könnte jetzt noch mehr Schaden angerichtet haben weil du dich bewegt hast!"
„Ach, weißt du, ich finde die Position ganz schön vorteilhaft."
„Was? Quatsch, wieso?"
„Weil ich jetzt das hier viel bequemer machen kann…"
Mit der einen Hand zog er mich nun an sich heran, und küsste mich. Währenddessen legte er die andere Hand auf den Griff des Messers.
„Warte, was willst du…"
Und zog es mit einem Ruck aus seiner Brust.

„Nein!"
Schrie ich als ich den Schwall Blut sah der mit dem Messer heraus geschossen kam.
„Was hast du nur getan?! Man zieht doch keine Messer aus Wunden die nur durch das Messer halbwegs verschlossen sind!"
Schon wieder schossen Tränen aus meinen Augen und vermischten sich am Boden mit dem Blut was bereits überall um uns herum war. Es klebte überall, an der Wand, an Jacksons Klamotten und an den meinen.
„SchSch, ich hab doch gesagt du musst nicht weinen, es gibt keinen Grund dazu. Ich werde nicht sterben."
„Wie, du wirst nicht sterben? Du verblutest gerade."
„Nein, das geht doch garnicht."
Lachte er.
„Was?! Natürlich geht das! Was ist bloß los mit dir?"
„Du hast doch meinen Brief gelesen, oder?"
„Ja, drei Mal aber was…"
„Naja, mein Leben ist ein bisschen wertvoller als das manch anderer, jedenfalls wenn man auf die Länge sieht. Denn meines ist Unendlich."
Tausend Gedanken schossen durch meinen Kopf aber ich fand keine Erklärungen mehr zu irgendwas hiervon.
„Was? Das kann doch nicht dein Ernst sein. Sowas gibt es nicht…"
Meine Stimme verstummte als ich bemerkte, dass die zehn zentimeterlange Stichwunde, die eben noch in mitten seiner Brust prangte, nun nur noch die Größe eines Kratzers hatte.

„Du wirst jetzt aber bloß nicht ohnmächtig klar? Wir haben noch eine Menge zu bereden."
Ich konnte meinen Blick einfach nicht von dem Kratzer abwenden der mittlerweile schon garnicht mehr existierte. Seine Haut war vollkommen unversehrt. Wie in Trance starrte ich auf den Parkettboden, der getränkt war von rotem Blut.
„Keine Sorge"
Flüsterte er:
„Das färbt nicht."
Ich wusste nicht ob er mich nur aufmuntern wollte oder ob er wirklich glaubte ich würde mir Gedanken machen ob das Blut wieder aus dem Parkettboden rausgehen würde.
Noch immer fragte ich mich wieso er so etwas Dämliches gesagt hatte obwohl er doch merkte wie verwirrt ich war. Doch nun wurde mir klar was er meinte. Denn das rote, dickflüssige Blut verwandelte sich, von Jackson ausgehend, in kristallklares Wasser. Ich wischte mit meiner Hand von Blut nach Wasser, doch jeder Tropfen seines Blutes wandelte sich in Jackson Nähe um in reines H_2O.
„Du musst noch ein wenig Geduld haben."
Er legte seine Hand um mein Handgelenk und für einen kurzen Moment fühlte ich mich besser, doch das wurde durch ein lautes Zischen unterbrochen. Kühler Wasserdampf schoss um uns herum nach oben und verschwand. Jetzt saßen Jackson und ich einfach auf dem Boden, es war weder eine Mordszenerie noch sah es aus wie nach einem Wasserrohrbruch, wir saßen einfach da. Wir schwiegen.

Fünf Minuten, zehn Minuten, fünfzehn Minuten, saßen wir nur still da. Ich blickte mal zum Boden, mal zu seiner Brust, wo nun nur noch ein Riss in seinem grauen T-Shirt war. Wäre dieser Riss nicht da, hätte ich beide Beine drauf verwettet, dass das alles niemals geschehen ist.
„Das Shirt bezahl ich dir."
„Ach quatsch, ich hab hunderte davon, für den Fall, dass sowas passiert."
„Was?"
Flüsterte ich und hatte erneut das Bedürfnis zu heulen aber ich sah in seinen Augen wie leid es ihm tat dies gerade gesagt zu haben, also riss ich mich zusammen.
„Also, ähm… was riecht hier eigentlich so gut?"
„Ich hab dir Frühstück gemacht aber ich glaube nicht, dass du nun unbedingt was essen willst oder?"
„Doch. Klar. Wieso nicht."
Ich antwortete so schnell und laut, dass Jackson zusammenzuckte und dann lächelte:
„Okay, dann frühstücken wir jetzt."
Er schien sehr verwirrt darüber zu sein, dass ich nach solch einem Tagesbeginn noch Appetit hatte, aber tatsächlich verspürte ich so eine Leere in meinem Magen und mein Gefühl sagte mir, dass ich etwas im Magen gebrauchen würde, um seine Erklärung für all das zu verkraften. Denn eins war klar, Jackson war nicht wie ich, oder doch?

Der erste schöne Moment an diesem Morgen war als ich feststellte, dass Jackson umwerfend gut kochen konnte. Es gab alles was mein englisches Herz begehrte, eine halbe Grapefruit, Cornflakes,

Rührei mit Speck, gegrillte Tomaten, gebratene Würstchen, Hash Browns, geräucherter Fisch und Toast. Ich aß meinen Teller vollkommen leer und ließ mir genügend Zeit, doch ewig konnte ich nicht essen. Mir graute davor, nun fragen zu müssen warum mein Mordversuch Jackson nicht getötet hatte. Ich sträubte mich, zu fragen und beschloss kurzerhand es einfach nicht zu tun. Mich so zu verhalten, als wäre nichts gewesen, und einfach mit ihm einen schönen Tag zu verbringen. Aber er machte mir einen Strich durch die Rechnung. Jackson hatte den Tisch abgeräumt, sofort meine Hand gepackt und mich mit zur Couch ins Wohnzimmer gezogen. Er setzte sich mir schräg gegenüber und sah mich einfach an. Wahrscheinlich erwartete er, dass ich ihm Fragen stellen würde, doch wer stellt schon fragen auf die er eine Antwort nicht wissen will? Alles war schön so wie es war, ich wollte garnicht wissen warum er dem Tot entfliehen konnte, ich fürchtete mich sogar vor der Antwort die ich bekommen würde. Ich fürchtete, dass ich ihn danach nicht mehr einfach ansehen konnte und dass es mir dann nicht mehr recht währe, dass er mir morgens Frühstück machte ohne dass ich ihn überhaupt herein gebeten hatte. Er seufzte. Laut. Es zog mir bis ins Mark. Als hätte ich das alles laut ausgesprochen.
„Du weißt doch, dass ich es dir erzählen muss."
Hauchte er.
„Nein, wieso musst du es, können wir das nicht einfach... vergessen und alles lassen wie es war?"
„Nein."
Antwortete er trocken.

„Warum nicht?"
„Weil sowas noch öfter vorkommen wird."
„Muss es nicht, ich werde dich ganz sicher nicht noch einmal erstechen, versprochen."
„Ich rede von etwas völlig Anderem, Kathy. Das was heute passiert ist, ist nichts gegen all die anderen Dinge die auf uns beide zukommen werden."
Er nahm meine Hand und gab mir wieder ein Gefühl von Halt, so wie er es immer tat wenn er mich berührte, allein wenn seine Augen mich berührten. Schon in diesem Moment konnte ich spüren wie einzigartig dieser Junge war, nicht weil er wie durch Zauberhand heilte, sondern weil er diese unbeschreibliche Aura besaß, diese Ausstrahlung. Beim ersten Anblick war da schon diese Chemie zwischen uns. Er reagierte mit mir. Wir waren wie zwei Elemente aus dem Periodensystem das im Chemieraum meiner Schule hing. Doch da standen immer noch diese Unklarheiten um uns herum. Sie waren zwar keine Puffer zwischen uns, doch sie vernebelten die Aussicht auf den Weg vor uns.
„Aber was habe ich denn damit zu tun, ich bin nicht wie du. Ich wäre verblutet hätte man mich erstochen."
„Ja, du bist nicht wie ich aber..."
„Siehst du also warum..."
Ich stockte
„...aber was?"
„Nichts, schon gut"
Fügte er nach einer Pause hinzu. Ein Gefühl, als würde mein Körper über einen kurzen Moment völlig einfrieren überkam mich, denn ich spürte,

dass er log. Er sah, dass ich ihn durchschaut hatte und da schlug er vor:
„Ich sollte dir jetzt vielleich doch meine kleine Überlebensgeschichte erzählen."
„Ja, bitte."
Sagte ich lediglich, obwohl ich eigentlich wissen wollte warum er mich belog. Doch dann befriedigte ich mich damit, dass er wohl sicher einen Grund dazu hatte.
„Naja, also… ich weiß nicht recht wo ich anfangen soll."
Das war das erste Mal, dass ich sah wie ihm die Worte fehlten und er verlegen aussah.
„Warum bist du eben nicht gestorben?"
Er lächelte, redete aber mit ernstem und bestimmten Ton:
„Weil mich ein Messer nicht umbringen kann, denn…"
„Wie kann ein Messerstich ins Herz nicht tödlich sein?"
„Ich weiß nicht warum gerade das mich nicht umbringt aber eigentlich kann mich nichts töten, weil…"
„Nichts? Rein garnichts? Du lebst einfach immer weiter oder stirbst du nur an Altersschwäche?"
„Nein, ich altere nicht"
er lachte
„und mich kann soweit ich weiß nur eine einzige Waffe töten, weil ich…"
„Moment du alterst nicht? Du willst mich veralbern, das…"
Ich verstummte. Mir viel auf, dass er nicht einen seiner Sätze selbst beendet hatte also versuchte ich

ihn einfach erzählen zu lassen und die Klappe zu halten – nicht, dass das leicht werden würde.
„Okay, dich kann nur eine Waffe töten, weil du..?"
„...Weil ich ein unsterblicher Vampir bin, Kathrin."
Ich kippte um.

Einblicke

Als ich erwachte war ich einerseits stink sauer, tatsächlich schon wieder in Ohnmacht gefallen zu sein, andererseits war ich überglücklich, nun in meiner Ohnmacht-Traumwelt verschnaufen zu können. Dieses Mal war ich mir sicher, dass es keine Alptraumwelt war, denn alles um mich herum war bunt: Grün und blau und pink und orange. Es war einfach wunderschön hier auch wenn ich nicht recht verstand wo ich genau war. Ich spürte keinen Wind, konnte aber atmen. Ich sah die Sonne nicht, es war aber hell. Am Boden war Sand, aber Meer war nirgends in Sicht. Alles schimmerte blau, aber der Himmel war nur zu erahnen. Außerdem fand ich nicht ein Lebewesen hier. Nicht einmal umsehen konnte ich mich, denn jeder Schritt den ich tat brachte mich nicht von der Stelle. Ich wollte schon versuchen aufzuwachen, da hielt hinter mir jemand meine Augen zu. Ich schlug wie wild um mich und versuchte die schleimigen, kalten, flossenähnlichen Hände von meinem Gesicht weg zu ziehen. Aber das half nichts, das Wesen ließ nicht los.
„Ruhig, Kleines, ich bin nicht eine von denen aus deinen vorigen Träumen, ich will dir nichts Böses. Mit mir kannst du sogar sprechen."
„Ach ja? Wenn du mir nichts Böses willst warum schleichst du dich dann von hinten an mich heran und

nimmst deine Hände nicht aus meinem Gesicht? Du hast doch sicher gemerkt, dass ich das nicht so toll finde, oder?"
"Natürlich habe ich das bemerkt, ich halte es bloß nicht für Ideal, dass du mich jetzt schon siehst. Du hattest heute schon genug Stress, da möchte ich dich etwas schonen." Sie sprach in einem vollkommen ruhigen, ausgeglichenen Tonfall, was mich seltsamerweise provozierte.
"Oh wie gütig von dir, aber ich brauche niemanden der auf mich aufpasst, dafür bin ich wohl alt genug!" Blaffte ich sie an und schon glitten die Hände von meinem Gesicht und ich drehte mich zu dem Mädchen um. Doch da stand mir gar kein Mädchen gegenüber. Ich musste zugeben, sie hatte etwas von einem Mädchen, aber sie hatte auch Ähnlichkeit mit einem Fisch. Ihr Haar schimmerte in einem Midnight Blue und auf ein paar Strähnen waren schimmernde Perlen aufgezogen. Ihre schwarz glitzernde Schwanzflosse war mir natürlich ganz am Anfang schon aufgefallen, aber am schönsten strahlten ihre petrolblauen Augen, die umrandet waren von schwarzen Schnörkeln die wie Spitzenstoff eine Art Maske um ihre Augen bildeten. Ohne Zweifel, war sie eines der schönsten Wesen das ich bisher gesehen hatte. Aber was war sie?
"Ich glaube du hast damit jetzt nicht gerechnet oder?"
"Nein, nicht wirklich ähm… was… oder wer bist du eigentlich?"
"Mein Name ist Jouna Q aber du kannst mich Jouna nennen, ich bin ein Wasserwesen oder eher gesagt eine Nixe. Das hast du aber sicher schon gemerkt." Sie schmunzelte
"Eine Wasser- was?!"

„*Wasserwesen so heißt mein Lebenszyklus.*"
„*Vampire, Wasserwesen, Lebenszyklus, ich weiß wirklich nicht was ich von dem allen hier halten soll.*" Ich blickte zu ihr und bekam so langsam das Gefühl, dass sie nicht die nette Gesellin war für die sie sich ausgab. Ihre Mine war nun nämlich so finster, dass sie mir eine Gänsehaut verpasste.
„*Du weißt also über die Vampire Bescheid ja? Haben deine Vampire dir auch von den anderen Rassen erzählt?*" Ein kribbelndes Verlangen nach Antworten kam in mir hoch, also beschloss ich zu lügen:
„*Ähm, sie haben da sowas erzählt von verschiedenen Rassen aber mir sind die Namen gerade entfallen, ich meine es war irgendetwas mit E, oder war es W, vielleicht auch D…*"
„*Waren es vielleicht V, T und W?*"
„*Ja genau die aber wie hießen sie bloß… mir liegt es auf der Zunge.*"
„*Naja Vampire und Wasserwesen kennst du ja aber…*"
„*Aber das Wort mit T fällt mir einfach nicht ein.*"
Sie durchleuchtete mich fast mit ihrem Blick und kam anscheinend zu dem Befund, dass ich es tatsächlich nur vergessen hatte, also half sie mir.
„*Das Wort was du suchst ist die Rasse der Therianthropen.*"
„*Therianthropen, Therianthropen, hm… noch nie gehört aber wenn wir schon dabei sind. Wer sind die?*"
„*Oh… was für ein cleveres Mädchen du doch bist, du hast mich tatsächlich glauben lassen du hättest den Hauch einer Ahnung von meiner Welt. Aber zum Erklären, such dir einen anderen, klar?*"
Sie hatte nun wirklich den Schleier fallen lassen und zeigte ihr wahres Gesicht. Sie hatte den gleichen sarkastischen Unterton wie diese andere Frau, die mir

im Tot begegnet war. Sie warf mir noch einen letzten bedrohlichen Blick zu und flüsterte:
„Halt dich lieber von den anderen Wesen fern, vor allem den Vampiren, manche davon sehen nicht nur bedrohlich aus, sie sind es auch."
Dann schwamm sie nach unten und verschwand in einer riesigen, dunklen Felsspalte die wenige Meter von mir entfernt war. Da wusste ich nun endlich wo ich mich befand, im Meer. Vor den Philippinen um genau zu sein, in der Nähe vom tiefsten Abgrund der Welt, dem Marianengraben. Ich war in einem Traum also konnte ich hier nicht sterben. Und dieser Glaube brachte mich dazu, allen Mut zusammen zu nehmen und zu versuchen meine Beine zu bewegen, doch ich verharrte auf der Stelle. Verwundert blickte ich an mir hinunter und erkannte, dass ich keine Beine mehr besaß. Stattdessen war dort ein weiß, glitzernder Fischschwanz. Ich schwamm also nur wenn ich die Muskeln gleichzeitig bewegte die früher meine Beine waren. Wie ein Pfeil schoss ich durchs Wasser und stürzte mich den Graben hinunter. Tausende Meter ließ ich in wenigen Minuten hinter mir und das Atmen war immer noch so einfach wie an der Luft.
Ich war fast am Grund angelangt, da entdeckte ich das Mädchen von eben. Sie räumte ein paar Muscheln an einen bereits wunderschön dekorierten Platz. Erstaunt über das was ich dort zu Gesicht bekam schwamm ich näher heran, doch da drehte sie sich um. Ihre Iris färbte sich nun schneeweiß, ich schreckte ein paar Meter zurück, doch dann begann sie zu wachsen und wurde plötzlich immer größer und größer und größer. Plötzlich färbte sich auch ihre Flosse weiß und ihre Haare machten es ihr nach. Mittlerweile hatte sie die Größe eines vier stöckigen Hauses angenommen und

ihre Stimme dröhnte so stark, dass mein Körper und das Wasser um uns zu vibrieren begann.
„WAS HAST DU HIER VERLOREN?!"
Ich versuchte zu antworten aber aus meinem Mund kam kein Ton heraus, als hätte sie mir die Energie abgezapft.
„HAST DU DICH ETWA IMMER NOCH NICHT ENTSCHIEDEN WO DEIN PLATZ SEIN SOLL? DENN WENN ER NICHT BEI MEINES GLEICHEN IST DANN WILLST DU MICH NUN WOHL BEDROHEN!"
Ich verstand rein garnichts mehr, ich sie bedrohen? Wie sollte ich das denn bitte schaffen?
„WIE DU DAS SCHAFFEN SOLLST? WILLST DU MICH VERARSCHEN?"
Sie konnte meine Gedanken hören. Nein, Nein, keine Ahnung was hier los ist aber ich will doch niemandem etwas Böses. Dachte ich ganz laut immer wieder.
Ein tiefes Lachen kam aus ihrer Kehle und ich hatte Angst, dass die Felsen gleich von den Klippen abbrachen.
„DAS IST JA INTERESSANT, DU HAST WIRKLICH NICHT DEN HAUCH EINER AHNUNG VON DER WELT. DAS WIRD SICH SICHER SCHNELL HERUMSPRECHEN…"
Ich war mir wieder nicht sicher, ob ich alles verstanden hatte, aber ein Blinzeln später stand sie wieder normal neben mir und hauchte mit einem Lächeln auf den Lippen in mein Ohr:
„Pass schön auf, kleine Prinzessin, bald werden sie kommen um dich zu holen…" Da war sie weg, auch meine Flosse war weg und anscheinend waren auch meine super Nixenkräfte weg. Als würden fünf Geländewagen auf mir parken fühlte sich der Druck auf

meinen Lungen an. Von allen Albträumen war dies absolut der Schlimmste. Ich hörte jedes einzelne Knacken beim Brechen meiner Knochen. Ich sah all die Luft die aus meinem Körper entwich. Ich schmeckte all das Blut das meine Luftröhre hinauf kam und das Salzwasser das sie hinunter wollte. Ich roch den Gestank von totem Fleisch und verwestem Fisch. Ich fühlte die Kälte die in mein Inneres eintrat als mein Körper wie ein Luftballon von innen zerrissen wurde…

Luft, endlich wieder Luft. Die Last viel von mir ab und Erleichterung nahm ihren Platz ein. Ich hatte diesen Albtraum endlich beendet. Ich sah mich um, ich lag auf unserem weißen Schlafsofa, neben mir stand ein Glas Wasser und ein Teller der vollgepackt war mit Medikamenten. Zuerst dachte ich Jackson hätte versucht sich umzubringen, doch da fiel mir ein, dass er unsterblich war, dass er ein *Vampir* war... Ein bitterer Nachgeschmack breitete sich in mir aus und ein paar Tränen traten aus meinen Augen. Da spürte ich plötzlich etwas Warmes neben mir. Ich erschrack und musste nun noch mehr heulen. Mein Jackson war ein übermenschliches Wesen… Mein Jackson, mein Jackson… Ich fühlte mich gut wenn er in meiner Nähe war, wenn er mich tröstete ging es mir besser, wenn er lachte war es als würde die ganze Welt lachen. Ebenso spürte ich auch den Schmerz wenn er ein Messer in der Brust stecken hatte. Als wäre er mein Zwilling fühlte ich mich in ihn hinein.
„Du hast geschrien, sehr laut."
Flüsterte er.
„Ach ja?"

Ich vermied den Augenkontakt auch wenn es schwer fiel.
„Ich wollte in deinen Kopf schauen um zu sehen warum, aber es ging nicht. Warum ging es nicht?"
„Ich weiß nicht, ich kenne mich in deiner Welt nicht aus."
„Meiner Welt?"
„Ja das Vampirsein und so weiter, du weißt schon."
„Aber deine Rasse gehört auch zu den Lebenszyklen."
„Wirklich?"
„Ja, aber… wovon hast du eigentlich geträumt wenn ich fragen darf?"
„Ähm, das war nichts besonderes, von sowas träume ich eigentlich immer."
„Ich würde es trotzdem gern wissen."
Dieses Mal hatte er nicht die verführerische warme Stimme wie sonst, sondern eine direkte, als sei es äußerst wichtig für ihn. Ich dachte über das nach was die Nixe mir gesagt hatte, dass ich den Vampiren nicht trauen darf und dass sie gefährlich sind. Was sollte ich nun bloß machen, ich vertraute Jackson. Er war nicht irgendein Vampir, er war Jackson. Mein mysteriöser und gleichzeitig süßer Jackson. Er konnte nicht gefährlich sein, sonst hätte er mich doch nicht gewarnt vor demjenigen der letzte Nacht in mein Haus wollte, oder? Jackson senkte den Blick. Ich wollte ihn fragen was los war, aber zum Glück hatte ich das nicht getan.
„Ich habe von einer Nixe geträumt…"

Seine Augen wurden groß und seine Pupillen weiteten sich, doch dann senkte sich sein Blick wieder.
„Du musst mir das nicht erzählen."
Natürlich wusste er was ich eben gedacht hatte und seine Enttäuschung konnte ich sehr gut verstehen.
„Doch muss ich, ich vertraue dir. Aber das alles ist sehr verwirrend für mich, verstehst du das?"
„Ja natürlich. Ich kann nur nicht verstehen warum du gerade auf eine Nixe hörst, die dich schreien lässt als würdest du gerade überfahren werden. Was war das verdammt?"
„Dieses Mal war es am stärksten, sonst ist es eigentlich… erträglich."
„Was? Was meinst du mit ‚es', Kathy was ist los mit dir?"
Er hatte so einen Blick aufgesetzt den man einem Gewaltopfer zu wendete, einen der jemanden trösten soll, der aber auch verspricht, dass so etwas nie wieder geschehen wird. Ich wusste nicht was ich davon halten sollte, schließlich war es doch nur ein Traum. Auch wenn ich zugeben musste, dass ich früher, selbst in meinen schlimmsten Albträumen nicht solche Qualen erlitt, vorallem nicht so erschreckend real.
„Den Schmerz."
Hauchte ich, während ich in seine blauen Augen blickte und nun bekam ich Angst vor ihm. Er sah mich an als wolle er am liebsten in meinen Traum springen und alles vernichten, was mir Schaden zufügen wollte. Ein wenig gefiel mir das aber auch, denn er wollte mich tatsächlich davor beschützen.

„Was ist in dem Traum passiert?"
„Also, da war so eine Meerjungfrau, oder wie ihr das nennt, sie erzählte mir etwas von Nixen und irgendwelchen Teriaten oder, nein, irgendwas mit Tropen war's... Egal. Außerdem warnte sie mich vor den Vampiren, dann verschwand sie und ich schwamm ihr hinterher…"
„Du konntest mit ihr Schritt halten?"
„Ja ich hatte auch eine Flosse, wie sie. Dann bin ich in einen Graben hinuntergetaucht, bis zum Grund. Da habe ich sie dann gefunden, als sie gerade irgendetwas dekorierte oder so. Sie sah mich und ist vollkommen ausgerastet. Naja und dann wurde sie riesengroß und gruselig und dann wieder klein und dann war sie weg."
Ratterte ich alle Teile meines Traums ab
„Und du hast geschrien weil sie so groß war?"
„…Nein, nicht wirklich. Als sie weg war und ich alleine in den tausend Metern Tiefe herumtrieb verflog auch meine Nixenkraft. Also was dann passierte kannst du dir ja sicher denken."
„Aber wenn du ohne ‚Nixenkraft' so tief im Wasser bist dann überlebst du doch nicht?"
„Ich weiß…"
Sein Blick wurde weich und er schloss mich in seine Arme. Er roch gut aber seine Kleidung hatte eine Duftnote, die mich an Wildschwein erinnerte und auch ein wenig an den Geruch von nassem Fell. Er lächelte, aber sagte nichts dazu. Mir war es ein wenig unangenehm, dass er meine Gedanken lesen konnte.
„Ja aber ich mache das echt selten, nur wenn ich etwas wissen möchte. Es ist nämlich gar nicht so einfach wie man sich das vorstellt."

Er grinste. Ich grinste. Endlich war wieder alles in Ordnung. Abgesehen von den Sachen die er mir erzählen sollte, bevor ich in Ohnmacht gefallen war.
„Willst du es denn noch wissen?"
Fragte er vorsichtig.
„Okay, wir brauchen Regeln für dieses in den Kopf-guck-Ding."
„Entschuldige"
Er grinste wieder, mit seinem süßen und verführerischen Lächeln bei dem ich einfach nicht nein sagen konnte.
„Ich würde es aber schon gerne erfahren."
„Wirklich, du musst das nicht, wenn dir das zu schnell geht."
„Also ich könnte mir vorstellen, mit dir öfters Zeit zu verbringen. Und deshalb möchte ich auch gerne alles über dich wissen wenn du morgens in meiner Küche stehst, auch über die Vampirgeschichte."
„Das ist es ja, es geht nicht nur um Vampirgeschichten."
„Egal. Du weißt es und kannst damit leben also werde ich das auch können."
„Gut, also… Du möchtest Zeit mit mir verbringen? Heißt das, ich darf dir immer Frühstück machen?"
Ich lachte.
„Ja, aber wie willst du das meinen Eltern erklären?"
„Ach, Eltern mögen mich in der Regel."
„Na dann."
Er seufzte, rutschte näher an mich heran und legte seinen Arm um mich. Ich fühlte mich so sicher wie

noch nie zuvor. Es war als würde er mich, wie eine Mauer, vor allem Unheil schützen.
„Erzähl's mir."
Forderte ich ihn auf.
„Wenn du es so möchtest."
„Das tue ich."
„Also welche Geschichte möchtest du zuerst hören, die von Vampiren, von den Therianthropen, von den Wasserwesen, den Seelen, von den Menschen, Beziehungsweise den Erdwandlern oder von den ersten Zehn?"
Ich bekam eine Gänsehaut als ich hörte wie viele mir unbekannte Kreaturen es gab. Doch eines verwunderte mich
„Aber was gäbe es denn von den Menschen zu erzählen? Und warum Erdwandler? Wir sind doch wohl das normalste was es gibt auf diesem Planeten."
„Ja aber es gibt einen Grund dafür warum sie so ‚normal' sind."
„Und der wäre?"
Hakte ich nach.
„Also die Erdwandlergeschichte soll es sein. Hmm... das wird schwer wenn du die Anderen noch nicht kennst. Aber okay. Nun, die Menschen und Tiere heißen Erdwandler weil sie zu dem Element Erde gehören. Sie gehörten früher auch mal mit zu den Wesen an der Nahrungskette aber dann haben sie gegenseitig angefangen sich zu bekämpfen und wurden aus dem Kreis verbannt oder eher gesagt, haben sie einfach nichts mehr zu melden in unserer Welt. Sie bekamen eine harte Strafe, sie wurden zur *Normalität* verbannt und sie können sich nicht daran erinnern je etwas Besseres

und Mächtigeres gewesen zu sein. Wenn allerdings jemand die Menschen aufklärt über die anderen Lebenszyklen, blüht demjenigen auch eine Strafe. Welche weiß ich leider nicht weil es sich noch niemand getraut hat sowas zu tun aber lustig wird das sicher nicht."
„Bis jetzt… Du wirst ja bald erfahren was die Strafe ist, schließlich hast du es gerade einem Menschen erzählt, mir."
„Ja, weißt du, da sollten wir drüber reden wenn ich dir alles erzählt habe."
„Okay aber ich weiß nicht was es da noch…"
„Wir haben Zeit. Was willst du nun hören?"
„Hmm… vielleicht mal die Zusammenfassung von einem Leben als Vampir."
„Ah, gut. Da kenne ich mich aus."
Er lachte.
„Es wäre ja eigentlich unfair zu sagen, dass, ein Vampir zu sein, das Beste war was mir passieren konnte, obwohl ich nicht weiß wie sich etwas Anderes anfühlt. Aber es ist mit Sicherheit das beste Leben das man haben kann."
„Und was kann man als Vampir?"
„Na alles. Man kann in die Köpfe niederer Spezien schauen."
„Also dem Mensch."
Ich lächelte.
„Ja aber auch den Tieren."
Fügte er hinzu:
„Außerdem ist man an kein Gesetz der Biologie und der Physik gebunden bis auf ein paar Ausnahmen wie der Schwerkraft und des raum-zeit Gefüges. Allerdings kann ich in einem Augenblick hier und im nächsten wo anders sein.

Natürlich kann ich mich nicht beamen aber ich kann in einer Stunde die ganze Erde umrunden wenn ich genug Kraft habe."
Ein kühler Wind flog mir an die Flanke und plötzlich hielt Jackson eine Rose in der Hand.
„Siehst du."
Sagte er und grinste mir flachsend zu.
„Abgesehen davon kann ich Gewichte von bis zu fünfzehn Tonnen mühelos heben, also wenn ich genug Kraft habe. Ich habe keinen Herzschlag und mein Körper kann nicht dauerhaft beschädigt werden wenn man nicht über entsprechende Mittel verfügt. Atmen ist überflüssig also überlebe ich auch Unterwasser, auch wenn Vampire nicht dafür bekannt sind gerne zu schwimmen wäre ich dazu in der Lage. Allerdings sind nicht alle so ausgeglichen und nett wie ich. Es liegt in unserer Natur egoistisch und hinterhältig zu sein. Wir haben es in unserer DNA zu überleben was es auch kosten mag. Wobei dieses Gen nicht mehr in jedem von uns so ausgeprägt erhalten ist, wofür ich doch wohl das beste Beispiel darstelle. Ebenfalls ändert sich das Wesen der Person, bei manchen mehr bei anderen weniger, nach der Wandlung zum Vampir. Außerdem sind unsere Sinne viel stärker und wir haben ungefähr das Vierfache an Nervenverknüpfungen in unserem Gehirn als ein Mensch, das heißt, wir sind überaus klug und das ist wieder ein Punkt der uns noch gefährlicher macht."
„Wow, das klingt einerseits faszinierend andererseits auch unheimlich. Aber wie entstehen Vampire eigentlich? Ich meine ist das so wie in diesen Vampirgeschichten, wo man das Blut der

Person trinken muss und schon ist sie ein Vampir?"
„Nein, nicht wirklich. Ein Vampir muss sein Gift in den Blutkreislauf eines Menschen abgeben damit die Verwandlung beginnen kann. So wie bei einer Giftschlange. Aber die Schöpfer der Vampire, also die ersten 10, haben dafür gesorgt, dass die Menschen eine Wahl haben und nicht die Vampire über ihr Schicksal bestimmen. Darum müssen die Menschen, die zu Vampiren werden wollen ein paar… Aufgaben erfüllen und gewisse Dinge tun. Diese sollen sie an das Vampirsein gewöhnen und sicherstellen, dass sie es aus freiem Willen werden."
„Ach so ist das… Ein Vampir zu werden hört sich irgendwie kompliziert an."
„Nun wenn ein Vampir dir hilft dich zu verwandeln dann ist es durchaus machbar und ich finde, die Mühe ist es wert."
Da gab es nur eine Frage die er mir noch nicht beantwortet hatte und vor der Antwort, die mich erwartete, fürchtete ich mich am meisten.
„Und deine Kraft, die ziehst du aus..?"
„Blut."
Er antwortete so schnell und so trocken, dass ich es erst garnicht richtig mit bekommen hatte.
„Menschenblut?"
„Jedes Blut."
„Das heißt?"
„Auch tierisches oder übermenschliches."
„Übermenschliches? Damit meinst du das von anderen Wesen nicht wahr?"
„Ja."
„Und was trinkst du… im Moment?"

Ich wollte die Frage eigentlich wieder zurückziehen, weil es mir im Nachhinein unhöflich vorkam doch Jackson antwortete bereits:
„Menschenblut. Weißt du Tierblut ist wie…"
er überlegte:
„wie fettfreie Milch, du kannst es trinken aber du fühlst dich immer noch hungrig und nur von Tierblut zu leben ist auch nicht sonderlich gesund, ich meine, man ist nur gerade so genährt das man nicht seine vollkommene Stärke einbüsst. Aber die meisten leiden dann trotzdem nach kurzer Zeit unter Blutentzug, werden immer aggressiver, fallen in einen Rausch - sobald sich jemand nur am Papier ritzt - und dann wachst du irgendwann auf und liegst in der Pampa mit einem abgeschlachtetem Dorf im Rücken. Kein schönes Gefühl, hab ich mir sagen lassen. Und übermenschliches Blut, ist einfach nur… geil."
Ich war verdutzt über seine Ausdrucksweise, nicht weil es mir nicht recht war sondern, weil ich nie damit gerechnet hatte, dass er je ein Wort wie „geil" in den Mund nehmen würde. Auch sein Gesichtsausdruck war anders, es war als würde man einer Frau auf Diät sagen sie solle eine Schokoladentorte beschreiben, so strahlten seine Augen mich hungrig an.
„…es ist dickflüssiger als tierisches oder menschliches ungefähr wie Sahne und man könnte von einem Tropfen schon fast einen ganzen Monat durchhalten. Dann gibt es noch menschliches, es ist sättigend und schmeckt am besten. Dieses Befinden kommt wohl daher, dass die meisten von uns durch die Verwandlung eines

Menschen entstehen. Es ist als trinkst du Kakao. Es ist nicht so dick aber auch nicht wässrig und hat dabei noch einen stärkeren und besseren Geschmack, wobei es schon noch darauf ankommt *wen* man trinkt."
Mir gefiehl die Art wie er Blut mit Milchprodukten verglich aber tatsächlich konnte ich es mir so viel besser vorstellen, auf eine Schräge aber doch gute Weise. Aber manchmal waren die Sätze die er sprach wie ein leerer Parkplatz auf dem weit und breit nur ein Mast steht, man hat eine riesige Fläche zu befahren aber man prallt unumgänglich gegen den Mast.
„Manche?"
Ich war mir zwar erst sicher ich hätte mich verhört aber mal wieder belehrte man mich eines besseren:
„Naja es kommt zwar nur sehr selten vor aber weißt du, früher als die Menschen noch nicht aus dem Zyklenkreis ausgeschlossen waren, hatten sie auch gewisse Kräfte, zum Beispiel waren sie wesentlich stärker als heute. Aber ihr Verhalten war, naja, etwas anders als das der Menschen die du kennst. Nun, weißt du, die Menschen lebten früher in einer Art Kolonie oder eher einem Rudel. Diese waren nicht sehr groß, meist bestanden sie nur aus vier oder fünf Personen, doch sie trennten sich nie, unter keinen Umständen. Und das war auch besser so, denn nur weil sie zu mehreren waren konnten Angreifer, wie die Vampire, nicht über sie herfallen. Aber schlussendlich mussten die Vampire sich vermehren damit ihre Rasse nicht aussterben konnte, die Frage war nur wie? Denn

ein Vampir, wie du weißt, ist egoistisch und liebt eigentlich nur sich selbst, was es sehr schwierig machte Menschen zu verwandeln. Nämlich, egal wie stark ein Vampir zu dieser Zeit auch gewesen sein will, alleine kam er nicht gegen ein Rudel gesunder, und in diesem Zeitalter noch starker, Menschen an und Teamwork war im Wortschatz des Vampirs nicht enthalten. Daher mussten sich die Vampire andere Wege suchen ihre Spezies zu erhalten.
Kurz gesagt erfuhren sie, dass die Menschenfrauen sobald sie schwanger wurden sich in ein sehr gut getarntes Versteck verzogen und sich von der Gruppe vorläufig trennten, um sich nur auf ihr ungeborenes zu konzentrieren. Die Vampire haben jedenfalls nie nach Menschen in Verstecken gesucht, da diese es nicht nötig hatten sich zu tarnen. Als sie allerdings mit ihrem feinen Geruchsinn und ihren guten Augen auf die Suche nach Schwangeren gingen, hatten sie eine Vermehrungsquelle gefunden."
„Was aber..?"
„Wie?"
Er hatte nun so einen wütenden und sarkastischen Gesichtsausdruck der darauf schließen ließ, dass ihm diese Angelegenheit wohl sehr nah ging.
„Oh, ich sag dir gerne wie sie das taten. Sie schlichen sich an die Hochschwangeren an und überfielen sie in der Nacht. Sie jagten ihre Zähne in die Frauen hinein und gaben ihr Gift ab. Doch das besondere an den so entstandenen Vampiren ist, dass es nicht die schwangeren Frauen waren. Nein, diese verreckten kläglich an dem brennenden Vampirgift, weil ihr Körper durch die

Schwangerschaft einfach zu schwach war um diesem Stand zu halten. Die eigentlichen Vampire wurden dann die ungeborenen Kinder dieser Frauen. Sie waren Erdwandler und dadurch sehr zäh. Weil sie allen Schutz der Mutter bekamen und abgesehen davon das Gift, wenn es bei dem Baby ankam, schon so verdünnt war, dass es in der Form nicht mal der Mutter geschadet hätte. Letzten Endes befreite der Vampir das Kind aus seiner toten Mutter und bildete es aus."

„Aber Vampire altern doch nicht, blieben diese Kinder dann nicht immer so jung wie sie zu dem Zeitpunkt waren?"

„Nein, weil sie nie richtig gelebt haben hatten sie das Privileg sich selbst ‚einfrieren' zu können. Dabei kann man in dem Alter seiner Wahl eine Art Stopptaste drücken und schon steckt man in diesem Alter Zeit seines Lebens fest. Es gab durchaus auch manche die vor ihren Trainern flohen und ein normal langes Menschenleben führten. Wieder andere blieben durch unüberlegte Neugier im Körper eines Fünfjährigen hängen. Denn, auch wenn ihr Körper das nicht tat, der Verstand alterte. Für diese, zum Teil sprech- und gehunfähigen Kinder, wurde die Ewigkeit dann eher zum Fluch als zum Segen."

Ich war überwältigt von diesen Informationen aber auch etwas schockiert darüber, dass er soviel über seine Herkunft und Geschichte wusste. Was mich automatisch darüber nachdenken ließ wie wenig ich eigentlich über mich wusste. Ich konnte nicht mal einen Bruchteil über meine englische Kultur in einem Rutsch erklären geschweige denn fremde Kulturen jemandem erläutern. Wie kam es

nur, dass er so belesen war, über all diese Geschichten? Ich betrachtete meinen Vampirfreund. Mehrere Minuten saßen wir da. Er hatte den Blick meist gesenkt, sah mal wild von einem Punkt zum andern und mal starrte er nur vor sich hin. Und ich, ich beobachtete jedes Zucken in seinem Gesicht. Doch es ließ sich nun nicht mehr leugnen. Wenn man es nicht weiß dann sieht Jackson aus wie ein völlig normaler Junge, aber wenn man weiß, dass er genau das nicht ist, erkennt man die feinen Unterschiede. Ein Unterschied war zum Beispiel, dass er die Ausstrahlung einer Statur hatte, nicht die eines Menschen. Er war makellos, vom Scheitel bis zur Sohle. Da war nicht eine einzige Schuppe in seinem, wie schwarz lackiertem, Haar. An Pickel oder Unreinheiten, wie es in meinem Alter Gang und gäbe war, war bei ihm nicht im entferntesten dran zu denken. Ich war nicht mal sicher ob er überhaupt Poren besaß, denn selbst mit meinen guten Augen konnte ich keine erahnen. Was mir jetzt jedoch zum ersten Mal an ihm auffiel, waren diese Blutspritzer die am Kragen seines T-Shirts klebten und nach dieser genauen Betrachtung war es so als hätte er ein Schild um den Hals hängen auf dem groß *Vampir* geschrieben steht, so unecht sah er nun aus.
Vielleicht hatte er meine Gedanken gelesen oder er suchte einfach wieder das Gespräch mit mir aber mit einem Mal sah er wie vom Blitz getroffen auf meinen rechten Unterarm.
„Seit wann hast du das?!"

„Ähm… ich glaube das war an dem Tag als ich im Krankenhaus war, wieso? Weißt du etwa was das ist?"
Wie bei jedem normalen Menschen überkam mich eine Welle von Panik, was mich allerdings umso größer verblüffen ließ, als er sagte:
„Nichts, alles gut."
Monoton und mit dem Blick auf mein von selbst entstandenes Tattoo gerichtet sprach er diese Worte aus. Er ließ jedoch sofort danach wieder von meinem Arm ab und sah zu dem Teller voll Medikamenten. Während ich darüber verwundert war, dass mir dieses aus dem nichts entstandene Tattoo bisher überhaupt keine Sorgen bereitet hatte, wühlte er hastig in dem Haufen von verschreibungspflichtigem Zeug herum. Er zog eine weiße Packung daraus hervor und drückte eine Kapsel raus. Die er mir nun vor die Nase hielt.
„Schluck das."
„Warum?"
„Es hilft."
Ich sah in seinem Blick, dass er Angst hatte ich würde ihm misstrauen. Also lächelte ich und schluckte die Kapsel.
„Und, was macht die?"
Fragte ich lächelnd beiläufig.
„Blutverdünnung"
Sagte er auch lächelnd und ohne das ich etwas dagegen tun konnte bekam ich diese Gänsehaut und ich zuckte kurz zusammen. Ein ununterdrückbarer Gedanke raste gleichzeitig, wie ein Zug durch meinen Kopf, welcher mich an meine derzeitige Situation erinnerte:

Menschenmädchen sitzt vor Vampir. Seine Nahrung: Menschenblut- Mein Blut.
Und schon wieder biss ich mir auf die Zunge, weil ich noch die leise Hoffnung hegte, dass er diesen Gedanken nicht aufgeschnappt hatte. Vergebens. Er senkte gekränkt den Blick und flüsterte:
„Verdünntes Blut schmeck ja noch nicht mal..."
„Was?"
Ich war verwundert, meinte er das nun ernst oder wollte er die Stimmung lockern?
„Na verdünntes Blut schmeckt wie wässriger Kaffee. Wieso sollte ich dein Blut also versauen wenn ich es eigentlich trinken wollte?"
„Pff... Ja, stimmt auch wieder"
Sagte ich peinlich berührt. Jackson zeigte auf meinen Arm und das Mahl löste sich langsam vollkommen auf.
„Ist es jetzt für immer weg?"
„Nein, der Blutverdünner hält nicht so lange, in ein paar Stunden ist es wieder da aber das kannst du nehmen, solltest du es wieder weg haben wollen."
„Oh, okay, ähm, gibt es sonst noch etwas was ich über das Vampirleben, oder dich wissen sollte?"
Ich hatte das komische Gefühl, dass er beleidigt war oder in irgendeiner Art verärgert, aber anscheinend lag es an dem Thema über das wir sprachen. Denn kaum hatte ich die Frage gestellt kam schon seine Antwort:
„Ja da gibt es tatsächlich etwas was du noch nicht über mich weißt..."
„Und das wäre?"
Hakte ich vorsichtig nach.

„Naja, wenn jemand von uns etwas Dummes macht, etwas, das gegen die Regeln verstößt, dann wird derjenige bestraft undzwar immer unterschiedlich hart."

„Und was hat das mit dir zu tun?"
„Ich habe gegen die Regeln verstoßen und deshalb muss ich fünfzig Nächte lang meine Strafe absitzen."
„Wie soll ich mir das vorstellen du sitzt die Strafe im unsterblichen Knast ab und spielst bis du wieder frei kommst Mundharmonika?"
Er antwortete, weniger sarkastisch als ich:
„Nein. Ich sitze meine Strafe in einem tierischen Körper ab."

Wenig schockiert sagte ich schulterzuckend:
„Tiere sind süß."
„Ja sehr süß."
Er schmunzelte.
„Aber du verstehst nicht ganz wie nervig das für einen Vampir, ein unsterbliches, starkes und mächtiges Wesen ist, in einem schwachen Tierkörper zu stecken."
„Aber das ist doch nur bei Nacht so und es gibt auch sicher einen Grund dafür, dass du diese Strafe absitzen musst."
Ein wenig verwundert fragte er nun:
„Auf wessen Seite stehst du eigentlich? Ich finde wir sollten gemeinsam über die primären lästern. Schließlich bist du meine Freundin und die sind einfach nur böse, egoistische und wiederwertige Kreaturen."

Geschmeichelt darüber, wie stolz er mich für sich beanspruchte, flüsterte ich:
„Natürlich stehe ich auf deiner, Jacky, und jetzt erzähl mir mehr über deine *schlimme* Strafe"
„Wir sind aber heute frech."
Er sah mich grinsend an.
„Die Strafe, Süßer, was is jetzt damit?"
„Na schön. Also wir Vampire sind Geschöpfe des Mondes und der Dunkelheit. Wir saugen die Nacht schon fast auf. Wir verzehren den kalten Schein des Mondes, so wie die Menschen das Sonnenlicht, und das schenkt uns Kraft. Bei Nacht kann uns kein fremdes Wesen etwas zuleide tun. Bei Tag sind wir zwar immer noch übermenschlich stark aber wir können uns nicht so reibungslos gegen die anderen Kreaturen verteidigen."
„Und was heißt das jetzt genau?"

„Das ich zu keinem Zeitpunkt meine volle Stärke erreichen kann und ich zu jeder Zeit vor den anderen Wesen in Gefahr bin."
„Das ist nicht gut. Was bist du denn für ein Tier? Kannst du dir das aussuchen?"
„Naja, also man hat mir die Wahl zwischen einem Löwen und einer Maus gelassen, klar was ich gewählt habe, aber die zum schreiende Komik unserer *Anführer* ist unübertrefflich."
„Warum?"
„Tja, jetzt stecke ich im Körper eines Babykätzchens. Ich bin Jack, Kathy."

~Masken~

Eine Hitzewelle strömte durch meinen Körper, hoch und wieder runter. Mehrere Male strömte sie durch mich hindurch. Ich war nicht sicher was ich sagen sollte, denken sollte, empfinden sollte. Also wartete ich, auf eine Reaktion in seinem Gesicht, darauf, dass er etwas sagte oder etwas tat. Ebenso wenig wusste ich was ich tun sollte wenn Jack, also Jackson in Gestalt meines Katers, wieder vor mir stand. Wie ich damit umgehen könnte.
„Ist alles in Ordnung?"
Endlich sagte er etwas. Aber was sollte ich jetzt antworten? Das alles super ist und ich nur gerade alle peinlichen Momente durchgegangen bin in denen ich mit Jack über den neuen süßen Typ aus der Schule geredet hatte, oder über die Male nach gedacht habe in denen ich laut singend und tanzend vor ihm herum gehüpft war. Vielleicht sollte ich aber auch einfach sagen, dass ich es bescheuert fand, dass er mir erst so spät etwas davon erzählt hatte. Doch ich warf beide Optionen über den Haufen.
„Is schon in Ordnung, ich meine du hättest es mir sicher früher gesagt, wenn es möglich gewesen wäre."
„Ja, naja es war schon ganz lustig dich tanzen zu sehen, du hast echt Talent."
Er lachte, doch ich wäre am liebsten im Boden versunken, so
peinlich war es mir.

Wir saßen lange noch da. Er zog mich irgendwann zu sich rüber und ich musste weinen, lang, sehr lang. All die Trauer, die Verwirrung, die Angst und die Frustration der letzten Tage kam wieder hoch. Ich ließ all die Emotionen auf ein Mal raus egal wie bescheuert ich mir dabei vorkam heulend in den armen eines *Vampirs* zu liegen. Es befreite mich ein wenig.
Den Rest des Tages blieb er bei mir und zeigte mir einige seiner Fähigkeiten in Aktion, über die anderen Wesen sprachen wir nicht mehr. Ich fragte nicht ob er es mir erzählt und er fragte nicht ob er es mir erzählen sollte. Also waren wir den Tag lang wie ein fast normales junges Paar. Als der Abend anrückte legten wir uns zusammen auf das Sofa und sahen uns einen Film an. In dem Film ging es um ein Mädchen das sich in einen Vampir verliebt. Eine typische Love Story, die Kennenlernphase, der Absturz, die Versöhnung, das Happy-end, ein Klischee. Traurig, wie zynisch ich war, dabei wünscht sich doch jeder sein Leben sei ein Film. Es hätte diese Tragik, diese Spannung und nicht zu vergessen dieses Happyend. Bei diesem Film amüsierte sich vor allem Jackson, doch ungefähr in der Mitte des Films musste er mich wieder daran erinnern heute Abend, wieder, auf keinen Fall die Tür zu öffnen. Ich nickte und schmiegte mich an seinen Arm. Aber etwas war anders. Sein Arm war flauschig weich als hätte er ein Fell, da fiel mir wieder seine Strafe ein. Ich blickte ihm ins Gesicht und es war als würde dort eine Monsterbärenkatze hinter mir liegen. Er war so groß wie ein Mensch, aber hatte schon typische Katzenmerkmale, wie das schwarze Fell, die

strahlend weißen, spitzen Zähne und die katzenartige Nase. Auch seine Pupillen wurden immer schmaler. Dann strich er mit seiner großen Pranke über meine Wange und drehte meinen Kopf wieder in Richtung Fernseher. Ein paar Momente später hörte ich Jacks piepsiges Babymautsen. Ich setzte mich auf, er krabbelte an meine Seite und fing an zu schnurren. Jack und ich sahen uns den Film noch bis zum Ende an und selbst wenn er nicht kichern konnte, spürte ich wie er leise vor sich hin lachte.

Um halb zwölf abends schlief ich ein und erwachte wieder um zwei Uhr nachts, als ich von einem lauten Klirren geweckt wurde. Ich stand von der Couch auf, dabei fiel mir auf das Jack nicht mehr da lag wo er eben noch gelegen hatte. Ich schlich durch die Wohnung, vom Flur zu meinem Zimmer, ins Esszimmer und dann in die Küche. Ein kalter Wind fuhr mir unter die Haut und ich zitterte. Ich schlich zum Lichtschalter, wurde aber von einem fiesen Brennen im Fuß aufgehalten. Ich legte den Schalter um und sah zu meinem Fuß hinunter. Ein Stück Glas hatte sich in meine Fußsohle gebohrt und ein kleines Rinnsal Blut floss daran herab bis es zu Boden tropfte. Mit einem schnellen Handgriff zog ich ihn aus meinem Fuß. Ich sah hoch um nach einem Tuch zu suchen doch endlich erfuhr ich woher eigentlich der Glassplitter kam. Er war einer der Stücke, die heute Morgen noch das Küchenfenster gebildet hatten. Denn dort wo vor wenigen Stunden noch ein Fenster unsere Wohnung von der Außenwelt trennte, befand sich nun ein großes Loch. Es war

als würde die kalte, schwarze Nacht wie eine Welle in unser Haus fließen. Ich trat ein paar Schritte an das Loch heran, um nach demjenigen Ausschau zu halten der die Scheibe zerstört hatte. Doch als ich in den Vorgarten, vor der Küche sah konnte ich lediglich die Schatten der Blumen und Büsche erkennen, die meine Mutter gepflanzt hatte. Aber, noch leicht verschlafen, fiel mir auf, dass hier etwas anders war als es hätte sein müssen. Ich sah mich um, alles, abgesehen von dem zerstörten Fenster, war normal. Die Küche war aufgeräumt, die Herdplatten waren aus, ich schaute sogar aus den anderen Fenstern hinaus in den Garten, in der Hoffnung dort etwas zu entdecken. Nichts. Kein Lebewesen war zu sehen, nicht mal ein Vogel oder eine Nachbarskatze, aber auch meine war nirgends. Wo war Jack? Ist er vielleicht durch das Fenster abgehauen? Hatte er es vielleicht kaputt gemacht? Ich schüttelte den Kopf, und redete vor mich hin.
„Nein… Jack kann das nicht gewesen sein. Er ist nur ein Kätzchen - im Moment, abgesehen davon kann das Fenster nicht nach innen splittern wenn er es von innen aufbricht."
Es war also selbst physikalisch unmöglich, dass Jack das in seinem jetzigen Zustand war. Doch wenn er nicht das Fenster aufgebrochen hatte, wer dann?
Noch ein letztes Mal drehte ich mich zu allen Seiten um, um nach etwas ungewöhnlichem Ausschau zu halten. Wie in Trance tappte ich auf das andere Fenster in der Küche zu und sah nach draußen. Die Rollläden! Auf einmal war ich hell wach und sprang zum kaputten Küchenfenster.

Der Rahmen stand auf Kipp, also war es sogar etwas geöffnet gewesen. Welcher Einbrecher zerstört ein Fenster das auf Kipp steht? Keiner, also war das kein Einbrecher der das Fenster demoliert hat, sondern jemand oder eher etwas anderes. Ich geriet in Panik, meine Handflächen wurden nass und in meinem Hals formte sich ein Klos.

…Du musst vor Sonnenuntergang alle Rolläden hinunter gelassen haben, alle Fenster und Türen fest geschlossen halten und du darfst sie unter keinen Umständen öffnen…

Das stand in seinem Brief. Aber wieso hatte er mich nicht daran erinnert? War es ihm auch entfallen? Aber das wäre doch etwas lächerlich, schließlich war er ein unsterblicher Vampir, da vergisst man doch sowas nicht? Ich sank runter auf die Knie und wollte am liebsten direkt losheulen doch es ging nicht. Meine Augen waren so trocken als wäre nie etwas passiert was garnicht meinem Charakter entsprach, generell erkannte ich ganz neue Seiten an mir die ich, bevor Jack kam, noch nicht im entferntesten an mir festgestellt hatte. Aber davor war ich auch noch nie wirklich verliebt gewesen. Er veränderte mich.

Trotz meinen neuen Charakterzüge war es sehr unheimlich dort zu sitzen und nicht zu wissen was dort draußen nun lauerte. Nur eins wusste ich, sobald die Sonne aufgeht würde es vorerst weg sein.

Ich wusste nicht was ich nun tun sollte, denn bis Sonnenaufgang würde es noch viele Stunden hin sein. Mir war nicht klar wie viel Zeit ich noch hatte bis „es" durch das offene Fenster hineinstürmen würde und mich… Da musste ich in meiner Panik mal einnen Punkt machen, denn was wollte „es" überhaupt von mir? Handelte es sich vielleicht tatsächlich um ein Mörder, der mich töten wollte, ein Dieb, dem nach Geld und Schmuck der Sinn stand, ein Erpresser, der mich als Geisel brauchte oder vielleicht auch etwas, von dem ich bisher noch garnichts wusste, nichts wissen konnte. Ich kannte die Vampire nun doch schon gut genug um zu wissen, dass, wenn ein Vampir etwas von mir wollen würde, er einfach herein käme. Daran würden ihn kein Fenster, keine Tür und schon gar keine Rolläden hindern. Es musste ein anderes Wesen sein und ich verfluchte Jackson, dass er mir von den anderen nicht erzählt hatte. Andernfalls würde ich nun sicher über die Kreatur bescheid wissen und ob ich fliehen, mich verstecken oder es angreifen, beziehungsweise mich ihm stellen sollte. Ich war ausgeliefert, schutzlos und ohne Jackson. Ich bemerkte in meinem Augenwinkel plötzlich etwas Dunkles durch die Blätter huschen, es war groß, sehr groß und die Hoffnung es seie Jack verflog. Ich trat wenige Schritte an das Loch und warf einen kurzen Blick in die schwarze Nacht hinein. Kein Stern war zu sehen und dort wo eigentlich der Mond sein müsste war nur ein Schatten zu erahnen. Ich konnte mich an keine Vollmondnacht erinnern die je so dunkel gewesen war. Ein Windhauch flog durch die Büsche und wehte ein paar Blätter weg. Mein Blick folgte ihnen, wie sie so dahin flogen. Bis ans Ende unseres Grundstücks betrachtete ich die Blätter bis sie sich auf dem Feldweg niederlegten der an unseren Garten grenzte. Meine Augen wanderten wieder zu unserer Terrasse doch da wo ich sonst auf den Schuppen geblickt hatte war nun die Sicht von einem drei Meter hohen schwarzen Brocken blockiert. Ich zuckte vor Schreck zusammen als das Ding sich bewegte und mir am Ende ein pechschwarzer Bär mit rot leuchtenden Augen gegenüber stand. Er brüllte mich mit seiner tiefen Stimme an, die mich in Mark und Bein erschütterte und mir wurde langsam schwarz vor Augen. Mit aller Kraft wehrte ich mich gegen die Ohnmacht denn ich wusste, wenn ich nun das Bewusstsein verlieren würde, dann bekäme ich es vielleicht nie mehr zurück. Ich sprang flink weg vom Fenster ins Haus hinein.

Das Untier mir gegenüber besaß riesige Pranken, gewaltige Krallen und scharfe Zähne die wirkten als wären sie zu groß für sein, ohnehin schon riesiges, Maul. Träge aber doch bedrohlich stapfte diese Ausgeburt der Hölle auf mich zu. Ich stand erst wie angewurzelt auf der Stelle was mir dann auch zum Verhängnis wurde, denn ich konnte kaum blinzeln, schon hatte seine mächtige Pranke meinen Arm aufgeschlitzt. Ich schrie vor Schmerz und folgte mit den Augen dem großen, dickflüssigen Rinnsal Blut das meinen Arm hinunterfloss bis es zu Boden tropfte und eine Pfütze bildete. Das Tropfen hallte in meinen Ohren und kurz blieb die Zeit stehen. Ich blickte wieder zu dem Monstrum, doch erschreckenderweise war da kein schwarzer Fellkoloss mehr, sonder ein schneeweißes Wesen das sich das blutverschmierte Maul leckte. Hatte

es aus der Pfütze getrunken? Ein übles Gefühl machte sich in mir breit als die Bestie mich zähnefletschend ansah. Aber etwas anderes errang meine Aufmerksamkeit denn plötzlich schoss ein kleines schwarzes Fellknäul, hinter dem Bär durch das Fenster hindurch. Es flog über den Dämon und landete vor meinen Füßen. Seine blauen Augen sahen mich eindringlich an bis ich verstand was Jackson mir sagen wollte.
„Lauf!"
Schrie seine Stimme in meinem Kopf. Ich nickte und er rannte voran. Durch die Küchentür, den Flur entlang, zur Haustür hinaus und in die kalte Nacht hinein. Es war nicht wie sonst wenn ich nachts vor die Tür ging, da fuhr mir immer ein kalter Schauer über den Rücken und ich war eingeschüchtert von dem Schwarz um mich herum. Heute war das anders, ich hatte immer noch eine Gänsehaut aber es war nicht als würde mir ein Rudel Ratten den Rücken hinab laufen, sondern es war eher ein kribbeliges Gefühl. Ich spürte jede Faser meines Körpers und verweilte einen kurzen Moment auf der Straße, um die ganze Schönheit dieser Dunkelheit einzusaugen. Mein Herz pulsierte laut und stark, meine Beine fühlten sich so leicht an und meine Augen sahen alles völlig klar. Nicht mal der gefrorene Boden der in dieser Novembernacht unter meinen nackten Füßen lag machte mir zu schaffen. Ich nahm einen Schluck der frischen Nachtluft und stürmte hinter Jackson her. Wir liefen über zwei Straßen, dann durch ein Maisfeld, über einen Kohlacker, über umgefallene Baumstämme und tief in den Wald hinein. Eine halbe Stunde lang

sprinteten wir durch das Dickicht und desto mehr ich lief, desto lebendiger fühlte ich mich. Vor einem Hügel Steine wurden wir langsamer und hielten schließlich an.
„Was wollen wir hier?"
fragte ich Jackson und der signalisierte mir ich solle ihm folgen. Er machte ein paar Schritte und verschwand.

Er war weg, in Luft aufgelöst oder im Boden versunken da war ich mir noch nicht ganz sicher. Ich fand keine Erklärung für dieses Phänomen und wusste auch nicht was ich jetzt machen sollte, wo ich hingehen sollte? Nach Hause konnte ich nicht, denn wer weiß ob das Wesen dort noch lauerte. Nein, umkehren war zu gefährlich. Ich konnte auch nicht einfach weiter auf der Stelle stehen, ich musste eine Lösung finden, schließlich hatte ich keine Lust von einem weiteren Dämon gefunden zu werden. Ich trat vor und wollte anfangen einen Kreis zu laufen aber zum Glück wurde ich davon abgehalten mehr als einen Schritt zu tun. Der Grund für mein abruptes Stehenbleiben war ein unglaublicher Anblick. Ich stand nach nur einem Schritt vor einem mächtigen Anwesen. Davor sah ich auch Jackson, eine Katze war allerdings nicht zu sehen. Jackson trat auf mich zu, wie ein Schatten flog er zu mir und schloss mich in seine Arme.
„Verdammt hatte ich eine Angst."
Hauchte er mir ins Ohr
„Angst? Du? Was soll ich denn sagen, du bist einfach plötzlich weg gewesen."
Warf ich ihm vor.

„Ja, aber ich dachte du hättest verstanden, dass du mitkommen solltest. Im Nachhinein kommt es mir echt etwas leichtsinnig vor, dich nicht zuerst gehen zu lassen, entschuldige."
„Naja ist ja jetzt unwichtig, erklär mir lieber wo wir sind und warum du keine Katze mehr bist?"
„Kater."
„Jackson."
Mahnte ich, er lächelte.
„Schon gut, schon gut. Also, wir sind hier bei Stylianí, sie ist eine sehr gute Freundin von mir und ich bin kein Kater, weil der blauschimmernde Schleier der dir vielleicht schon aufgefallen ist, eine Schutzhülle vor jeglicher Magie oder vor uneingeladenen Gästen bildet."
„Wow, da sind viele Wörter die ich nicht verstehe drin. Zum Beispiel Magie und wer sind diese uneingeladenen Gäste und ach ja, was war das eigentlich für ein Wesen das mir eben einfach mal den Arm aufgeschlitzt hat? Alles ganz gute Fragen, findest du nicht?"
Motzte ich mit einer Spur Ironie dabei.
„Süße, alles gut, sieh doch deine Wunde ist schon fast wieder verheilt und den Rest erkläre ich dir später, schließlich haben wir die ganze Nacht und morgen Zeit, um darüber zu reden. Jetzt müssen wir erst mal zu Stylianí, das wäre sonst mehr als unhöflich nicht wahr?"
„Ja aber…"
Er gab mir einen flüchtigen Kuss und schon war ich still, nun hatte ich einfach nicht mehr die Kraft ihn aufzufordern mir auf der Stelle alles zu erklären. Ich folgte wie ein Lamm bis zur Haustür von Stylianí's Palast. Auf dem Weg dahin hatte

ich endlich Zeit mich umzusehen. Ich erkannte was Jackson vorhin mit Schutzhülle meinte, denn um das ganze Anwesen herum war ein riesiger blauschimmernder Schutzwall. Auf dem Boden lagen Blätter in allen möglichen Orangetönen, vor denen der weiße Steinpalast sich wunderschön abhob. Die goldfarbenen Dächer des Prachtbaus ließen ihn nur noch edler wirken, die ganze Szenerie war eine Augenweide. Wir blieben nun stehen und Jackson betätigte die Klingel. Wenige Sekunden später trat eine Frau an die Tür, die, wie das Haus, ein angenehmer Anblick war. Sie hatte eine karamellbraune Haut, weiß-blonde lange, glatte Haare und ein langes weißes Kleid an. Doch aus all dem stachen am meisten ihre neongrünen Augen heraus, die einen wie eine Katze anstarrten. Ich bangte, dass sie mich hier nicht wollte weil ich kein Vampir war, aber sie war nicht so arrogant wie sie wirkte.
„Jackson. Beim Zeus, ich dachte schon, dich hätte die schwarze Seele erwischt!"
Sie umarmte ihn, doch es schien Jackson wohl nicht ganz recht gewesen zu sein, dass sie diesen Satz vor mir gesagt hat denn er fing an sie eindringlich anzusehen. Daraufhin stotterte sie „Oh… ich, ähm, also wieso kommt ihr nicht erst mal rein?"
Ich warf Jackson einen scharfen Blick zu.
„Ich werde dir ja alles erzählen - nur nicht jetzt vor der Tür."
Versuchte er sich zu verteidigen.
Wir gingen durch die hölzerne Tür und ich betrachtete ihren wunderschönen Palast von innen. Ein besseres Wort dafür gab es nicht weil es

einfach überwältigend war. Sie hatte im inneren des Anwesens alles in Holz verkleidet und riesige Fenster fluteten die ungetrennten Räume mit Licht. Sie hatte zudem sehr viele Pflanzen die dem ganzen Raum mehr Leben gaben. Ein riesiger Fernseher stand vor einer weißen Couchgarnitur unter der Blumen in wunderschönen Farben hervorwuchsen. Das riesige Bücherregal war mit Efeu überdeckt und der gläserne Esszimmertisch beinhaltete die verschiedensten Blumen die in ihm konserviert waren.
„Mein Name ist Stylianí Galanis, es ist schön dich endlich kennenzulernen Kathrin Jones."
„Danke, ich würde das gerne zurückgeben aber vor wenigen Minuten wusste ich noch nichtmal, dass es dich gibt."
Sie lachte, allerdings war es ein seltsames Gefühl, dass offensichtlich jeder besser wusste wer ich war, als ich es tat.
„Ein schönes Haus hast du hier."
Sagte ich während ich mich begeistert umsah.
„Danke, Aer hat mir das Haus geschaffen."
„Stella!"
Mahnte Jackson sie.
„Anáthema Jack, du sollst mich nicht so nennen. Woher soll ich denn wissen was sie weiß und was nicht, hm?"
„Wa…"
Setzte Jackson an, doch ich unterbrach ihn.
„Garnichts, ganz einfach, ich weiß nichts. Vor ein paar Stunden hatte ich noch das Gefühl ich würde zuviel wissen, weil er mir das mit den Vampiren und den Menschen erzählt hat aber nun stelle ich

fest, dass ich nicht mal ein Achtel des ganzen Puzzles kenne."
Sagte ich mit einem gewollt unecht-aussehenden Grinsen.
„Ach Kathy, er wird dir schon alles erzählen, aber weißt du, für ihn ist das sicher auch nicht leicht, dich mit so etwas zu belasten. Nicht alle Teile des Puzzles sind schön, die meisten sind sogar sehr schwer zu verdauen, ja sogar grauenhaft. Er will dich einfach mit so etwas nicht quälen."
Stylianí versuchte mich zu beruhigen aber eigentlich fand ich es ein wenig gruselig, dass sie während sie das sagte die ganze Zeit lächelte. Ich verstand trotzdem nicht warum er sich so schwer damit, tat mir einfach alles anzuvertrauen. Ich war schließlich kein Baby mehr und habe wohl schon genug gesehen was ich einfach nirgendwo einordnen konnte.
„Ich finde, da ich mich damit auseinander setzen musste, das meine Katze ein Vampir ist und ein schwarzer Bär meinen Arm aufschlitzt und nachdem er mein Blut genüsslich getrunken hat sich dann auch noch weiß verfärbt, könnte ich die anderen Sachen auch erfahren."
„Ja, klar ist das schlimm was du schon mitbekommen hast aber vor allem das mit dir ist ja echt schli…"
Plötzlich flog haarscharf an meinem Ohr etwas vorbei, ich drehte mich um doch da war nur Jackson dessen Iris leuchtend rot aufblitzte während der Rest seines Auges sich schwarz verfärbt hatte. Allerdings sah er nicht mich an sondern blickte genau an mir vorbei und er wirkte unglaublich wütend. Ich wand mich wieder zu

Styliani, deren Augen sich ebenso verfärbt hatten. Nun sah ich auch endlich was da an mir vorbei geflogen war. Ein Messer. Geworfen von Jackson. Es steckte allerdings nicht in ihrer Brust sondern genau dahinter in der Wand mit einem großen dunkelroten Klumpen darauf aufgespießt.
„Skatá!"
Stöhnte sie, während sie langsam zu Boden sank. Aus dem Loch flossen Unmengen an Blut zu Boden. Ich schrie vor Schrecken und lief zu ihr hinüber.
„Warum hast du das gemacht?! Sie war doch deine Freundin!"
schrie ich Jackson an.
„Ja und gerade weil sie das ist sollte sie lernen wann man redet und wann man lieber schweigt!"
„Was?! Wie kannst du nur? Du hast sie umgebracht!"
Mir stiegen die Tränen in die Augen.
„Was? Umgebracht? Wieso…"
Jacks Augen wurden wieder blau und das rot und schwarz verfloss.
„Oh man, du bist echt ein Arsch, hättest du nicht einfach einen Stein werfen können? Du weißt doch wie müde mich dieses verbluten macht."
Styliani stand auf und sah mich verwirrt an.
„Ist alles in Ordnung, du bist so blass?"
„Ich… ich hab ganz vergessen das ihr nicht sterben könnt. Aber… ich bin's einfach nicht gewöhnt das man Leuten ein Messer reinrammt und sie dann unbeschadet wieder aufstehen…"
Ich fühlte mich etwas dumm, so einen Aufstand gemacht zu haben aber trotzdem steckte mir der Schrecken noch in den Knochen. Das war eine

ganz andere Art von *Gewalt*. Eine eher legitime und zu Teil sogar neckische Art von *Gewalt*. Und auch wenn es noch neu war, begann dieses Verhalten sich in meines einzuflechten. Aber dabei können leicht die Grenzen verwischen, was mir niemand beibrachte.
„Ja, aber weißt du was manche von uns nicht können, hmm? Still sein!"
Fauchte Jackson wütend.
„Immer noch kein Grund mein Herz mit einem Messer zu tranchieren."
Motzte Stylianí.
„Hey, Kathy willst du nicht erst mal entspannt baden gehen um dich von dem Stress zu erholen. Ich komme dann gleich zu dir und erkläre dir den Rest."
Flüsterte Jackson mir mit gepresster Stimme zu und so ging ich maulend die prachtvolle Treppe, die mit Blumenranken geschmückt war, hinauf.
„-Den Rest- pff… der ist gut. Ist ja nur fast nichts was ich weiß. Aber Jack hat ja gut reden, er weiß ja alles, doch wäre er an meiner , dann hätte ich ja mal was zu hören bekommen. Nein mit mir kann man das ja machen. Ich bin ja nur das verwirrte Menschenmädel das man immer schonen muss. Das mit dem Schonen hätte er mal am besten dem riesen Bär erzählt, den hat das nämlich sicher nicht interessiert als er meinen Arm aufgeschlitzt hat."
Ich stapfte weiter vor mich hin maulend hoch und hörte Jack leise über mich kichern was mich nur noch saurer machte. Im Obergeschoss angekommen verharrte ich ein paar Minuten und lauschte den beiden doch das machte mich nicht

wirklich klüger, denn alles was ich da zu hören bekam war:
„Ceea ce esti, nuci? Ce puteți ține nu doar vă gura închisă?"
Was ich als rumänisch einschätzte oder vielleicht auch kroatisch oder sonst was aus der Gegend, aber egal was es war, ich verstand es nicht. Weiter machte ich mir da nichts draus und ging in Styliani's Badezimmer.
Es war wirklich eine gute Idee baden zu gehen, ich konnte endlich mal wieder in aller Ruhe entspannen und nach wenigen Minuten schlief ich auch schon ein. Das wiederum war keine so gute Idee...

Ein unangenehmer Geruch brachte mich dazu die Augen zu öffnen. Vor mir sah ich den schwarzen Nachthimmel und die Spitzen von dunkelgrünen weiß-Tannen. Ich sah mich um und erkannte dass ich mich in einem tiefen Wald befand. Ich lag auf dem mit Tannennadeln bedeckten Boden, aber es roch leider nicht nach einem Tannenwald sondern eher nach etwas anderem. Der Geruch war mir bekannt aber ich konnte ihn einfach nicht einordnen. In der Ferne hörte man ein tiefes Grollen und ich hatte sogar das Gefühl es würde näher kommen. Langsam erhob ich mich vom Boden. Ein schwarzes, langes Kleid schmiegte sich eng an meinen Körper und wurde von den Beinen abwärts immer breiter. Es war mit Perlen verziert und hatte eine lange Schleppe, es sah aus wie ein schwarzes Hochzeitskleid. Nur wusste ich nicht wer oder was mich in diesem Traum erwartete. Ich wusste nicht wohin ich gehen oder was ich tun musste um aus dem Traum aufzuwachen. Doch dieses Mal fasste ich den

Entschluss, nicht die Opferrolle einzunehmen. Ich würde mich wehren, keine Ahnung ob es mir gelingen würde aber ich war fest entschlossen dieses Mal keinen Schmerzen zum Opfer zu fallen. Ein Versteck, das brauchte ich als erstes, denn wer mich nicht findet der kann mich auch nicht verletzen, dachte ich.

Ich rannte tiefer und tiefer in den Wald hinein. Die Bäume um mich herum standen immer dichter beisammen und ich fing an mich zu fragen ob ich vor dem Wesen das mir hier begegnen sollte überhaupt wegrennen konnte. Bei den anderen war es schließlich auch immer so gewesen, dass sie mich fanden oder eher gesagt mich erwarteten. Sie wussten alle wer ich war und die meisten wussten sogar noch mehr über mich als ich selbst. Könnte ich solchen Wesen entkommen, nur weil ich wegrannte? Die Frage war nun auch überflüssig denn ich hatte schon eine beachtliche Strecke in dem langen Kleid hinter mich gebracht und überhaupt konnte doch nichts Schlimmeres geschehen, als dass sie mich fanden, oder? Je weiter ich in den Wald rannte desto stärker wurde der seltsame Geruch, es lag Angst in der Luft, allerdings ging die nicht von mir aus. Auch irritierend war das Knurren denn je weiter ich davon wegrannte desto lauter wurde es. Ich änderte selten die Richtung nur dann wenn mir keine andere Wahl blieb. Ich überquerte gerade einen kleinen Fluss der nicht breiter war als ein Meter, da hörte ich mir gegenüber ein Blätterrascheln. Ich zuckte zusammen und blieb ein paar Augenblicke wie angewurzelt stehen. Das Rascheln kam immer näher und war schon lange nicht mehr nur an einer Stelle, mittlerweile war dieses Geräusch rings um mich herum. Man hatte mich eingekreist. Das Grollen war allerdings noch ein Stück entfernt.

„Na wenn das nicht Kathrin Jones ist, wir haben schon viel von dir gehört."
Eine bunt gemischte Horde von Leuten stand rings um mich herum und eine junge Frau sprach zu mir als stände sie vor einer Berühmtheit.
„Wow, Kathrin, wirklich, das ist kein sicherer Ort hier für dich."
Ich sah in ihrem Blick das sie mich herausfordern wollte und da fing das Adrenalin an durch meine Adern zu schießen, ich spürte jeden Muskel meines Körpers, alles in mir stand auf Abwehr und dann...

Als ich die Augen öffnete war ich immer noch in meinem Traum aber es war bereits Nacht. Ich war an dem Fluss, da wo ich ein paar Stunden zuvor auf diese Wesen getroffen war. Ich setzte mich auf und sah an meinem Kleid hinunter. Es war das gleiche, allerdings in blütenweiß, das einzige was auffälliger war als die Farbe des Kleids waren die gewaltigen Blutflecken die sich vom Dekolleté bis zum Ende der Schleppe hinzogen.
„was zum Teufel...?"
Was haben die mit mir gemacht, wollte ich noch hinzufügen aber da verschlug mir etwas die Sprache. Den Geruch, der die ganze Zeit schon in der Luft gewesen war, konnte ich nun endlich zuordnen. Der widerliche Gestank war Blut. Metallisches und etwas fauliges Blut. Verwundert über die Ursache des Geruchs sah ich mich um und erkannte nun die Schattenseite dieses Waldes. Blut floss in dem Fluss, es klebte an den Bäumen, mein Kleid war voller Blut und dann waren da noch all die blutverschmierten Leichen die in einem Kreis um mich herum lagen.
„Was für eine Show."

Eine tiefe grollende Stimme drang von hinten an mein Ohr.
„Respekt Kleine, wer so etwas noch vor seiner Ausbildung tun kann, hat wirklich das Zeug zu einer schwarze Seele… Naja vielleicht noch nicht ganz aber schon nah dran."
Es lachte und ich wand mich um. Ein großer weißer Bär mit Blut verschmiertem Maul stand mir nun gegenüber, es war die gleiche Bestie die unser Fenster zerstört und mir den Arm aufgeschlitzt hatte.
„Wir müssen nur sehen das du deine Nahrung minimal umstellst, von wehrlosen Touristen auf ekelhafte Vampire."
Angewidert sprach er diese letzten Worte seines Satzes während er bedrohlich um mich herum schritt.
„Was soll ich getan haben?"
Ich war mir nicht sicher ob ich richtig verstanden hatte.
„Na sieh dich doch mal um, was siehst du?"
Brummte er belustigt. Ich wand den Kopf hinüber zu einer der Leichen die in dem Zirkel lagen und ich machte mich dafür bereit, den Brechreiz zu unterdrücken den ich schon bei Betrachtung eines Steaks bekam aber da war keiner. Der genaue Anblick einer toten und schlimm zugerichteten Frau ließ mich völlig kalt, die Frau von vorhin. Ich blickte in die starren Augen der Frau. Ich sah den völlig zerfetzten Hals, bei dem ich sicher war das er nun keine Verbindung zwischen Kopf und Rumpf bildete. Ich sah die getrockneten Blutrinnsale die aus ihren Ohren und ihrem Mund ausgetreten waren, auch die kreideweiße Bleiche ihrer Haut viel mir auf. Ich konnte schwören, als ich sie das letzte Mal gesehen hatte war ihre Haut sonnenbraun und ihre Wangen rosig. Sie war in der Tat eine hübsche Frau gewesen, das konnte ich nicht

leugnen. Je länger ich ihren toten, schlaffen Körper betrachtete desto größer wurde meine Wut auf das seelenlose Wesen das sie so zu gerichtet hatte. Die Bärenbestie war daran schuld, dass sie sterben musste, da war ich mir sicher, wieso konnte sie wohl sonst eine blutverschmierte Schnauzte haben. Die Frage war jedoch warum ich dann ein blutbeflecktes Kleid trug?
„Wie kannst du nur?"
Ich warf dem Vieh einen angeekelten Blick zu
„Die armen Leute haben dir doch nichts getan!"
„Ich weiß und genau so wenig habe ich ihnen etwas getan."
„Halt mich nicht für dumm, wie soll sonst das Blut an dein Maul geraten sein?"
„Oh ich halte dich nicht für dumm, Kathrin Jones, nur für sehr schlecht informiert und kreislaufmäßig nicht auf dem medizinischen Beststand. Du hast recht, das Blut dieser Menschen klebt an meinem Maul, doch nur aus Verwunderung."
„Moment, willst du mir sagen, dass du nur aus Verwunderung diese Menschen tötetest?"
Plötzlich nahm seine Stimme einen wütenden und zugleich fauchenden Ton an:
„Nun halt du mich nicht zum Narren nur weil dein perfekter Freund dir die Wahrheit vorenthält!"
„Dann sag mir die Wahrheit. Keiner muss mich schonen. Ich bin doch schon in der Geschichte drin jetzt will ich auch das Ende erfahren!"
„Hah…"
er lachte spöttisch:
„Das Ende, Süße? Du bist nicht mal mit dem ersten Kapitel fertig! Und glaub mir, schonen muss man dich noch, wie wir in der echten Welt schon festgestellt haben, denn ich hätte dich töten können bevor du

überhaupt wusstest, dass es so jemanden wie mich gibt. Das…"
Er deutete auf meinen Arm
„… das war nur eine Warnung."
„Du willst mich warnen? Wovor denn? Ich weiß schließlich von nichts!"
„Nicht doch dich, Kathrin Jones, deinen Verbündeten. Jackson Gorgovea."
„Gorgovea… was? Moment, wieso solltest du Jackson warnen?"
„Sagen wir's so, nachdem ich ihm Feuer unterm Hintern gemacht habe ist er ja schließlich auf die Idee gekommen dir endlich die ersten paar Kapitel vorzulesen."
„Das war alles nur deswegen? Und warum Gorgov…"
Er unterbrach mich:
„Also Kathrin Jones wir haben nicht mehr viel Zeit und damit sich dieser Traum auch gelohnt hat darf ich dir nun erklären, dass all diese armen Menschen nur deinetwegen starben. Du hast sie Stück für Stück zerlegt und warst wie in einem Rausch."
Mir stockte der Atem als er das aussprach, und dabei langsam auf mich zutrat. Wild von Leiche zu Leiche blickend entfernte ich mich ein paar Schritte von ihm, doch da hatte er bereits seine mächtige Pranke erhoben und mich mit ihr in richtung Fluss gestoßen. Als ich am Rand des Flusses fast mein Gleichgewicht wieder gefunden hatte, stolperte ich rückwärts über den Körper eines kleinen Jungen und fiel in den reißenden Fluss aus Blut. Ich versuchte an die Oberfläche zu schwimmen doch da war keine. Ich bin doch höchstens zwei Meter tief in den Fluss gefallen, warum konnte ich dann bloß nirgends die Oberfläche finden? Aus Verzweiflung beging ich einen fatalen Fehler und

öffnete die Augen um nach der Oberfläche zu suchen, jedoch gewährte mir das dickflüssige Blut keine Sicht hindurch. Noch dazu kam, dass das dunkelrote Blut in meinen Augen brannte wie Säure und ich hatte das Gefühl es würde mir die Augen verätzen, ich schrie vor Schmerz und schlug um mich. Das war mein Tot. Ich hatte den Mund nur ein Stück geöffnet und schon floss die rote Masse Literweise in mich hinein. Sie Verschlang meinen Körper und ließ mich ersticken. Das letzte was ich hörte war eine grollende Stimme die mir einbläute:
„Nur wegen dir sind sie gestorben. Nur - wegen - dir…"

„Kathy! Kathy! Kathrin!"
Was ich nun hörte war eine vertraute Stimme die mich da anschrie. Jacksons. Ich lächelte ihn an und konnte nur seine azurblauen Augen sehen. Ich hörte ein dumpfes Schreien in der Nähe doch es war so leise als wäre ich hunderte Meter davon entfernt. Jemand schrie meinen Namen, aber ich konnte nicht anders als in Jacksons Augen starren. Ich dachte nicht daran wo ich war oder was ihn dazu brachte, so zu schreien. Ich dachte nur an seine Augen… Es war alles so friedlich in meinen Gedanken, es gab kein Rot, es gab keinen Wald, es gab keine Bären und es gab keinen Tot, nur blaue Augen die mich anfunkelten. Ich spürte keinen Schmerz mehr, wie in einer Wolke war ich gefangen, nichts um mich herum, nur Ruhe und blaue Augen. Blaue Augen die sehr wütend wirkten, aus denen eine Träne floss und noch eine. Sie vielen zu Boden. Warum war Jack nur so bedrückt? Ich überlegte mir wie ich ihn danach

fragen könnte, ich überlegte und überlegte und überlegte. Allerdings wurde das überlegen immer schwieriger und die Geräusche immer lauter. Schlussendlich war es so schwer einen klaren Gedanken zu fassen, dass ich einfach drauflos redete:
„Wa…Wa… sss…"
nur kam leider nicht mehr als ein leises Hauchen dabei heraus, alles war so verschwommen in meinem Kopf. Das machte Jack wohl echt fertig denn er weinte nun so viele Tränen das ich Angst hatte er könnte bald keine mehr übrig haben.
„Waii… waiin… waiinst…duu?"
Ich hatte kaum zu Ende gesprochen schon hörte er auf zu weinen und fixierte mich mit seinen Augen.
„Hast du was gesagt?"
Fragte er aufgeregt.
„Sprich mit mir, komm schon, das schaffst du."
Ich konnte garnicht begreifen was er sich bloß für Sorgen machte. Es war doch alles super toll, ich lag hier bequem da wo ich gerade war und ihm schien es auch gut zu gehen. Ich begriff die Situation nicht, das wurde mir alles viel zu merkwürdig. Und mit einem Mal klärte sich die Wolke in der ich gefangen war langsam auf. Mir wurde endlich bewusst was ich da gerade für einen Unsinn dachte, wie bescheuert die Annahme war, Jackson könnte irgendwann keine Tränen mehr übrig haben. Mir fiel nun auch auf, dass ich noch in der Badewanne saß und das Jackson sehr traurig über etwas war, die Frage war nur über…
„…Was?"
Sprudelte es aus mir heraus. Zwar noch leise, aber verständlich:

„Was ist passiert…?"
„Oh Kathrin ein Glück, ich dachte ich würde dich nicht mehr zurückbekommen."
Japste er erleichtert aber sehr erschöpft.
„Wieso sollte das passieren?"
Ich fragte dies zwar noch aber wenige Sekunden später beschäftigte mich die Tatsache, dass ich in der Badewanne saß, während Jackson daneben kniete viel mehr. Erschrocken sah ich an mir hinunter, wobei mir auffiel das ich ein Handtuch trug. Ich war mir zu hundert Prozent sicher das ich auf keinen Fall mit einem Handtuch in die Badewanne gestiegen war. Nebensache. Ich war wenigstens nicht nackt, also nicht mehr.
„Na, als ich hochkam um mit dir zu reden warst du noch immer in der Badewanne und es war schon eine Stunde vergangen. Ich hab geklopft und als ich dich weinen hörte bin ich an der Hauswand hochgeklettert um zum Fenster hinein zu schauen. Naja und da hab ich dich zwar gesehen, aber du warst unterwasser."
Er beschrieb mir die Situation mit einem beängstigtem Gesichtsausdruck.
„Unterwasser? Warum?"
„Ich hab dann die Tür eingetreten und dich aus dem Wasser gezogen… Ich weiß nicht wie lange du unterwasser warst aber ich vermute mehr als fünfzehn Minuten, denn als ich dich raushob war dein Gesicht schon ganz blau."
„Ja, wir hatten wirklich Glück, dass du schon so weit bist."
Styliani stand im Türrahmen, ich sah die Holzsplitter zu ihren Füßen die eben noch Teile einer Tür waren.

„Ich hatte den Krach gehört und hab dich dann wiederbelebt und dir das Handtuch übergeworfen. Du musstest dich übergeben, also setzten wir dich wieder in die Wanne damit du dich nicht nachher noch daran verschluckst. Naja, die Hauptsache ist, dass es dir jetzt besser geht und du nicht mehr halluzinierst."
„Ja, ja das stimmt… aber sonst hat es sich doch auch nur so angefühlt."
Redete ich vor mich hin.
„Was sagst du da?"
Fragte Jack.
„Ach ich hatte nur wieder so einen seltsamen Traum, mit diesem Bär der mich aus dem Haus gejagt hat. Eigentlich das gleiche wie immer, viel Schmerz, viel Blut, viel Tot."
„Moment Schmerz?"
Fragte Stylianí erschüttert.
„Ja, ich hab öfters Träume die sich ziemlich real anfühlen. Ich kann meistens nicht reden und mich nicht bewegen aber nur wenn irgendwelche Wesen in meiner Umgebung sind. Die sagen mir ab und zu etwas über Dämonen, Vampire und noch anderes Zeug das ich meistens nicht zuordnen kann. Diese Träume enden aber immer damit das ich sterbe und dann wache ich auch schon auf, ist nicht so wild."
„Sie untertreibt. Ich hab sie gesehen als sie einen dieser Träume hatte und sie schrie so laut, das die Leute verwundert zum Fenster herein sahen. Danach hat sie mir erzählt was passiert war und was sie da für Qualen erleiden muss."
„Aber sie spürt doch nicht etwa…"

„Alles. Sie spürt alles. Jeden Kratzer, jeden Schlag, alles."
Sagte Jackson mit zittriger Stimme, ich hatte ihn noch nie so erlebt und Stylianí mit Sicherheit auch nicht. Er saß da am Beckenrand wie ein wandelndes Nervenbündel, gereizt und unter Strom gesetzt. Aber nun war Schluss mit dem Trauern um keinen Verlust, ich lebte und Jackson lebte und alle anderen lebten auch. Also stand ich auf aus dem mittlerweile kalten Wasser und fragte Stylianí nach einem trockenen Handtuch. Doch anscheinend benutzen Vampire Handtücher nicht zum abtrocknen. Stylianí nahm einen metallenen Pflock aus dem Badezimmerregal, stach ihn sich in die Hand und ließ einen kleinen Tropfen Blut auf meinen Fuß fallen, er verwandelte sich in Wasser und plötzlich wurde jeder Wassertropfen der meinen Körper hinabfloss zu kaltem Wasserampf und ich war wieder vollkommen trocken. Das konnte ich zwar nicht ganz nachvollziehen doch es hatte schon seinen Vorteil. Ich packte Jacksons Arm zog ihn zu mir hoch und küsste ihn. Und dann endlich hörte er langsam auf nachzudenken und entspannte sich.
„Ich lebe."
Ich sah ihm tief in die Augen als ich das sagte und ich konnte gut beobachten wie er meine Feststellung nun verarbeitete, ich war mir sicher, dass ihm nun klar wurde, dass er sich keine Sorgen mehr machen musste aber er erwiderte nur:
„Noch…"
Das sagte er so kalt, dass es mir eine Gänsehaut verpasste. Irgendetwas wusste er und ich musste

erfahren was es war, das er so zwanghaft verschwieg. Also forderte ich ihn auf, mir nun zu erklären was da noch für andere Wesen lauerten. Wir gingen in das Gästezimmer in dem ich schlafen durfte und er setzte sich auf die Kante eines beige-weißen Bettes. Um das Bett herum hingen seidene Vorhänge die mit kleinen Bändchen an den Eckenpfosten des Bettes zusammen gebunden waren. Das ganze Zimmer war sehr geschmackvoll eingerichtet. Es gab eine Sitzecke mit einem kleinen Kaffeetisch, einen großen, begehbaren Kleiderschrank und natürlich eine Vielzahl an Blumen. Ich hatte mir einen seidenen Bademantel aus dem Schrank geholt den Styliarí mir geliehen hatte. Ich band ihn mir schnell um und setzte mich zu Jackson auf das Bett.
„Also die Geschichte der Vampire und der Menschen kennst du ja schon, ich denke jetzt ist es Zeit für die Geschichte der ersten Zehn."
Begann er zu erzählen.
„Okay gut."
Sagte ich aufgeregt und beobachtete wie Jackson Styliarí zunickte, daraufhin verschwand sie durch die Tür und Sekunden Bruchteile später konnte ich sie im Fenster sehen wie sie sich auf eine Bank im Garten setzte und anfing ein dickes Buch zu lesen.
„Also, die ersten Zehn haben ihren Namen daher, dass sie den ersten Zirkel unserer Arten kleiden…"
„Und am besten das Ganze mal auf menschlich."
„Tut mir leid. Also noch mal von vorne. Die ersten Zehn haben ihren Namen daher, dass sie die

Ersten unseraller Arten waren. Es gibt fünf Rassen, die kennst du ja schon: Erdwandler, also Menschen und Tiere, Vampire, Wasserwesen, Therianthropen und Seelen. Und von diesen fünf Rassen gibt es je eine Frau und einen Mann, diese sind sozusagen unsere *Anführer*. Ihren Regeln müssen wir uns fügen und wer das nicht tut wird bestraft."
„Aber wenn sie doch von der gleichen Rasse sind wie ihr, dann haben sie doch nicht genug Kraft euch zu bedrohen."
„Doch natürlich, die Kraft eines Wesens wächst mit seiner Lebensdauer. Und die ersten Zehn sind unsterblich und seit 2,5 Millionen Jahren vor Christus schon hier. Das heißt, sie sind unbesiegbar. Aber es gibt auch keinen Grund sie anzugreifen - also aus meiner Sicht."
„Wow! Moment, ich komm grade nicht mit, was ist denn der Sinn ihrer Existenz? Und es kommt mir ganzschön unrealistisch vor das irgendwelche Wesen locker mehrere Millionen Jahre schon auf der Erde sind und dadurch stärker werden."
„Süße, ich geb dir einfach die Zusammenfassung. 1. Die ersten Zehn sind seit 2,5 Millionen Jahren vor Christus da. 2. Sie sind die ersten Wesen der Arten, und sind dadurch nicht an den natürlichen Tod gebunden. Also leben sie immer weiter bis sie jemand tötet doch das wird wohl nicht geschehen. Jetzt verstanden?"
Er lächelte sein Jacksonlächeln und ich konnte nur noch:
„Jaa"
hauchen. Er fuhr fort:

„Die Ersten haben sich in verschiedene Gebiete verzogen damit sie mit ihrer eigenen Art, als eine Familie, in Frieden leben können. Zu der Zeit waren die zwei Anführer einer Spezies, auch Primäre und Sekundäre genannt, noch sehr, nun ja… gut gelaunt aber irgendwann sprang da etwas um in der *Familienspezies* und da begann dann die Ära der Wut und des Hasses. Die Vampire wurden egoistisch und auch die andern Kreaturen nahmen ihre charakteristischen Züge an. Das war zwar nicht schön aber es war akzeptabel. Denn das Einzige was ein rotes Tuch für die Ersten darstellte war wenn sich Bruder gegen Bruder stellte. Das bekämpfen der anderen Geschöpfe war hingegen befehligt. Nun die Erdwandler waren schlussendlich die Ersten die anfingen, aufeinander los zu gehen und Kriege anzuzetteln, deshalb wurde ihnen die Macht auch entzogen und sie wurden zu einem unbedeutenden Leben am Ende der Nahrungskette verurteilt. Deshalb wissen sie nichts von den anderen Wesen. Sie haben alle Privilegien verloren und mussten früher in blinder Angst vor Dämonen leben, heute hat sich die Menschheit sehr vergrößert und wir haben uns dezent in den Hintergrund verschoben. Das oberste Gebot ist seitdem aber, dass niemand den Menschen von unserer Existenz erzählen darf, sonst… naja gibt's Ärger. Das einzige was die obersten Vampire uns immer wieder predigen ist, dass erst der Tag an dem die Rassen Freundschaft miteinander schließen könnten eine starke Wendung schaffen würde und auf den Tag müssten wir hinarbeiten um im Frieden unsere Feinde zu bekämpfen. Im Grunde wartet jeder nur

auf eine Gelegenheit die anderen Spezies auszurotten."
„Wow, also sind die ersten Zehn sowas wie die Könige?"
„Ha, eher die oberen Machthaber. Naja aber eigentlich kann ich mich nicht beschweren, in das Vampirleben haben sie nur wenig Einfluss. Sie geben manchen von uns Aufgaben die sie erfüllen müssen. Aber sonst hören wir nicht viel von ihnen."
„Ganz im Gegenteil zu den Therianthropen."
Stylianí stand in der Tür
„Du solltest ihr nicht nur die netten Aspekte unseres Daseins erzählen, sondern vor allem solltest du sie vor den Gefahren die es in den reinen Lebenszyklen gibt warnen."
Sie fixierte Jackson mit einem ermahnenden Blick bevor sie dann wieder die Treppe hinunter in den Garten huschte.
„Du hast es versprochen. Du wolltest die Wahrheit sagen."
„Ich hab ja die Wahrheit gesagt, nur ich hab noch nicht alle Facetten der Geschichte erläutert."
Ich konnte in seinem Gesicht sehen, dass er grade alles Andere lieber getan hätte als mir die Schattenseiten seiner Welt zu erklären aber ich musste einfach die Wahrheit erfahren.
„Ich höre."
Er seufzte:
„Na schön wenn du es befiehlst dann muss ich wohl auspacken nicht wahr?"
„Tut mir ja leid aber versteh mich doch mal, ich werde von Wesen angegriffen über die ich nichts weiß, muss auf Leute in meinen Träumen treffen

die mich besser kennen als ich mich selbst und überall in meinem Kopf stehen nur Fragezeichen. Es ist, noch dazu, viel zu gefährlich nicht zu wissen wem ich vertrauen kann und vor wem ich mich inacht nehmen muss. Außerdem, was kann schon schlimmer sein als der Irrsinn der mir in meinen Träumen passiert?"
Ich lächelte, aber nachdem ich das gesagt hatte lächelte er nicht mehr.
„Wenn es kein Traum mehr ist."
Dieser Satz brachte so viel Kälte mit sich, dass ich am liebsten den Resetknopf gedrückt hätte und wieder alles so war wie vor ein paar Wochen, ich wären noch in der Schule, hätte meine Freunde um mich herum und er war noch nicht in mein Leben getreten und hatte noch nicht alles durcheinander gebracht. Ich hatte den Gedanken kaum gedacht und schon bereute ich ihn wieder. Warum musste immer ich diese bescheuerten Szenerien durchspielen? Jackson sah getroffen zu Boden. Dabei wollte ich garnicht so gemein zu ihm sein, er war das Tollste was mir in meinem Leben passiert war, aber leider auch das Schlimmste.
„Jack, ich, ich hab das nicht so gemeint. Du sollst doch nicht meine Gedanken lesen. Ich, ich meinte das nicht so wie ich's gedacht hab, du weißt, dass ich es nicht so meine…"
„Ja, schon klar. Aber du solltest wirklich die Wahrheit erfahren."
Er sah sehr geknickt aus, erzählte aber weiter, ohne mir in die Augen zu sehen:

„Einen wichtigen Faktor dabei spielen die Therianthropen. Sie sind Abwandlungen der Tiere, die du kennst, das ist auch der Grund dafür, dass die anderen Rassen, vor allem die Vampire, sie für sehr primitiv halten. Sie werden als Tiere geboren und durch das Trinken von Dämonenblut zu Therianthropen verwandelt. Als Therianthrop sind die Tiere Mischwesen, aus Tier und Mensch und manchmal sogar aus mehreren Tieren, das geschieht wenn der Dämon dessen Blut getrunken wurde von einer anderen Tierart als der Verwandelten stammt. Die Therianthropen ziehen ihre Kraft aus der Sonne und sind in der Nacht, wie die Vampire am Tag, geschwächt. Bei Vollmond sind sie, im Gegensatz zu uns, gebunden, das heißt, sie müssen bei Vollmond ihrer Bestimmung nachgehen ob sie wollen oder nicht, das ist der Fluch der auf ihnen lastet."
„Warte mal, Bestimmung? Was soll das für eine Bestimmung sein?"
„Kommt noch."
Er zwinkerte mir zu und ich war erleichtert, dass er nicht mehr sauer war.
„Also wo war ich? Ach ja, diese Bestimmung bekommen sie wenn sie sich verwandeln von den zwei Ersten Therianthropen zugeteilt, diese besiegeln ihr Schicksal. Denn sobald sie ihre Bestimmung erfüllt haben werden sie nicht mehr gebraucht. Dann entzünden sie sich und verbrennen bis nicht mal ein Haar von ihnen übrig bleibt. Manche haben ein sehr kurzes Leben da ihre Bestimmung einfach darin liegt, ein dutzend Tiere zu verwandeln. Sie werden auch

Produzenten genannt, weil ihr einziger Nutze darin liegt, Tiere mit mehr Potenzial zu verwandeln. Aber es gibt manche mit einem natürlichen, unendlichen Leben. Weil ihre Lebensaufgabe zum Beispiel darin besteht, zu helfen, die Vampir Rasse aussterben zu lassen. Sie werden auch schwarze Seelen genannt, da sie bei Vollmond ihre böseste und niederträchtigste Seite zum Vorschein bringen.

Diese schwarzen Seelen sind in der Regel Bären die ein schwarzes Fell und rote Augen haben. So wie der Bär der in dein Haus eingestiegen ist. Aber bei Vollmond oder wenn sie das Blut eines Vampirs an den Händen haben, färbt sich ihr Fell blütenweiß und ihre Augen werden eisblau. Sie werden von Seraphym angeführt, dem ersten der primären Therianthropen. Der Kernpunkt der Geschichte ist jedoch das die Therianthropen die nicht das ‚Glück' haben eine schwarze Seele zu sein nur sehr kurze Zeit leben und sie machen selbstverständlich die primären Therianthropen dafür verantwortlich."
„Moment, da ist dir wohl ein kleiner Fehler unterlaufen. Denn wie du ja weißt, bin ich ein Mensch, es war kein Vollmond und der schwarze Bär wurde trotzdem weiß. Ich hab allmählich das Gefühl, dass irgendetwas mit dem Vieh nicht ganz richtig ist, hab ich recht?"
Er lächelte ein wenig verschmitzt, legte seine Hand auf mein Knie und flüsterte.
„Du weißt doch, dass ich gleichzeitig auch dein Kater bin."
„Ja"

„Und du weißt wie ein Vampir erschaffen wird."
„Ja"
Langsam wurde ich aus seinen Fragen nicht mehr schlau, doch ich hatte einen Verdacht.
„…Sag mal, kann es sein, dass dieses Vieh dich auch gebissen hat? Aber du musst mir jetzt noch erklären was das mit der Verwandlung eines Vampirs zu tun hat…"
Er hatte nun eine dunkle Miene angenommen und ich machte mir nun wirklich Sorgen. Was hatte das Wesen nur meinem armen Jack angetan? Er sah mit seinen eisblauen Augen starr in die Meinen und flüsterte kühl:
„Du bist ein Vampir, Kathy."

~Vertrauen~

Ich war tatsächlich überaus froh, allerdings nicht über die Tatsache, dass ich ein… naja, untotes Wesen war. Sondern darüber, dass ich trotz meinem Hang zur Ohnmacht noch so standfest wie ein Fels durch das Zimmer auf und ab ging. Ich hatte mit dieser Antwort aber nicht gerechnet und die ganze Situation war an sich schon ziemlich überfordernd.
„Ist alles okey?"
Fragte Jackson vorsichtig nach und beobachtete mich haargenau dabei, wie ich von einer Seite des Zimmers zur Anderen schritt.
„Ich weiß, ich hätte dich damit nicht so überfallen sollen, aber…"

Ich hob meine Hand in seine Richtung und blieb stehen worauf hin er sofort verstummte. Ich musste nachdenken bevor ich ihm antworten konnte und auch was ich ihm antworten konnte. Langsam ließ ich mir das Wort durch den Kopf gehen: *Vampir*, das war ich nun. Das war meine Zukunft. Ich war mir nicht sicher, wie ich hierauf zu reagieren hatte.
Du bist ein Vampir Kathy… ich sprach den Satz immer wieder vor mich hin und ich glaube Jack hielt mich nun für völlig irre. Aber das musste sein, ich ließ ihn mir wie Butter im Mund zergehen dennoch hatte ich nicht das Bedürfnis in Tränen auszubrechen. Ich hatte eher das Bedürfnis… zu lachen. Erst nur ein leises Kichern und Schlussendlich lag ich dann auf dem Boden,

allerdings nur, weil ich mich nicht mehr auf den Beinen halten konnte vor Lachen bis ich schließlich zu Jacksons Füßen lag. Ich blickte kurz zu ihm hoch und sah wie aschfahl er um die Nase war. Natürlich war er immer schon blass, aber da wirkte er trotzdem gesund und nun ja, eben lebendig. Jetzt allerdings wirkte er wie eine Leiche, so matt war sein Äußeres und das hatte nichts damit zu tun das er ein Vampir war, es wirkte einfach nur seltsam.
„Ist alles in Ordnung?"
Fragte ich nun immer noch kichernd.
„Also bei mir schon aber du siehst aus als würdest du gleich wahnsinnig werden."
„Nein, nein, alles in Ordnung. Ich finde die ganze Situation nur so dermaßen ungewöhnlich, dass es schon wieder lustig ist."
„Lustig? Du wirst in wenigen Monaten eine Neugeburt durchleben und der Weg dorthin, geschweige denn die Verwandlung selbst, sind nicht mal im Entferntesten lustig."
Etwas empört sah er mich an. Jackson war geradezu fassungslos und doch sah ich einen Funken Erleichterung in seiner Mimik.
„Na eigentlich bin ich ein bisschen überrascht aber das ist ja nicht zu verdenken, oder? Ich meine, wer ist nicht erst mal durch den Wind wenn man so etwas erfährt?"

„Eigentlich ist jeder tot traurig und mit den Nerven völlig am Ende, die meisten haben aufgehört zu essen, konnten nicht mehr schlafen, wurden depressiv und ein paar heulten pausenlos. Doch ich bin mir sicher, niemand bekommt einen

Lachanfall davon, dass sein ganzes Leben, nie wieder so sein kann wie zuvor."
Er wirkte immer noch etwas verstört was irgendwie auch ironisch war, weil ich schließlich diejenige bin der man nun beibrachte, dass sie nie wieder ein normales Leben haben würde und auch sonst nichts mehr wie früher tun könnte. Ich würde mich in einen *Vampir* verwandeln, daran war jetzt wohl nichts mehr zu ändern, ansonsten, da war ich mir sicher, hätte Jackson doch sofort gehandelt und etwas dagegen unternommen ohne mich überhaupt darüber in Kenntnis gesetzt zu haben, dass ich je ungewollt verwandelt worden wäre. Oder?
„Also eigentlich hätte man da schon was dran machen können aber das liegt außerhalb meines Könnens und ich habe nicht das Recht dazu. Aber wenn du das wirklich nicht willst könnte ich nachschauen ob ich jemanden finde der das kann, nur… das wird nicht schön werden."
Ich bemerkte etwas Trauer in seinen Augen, ich war nur nicht sicher ob es an der Tatsache lag, dass er dachte ich sei sauer, weil er mich nicht auf der Stelle zu diesem Erlöser gebracht hatte. Oder, weil er es vielleicht genoss, dass ich bald ein Vampir sein würde und dass er nun eventuell denkt, ich würde es vorziehen ein Mensch zu bleiben.
„Letzteres ist meine Sorge, da hast du genau ins Schwarze getroffen. Und nebenbei bemerkt, das ist schon ziemlich gut für eine Anfängerin"
Warf er stolz ein. Doch ich erwiderte, ein wenig irritiert:
„Moment, was soll das heißen?"

Er lachte nun auch und die Ernsthaftigkeit von eben löste sich in einem sanften, weichen Ausdruck auf.

„Na, du bist ein Vampirlehrling' du eignest dir nun nach und nach alle wichtigen Fähigkeiten an, bis zum Tag deiner Neugeburt. Und wenn du mich fragst haben wir da noch sehr viel Zeit. Ich meine die meisten ‚Lehrlinge' mit deiner Laufzeit sind noch lange nicht so weit wie du."

„Na, da bin ich aber stolz, ich bin ein *Vampir* streber, year!"

Triumphierend und ein wenig sarkastisch poste ich als ich das sagte. Er grinste, strich mir durchs Haar und sah einfach nur glücklich aus. Ich grinste auch und setzte mich wieder an seine Seite auf das Bett.

„Weißt du was ich nicht verstehe?"

„Nein, was?"

„Um ein *Vampir* zu werden muss man doch von einem gebissen werden."

„Ja"

„Aber ich kann mich nicht daran erinnern, dass mich je irgendwer gebissen hat. Ich meine, wer soll das überhaupt gewesen sein, selbst du hattest fast nie eine Gelegenheit dazu."

„Naja, da muss ich dir etwas gestehen. Ähm… also du weißt ja, dass ich dein Kater bin und auch wenn ich die Gestalt eines Katers habe fließt trotzdem Vampirblut durch meine Adern, und somit habe ich auch die Giftdrüsen im Mund. Nun, um auf den Punkt zu kommen, habe ich dich am Morgen des 4.Oktobers 2013 vor eurem Haus gebissen, in der Gestalt deines Katers."

„4.Oktober? Da klingelt was bei mir aber… Nein, was war da?"
„Das war der Tag an dem Marlene Hartwig ins Krankenhaus kam."
„Stimmt… und an dem Tag hast du mich gebissen. Verdammt, ich hab seitdem nichts mehr von ihr gehört. In welches Krankenhaus wurde sie überhaupt gebracht?"
Diese Frage war eher an mich selbst gerichtet aber nun sah er einfach zu Boden und grinste:
„Da gibt es dann doch noch etwas das ich dir beichten muss…"
Er wichte sich mit dem Daumen über die Unterlippe und flüsterte:
„Sie wurde nie in ein Krankenhaus gebracht. Sie wurde hier hingebracht."
Er zeigte aus dem Fenster auf einen großen steinernen Tisch der ein paar Meter von Stylianí entfernt stand. Er war aus weißem Marmor und umringt von roten Rosen.
„Da fuhr der Wagen hin, dort wurde sie ausgeladen und dort hat das…"
Er zeigte auf Stylianí.
„Sie gefressen."
Ich hielt mir beide Hände vor den Mund um nicht zu schreien.
„Weil ich sie ihr ausgeliefert habe. Du weißt doch, sie wurde angegriffen. Das war ich. Ich stieg am Morgen in ihr Haus ein und habe sie attackiert, naja, in Gestalt eines Katers, sonst wäre es zu riskant gewesen, dass mich jemand sieht. Ich habe sie so zugerichtet und dann war ich plötzlich so wütend und konnte nicht aufhören und als du dann versucht hast mich zurückzuhalten habe ich

dich gebissen, aber das wollte ich eigentlich nicht, also nicht so. Das war anders geplant."
Jetzt hätte ich gerne geschrien wären da nicht meine Hände so stark auf meinen Mund gepresst, dass ich fast keine Luft mehr bekam. Ich konnte nicht fassen was ich da hörte und auch das Wesen das dort vor mir saß war mir nicht mehr geheuer. Es hatte zwar Ähnlichkeit mit meinem Jackson aber seine Augen waren schneeweiß. Man sah nur die Pupille und einen schwarzen Kreis dort wo eigentlich die Iris endete, ein Anblick der mich erschauern ließ.
Er war nicht er selbst, ich redete mir das nicht nur ein, es stimmte. Seine ganze Aura war verändert als er diese Geschichte erzählte. Doch sobald diese Geschichte vom Tisch war färbte sich seine Iris von der Pupille aus wieder leuchtend blau und ich fühlte mich sogleich geborgen, obgleich ich nun wusste wozu er fähig war. Im Hinterkopf schlummerte jedoch ein Gedanke:
Was, wenn ich so ewas täte, würde er mich verlassen?
„Nein!"
„Was?"
„Nichts."
„Sicher?"
„Ja."
„Gut dann… hast du immer noch das Bedürfnis mehr über mich zu erfahren?"
Er lächelte schon wieder aber diesmal war es ein weniger psychopatisches Lächeln, eher ein süßes Jacksonlächeln. Doch ich war mir nicht sicher ob das eine rhetorische Frage sein sollte oder ob er es Ernst meinte. Egal, ob Rhetorik oder Sarkasmus

oder sonst was, mir fehlten immer noch Teile für mein Puzzle und so fragte ich doch weiter, auch wenn ich mich etwas merkwürdig dabei fühlte.
„Naja da gibt es doch noch mehr Wesen die ich nicht kenne, oder?"
„Ja stimmt, da gibt's noch ein paar aber ich dachte vielleicht würdest du dich lieber etwas ausruhen"
„Ne, lass mal, ich möchte endlich nicht mehr im Dunkeln tappen wenn mir irgendwer oder was begegnet der mir Schaden will."
„Gut, wie du willst aber vorher gibt es da noch etwas über Sty…"
Er brach ab und wand den Kopf zum Fenster und dann schnell wieder hinüber zur Tür. Ich sah nun ebenfalls zum Fenster hinaus doch da war niemand zu sehen, weit und breit. Auch an der Tür konnte ich nichts erkennen.
„Ach weißt du, das kann warten. Erstmal sollte ich dir grob erzählen wer überhaupt zu den Ersten 10 gehört, auf die wirst du nämlich öfters treffen als uns beiden lieb ist."
„Okay…"
Ich konnte mit diesem Gespräch leider nicht so viel anfangen aber ich nahm was ich bekam.
„Also der primäre Vampir heißt Velins, er wird auch der Teufel genannt weil er das tatsächlich ist, also bei den Menschen jedenfalls. Er brachte buchstäblich die Hölle auf Erden, denn er verbreitete den Glauben daran. Er hat viele Spione in allen Teilen der Welt, die sogenannten Satanisten. Sie sollen für ihn die Therianthropen im Auge behalten, die hasst er übrigens, keine Ahnung warum, aber seit ich denken kann sind das unsere ärgsten Feinde.

Unsere secundum Vampyras - also die sekundäre heißt Lunea Lumen, sie ist sehr gnädig obwohl sie die Frau von Velnias ist, aber wenn Jemand sie wütend macht kann man sicher sein, Denjenigen nie wieder zu sehen. Denn weißt du, Lunea hat die Kraft das Feuer zu beherrschen, ich weiß nicht woher sie diese Fähigkeit hat aber wenn sie erzürnt über Jemanden ist, fängt ihr schwarzes Haar Feuer und das Letzte was man dann sieht ist eine riesige Feuerkugel die die beiden verschlingt. Lunea ist irgendwann dann wieder da aber deinen Freund hast du dann verloren…"
Bedrückt blickte er nun zu Boden und ich vermutete, dass er ebenfalls einen Freund auf diese Weise verloren hatte. Ich wollte seine Hand nehmen doch er wich von mir ab:
„Die einzigen die du sonst noch kennen solltest sind Seraphym, er ist Primus enim Angelus also der Erste der Therianthropen oder auch erster Engel genannt, weil er so eine ruhige und friedliche Seele hat aber das ist im großen und ganzen totaler Schwachsinn."
Seine verachtende Stimmlage ließ mich nocheinmal spüren wie groß dieser Hass zwischen den verschiedenen Rassen war. Er war aber der letzte gewesen den ich mit Rassismus in Zusammenhang gebracht hätte, dafür war er einfach zu nett gewesen.
„Er lässt sich als Heiliger feiern und ließ die Menschen schließlich an Engel glauben. Um wieder ein Gleichgewicht zu schaffen, sagte er. Nachdem die Leute vor der Hölle in Angst und Schrecken um ihre Seelen bangten, hielt er es für die beste Lösung, ihnen wenigstens ein bisschen

Hoffnung zu geben. Dabei hat dieser Mischling aus weißem Löwen und Mensch viel mehr Unheil als Frieden gebracht."

„Aus einem weißen Löwen und einem Menschen? Wie soll das denn aussehen?"

„Naja ich muss gestehen, er ist nicht gerade hässlich. Ich meine er hat das Gesicht eines Menschen und den Körper eines weißen Löwen. Dazu hat er kalte blaue Augen und geht sowohl wie ein Tier, auf vier Beinen, als auch aufrecht wie ein Mensch. Er ist ebenfalls sehr klug hat aber eine schwarze Seele, wenn er denn überhaupt eine besitzt."

„Hey… Moment, da klingelt was bei mir. Ich komm gleich drauf, warte. Ich kenne diese Bezeichnung…"

„Ja natürlich kennst du sie, ich hab dir doch eben von ihr erzählt."

„Ja, aber ich glaub das war in meinem Traum gerade eben. Da hat mir so ein Bär gesagt ich hätte das Zeug dazu, ich müsste nur noch…"

„Nur noch was?"

„Nur noch meine Ernährung umstellen… von unschuldigen Touristen auf… ekelhafte Vampire"

Wir sahen einander in die Augen. Ich wusste zu dem Zeitpunkt noch nicht was das alles bedeutet aber ich glaube das war auch am Besten so, denn was ich leider erst am Ende des Lebens erfuhr war, dass der Mörder der Liebe, Wahrheit heißt.

~Verrat~

Ich saß ganz alleine auf dem großen, beigen Bett. Ich starrte auf die verschlossene Tür. Ein paar Kratzer waren darin und die Nachttischlampe lag zerbrochen auf dem Boden. Vor Wut hatte ich sie gegen die Tür geworden nachdem Jackson rausgestürmt war und mich eingeschlossen hier zurück ließ. Ich wusste was er tat, wo er es tat und auch warum er es tat. Aber das waren alles nur Umrisse. Es war schon Stunden her seit Stylianí dort unten im Garten gesessen hatte. Jetzt war da nur noch der steinerne Schlachttisch, die Bank und ihr Buch, im Fenster zu sehen. Wieso schloss er mich hier ein? Ich hatte tatsächlich geglaubt, dass er keine Geheimnisse mehr vor mir hätte. Aber wie üblich irrte ich mich da. Ich irrte mich nur noch in letzter Zeit. Der Stundenzeiger rannte schneller und schneller über die Uhr. Nur ab und zu hörte ich ein Geräusch, sonst war da nur Stille. Wie abgekapselt von der Welt saß ich da herum, nur ich und meine Wut. Ich war oft wütend in letzter Zeit, wahrscheinlich darüber, dass ich mich so oft irrte, vielleicht auch weil ich ständig in Gefahr war und nicht wusste vor wem oder was ich wegrannte. Jackson hatte es zu eilig gehabt aus dem Zimmer zu flüchten und mit Stylianí zu reden, statt mir zu erklären wer eigendlich hinter mir her war. Ich war hundemüde gewesen aber ich fürchtete mich davor, einzuschlafen, denn immer wenn ich das tat, erschienen neue Dinge die ich nicht zuordnen konnte. Es war ein Teufelskreis, dem ich einfach nicht entkam.

Es war nun schon fünf Uhr Mittags und ich hatte seit zwölf Stunden weder etwas von Jackson gehört, noch gesehen. Die Krönung des Ganzen war aber nicht, dass ich in der Zeit noch nichts gegessen hatte und ich tierisch müde war, sondern dass mein Vampirmal wieder auftauchte. Aber seit dem letzten Erscheinen, war da nun nicht mehr einfach eine Art Wolkenband auf meinem Unterarm, sondern eher etwas das in die Form einer Schrift ging. Irritiert darüber was dort wohl geschrieben stehen könnte versuchte ich die Schrift zu entschlüsseln. Ich wischte darüber, ich drehte und wendete meinen Arm, ich überprüfte sogar ob die Schrift nicht vielleicht im Dunkeln lesbar war. Aber nichts. Es war schlichtweg unmöglich aus diesen seltsamen Zügen irgendeinen Buchstaben erahnen zu können. Ich trommelte gegen die Tür doch eh ich mich versah…

„Pactul de rai și iad, Pactul a terenului și la mare."
„Pactul de rai și iad, Pactul a terenului și la mare."
„Pactul de rai și iad, Pactul a terenului și la mare."
„Pactul de rai și iad, Pactul a terenului și la mare."
„Pactul de rai și iad, Pactul a terenului și la mare."
„Pact asupra vieții și a morții, pactul este considerat o poruncă."
„Pact asupra vieții și a morții, pactul este considerat o poruncă."
„Pact asupra vieții și a morții, pactul este considerat o poruncă."
„Pact asupra vieții și a morții, pactul este considerat o poruncă."

"Pact asupra vieții și a morții, pactul este considerat o poruncă."
Sprach es jeder, rei um. Erst die primären und dann die secundären und schließlich alle zusammen. Doch diesmal konnte auch ich es verstehen.
*"Pakt des Himmels und der Hölle, Pakt des Landes und der See.
Pakt auf Leben und auf Tot, Pakt der gilt als ein Gebot."*

„Was sagst du da?"
„Was sag ich denn?"
„Woher weißt du von dem Pakt?"
„Was für'n Pakt?"
„Na der von dem du grade gesprochen hast."
„Ach echt?"
„Ja echt!"
„Pff… keine Ahnung."
„Kathy was redest du denn da?"
„Oh, keine Ahnung. Man, tut mir der Kopf weh."
„Ja kein Wunder, du bist mit voller Wucht auf die Nachttischkante gestürtzt."
„Das ist nicht gut."
Ich fasste mir an die Schläfe. Dort fühlte ich eine Platzwunde und ich könnte schwören, dass ich merkte wie sie sich langsam unter meinen Fingern wieder schloss. Der Schmerz verklang und ich konnte mich schon wieder erheben. Ein Blick aus dem Fenster verriet mir, dass es bereits Abend war. Ich hatte also mehrere Stunden dort gelegen. Zum einen gut, denn ich war nun nicht mehr müde, zum andern konnte ich es einfach nicht fassen, dass Jackson mich hier über zwölf Stunden alleine gelassen hatte.

„Verdammt, was ist eigendlich los mit dir, ich erzähl dir von dem bescheuerten Bären in meinem verrückten Traum und du springst auf und lässt mich hier einen halben Tag allein zurück?! Was zum Teufel soll das Jackson, ich dachte wir hätten keine Geheimnisse mehr voreinander?!"
Er stutzte und ich gebe zu, so wollte ich nie mit ihm geredet haben, damit er keinen schlechten Eindruck von mir bekam, aber in meiner Euphorie konnte ich nicht anders. All die Wut über diese Geheimnisskrämerei und dieser Hunger machten es mir nicht leicht die Fassung zu waren.
„Es war unvermeidbar. Tut mir leid. Kannst du mir verzeihen?"
Meinen Respekt hatte er. Nachdem ich ihn so angefahren hatte immernoch die Ruhe selbst zu sein konnte niemandem leicht fallen, außer ihm. Aber egal wie streitlustig ich gerade war, es wäre einfach unfair gewesen nun weiter auf ihn einzuschimpfen also lautete meine Antwort nur:
„Ja, okey… aber keine Geheimnisse mehr."
 „Und ich brauche etwas zu essen. Was leckeres."
„Ich denke, den Großteil deiner Bedingungen kann ich erfüllen."
Sprach er lächelnd.
„Ja moment, was heißt denn hier den Großteil? Das mit dem Essen wird ja wohl noch drinn sein und bei den Geheimnissen ist es mein voller Ernst. Denn wenn wir einander schon nicht vertrauen können, wem dann?"
Ich formulierte diese Aussage so klar, damit sie auch ja ankam und leider tat sie das auch. Denn was er mir nun antwortete hätte ich am liebsten nicht gewusst:

„Das ist es ja, Kathy. Ich kann dir nicht vertrauen."
Ich glaube jeder hatte schonmal einen Moment in dem er auf Wolke Sieben schwebte und sich fühlt als wäre diese Wolke fest in den Himmel zementiert, doch das war der Moment in dem man merkt, dass diese Wolke doch nur aus Wasserdampf besteht und dein Gewicht nicht mehr tragen kann.
„Was willst du damit sagen?"
Flüsterte ich so leise ich konnte damit er nicht merkte, dass der Klos in meinem Hals meine Stimme verzerrte.
„Kathy, verwechsel da jetzt bloß nichts. Ich weiß nicht wie du das verstehst, aber hier geht es nicht um Liebe sondern um Fakten."
Fakten? Ich hörte nur noch das Wort Vertrauen das zwischen uns anscheinend nicht bestand.
„Siehst du, du verstehst es falsch."
Ich empfand tiefen Hass auf seine Kraft meine Gedanken zu lesen.
„Wie soll ich es denn verstehen? Du sagst mir hier gerade, dass du mir nicht vertrauen kannst. Was gibt's da groß zu verstehen?"
„Fakten Kathrin! Die kann ich dir nicht anvertrauen!"
Wir wurden mit jedem wort lauter.
„Fakten, Fakten, Fakten, ich weiß nichtmal was du damit sagen willst?!"
Nun schrieen wir uns an.
„Damit will ich sagen, dass ich dir manche Informationen einfach noch nicht geben kann!"

Er raufte sich durch die Haare, seine Augen wechselten kurz die Farbe und er bäumte sich nun vor mir auf.

„Verdammt Kathy, dass hat rein garnichts mit meiner Liebe zu dir zu tun!"

„Mit was dann?! Du hast kein Vertrauen in mich, überall hört man doch nur ‚eine Beziehung basiert auf Vertrauen'!"

„Aber ich habe doch Vertrauen in dich, nur nicht aus jedem Blickwinkel!"

„Jackson, wenn du jetzt nicht endlich aufhörst in Rätseln zu sprechen dann…"

„Was?! Was machst du dann, hm?! Sauer sein?! Mich verlassen?! Mich töten?! WAS?!"

Seine Augen hatten nun vollkommen die Farbe gewechselt, sie waren nun so wie heute früh als er Stylianí angegriffen hat. Doch ich hatte keine Angst, ich hatte Wut.

„…ach verdammt, das ist mir alles zu dumm. Ich hab keine Lust mehr auf deine Geheimnisse, deine Lügen und den ganzen anderen Schrott. Denkst du ich mach mich hier weiter lächerlich als das dumme Menschenmädchen, dass man erst in Schutz nehmen muss und dem man dann nichts mehr anvertrauen kann?!"

Ich stand auf und ging auf die Zimmertür zu, aber Jackson huschte dazwischen und drückte die Tür zu. Ich trat einen Schritt zurück und mein Herz fing vor Wut fast Feuer.

„Nimm sofort deine Hand von der Tür weg!"

Ein feiner Luftzug wehte mir ins Gesicht und nun stand er vor mir und blockierte mit seinem ganzen Körper die Tür.

„Fein! Du willst mich noch länger hier festhalten? Bitte, bleib halt vor der Tür stehen aber ich mach das nicht mehr mit!"
„Ja? Und jetzt? Rufst du Daddy an, dass er dich ganz schnell abhohlen kommt?"
Langsam kam eine ganz andere Seite in ihm zum Vorschein, er stellte nun nicht mehr den englischen Gentleman dar sondern war eher der Arsch von gegenüber.
„Pah! Der Arsch von gegenüber? Schon ganz schön billig. Aber du bist die Letzte die sich über mein Verhalten wundern sollte! Du stammst aus ‚beautiful' England, gehst auf eine Grammarschool, hast n'tolles Haus und nette Eltern! Weißt du was ich hatte?!"
„Nein, du erzählst mir ja nichts über deine Vergangenheit!"
„Weil es einfach zu armselig ist! Ich hatte nämlich nichts. Ein zerissenes Shirt und ´ne kaputte Hose, das war mein Vermächtnis!"
Ich verstummte. Nicht zu glauben was er mir da gerade erzählte und auch die Tatsache, dass er mir etwas erzählte.
„Ich war ein trauriger kleiner Rumäne dessen Vater und Mutter gekillt wurden! Ich war der Irre von der Schlangeninsel, der zur Schule gehen wollte wie alle anderen. Ich war der, dem die Lehrer einen angeekelten Blick zuwarfen und den die Kinder verspotteten. Und ich war der, der wütend wurde und ein Kind umbrachte…"
Er senkte den Blick.
„Mitten auf dem Schulhof hab ich ihn niedergemätzelt, im alter von Zehn! Seitdem wurde ich der Schule verwiesen und musste jeden

Tag ums Überleben kämpfen. Ich war der Andere, der nicht ganz normal im Kopf war. Jede Nacht konnte ich keinen Schlaf bekommen weil mein Trainer mich da am liebsten drillte. Und trotzallem habe ich es geschafft der zu werden, der ich bin, also bild dir nicht ein du könntest mich in irgendeiner Form bewerten!"
Ich schluckte, zu dieser Geschichte hatte ich schon wieder so viele Fragen, aber ich traute mich einfach nicht sie zu stellen. Mit verschränkten Armen stand ich immernoch vor ihm und plante mein Vorgehen. Seine roten Augen flitzten wie wild von einem Punkt zum Anderen, mal zu mir und mal wieder weg. Ich tat nun einen Schritt auf ihn zu und er behielt mich nun genau im Blick. Ein Kuss und das friedlich, schöne Blau fand wieder seinen Platz in Jacksons Iris. Wir umarmten uns und er sog den Geruch meines Haars tief in sich hinein.
„Dir ist doch klar, wenn du darüber nachdenkst mich etwas zu fragen ist es das Gleiche als würdest du es einfach sagen."
„Ja… aber es is so eine menschliche Angewohnheit zu hoffen, dass meine Gedanken sicher sind."
„Tja… das sind sie nicht."
Er grinste sein verführerisches Jacksongrinsen und legte mich aufs Bett. Er saß neben mir auf einem Stuhl und spielte mit meinen Fingern, wärend er unaufgefordert meine vermutlichen Fragen beantwortete. Was hieß, er erklärte alles einfach nochmal.
„Ich wurde ‚Irrer von der Schlangeninsel' genannt, weil das mein Zuhause

war. Die Schlangeninsel. Sie liegt im schwarzen Meer und gehört zu Rumänien. Irre nannten mich alle weil ich erstmal einen Jungen gefressen hatte und weil ich nicht unterscheiden konnte zwischen dem was die Leute dachten und sprachen. Somit antwortete ich auf Fragen die sich die Kinder oder Lehrer im Kopf dachten. Früher war das nämlich nichts Lobenswertes, außergewöhnliche Fähigkeiten zu haben. Es hieß, dass man mit dem Teufel im Bunde war. Das war dann meistens das Todesurteil, aber alle fürchteten mich. Also wurde ich nicht wie eine Hexe verbrannt, sondern vertrieben und verabscheut."
Tränen stiegen mir in die Augen und ich bekam Mitleid mit ihm.
„Ja, und dann wäre da noch Jorec Admacov."
Er lächelte und sah an die Wand. Als würde er ihn vor sich sehen.
„Erst habe ich ihn gehasst, hab ihn für mein Leid verantwortlich gemacht, aber als ich dann das erste Mal einen Menschen fraß, war er wie ein Vater für mich. Er brachte mir bei, das Verlangen, alles abzuschlachten was mir vor die Füße fiel, zu unterdrücken. Er war mein bester und einziger Freund…"
„Was ist passiert?"
fragte ich.
„Lunae Lumen ist passiert. Jorek hat sie geliebt. Sie war die Einzige die er lieben gelernt hatte, nachdem seine Frau Felina grausam getötet wurde. Aber Lunea war auch sein Tot… Er wollte einfach mehr von ihr, wollte eine Familie aus der Affäre machen. Aber sie wies ihn ab. Das brach ihm das Herz und er drohte ihr damit alles

Velnias ‚ihrem Gatten' zu beichten. Dann wurde sie wütend und naja, was dann geschah kannst du dir ja sicher denken."
Ich konnte nicht mehr antworten. Ich konnte auch nicht in den Streit zurück, denn das wäre gemein gewesen, ihn so aufgekratzt wie er war erneut in einen Streit zu verwickeln.
Wir sahen einander tief in die Augen und ich schlief ein…

Ich öffnete meine Augen, ich lag in meinem Bett. In Stylianís Gästezimmer. Neben mir stand ein leerer Stuhl und auf der anderen Seite ein Nachttisch und eine Uhr. Neun Uhr zeigte sie. Seltsam, irgendetwas war anders, so ungewohnt. Was würde diesesmal passieren? Würde ich wieder sterben, so wie es in jedem Traum bis auf den Letzten war? Träumte ich überhaupt? Und wenn ja, musste ich dann trotzdem in die Schule?
„Ja, musst du, genau wie ich und nein das ist kein Traum"
Jackson stand im Türrahmen und warf mir ein Bündel Klamotten zu.
„Du siehst toll aus. Etwas zerrupft aber toll."
Er zwinkerte mir sarkastisch zu.
„Haha, du hast aber ekelhaft gute Laune für jemanden der montags zur Schule gehen muss."
„Ich mach das freiwillig, denk dran"
Er grinste.
„Was? Das ist ja noch schlimmer."
„Also eigentlich find ich das ziemlich cool, ich meine, früher war ich, wie du ja weißt, nicht lange auf einer Schule. Das hole ich jetzt nach."

„Wenn du meinst, dann tu das, aber ich genieße es weder heute noch morgen mich jeden Tag dahin zu schleppen und den gelangweilten Lehrern zuzuhören."
„Wow, ruhig Kleines. Warum bist du so wütend?"
„Ach, tut mir leid, aber ich bin einfach so sauer, dass wir jetzt den ganzen Tag nicht über die wichtigen Dinge reden können."
„Naja, aber doch nur wenn jemand in der Nähe ist, sonst können wir ja leise drüber reden."
Er zwinkerte mir erneut zu. Ich rutschte aus dem Bett und verzog mich mit dem Kleiderbündel ins Bad.
„Beeil dich, wir sind zwar jetzt schon zu spät aber sonst lohnt es sich nicht mehr hin zu gehen"
Als ich fertig war ging alles sehr schnell, ich bekam von Styliani etwas zu Essen und Jackson fuhr uns in ihrem Auto zur Schule. Auf dem Parkplatz verabschiedete er sich mit einem Kuss und flüsterte noch:
„Geh schon mal vor, ich hol mir noch kurz jemanden zum Frühstück."
Ich zuckte kurz zusammen aber als ich sein Lächeln sah wurde mir klar, dass ich mich daran gewöhnen musste, dass dies nun mein Leben war. Ich musste mich einfach daran gewöhnen, dass mein Freund gleich einen Menschen verletzen wird, das war zwar bitter aber bald, da war ich sicher, würde ich das alles mit anderen Augen sehen. Ich betrat meine Klasse. Wie gewohnt johlten sie rum und standen wild verteilt überall im Raum herum. Doch heute war das Chaos zu viel für mich und ich ging wieder in den Flur, wo ich auf Jenna, Sarah und Melissa traf. Direkt auf

dem Flur vor unserer Klasse wurde vor Jahren mal zu irgendeinem Kunstfest ein ‚Themenbereich' aufgebaut. Dieser hatte das Thema Fantasy. Das heißt, dort stand ein Tisch mit Bänken die schwarz lackiert und mit bunt schillerndem Glitzer beklebt wurden. Rings um die Sitzecke waren Stäbe, die Schilff darstellten und mit dunkel pinker Farbe und Glitzer verziert waren, aufgestellt. Es gab nur eine Lücke zwischen den Schilffstäben und um dorthin zu kommen, musste man erst über einen rosé und schwarz glitzernden Weg gehen, wobei man an einem, in dunklen Farben schimmernden Baum vorbei kam. Es war wirklich zauberhaft. Klein aber schön. Meistens wenn wir dort saßen, sahen wir am Geländer, das direkt an den Tisch angrenzte, hinunter zu den anderen Schülern die sich dort tummelten. Außerdem aßen, tranken und tratschten wir dort. Nur an diesem Tag fehlte jemand, Kim.
Verwundert fragte ich Jenna wo sie sei, doch sie tauschte nur mit Melissa und Sarah einen kurzen Blick. Noch einmal fragte ich, nun etwas irritiert nach wo Kim sich aufhält. Ich bekam allerdings keine Antwort sondern lediglich ein schulterzucken.

„Wir haben gehofft das könntest du uns sagen." nuschelte Jenna bedrückt. Die einzige die mal wieder auf dem Schlauch stand war ich.
„Also kann mir Vielleich mal jemand sagen was dieser traurige Blick soll? Sehr wahrscheinlich ist sie einfach krank, oder hat verpennt, wo ist das Problem?"

Verwundert über meine Verwunderung rutschte Sarah etwas näher an die Tischplatte und sah mir von gegenüber intensiv in die Augen.
„Sag mal hast du wirklich keine Ahnung oder war das nur'n verdammt schlechter Scherz?"
„Was? Ja keine Ahnung, was ist denn los?"
„Weist du denn nicht welcher Tag heute ist?"
„Doch klar Montag, aber was soll…? Oh scheiße…"
„Ja Scheiße, ich kann nicht glauben das du das vergessen hast."
Zischte Melissa angesäuert.
„Tut mir leid ich hatte dieses Wochenende so viel um die Ohren da ist das einfach untergegangen."
„Tja daran kann man jetzt auch nichts mehr machen, wir sollten nun lieber darüber nachdenken wie wir Kim erreichen."
„Jenna hat recht."
Gab ich dazu:
„Ich meine, wart ihr schon mal in Tottenham? Ist kein schöner Ort für eine fünfzehnjährige und die Demos da machen die garantiert nicht um den Regenwald zu schützen, soviel ist sicher."
„Wisst ihr… vielleicht machen wir uns auch einfach zu viele Sorgen. Ich meine sehr wahrscheinlich macht Kim einfach blau weil sie total erschöpft ist."
„Warum guckst du dann so besorgt?"
Ein Seufzen ging durch die Runde, ich war zwar der gleichen Meinung wie Sarah, dass wir uns zu viele Sorgen machten aber Jennas Kommentar dazu ließ mich doch grübeln.
Ich wollte gerade meine Stimme erheben um mal was Ermutigendes von mir zu geben aber ein

Klingeln ließ uns wissen dass mich nun eine Durchsage unterbrechen würde.
~Es folgt eine wichtige Durchsage: Die Schülerinnen Jenna Gerauch, Sarah Vesseley, Kathrin Jones und Melissa Amon werden gebeten sich unverzüglich in das Büro der Schulleitung zu begeben. ~
„Ja, das kommt doch gut heute, erstmal wissen wir nicht wo Kim abgeblieben ist und jetzt werden wir noch zum Rektor geladen. Wow, kann der Tag noch besser werden?"
Maulte Sarah als wir nun die Treppen neben der Plattform hinunter stiegen. Nervös klopfte Jenna an der Tür des Rektors. Ein um die sechzig Jahre alter Mann mit dunkel und hellgrau gesträhnten, nach hinten gekämmten Haaren und einem Monokel im rechten Auge öffnete uns die Tür.
„Miss Gerauch, Miss Jones, Miss Vesseley, Miss Amon, bitte kommt doch herein."
Ich gebe zu, manche Leute hielten unseren Rektor für merkwürdig und wahrscheinlich hatten sie recht, aber ich fand ihn eigentlich ziemlich cool. Er hatte diesen alten britischen Stil und war ein fairer und gerechter älterer Herr. Wir traten in sein ‚old british cottage' Büro ein. Hier standen lauter dunkle Holzmöbel rum und auf einer alten Kommode sah ich sogar eines dieser Schiffe die in einer Flasche drapiert waren.
„Nun…"
Begann Rektor Hoppes während er sich in seinem Sessel nieder ließ:
„Ihr habt vielleicht schon bemerkt dass eure Mitschülerin Kim Sladoslawek heute nicht erschienen ist."

Wir alle hatten unsere Aufmerksamkeit nun vollends auf ihn bezogen nachdem Kims Name gefallen war.

„Also wir erhielten vor einer halben Stunde einen Anruf von Miss Sladoslaweks Mutter. Ich möchte euch zwar keine Angst machen aber ich als auch ihre Mutter fanden ihr solltet über Kims gesundheitlichen Zustand aufgeklärt sein. Sie wurde heute früh um halb drei auf der White Hart Lane im Zentrum von Tottenham gefunden. Nach der Eskalation einer Demonstration gegen die örtliche Polizei ist sie, ich sag mal, unters Volk geraten. Eure Freundin hatte letzt endlich aber Glück im Unglück. Sie ist zwar stabil aber die letzten Stunden im OP haben ihren Körper wohl sehr stark strapaziert."

Ich beobachtete meine Freundinnen wie ihnen der Reihe nach Tränen in die Augen stiegen. Sogar Sarah konnte eine kleine Träne nicht daran hindern, ihre Wange bis hin zu ihrem Kinn hinunter zu gleiten. Meine Augen blieben trocken. Dies machte mich etwas stolz, da ich sonst immer solch eine Heulsuse gewesen war. Allerdings bescherte es mir auch ein leichtes Unbehagen, da all meine Freundinnen offensichtlich stark trauerten und ich einfach nur da saß. Selbstverständlich war ich auch traurig aber halt nicht so traurig.

„Könnten… Könnten wir sie vielleicht besuchen gehen? Ich meine, heute haben wir sowieso nur Nebenfächer und ich denke nicht, dass sich so schnell noch eine von uns auf den Unterricht konzentrieren kann."

Meine Stimme hatte ich, als ich das fragte, extra bedrückt klingen lassen.

„Natürlich, ich habe bereits für eine Mitfahrgelegenheit gesorgt. Ich finde bei Kims Gesundheitszustand ist es meine Pflicht euch zu ihr zu schicken."

„Vielen Dank."

Antwortete Jenna dem Rektor, während sie mit der Nase schniefte.

„Gut dann folgt mir bitte."

Rektor Hoppes ging voran und wir folgten ihm bis raus auf den Parkplatz. Ein Taxi stand dort vor uns in dem sich bereits unsere Klassenlehrerin Miss Jerens befand. Sie sprach mit dem Fahrer, als sie uns sah, begrüßte sie uns und schloss die offene Tür. Nacheinander stiegen wir in das Taxi ein und ich könnte schwören als wir vom Parkplatz fuhren sah ich für einen kurzen Augenblick eine dunkle Gestalt im Rückspiegel.

~Visionen~

Im Krankenhaus angekommen irrten wir durch die gefühlt tausend Flure, auf der Suche nach Raum 4.08 wie wir es von der Frau am Empfang erfahren haben. Zehn Minuten rannten wir planlos von einem Korridor in den anderen bis schließlich Miss Jerens, Kims Zimmer fand. Sie klopfte an und wir betraten den Raum, woraufhin alle erneut anfingen zu weinen, auch unsere Lehrerin. Nur ich nicht. Ich blieb gefasst, aufmerksam und kalt. Ob Kim das tatsächlich in dem Bett vor uns war konnte man erst bei näherer Betrachtung erkennen. Wenn ihre Eltern nicht dort gewesen wären hätten wir bestimmt den Raum wieder verlassen, da wir gedacht hätten es sei der Falsche. Es war nicht der Falsche. Das war wirklich Kim. Sie lag da, ganz starr, ganz leblos, ganz zerbrechlich. Miss Jerens nahm ihre Eltern mit auf den Gang um ihnen ein paar Fragen zu stellen. Wir standen nun allein im Zimmer mit dem Körper von Kim in unserer Mitte. Ich wusste zwar, dass sie nicht tot war aber lebend sah anders aus. Viele Schläuche steckten in ihr drin und jeder hatte sein eigenes Gerät um das Bett stehen. Um den ganzen Kopf hatte sie einen Verband und ihr rechtes Bein war eingegipst. Ich bekam eine Gänsehaut als ich mir vorstellte was für Strapazen sie wohl durchgemacht haben muste. Ich wollte auf die linke Seite des Bettes gehen und streifte mit meinen Fingerspitzen ihren Fuß. Es war wie ein Stromschlag der mich durch fuhr und plötzlich…

Sie stand auf der Creighton road Ecke white heart lane, da war sie gerade mit dem Bus Richtung Northumberland Park angekommen. Der Geruch von frischem Café strömte von dem Bistro gegenüber in ihre Nase. Sie war nervös, ihre Handflächen feucht und sie zitterte wie unter Strom gesetzt. Am liebsten wäre sie wieder in den Bus eingestiegen oder besser nie von zuhause weggegangen für diese bescheuerte Demo. Aber sie hatte es Mandy versprochen, außerdem war sie extra um Mandy zu sehen und mit ihr dorthin zu gehen zu ihrer Tante nach East Barnet gereist und eine Stunde nach Tottenham mit dem Bus gefahren. Im Rückblick war das vielleicht etwas viel Aufwand für eine einfache Demo, doch darüber wollte sie nun nicht nachdenken. Sie hatte Mandy und ihre Tante Monate lang nicht gesehen, allein dafür lohnte es sich. Sie ging weiter in Richtung White Heart lane und mit ihr strömten schon eine Menge anderer Menschen dort entlang. Sie alle nahmen wohl kaum an der Demo teil, das wären schlichtweg zu viele für eine simple Dorf Demo. Aus der Ferne wurde ihr Name gerufen. Sie drehte sich schwungvoll um und sah ein großes Mädchen mit khaki farbender Hose, einem weiten rosé Oberteil, einer sonnengebräunten Haut und schulterlangen, dunkelblonden Haaren auf sie zu rennen. Ihre blaugrünen Augen funkelten sie schon von wenigen Metern Entfernung an, sie erkannte Mandy sofort.
„Hey, na? Wie geht's dir so, Mensch wir haben uns ja ewig nicht gesehen du."
Rief Mandy laut als sich die beiden in die Arme fielen.
„Ach weißt du, eigentlich alles beim Alten und bei dir so?"

Gerade als Mandy Luft schnappte um zu antworten ging ein lautes tuten über die Straße woraufhin sich alle etwas schneller bewegten.
„Oh schnell es geht los! Nicht das wir nachher nur am Rand stehen und nichts mitbekommen."
Mandy zog sie an der Hand weiter die Straße entlang.
„Du sag mal wogegen demonstrieren wir eigentlich?"
„Ach stimmt, das wollt ich dir ja noch erzählen. Bohr wirklich, die Demos hier sind die besten haben meine Freundinnen gesagt, das ist richtiger South Bronx style, was dabei abgeht. Weißt du hier demonstrieren wir nicht gegen die Zerstörung des Regenwalds sondern gegen unsere eigenen Probleme und eines davon ist die Polizei."
Sie konnte es nicht fassen, die Polizei war nie ein Thema für sie gewesen, sie mochte die Polizei. Ihre Erwartung gegen etwas wirklich Unrechtes zu kämpfen wie die Regenwaldabholzung oder das Aussterben der Tiere war völlig in den Boden gestampft. Doch was soll man da machen, nun war sie ja schon mal hier, also hatte sie sowieso keine Möglichkeit mehr sich da heraus zu winden. Kim machte mit.
„Warst du denn selbst schon mal bei sowas dabei?"
„Nee du, meine Eltern wollten das nicht, ich kann auch heute nur weil sie auf Geschäftsreise sind. Mensch, das dürfen die bloß nicht erfahren sonst hab ich bis zu meinem Abschluss Hausarrest."
Ihr wurde ein wenig mulmig zu Mute als sie nun an der Pretoria Road Ecke White Hart Lane ankamen. Dort sahen die beiden eine riesige Menschenmasse die sich vor einem mit Polizeiband abgesperrten Bereich tummelten. Sie zählten den Countdown von sechzig runter, während Polizisten, die in diesem Bereich wohl gerade eine Übung machten und laut durch ein

Megafon die Menge dazu aufriefen sich zu verziehen. Aber das taten die Leute nicht. Mandy zog sie an der Hand nun immer tiefer in die Masse hinein.
"Fünf, vier, drei, zwei, eins…"
Das Band wurde zerrissen und mit lautem Geschreie stürmten die Leute plötzlich auf die Polizisten los. Sie sah die Irritierung in Mandys Gesicht.
"Sag mal, ist das so üblich, dass die alle zu den Polizisten stürmen?"
"Naja also davon weiß ich nichts aber das müssen wir ja nicht machen, wir bleiben einfach hier und lass bloß nicht meine Hand los!"
Fest hielt sie sich an Mandys Hand fest und schaffte es auf der Stelle stehen zu bleiben während die anderen zähflüssig an ihr und Mandy vorbei Richtung Absperrband gingen. Doch plötzlich ließ ein Schuss die Menschenmenge anhalten.
"Er ist tot!!" " Hilfe!!" "Schnell weg hier!!"
Hörte man die Leute schreien. Ein paar Schüsse folgten und vor ihren Augen viel plötzlich eine Frau zu Boden. Blut befleckte den Bauchteil ihres weißen Shirts. Verstört schrie Kim:
"Hast…Hast du das gesehen?! Der Polizist hat diese Frau angeschossen!"
"Ja was glaubst denn du warum wir hier demonstrieren gehen? Die Polizisten in unserem Kaff sind korrupt und gewalttätig, die sind schon auf unschuldige Leute einfach losgegangen. Aber das es so schlimm ist wusste ich nicht."
"Komm Mandy lass uns hier abhauen!"
Erneut hörte sie einen Schuss und erneut fiel jemand auf den Boden, diesmal direkt neben ihr. Es war ein junger Mann. Seine leeren Augen starrten genau zu ihr und aus seinem Kopf floss das Blut in Strömen.

Dieser Mann war tot. Er war erschossen von der Polizei.
"Ja schnell!"
Antwortete Mandy doch das abhauen stellte sich für die Beiden als schwieriger dar als sie Anfangs dachten. Denn die hunderte, vielleicht sogar tausenden Menschen die aus Tottenham und den umliegenden Dörfern kamen wollten alle verschwinden. Fest hielt sie Mandys Hand auch wenn die Leute sie noch so stark auseinander zogen. Die beiden Mädchen versuchten, wieder den Weg zurück zu gehen den sie gekommen waren aber keine Chance. Die Leute rings um sie herum liefen panisch die White Hart Lane Richtung High Road entlang. Nach ein paar Metern aus der Pretoria Road raus hatte sie schon ein Massenkreischen vernommen nur wusste sie erst jetzt, dass es von den zwanzig Leuten stammte, die von der Straßenbahn überrollt worden waren. Angeekelt von dem Anblick dieser toten oder verletzten Menschen sah sie vom Boden weg und Mandy tat es ihr nach. Mandy ließ nun plötzlich ruckartig ihre Hand los und Kims Blick schnellte hin zu ihr. Sie konnte sich kaum drehen so viele Menschen standen da um sie herum. Sie drückten und quetschten doch sie wehrte sich und erhaschte einen Blick auf Mandy. Sie rief nach ihr und Mandy schrie wie am Spieß. Kim drückte sich mit Leibes Kräften durch die Menge und versuchte nach Mandys ausgestreckter Hand zu greifen. Nur noch wenige Zentimeter trennten die beiden von einander da hörte Kim ein lautes Knacken, dass ihr durch Mark und Bein ging. Mandys Schreie machten die Situation nur noch grauenhafter. Nach dem bereits jemand auf ihren Arm getreten war ertönte erneut ein zerbrechendes Knochenkrachen und Mandy war ein Mal. Mit einem

einzigen Tritt auf ihr Genick verklangen die Schreie und eine totenstille legte sich um Kim. Am Ende ihrer Kräfte hielt sie dem Druck der Menge kaum noch stand. Sie stolperte über einen der leblosen Körper die sich über den Abschnitt verteilt hatten, fing sich aber wieder. Sie drückte sich mit letzter Kraft in Richtung eines leeren Parkplatzes doch plötzlich hielt sie jemand fest. Jemand zog an ihrer Schulter. Kim schlug um sich so gut sie konnte aber da war nicht viel Platz durch all die Menschen um sie herum. Ein ekelhaftes Lachen kam aus der Kehle der Person hinter ihr und darauf folgte ein heftiger Tritt in ihr Kreuz. Schon wieder das Geräusch brechender Knochen. Immer mehr Füße traten auf sie ein als sie dort am Boden lag und noch bevor sie in Ohnmacht fiel spürte sie den schlaffen, schweren Körper einer Person auf ihr. Das Gewicht drückte sie so stark auf den Boden das ihr die Luft immer dicker vorkam, aber der Schmerz war erträglich. Dieser Mann war ihr Ticket zum Überleben. Er dämpfte die Fußtritte der anderen Leute ab. Aber trotzdem, Mandy war tot…

Ich schrie und fiel auf das danebenstehende Bett. Meine Freundinnen sahen mich erschrocken an. Kim schreckte ebenfalls auf.
„Kathy was hast du gemacht?"
Kim sah mit weit aufgerissenen Augen zu mir.
„Wie…Wie hast du das gemacht? Ich versteh nicht…"
Was wusste sie? Hatte sie die gleiche Vision wie ich gehabt? Und wenn ja, was würde sie nun von mir denken? Was dachten nun die anderen von mir, denn sie starrten fast genauso überrascht wie Kim.

„Kinder was ist denn hier los? Warum schreit ihr so?"
Miss Jerens und Kims Eltern standen in der Tür.
„Kim! Du bist wach!"
Kims Mutter und ihr Vater rannten auf ihre Tochter zu und umarmten sie. Ich nutzte diesen Moment von Kims Abgelenktheit um zu überlegen was ich tun würde wenn sie tatsächlich misstrauisch werden würde. Ich überlegte und hatte kurz meinen Blick zur Tür gerichtet da erkannte ich Jackson im Türrahmen. Er signalisierte mir mit einer Kopfbewegung, dass ich zu ihm kommen sollte. Katzengleich schlich ich aus dem Zimmer zu Jackson.
„Kathy was zum Teufel war das?"
„Keine Ahnung, es war voll seltsam ich hab mich gefragt was ihr wohl passiert ist und plötzlich als ich ihren Fuß streifte hatte ich diesen Traum."
„Kath, ich glaub das war kein Traum, wohl eher eine Vision."
„Kann sein, seit wann stehst du eigentlich schon hier? Und ähm, Kath… Wirklich du nennst mich Kath?"
Er musste lächeln und zog mich ein Stück zur Seite, damit ich vom Zimmer aus nicht zu sehen war.
„Ich bin kurz nach euch gekommen. Weil ich mich darüber wunderte dass du in einem Taxi vom Schulgelände gefahren wurdest bin ich hinterher und dann hab ich das mit deiner Vision gesehen."
Verwundert hakte ich nach:
„Wie du hast es gesehen?"

„Na wie du ja weißt, haben wir Vampire die Fähigkeit in menschliche Gedanken sehen zu können also sah ich was du gesehen hast."
Er seufzte:
„Die arme Kim, ich kenne sie zwar kaum, aber eine Freundin sterben zu sehen ist sicher nicht leicht und selber fast abzutreten natürlich auch nicht"
„Ja aber Moment, ich bin kein Mensch, wieso liest du dann trotzdem meine Gedanken?"
„Kathy du bist doch noch ein Mensch, aber die Betonung liegt auf noch."
Er sah kurz wieder in das Krankenzimmer von Kim.
„Kathrin, ich kann mir denken, dass du am liebsten hier bleiben würdest, aber es ist wahrscheinlich zu riskant. Kim hat mitbekommen was du auch immer da gemacht hast und sie wird sicher anfangen Fragen zu stellen. Ich finde wir sollten besser…"
„Verschwinden? Find ich in Ordnung, Los. Wohin soll's gehen?"
Jackson sah etwas verdutzt aus, zeigte dann aber Richtung Ausgang.
„Ähm okay, also ich wüsste da was das ich dir zeigen muss. Du weißt schon wegen dem Vampirverwandlungsding in dem du dich befindest und ich hatte dir ja erzählt du musst ein paar Aufgaben erfüllen."
„Ach ja, stimmt, ich wollte sowieso mal fragen was das für Aufgaben sein sollen?"
Fragte ich während wir den Gang runter schlichen.

„Pff… Alles Mögliche gibt's da, aber nichts was dir schwerfallen wird."
„Was? Wie kannst du dir ja so sicher sein?"
„Hey, ich bin ein Vampir, ich weiß alles."
Er zwinkerte mir zu, während wir über den Parkplatz zu einem braunen Maserati rannten. Vor dem blieben wir stehen.
„Und? Ganz nett, oder?"
„Du hast ein Auto?"
„Ja, sag mal, was denkst du eigentlich von mir?"
Er grinste mich frech an:
„Hallo? Vampir. Hatte ich dir das mit dem Egoismus schon mal erklärt?"
„Ja, schon klar, aber du bist doch erst wie alt? Sechzehn?"
Ich stutzte weil ich nicht wusste wie alt mein Freund genau war aber ich dachte immer bei einem Vampir wäre das kein so großes Thema.
„Autsch. Also erst mal bin ich 231 Jahre und ich sollte siebzehn Jahre alt aussehen."
„Wer gibt einem siebzehn jährigen denn einen Maserati?"
„Jetzt fühle ich mich ehrlich beleidigt."
Ich lachte und stieg zu ihm in den Wagen.
„Schon ganz nett…"
Musste ich gestehen und seine Antwort bestand aus einem Tritt aufs Gas und einem Quietschen der Reifen. Wenige Minuten später fand ich mich schon vor meinem Haus wieder.
„Die Aufgabe muss ich aber doch nicht hier erfüllen oder? Auf die stundenlange Diskussion mit meinen Eltern hab ich nämlich überhaupt keine Lust."

„Na dann muss ich dich leider enttäuschen. Die Aufgabe erfüllst du zwar nicht hier aber du wirst trotzdem reingehen müssen."
„Bist du irre? Meine Eltern töten mich erst mal wegen dem Fenster, dann weil ich die Nacht nicht da war und wer weiß was du ihnen gesagt hast um sie nach London zu bekommen. Ich geh da doch nicht rein."
„Tja, du hast mein tief empfundenes Mitgefühl aber weißt du, irgendwann musst du sowieso wieder mit deinen Eltern reden und das mit London war vielleicht echt ein bisschen kurz gedacht. Aber du packst das schon."
„Na, wenn du das sagst."
Antwortete ich sarkastisch, doch er hatte ja recht. Ich musste irgendwann eh wieder mit ihnen reden. Warum dann nicht jetzt sofort? Ich öffnete die Tür und stieg aus dem Auto.
„Also, pack ein Handtuch und Badesachen ein und beeil dich mit dem Wiederkommen, wir bleiben wahrscheinlich etwas länger weg."
Ich tippte an meine Stirn.
„Ha, lustig bist du. Ich wäre schon glücklich wenn ich mein Zimmer vor meinem achtzehnten Geburtstag wieder verlassen darf."
„Da gibt's ein Problem. Du wirst nicht mehr achtzehn."
„Klugscheißer."
Ich schlug die Autotür zu und ging ins Haus. Nicht im Traum hatte ich vor ein ausgedehntes Gespräch mit meinen Eltern zu führen. Eher bestand mein Plan darin, mich reinzuschleichen meine Sachen zusammenzupacken, und gleich wieder zu verduften. Die Tür viel ins Schloss und

Mister und Misses Jones standen bereits vor mir im Flur.
„Komisch ich könnte schwören der Kerl von der Polizei meinte man habe dich in Westminster dabei erwischt wie du Autos demolierst und Läden beklaust und wir müssten unverzüglich nach London kommen und dich auf der Wache abholen."
Was ein Scheißkerl! Hatte es nicht noch eine andere Option gegeben? Das ist doch krank, meinen Eltern ein ganzes Wochenende vorzugaukeln ich sei eine Krimminelle die sich hat schnappen lassen!
„Verdammt Kathrin, weißt du eigentlich was für Sorgen wir uns gemacht haben?!"
Schrie mich mein Vater an. Erst flogen meine Gedanken umher auf der Suche nach einer guten Erklärung dafür, aber dann fiel mir ein, dass ich überhaupt nichts verbrochen hatte. Das einzige was man mir vorwerfen konnte war, dass ich die ganze Nacht nicht da war, sonst nichts. Also sollte eine Standardausrede eigentlich reichen.
„Was ich? Also da bin ich mir ziemlich sicher, dass euch da wer zum Narren gehalten hat. Aber wisst ihr eigentlich wie in Sorge ich war? Ich meine, ihr wart ein ganzes Wochenende lang nicht da. Gestern Abend wollte ich dann nicht mehr alleine zuhause rum sitzen und hab bei einer Freundin übernachtet."
„Ach welche Freundin soll das denn gewesen sein, wir haben nämlich bei Sarah, Jenna, Melissa und Kim angerufen und uns nach dir erkundigt. Also wessen Eltern haben uns angelogen? Oder bist du vielleicht…"

Plötzlich verstummte die Stimme meiner Mutter und sie starrte gebannt auf etwas an mir. Ich folgte verwundert ihrem Blick genau wie mein Vater der plötzlich losschrie:
„IST DAS EIN TATOO?!"
„Ich glaub ich seh nicht recht!"
meine Mutter fand nun auch ihre Sprache wieder und grapschte nach meinem Arm. Darauf prangte natürlich mein Vampirmal. Mist.
„Hey bleibt mal locker das is nur ein… Abwaschtatoo, das geht nach ein paar Tagen wieder weg."
Gute Erklärung. Ich ging gleichzeitig in Richtung meines Zimmers. Meine Eltern standen resigniert weiter im Flur und sahen mir nach wie ich in meinem Zimmer verschwand. Ich hörte sie diskutieren während ich flink meine Klamotten los wurde, den Bikini anzog und meine Klamotten gleich wieder anlegte. Ich schnappte mir eine Tasche und stopfte ein Handtuch hinein. Leise schlich ich wieder in den Flur. Meine Eltern waren zum Glück nicht mehr dort. Leise öffnete ich die Tür.
„Wo wollen wir denn hin?"
„Wie, hab ich jetzt Hausarrest wegen einem Abwaschtatoo und weil ihr auf einen Telefonstreich reingefallen seid?"
Ich lehnte mich ziemlich weit aus dem Fenster und meine Mutter sorgte nun dafür das ich rausfiel.
„Nein, ich bin nur neugierig wie du es geschafft hast, unser Küchenfenster zu zerschlagen."

Scheiße, das Fenster! Natürlich hatte ich das total vergessen und meine Ausrede war deshalb auch nicht die Beste.
„Waas? Ich hab nichts kaputt gemacht, das war wohl ein Einbrecher oder so, ich meine, ich war doch garnicht zuhause."
„Oh, na dann sollten wir den Einbruch wohl am besten melden, das würde dann wohl auch kein so großes Verfahren. Ich meine die Spurensicherung kommt, nimmt eine Probe von dem Blut auf dem Boden, vergleicht sie einfach mal mit einer Probe von mir, deinem Dad, einem aus ihrer Kartei oder vielleicht dir."
„Ach das, nein, das war was ganz anders, also am Samstagmittag war ich hier und dann hat irgendein Vollidiot einen Stein durchs Fenster geworfen und ich hab mich dann an einer von den Scherben geschnitten."
„Ach so, und das soll ich dir glauben, ja? Kathrin, mir wird das hier alles zu bunt, ich will jetzt sofort die Wahrheit hören."
„Mom, das war die Wahrheit und jetzt muss ich schnell los, ich weiß ja nicht ob ihr das schon gehört habt aber Kim liegt im Krankenhaus und ich hab versprochen, dass ich nur kurz weg bin, also…"
Ich fühlte mich mies weil ich Kims Unfall so ausnutzte aber es ging nicht anders und es wirkte. Meine Mutter sah mich betroffen an und sagte nun nur noch leise:
„Ja, doch, das… das hab ich gehört, sag ihr gute Besserung von mir, ja?"
„Klar, also dann, ich muss los. Bis heute Abend."

~Strömungen~

„Ladendiebstahl? Autos demolieren? Hast du eigendlich einen Schaden?!"
Schrie ich Jackson an als ich wieder im Auto saß.
„Ja es klingt hart aber es war der schnellste Weg der mir einfiel, sie loszuwerden."
„Sie haben sich Sorgen gemacht Jack! Es gab mit Sicherheit noch andere Optionen als das!"
„Ja natürlich, aber das hätte sie nie dazu gebracht, auf der Stelle ihre Sachen zu schnappen, und ohne mit dir geredet zu haben, nach London zu fahren."
Groteskerweise konnte ich ein wenig seine Denkweise nachvollziehen was aber wahrscheinlich nur an meiner blauäugigen Naivität , die sich mittlerweile aber nur noch bei Dingen die mit Jackson zu tun hatten, zeigte.
Er startete den Motor. Mit einem vibrieren und lauten Brummen fuhr der Wagen elegant die Straße entlang.
„Wo soll's überhaupt hingehen, denn ehrlich gesagt kann ich mir nur schwer vorstellen das schwimmen gehen eine Aufgabe zum Vampir werden ist."
„Lass dich doch mal überraschen Miss Jones."
Warf er mir schmunzelnd zu. Gemein, nicht mal fragen durfte ich. Eine Frauenrechtlerin wäre außer sich vor Wut gewesen.
Ich durfte nichts wissen, nichts fragen, nichts sagen und schon gar nicht denken das würde nämlich als fragen,
beziehungsweise sagen, durchgehen.
„Wow, du hast gerade gegen Regel drei und vier

gleichzeitig verstoßen."
Er lachte blöderweise denn das war mein Ernst gewesen.
„Haha, weißt du, ich find das garnicht witzig. Denn es ist doch wahr, sagen willst du mir nur die unwichtigen Sachen und sobald ich was sage oder frage komme ich mir blöd vor."
„Kathy alles kommt zu seiner Zeit."
Und immernoch lächelte er.
„Kennst du das wenn du sowas von schlechte Laune hast und jemand in deiner Nähe richtig gute? Das heitert nicht
auf sondern macht aggressiv."
„Was, du hast schlechte Laune? Heute wollen wir doch mal Spaß haben. Heute wird dir nämlich niemand den Arm
zerfleischen, dich im Traum töten oder dich anlügen. Klingt doch gut oder?"
„Oh, ohne anlügen sagst du... Dann hätte ich da doch glatt mal ein paar Fragen."
„Bitte ich werde dich nicht anlügen, ob ich antworte muss ich gucken aber lügen werde ich nicht."
Er zwinkerte mir zu. War klar, dass er sich aus der Affäre ziehen wollte aber einen Versuch zu fragen war es mir trotzdem wert.
„Dieses Ding auf meinem Arm..."
Ich zeigte auf mein Mal:
„Was ist das und wieso verändert es sich hin und wieder?"
„Ha... ich hab mir schon gedacht, dass du das fragen würdest."
„Hast du dir auch gedacht, dass du mir antworten wirst?"

„Werde ich, ich meine es ist auf deinem Arm und du hast keinen Schimmer was das sein soll. Das stelle ich mir schon schwierig vor."
„Allerdings"
„Also dieses Ding, das hast nur du. Das hat vor dir erst eine weitere Person gehabt. Aber diese ist schon lange
Geschichte. Es ist eine Art Markierung und gleichzeitig ein Schlüssel und eine Karte."
„Zu was?"
Er raufte sich durch die Haare und sagte leicht stöhnend.
„Weißt du eine Frage reicht doch vorerst, oder?"
Er kannte meine Antwort ganz genau, ich musste nicht mal an das Wort ‚nein' denken. Den Rest der zwanzig minütigen Fahrt sah ich aus dem Fenster und lauschte dem klang der Musik. Wir fuhren durch einen Wald und hielten schließlich auf einer Lichtung tief im Dickicht. Ich nahm meine Tasche und folgte Jackson. Er blieb nach ein paar Minuten stehen, nahm mit einem flinken Handgriff meine Tasche und warf mich über seine Schulter. Elegant sprang er nun über ein Gebüsch. Er setzte mich ab und ich betrachtete die atemberaubende Landschaft.
„Nicht schlecht, oder?"
„Das hebt die Stimmung tatsächlich."
Ich fand diesen Ort nicht nur aufmunternd sondern geradezu magisch. Ich fand mich auf einem weißen Sandstrand
wieder und zu meinen Füßen lag ein glasklarer, breiter See. Gegenüber konnte man das Ufer gut erkennen und die
vielen Pflanzen die unter dem Novemberfrost

glitzerten. Erstaunlicherweise war der See kein bisschen gefroren
und das, obwohl er so still und glatt da lag. Ich kannte diesen See nicht, aber das war jetzt auch nebensächlich denn ein Hauch von Unbehagen floss durch mich als ich erkannte, dass dieser Besuch am See auf Schwimmen heraus laufen würde. So an der Luft war mir relativ warm auch ohne Schal oder Mütze aber in einem See bei Minusgraden schwimmen gehen schien mir selbst für einen angehenden Vampir etwas zu heftig. Abgesehen davon war schwimmen nie mein liebstes Hobby gewesen. Erst nach stundenlangem Betteln ist es Jenna gelungen mich im Sommer zu einem Badesee zu schleifen. Aus dem ganz einfachen Grund: Wasser ist gefährlich.
Man hat keine Ahnung was da unter einem lauert und noch dazu ist das Wasser seltenst sauber, auch wenn ich zugeben musste das ich aus dem Wasser dieses Sees mit Genuss trinken würde.
„Alsoo das ist zwar alles wunderschön hier aber warum trage ich unter meinen Klamotten einen Bikini?"
„Na, zum Schwimmen natürlich"
„Hah, ganz sicher nicht bei Minusgraden."
„Warts ab, du willst nachher nicht mehr aus dem Wasser raus."
„Nein ich werde es nicht können weil ich ein einziges Eisklümpchen sein werde."
Er lachte und fing an sich auszuziehen bis er tatsächlich in Badehose vor mir stand.
„Los, jetzt du und beeil dich, es ist ziemlich kalt hier an der Luft."
„Oho, haha wie witzig du doch bist. Mal sehen ob

du im Eiswasser auch noch so witzig sein wirst"
Ich zog mich aus und kam mir ein wenig verrückt vor, ich meine, niemand kommt doch auf die Idee im November ein freies Gewässer zu betreten. Jackson sah misstrauisch ins Wasser. Hier war was faul. Wenn das doch eine Aufgabe war, die jeder erfüllen musste um sich an das Vampirleben zu gewöhnen dann musste er das doch im Schlaf können. Mir fiel zudem etwas ebenfalls sehr wichtiges auf. Jackson hatte einen ganz schön imponierenden Oberkörper. Selbst für einen Vampir, dachte ich mir, kann es doch nicht selbstverständlich sein eine gute Figur zu haben, oder doch? Kaum zu glauben das ich ihn nun das erste Mal oberkörper frei sah. Peinlich berührt grinste er Richtung Himmel, klar er hatte mich gehört aber dieses Kompliment hatte er verdient so zickig wie ich eben war.
„Also bist du bereit?"
Er wand sich wieder zu mir als ich gerade meine letzte Socke auszog.
„Klar, kann los geh'n? Worin besteht denn jetzt die Aufgabe?"
„Das wirst du gleich seh'n..."
Er hob mich an der Taille hoch und warf mich drei Meter weit durch die Luft…
hoffe ich.
…bis ich leicht verdutzt im See landete. Ich beachtete das Wasser um mich rum gar nicht.
„Was hoffst du?"
„Ich hab gesagt das wirst du gleich seh'n."
„Wow, ich glaub es geht los, ich höre jetzt schon Stimmen. Langsam glaube ich, ich werde irre und nicht zu einem Vampir."

Ich lachte und merkte dass das Wasser um mich herum so warm war wie in einem Whirlpool.
„Ej Jack, ich glaube ich bin ne Hexe. Oder ich bin in einem Traum in dem ich lebendig gekocht werde."
„Ist das Wasser warm?"
„Ja, wie machst du das?"
perfekt...
„Okey, jetzt halt mal deinen rechten Arm so weit von dir weg wie du kannst aber lass ihn im Wasser."
Ich ließ den Arm so weit von mir weg gleiten wie ich konnte.
„Und?"
 Fragte er.
„Ist es immer noch warm?"
„Ja nur nicht mehr so stark aber immer noch um die dreißig Grad oder so. Sag mal, wann hattest du eigentlich vor
ins Wasser zu kommen?"
Ich lachte zu ihm rüber.
„Na gut."
Ich darf das nicht machen... ich werd's nicht machen...
„Ich schwöre dir ich konnte gerade jemanden sprechen hören. Irgendwas mit ‚ich darf's nicht machen
und ich werd's nicht machen'. Sollte ich besorgt sein oder ist das ganz normal das man Stimmen in seinem Kopf hört die nicht da sind?"
„Hm? Ne du hörst doch jetzt viel besser - vielleicht ist das irgendein Angler oder so hier in der Nähe. Komm lass uns noch was ausprobieren."
Ich sah mich um, niemand war um den ganzen

See zu erkennen. Keine Menschenseele weit und breit. Hier
stimmte irgendwas ganz und gar nicht und ein ungutes Gefühl stieg in mir hoch, dass es vielleicht mit Jackson zu tun hatte. Immer mehr verwandelte sich meine unglaubliche Liebe zu ihm in Misstrauen. Jeden Tag versuchte ich aufs neuen das zu unterdrücken aber dazu brauchte ich Antworten.
„Strecke deine Hand mal ganz hoch aus dem Wasser."
Sagte Jackson, während er langsam durch das Wasser auf mich zu schritt. Ich tat was er sagte und sobald meine Fingerspitzen
aufhörten das Wasser zu berühren durchzog mich eine Kälte die mich zusammenzucken ließ. Es war nicht wie ein
normaler Mensch der in kaltem Wasser steht und dann anfängt zu frieren, nein es war wie Nachts, als würde der
Mond sein kühles, weißes Licht auf mich nieder regnen lassen. Die Kälte füllte mich aus und lies mein Herz schneller schlagen,
Adrenalin pulsierte durch meine Adern und eine Kraft beflügelt mich mit dem Gefühl Bäume mit bloßen Händen zerlegen zu können. Meine Pupillen weiteten sich. Wie bei einem Wolf der den Mond anheult. Das Gefühl war fabelhaft und ich wollte meine Hand nie wieder ins Wasser stecken.
„Wenn du's getan hast wirst du sie nie mehr raus nehmen. Jedenfalls wenn dir dieses Gefühl gefällt."
„Das tut es."

Wie in einem Rausch hauchte ich das worauf hin er nun Nase an Nase bei mir stand und langsam meinen ausgestreckten
Arm ins Wasser tauchte.
Im selben Moment als meine Finger die Wasseroberflächen ertasteten küsste er mich. Als ob man den See unter Strom
gesetzt hatte floss ein Impuls durch mich hindurch der mein Herz still stehen ließ.
„Was ist das?"
Flüsterte ich. Er nahm meine andere Hand und hielt sie vor mich. Ich betrachtete die leichte bräune meiner Haut die immer
weiter hinaus floss. Nun hatte meine Hand einen bläulichen Ton angenommen der schon Richtung lila schwarz tendierte.
„Ist das richtig so?"
Flüsterte ich immer noch auf meine Hand starrend.
„Sschht."
Er legte seinen Zeigefinger auf meine Lippen. Meine Hand war nun vollkommen schwarz, nur meine Fingernägel waren wegen meinem weißen Nagellack noch hell. Ich konnte die Situation nicht als gefährlich einstufen da ich wie auf Drogen nur paralysiert auf meine Hand starrte.
„Wärst du gern wieder braun?"
Ich nickte auf seine Frage. Woraufhin er meine Handfläche auf das Vampirmal legte.
„Denk an die Farbe"
Ich schloss die Augen, öffnete sie wieder und fand meine Hand in alter Farbe vor. Auch der Rest meines Körpers hatte wieder seine natürliche Farbe angenommen. Nur mein Herz schlug noch

immer nicht.
„Warum tuts mein Herz nicht mehr?"
Flüsterte ich und sah ihn mit traurigen Augen an.
„Damit du leise durch das Wasser gleiten kannst. So wird dich niemand hören können."
„Warum sollte ich das mit meinem Arm machen?"
„Wir haben gerade eine deiner neuen Fähigkeiten frei geschaltet. Immer wenn du ins Wasser gehst wirst du keinen Puls mehr haben."
„Und meine Haut? So wird mich doch jeder für seltsam halten."
„Die bleibt in der Farbe die du hast wenn du ins Wasser gehst. Aber wenn du bestimmte Dinge tust wird sie wieder schwarz, daran kannst du dann nichts ändern, bis du aufhörst diese besagten Dinge zu tun."
„Was für Dinge...?"
Er wollte etwas sagen doch ein ganz leises Flüstern war nun zu hören.
NEIN!
Ich konnte das zischeln noch nicht ganz entschlüsseln aber Jacksons Gehör konnte das. Ich beobachtete die gegenüberliegende Seite des Sees. Dort tauchten nun eins, zwei nein drei Mädchen auf. Sie liefen am Ufer umher und die eine streckte ihre Hand aus und zeigte auf mich und Jackson. Jenna, Melissa, Sarah! Das Adrenalin in meinen Adern pulsierte vielleicht nicht mehr aber es war immer noch da drin. Und dieses Gefühl das mich so unglaublich aufgekratzt machte brachte mich nun auch dazu, auf meine Freundinnen zu zu gehen. Immer weiter in den See. Ich war plötzlich so unglaublich neugierig, es brannte buchstäblich in mir.

„Kathy, stopp."
Ruhig und geduldig flüsterte er mir das zu, doch ich ignorierte ihn völlig.
„Geh nicht zu ihnen."
Wieder ignorierte ich ihn und hatte mich schon ein paar Meter entfernt.
„Sie werden merken dass bei dir was komisch ist."
Im Nachhinein glaube ich, ich hatte seine Anwesenheit in dem Moment gar nicht mehr wahrgenommen.
Ich hatte mein Ziel und wollte es nun auch erreichen.
Ab der Mitte des Sees riefen meine Freundinnen mir schon laut zu.
Als ich aus dem See stieg und mich ihnen gegenüber stellte hoffte ich nur, dass sie meine geweiteten Pupillen nicht bemerkten.
Nun sahen sie mich zwar schockiert an aber nicht wegen meiner Augen. Glück gehabt.
„Ja Mensch Kathy was is'n das hier für ne Aktion! Das Wasser ist eiskalt mein Gott da kannst du doch nicht schwimmen gehen."
Melissa war baff und sah fassungslos aus aber ich lächelte seelig.
„Wo bist du so schnell hingegangen, Kim hatte nach dir gefragt und meinte irgendwas wegen einem Traum."
Auch auf Jennas Frage lächelte ich nur mit einem Ausdruck als sei ich high, das wiederum viel Sarah auf, ich sah es in ihren Augen. Also versuchte ich angestrengt einen anderen Gesichtsausdruck aufzusetzen. Aber wenn man wirklich solch ein Gefühl von Stärke und Schwerelosigkeit verspürt klappt das einfach nicht

so gut.
„Kathy wir machen uns echt Sorgen um dich."
Sagte Jenna.
„Du bist plötzlich so anders..."
Sagte Melissa
„Wir glauben es liegt an Jackson und..."
Sarah starrte auf meinen Arm.
„Ist das ein Tattoo?"
Ich guckte auch auf meinen Arm. Mein Vampirmal sah gerade sogar ziemlich hübsch aus. Es hatte lauter geschnörkelte Linien und sah aus wie ein Spiegel, da in der Mitte immer noch nur Wolken zu sehen waren.
„Ne, das is so was anderes."
Sagte ich mechanisch den kopfschüttelnd, immer noch mit dem Blick auf meinen Arm.
„Kathy laber keinen Scheiß, das is ein Tattoo und was sollte überhaupt die Story mit Westminster?!"
„Sarah..."
Ermahnte Jenna sie leise.
„Wir wollten mit ihr da doch nicht drüber reden."
„Tja jetzt tu ich's aber. Wir denken, dass ist wegen diesem Typen, Jackson. Ich meine, wer ist der Kerl überhaupt? Du weißt doch nichts von ihm. Hat er dich dazu..."
Sie zeigte auf mein Mal.
„Überredet? Hat er dich irgendwie auf Drogen gesetzt damit du hier schwimmen gehst und tust was er dir sagt?"
Ich konnte nicht anders, ich musste lachen. Ganzschön seltsam lachen, schon etwas gruselig lachen.
„Hahaha aahh... Ach ihr habt ja keine Ahnung wie toll er ist. Er sagt mir seine kleinen Geheimnisse

zwar nicht und will mir auch nicht das mit dem Mal erklären aber sonst ist er echt cooool..."
Sei still!
„Oh..."
 Ich hob den Zeigefinger an und blickte mit weit aufgerissenen Augen meine Freundinnen an.
 „Hört ihr das? Ich muss leise sein, am besten gehe ich wieder
zu Jackson zurück."
Ich nickte energisch und sah mich paranoid um.
 „Hast du gesoffen was laberst du für einen Schrott?!"
Fluchte Melissa und alle Drei starrten mich mitleidig und empört an.
 „Aber noch kurz... Wie konntet ihr mich denn finden?"
 „Wir haben unsere Handys doch mal alle miteinander verlinkt und haben dann nach deinem Standort gesucht."
 „Ohh, stimmt ja... also dann Ladys habt ihr Lust mitzukommen und Jack mal kennenzulernen?"
Antwortete ich Jenna die mit mir gesprochen hatte und ging mit jedem Wort einen Schritt tiefer in den See hinein.
 „Kathy, stopp."
 Sagte Sarah genauso ruhig wie Jackson eben.
 „Du darfst hier nicht schwimmen gehen, da sind überall Hohlräume unter dem See. Wenn so'n Ding einbricht wirst du nach unten gesaugt."
Ich tippte an meine Stirn und machte ein paar kräftige Züge. Und dann in der Mitte des Sees...

Ω

Überall stiegen weiße Luftblasen auf. Ich sprang von dem kleinen Vorsprung in den See und ging bis zu meiner Hüfte
tief in das eisig kalte Wasser. Es stach wie tausend feine Nadeln an meinem Körper und mir blieb die Luft vor Kälte weg. Jenna und Melissa sprangen auch ins Wasser sie standen aber erst bis zu den Knien drin als der schwarzhaarige Typ von der anderen Seite des Sees, der die ganze Zeit schon wild auf und abgelaufen ist, schrie:
„Geht bloß nicht da rein ihr könnt ihr nicht helfen! Niemand kann das..."
„Sie wird ertrinken!"
Schrie ich mit aller Kraft
„Willst du, dass sie stirbt?!"
Ich wollte mich nun ganz ins Wasser werfen doch da hörte ich von ihm:
„Sie wird nicht sterben! Ihr müsst da weg oder ihr werdet euch auf dem Grund des Sees wiederfinden!"
Ich konnte nicht fassen was er mir da weiß machen wollte und gleichzeitig betrachtete ich Kathy von der nur noch eine Hand herausragte. Mit letzter Kraft kämpfte sie gegen den Sog an aber sie hatte keine Chance.
„Schnell ihr müsst da weg! JETZT!"
„Ich geh hier nicht weg..."
Plötzlich wurde es totenstill um uns herum. Der See lag nun spiegelglatt da und keine Luftblase trat mehr an die Oberfläche.
„Sarah, Jenna, Melissaaa. Hilfe! Kommt rein und

rettet mich!"
Jenna und Melissa traten an meine Seite wir alle wollten springen und nach unserer Freundin tauchen aber die
Verwunderung darüber ihre Stimme zu hören sie aber nicht zu sehen war größer.
„Verdammt jetzt geht aus dem Wasser raus!"
„Im Gegensatz zu dir lassen wir Kathrin nicht im Stich wenn sie uns braucht!"
Er raufte sich durch die Haare.
„Sie braucht eure Hilfe nicht!"
So langsam bekam ich auch das Gefühl es wäre besser das eisige Wasser zu verlassen aber dazu war es nun sowieso zu spät. Wir beobachteten eine Pfeilschnelle weiße Gestalt die das Wasser aufwirbeln ließ. Sie zischte von rechts nach links und zog ihre Bahnen.
„Sarah, komm doch schwimmen... Das Wasser ist wunderbar. Wir könnten auch was lustiges spieleeenn..."
Als würde sie ein Tier anlocken sang diese Psychostimme. Ich sah mich um doch immer noch war hier niemand. Den Kopf wieder geradeaus drehend stand da plötzlich eine Gestalt.
„Buh."
Ich zuckte zusammen konnte mich aber kein Stück bewegen. Das war Kathrin, eindeutig, aber *was* war sie?
Ihre Augen wirkten riesig groß, ihre Pupillen waren geweitet und ihre Iris schneeweiß. Ihr langes schwarzes Haar
tropfte vor Nässe und ihre weiß leuchtenden Zähne kamen zum Vorschein als sie mit ihrer zweigeteilten Zunge darüber fuhr. Ihre Zähne

sahen aber lange nicht mehr aus wie Zähne sondern wie Klingen. Jeder von ihnen war V-artig angeschliffen.

„Nah, Lust was zu spielen? Wie wärs mit ‚den letzten fressen die Fische'?"

Sie neigte ihren Kopf und musterte mein Gesicht.

„Heißt das nicht den letzten beißen die Hunde?" Fragte Melissa stotternd.

„Sehe ich etwa aus wie ein Hund?"

Kathrin lachte scheußlich und blitzte mich hungrig an.

„Kathy du willst das nicht. Komm zu mir, bitte!"

Kathrins Blick fiel auf Jackson der ihr das zugerufen hatte. Sie schwamm rückwärts, mit dem Blick auf mich

gerichtet und langsam färbte sich ihre Haut von dem gewohnten karamell braun in ein lila blau. Dann tauchte sie ab und kurze Zeit später sprang eine schwarz lila glitzernde Gestalt mit weißer Schwanzflosse aus dem Wasser, weiße Schuppen lagen um ihren Oberkörper wie bei einem Bandeau. Und als sie wieder abgetaucht war ertönte die gruselige Stimme aus dem Nichts erneut.

„Jenna! Hilfe dieses Monster hat mich hier eingesperrt, schwimm zu mir bitte, ich halts nicht mehr lange aus!"

Auf diesen Trick würde sie doch nie herein fallen, doch ihre naive Art gepaart mit Angst und Unsicherheit brachte sie tatsächlich dazu ins Wasser zu springen.

„Jenna komm zurück, das ist ein Trick!"

Schrie ich und das noch früh genug denn Jenna wand sich schnell zu mir um und schwamm

wieder Richtung Ufer.
Ich streckte die Hand aus um sie heranzuziehen doch in dem Moment als sich unsere Fingerspitzen berührten
wurde sie mit einem Ruck unter Wasser gezogen. Der See war nun wieder völlig glatt und totenstill. Alles was nun noch von Jenna zu sehen war, war eine rote Wolke die vor Melissa und mir her trieb. Ich konnte mich nicht bewegen und stand starr mit ausgestrecktem Arm da wo Jenna noch vor Sekundenbruchteilen zu mir geschwommen war.
„Verdammt, jetzt macht das ihr aus dem See kommt!"
Melissa und ich starteten manisch auf die Stelle an der wir eben noch Jennas vertrautes Gesicht gesehen hatten. Erneut schrie Jackson zu uns rüber.
„Wird's bald oder will sich noch wer auf die Speisekarte setzen?!"
Wir sprangen nun doch aus dem Wasser. Die Luft war im Vergleich dazu angenehm warm. Unser Blick richtete sich
wieder auf den See. Und dort tauchte nun plötzlich Jennas regloser Körper auf. Sie trieb rücklings an der Oberfläche und ich war mir sicher, dass sie noch lebte.
„Leute was ist los mit euch? Sie lebt noch, will sie denn niemand retten?"
„Wagt euch nicht zu springen! Eine reicht ihr für heute!"
Wenigstens einer der sich noch um Kathrins Ernährung Gedanken machte aber egal was für einen Blödsinn er von sich gab, nun sprang er ins Wasser und erreichte Jennas Körper. Er drehte sie

um und wurde mit einem Ruck in die Tiefe gezogen. Wieder lag der See totenstill da bis ein unglaublich lautes Knacken alles zu erschüttern schien. Als würde ein Baum zerbersten, so hörte es sich an. Nun war es auch um ihn geschehen. Doch dieser Gedanke kam zu
früh. Denn da tauchte er plötzlich wieder auf und brachte mit einem Arm Jenna zu uns ans Ufer und schleppte mit der
anderen Hand etwas hinter sich durchs Wasser. Erst als er unter uns war und Jenna hoch reichte erkannte ich Kathrins
erschlafften Körper und bemerkte, dass ihr Kopf unnatürlich stark verdreht war.
„Ist sie tot?"
„Müsste sie, ist sie aber nicht und ihr müsst das alles hier vergessen oder ich sorge persönlich dafür, dass ihr das tut,
alles klar?"
„Klar."
Kam es von Melissa und mir.
„Was ist jetzt mit Jenna?"
Fragte sie mit zittriger Stimme und Angst in ihren Augen.
„Sie wird gleich wieder zu sich kommen ihr müsst ihr sagen das sie gestürzt ist und sich an nem scharfen Stein den Hals aufgerissen hat oder so."
Nun sah auch ich die tiefe Fleischwunde an ihrem Hals, richtig zerfleddert sah er aus und als ich Melissa mit den Tränen kämpfen sah flüsterte ich Jackson zu:
„Wenn du es kannst, lass Melissa vergessen."
Er nickt kurz.
„Morgen ist dieser Tag für sie nie passiert aber sie

darf mit niemand anders bis dahin reden. Versorgt am besten Jennas Wunde."
Er zeigte zu ihr hinüber und schwamm dann mit Kathy im Schlepptau zurück zum anderen Ufer. Ich denke, ich werde diesen Tag nie mehr aus meinem Gedächtnis streichen können. Der Tag an dem Kathy nicht mehr Kathy war.

Ω

Ich wachte auf. Um mich herum war... Auto. Ich fühlte mich verkatert und mein Nacken tat höllisch weh.
„Das hast du verdient!"
„Echt?"
„Jap, du wolltest meinen Arm abreißen, da hab ich dir das Genick gebrochen."
„Oh, dann hab ich's wohl echt verdient... Wie geht's Jenna und den anderen?"
„Du kannst dich erinnern?"
„Jap, ich hab die Armen ganz schön hart rangenommen. Ich bin echt eine miese Freundin..."
„Hah, ja das kannst du laut sagen, ich dachte erst du hättest nur Krümel von Jenna übergelassen aber zum Glück hast du nur ihren Hals umgestaltet."
„Ja das war aber keine leichte Entscheidung so viel von ihr übrig zu lassen. Ich hab mit mir gerungen aber dann hat sie sich irgendwann nicht mehr bewegt und ab da wurde es langweilig also wollte ich wen anders anlocken."
„Und dann hast du wirklich geglaubt du könntest mich einfach mal zerlegen?"

„Keine Ahnung was ich mir dabei gedacht hab, tut mir leid, ich stand irgendwie neben mir."
„Schon gut, eigentlich müsste es mir leid tun. Ich wusste nicht, dass deine Freundinnen zum See kommen würden und schon gar nicht, dass du auf mich losgehen würdest."
„Aber du wusstest, dass so was mit mir passieren würde?"
„Jain, also ich musste diese Fähigkeit von dir aktiviert bekommen und das geschieht erst wenn sich deine Lungen mit Wasser gefüllt haben. Das du nach unten gezogen wurdest war nur ein Unfall. Ich hätte dich ertränken müssen aber das wollte ich nicht tun also geschah das alles als glücklicher Zufall. Naja glücklich für dich."
„Aber Jackson das passt doch alles nicht zusammen, ich bin zwar kein Experte auf dem Gebiet aber Vampire verwandeln sich doch nicht in... in"
Ich überlegte.
„In was?"
„In eine Nixe, in ein Wesen des Wassers..."
Da fiel es mir ein.
„Ich bin gar kein Vampir ich bin ein Wasserwesen!"
Ich hatte nun endlich das Gefühl Jackson mit meinem Wissen übertrumpft zu haben doch sein herzliches Lachen ließ mich stutzen.
„Was lachst du? Ich hab doch recht, es gibt keine andere Erklärung und solange ich keine bekomme bleibe ich bei dieser Theorie."
„Mensch Kathy, du bist ein Vampir. Und du hast sogar doppelt recht, du hast auch was von einem Wasserwesen. Und das was du im Ganzen bist

hast du auf deinem Arm stehen und bis du das lesen kannst darf ich dich nur schrittweise an deine Identität führen."
„Super, ich darf nicht erfahren wer ich wirklich bin, ist das fair? Nein! Kratzt das wen? Nein! Macht mich das glücklich?
So was von nein!"
„Komm Kathy, schmoll nicht."
Ich schmollte nicht, ich war genervt was doch mehr als berechtigt war, schließlich wurde mir meine eigene Identität vorenthalten.
„Interessiert es dich nicht vielmehr wie du den Genickbruch überlebt hast?"
Natürlich tat es das, nur wollte ich mir nicht immer vorkommen wie ein unwissendes dummes Ding. Trotzdem nickte ich.
„Weil wir eine deiner Fähigkeiten freigestellt haben."
Er grinste triumphierend als wäre das sein Verdienst gewesen.
Klar, er hat mich zu dem See gebracht aber ich war diejenige die dafür ertrunken ist.
„Zu jeder anderen Fähigkeit bekommst du eine Vampirfähigkeit dazu und heute war es die Fähigkeit dem Tod ab und zu von der Schippe zu springen."
„Ab und zu?"
„Das erklär ich dir andern Tags."
„Na gut aber kannst du mir mal erklären wer diese Wasserwesen sind?"
„Gern. Also das sind, wie du dir ja denken kannst, Wesen die im Wasser leben, dabei ist es egal ob Süß- oder Salzwasser.
Sie sind Kreaturen des Meeres, in Gestalt von

Nixen oder mutierten Fischen. Sie entstehen aufgrund wachsender Schädigung der Natur und des Wassers. Sie bekommen, wie die Therianthropen, eine Lebensaufgabe, allerdings müssen sie diese bis zu ihrem Tod erfüllt haben, denn ansonsten werden sie zu Seelen verdammt. Sie werden wie Fische als Eier gelegt und dann direkt verwandelt, in dem sie als Eier sterben und von den ersten Nixen aufgelesen werden. Diese baden sie in ihrem Blut und ihren Tränen die dann in einer geheimen Grotte irgendwo tief im Meer in einem Stein aufbewahrt werden. Irgendwann werden sie in die Strömung geworfen und sobald sie sich an einem Platz festgesetzt haben schlüpfen sie und sind ein Sklave des Meers. Der Platz ihrer Neugeburt ist dann ihr Aufgabengebiet. Sobald dieser Fleck ökologisch gefährdet ist so ist auch das Leben der Kreatur gefährdet. Je gesünder das Meer an dieser Stelle ist desto gesünder und stärker ist auch das Wesen man könnte es eine Simbiose oder Co-abhängigkeit nennen."
„Krass, aber wie kann ich zu einem Teil Wasserwesen sein, ich bin doch nicht als Fisch geboren?"
Er sah mich an und tippte mit dem Finger auf mein Mal.
„Das da ist dein Schlüssel, du brauchst das alles nicht was die anderen brauchen denn du hast das. Und mehr werd ich dir jetzt erstmal nicht sagen."
„Okey, aber ich wüsste zu gerne was sich hinter diesem Ding verbirgt."

~Leben & Sterben~

Wir saßen nun schon eine halbe Stunde im Auto und die Schilder am Wegrand zeigten immer mehr Straßen die mir völlig fremd waren. *Gilly hill, Poldhu road* und auch Dörfer wie *Cury* von denen ich noch nie gehört hatte.
„Eine Entführung schon um zwölf Uhr mittags? Bisschen zu früh dafür, oder?"
„Ich denke es ist keine gute Idee für dich wieder in die Schule zu gehen. Mir wäre es zwar lieber wenn ich dich nicht aus Porthleven wegbringen müsste aber es geht nicht anders."
„Was, wo bringst du mich denn hin? Und wie soll ich meinen Eltern bitte erklären das ich nicht in die Schule gehen werde und noch dazu nicht nach Hause komme, hast du dir dass vielleicht mal überlegt?"
„Klar, das wird nicht einfach aber irgendwas wird uns schon einfallen."
„Ja, als ob es so simpel wäre."
„Wir müssen es versuchen."
„Jackson, sie werden die Polizei rufen! Und wo fahren wir hin?"
„Nach Lizard zur Housel Bay und dieses Risiko werden wir eingehen müssen. Hey, seh's doch mal als Abenteuer, ich meine, wir müssen noch viele Sachen trainieren und in Porthleven wäre es einfach zu gefährlich mit all deinen Freunden und Bekannten dort."
„Schon, aber ich mach mir Sorgen um meine Eltern, sie werden ganz krank sein wenn ich fort bin, ohne dass sie von mir hören."

Ein Quietschen ließ den Wald aufschrecken durch welchen wir unterwegs waren. Das Gummi der Reifen suchte laut Halt auf dem Boden und brachte den Wagen mit einem Ruck zum Stillstand. Ich blickte erschrocken nach vorne und sah einer weißen Gestalt in die eisblauen Augen. Sie hatte sich auf die Motorhaube des Wagens gestützt. Es war ein Mann, mit weißen Haaren aber er sah dabei ziemlich jung aus, wie Anfang zwanzig ungefähr. Und immer noch blickten seine Augen nur auf mich und wie in Trance blieb er dort stehen.
Stirb!
Der Motor heulte plötzlich auf und ich sah rüber zu Jackson der das Gaspedal fast durch den Boden trat, aber das Auto bewegte sich keinen Zentimeter. Die Reifen drehten sich wie wild durch und wieder sah ich zu dem Mann der seinen Blick immer noch starr auf mich richtete. Durch sein enges Oberteil erkannte ich, dass er seine Muskeln anspannte, doch es war unmöglich, dass er das Auto fest hielt oder etwa nicht?
„Naja, das Wort unmöglich sollte man in unserer Situation sparsam benutzen…"
Presste Jackson wütend hervor während seine Augen anfingen sich zu verfärben. Das Rot seiner Iris strahlte nun noch leuchtender hervor als ich es bisher gesehen hatte und durch das Schwarz seines restlichen Auges war dies der perfekte Kontrast dazu. Aber wieso war er so wütend? Und wer war dieser engelsgleiche Typ der nun den Mund öffnete und mit tiefer Stimme mahnte:
„Wenn dir an dem Wagen etwas liegt, würde ich den Fuß vom Gas nehmen."

Jacksons Muskeln spannten sich nun ebenfalls doch er nahm den Fuß vom Gas, woraufhin der Mann triumphierend zu lächeln begann. Ich musste mich zügeln um keinen Gedanken über sein gutes Aussehen durch meinen Kopf gleiten zu lassen, aber das fiel mir ganz und gar nicht leicht. Meine Nervosität stieg beachtlich an als die Gestalt nun von der Motorhaube abließ und auf mein Fenster zu schritt. Aus Reflex wollte ich die Tür verschließen aber bevor ich das konnte war Jackson schon aus dem Auto gestürmt und stand ihm nun Auge um Auge gegenüber.
„Was willst du?!"
Zischte Jackson mit zusammen gepressten Zähnen.
„Von dir? Garnichts, also, kusch sonst wird's unschön für dich und das will doch keiner."
Hauchte der Andere mit einer rauen und tiefen Stimme die durch seinen russischen Akzent nur noch bedrohlicher unterstrichen wurde. Aber Jackson schüttelte den Kopf.
„Träum weiter, ich geh hier nicht weg, du musst wohl an mir vorbei wenn du sie willst."
Der Mann lachte leise und sah zum Boden.
„Bessere Idee, ich räum dich zur Seite und nehm sie mit."
Ein Knacken, ich presse meine Hände auf die Augen und wollte nur noch weg aber da öffnete er schon die Tür. Gleichzeitig schob er mit seinem Fuß Jacksons Körper von der Straße weg an den Waldrand. Sein Genick war gebrochen aber tot war er nicht, konnte er doch nicht. Mein Genick ist schließlich auch wieder geheilt wieso sollte seins also nicht mehr heilen?

„Keine Sorge, der wird wieder. Aber bis dahin wirst du mich begleiten."
Ich sah ihn an und schon wieder war sein Blick fest auf mich geheftet.
„Wer bist du?"
Fragte ich mit fester Stimme.
„Oh wie unhöflich von mir, mich nicht vorzustellen, aber ich war mir sicher, dass du mich bereits kennst. Mein Name ist Primus enim Angelus aber du darfst mich Seraphim nennen."
Seraphim… bei dem Namen klingelte es in meinem Kopf. Ich kannte diesen Namen, ich hatte ihn schon irgendwann mal gehört aber wann? Ich wühlte in meinem Gedächtnis und ich empfand die Lösung als zum Greifen nahe. Da gab er mir bereits einen entscheidenden Hinweis.
„Vielleicht hat dir Jackson bereits von mir und meinem Heer erzählt."
Genau! Er war der Anführer von einem Heer aus schwarzen Seelen, die, wie ich nun schon wusste, aus schwarzen Bären mit roten Augen bestanden die sich ab und zu in Eisbären verwandelten. Und zwar bei Vollmond oder wenn sie einen Vampir zum Bluten brachten. Wie ich später erst erfuhr lebt er wie in einem Clan mit ihnen in den kältesten Regionen Sibiriens und sie trennen sich nur selten um ihre ‚Mission' auszuführen.
„Ja er hatte dich mal in einem Nebensatz erwähnt aber nur kurz."
Auf meine Bemerkung schnaubte er verächtlich.
„Wie beleidigend, er hätte dir über mich viel mehr erzählen müssen, ich meine nun bist du eindeutig im Nachteil."
„Im Nachteil, ich versteh nicht ganz…"

„Na schau mal, ich weiß so gut wie alles über dich, ich weiß sogar mehr als du selbst über dich weißt."
Er blickte auf meinen Unterarm.
„Sogar darüber bin ich bestens informiert, ganz im Gegensatz zu dir. Und du weißt im Vergleich rein garnichts über mich. Du hast keine Ahnung ob du mir vertrauen kannst oder ob ich nicht sogar gefährlich bin."
„Hm, naja ich vertraue prinzipiell niemanden der vor meinen Augen meinem Freund das Genick bricht also bin ich vielleicht doch nicht so im Nachteil. Vielleicht bin sogar ich im Vorteil, durch meine Unvoreingenommenheit und somit auch meine höhere Aufmerksamkeit gegenüber dem unbekannten."
„Töricht das zu denken, klug aber naiv. Das mit Jackson tut mir leid, aber es war nötig, er hätte nur gestört. Denn weißt du, eigentlich bin ich kein schlechtes Wesen. Ich meine, wie böse kann jemand sein den alle Welt Engel nennt? Nur bei Vampiren hält sich meine Höflichkeit in Grenzen."
„Tja unglücklicherweise bin ich ein Vampir, aber das weißt du ja schon."
„Ja aber du bist nicht wie alle Anderen. Du bist anders, was Besonderes. Und ich muss gestehen, ich fühlte mich zu Wesen die anders sind schon immer hingezogen."
Er warf mir einen weichen und irgendwie bewundernden Blick zu, was mir etwas unheimlich vorkam.
„Also dann, wir müssen jetzt los bevor Dornröschen aus seinem Schlaf erwacht und mich

am Ende doch noch dazu bringt, ihn in den ewigen Schlaf zu schicken."
Er trat leicht gegen Jacksons Fuß der leblos in die alte Position zurück fiel und hielt mir dann seine Hand entgegen.
„Was? Aber wo bringst du mich denn hin?"
„Ich bringe dich in den Wald, dort wird es dir leichter fallen dein Therianthropentalent zu entfalten."
Ich sah keinen Ausweg und es lag ganz und gar nicht in meinem Interesse ihn zu verärgern. Ich stieg aus und blickte mich um, glücklicherweise konnte ich das nahe Straßenschild entziffern *bochym hill*, stand dort, ich hielt es für wichtig zu wissen wo ich Jackson im Randstein zurückgelassen hatte, um ihn später wieder zu finden. Seraphim war meinem Blick gefolgt, so hoffte ich, denn wenn er auch Gedanken lesen konnte wäre das wirklich unpraktisch in meiner Situation gewesen.
„Suchst du nach einem schnellen Weg zur Flucht? Dann muss ich dich schon im Voraus enttäuschen, ich bin schneller als jeder Rennwagen und auf jeden Fall schneller als ein junges ‚fast' Vampirgirl."
Mein Puls beruhigte sich als ich nun mit Erleichterung feststellte, dass er tatsächlich keinen Schimmer hatte was in meinem Kopf vorging.
„Nein, ich war nur verwirrt, da ich keinen Wald in der Nähe meines Heimatorts kenne."
Er schnaubte und sah unsicher aus ob er mir glauben schenken sollte, oder ob ich tatsächlich vorhatte abzuhauen.

„Gut dann... komm jetzt, wir haben, wie schon erwähnt, nicht viel Zeit."
„Ähm, ja okey, aber wo soll's denn..."
Hingehen wollte ich noch anfügen doch da geschah etwas das mir die Sprache verschlug. Ich wusste zwar, das Seraphim ein besonderer Therianthrop war, aber wie besonders wurde mir erst jetzt bewusst. Zugegeben, ich hatte bisher nur einen seiner Art gesehen doch er strahlte etwas völlig magisches aus, etwas einzigartiges, wie auch Jackson es tat. Seraphim streifte sein grau blaues Shirt über den Kopf und ein muskulöser Körper kam zum Vorschein. Einige kryptische oder kyrillische Zeichen die wirr auf seinem Oberkörper verstreut waren stachen mir sofort ins Auge. Er zog sich weiter aus und während er seinen Gürtel öffnete begann ein weißer Flaum über seine Haut zu wachsen. Dieser wuchs immer weiter bis seine Haut vollständig von weißem glattem Fell überzogen war. Theoretisch wäre er nun nackt gewesen aber ich denke, dass man dieses Bild was sich mir bot nicht als einen nackten Mann bezeichnen konnte. Es war nämlich kein Mensch mehr der mir gegenüber stand. Es hatte nun tellergroße Pranken mit unnormal großen, schwarz glänzenden Krallen, die an jedem der vier Zehen hervorblitzten. Die menschlichen Beine hatten sich in pferdegroße, muskulöse Stelzen verwandelt. Langes weißgraues Fell hing an seiner Brust bis zum Bauch hinunter sowie einer langen Mähne die seinen riesigen Kopf umfasste. Das breite Maul und die dreieckige Nase waren wie mit einem schwarzen Lackstifft nachgezogen und zwei lange Reißzähne ließen

einen erschaudern, vor der geballten Kraft dieses Tieres. Es fuhr die langen Krallen aus und kratzte mit ihnen am Boden. Bis es schlussendlich die kaiserblauen Augen öffnete und mich ansah als könne es in mich hineinsehen. Ein weißer Löwe stand mir gegenüber, aber nicht nur irgendein Tier, sondern Seraphim in Gestalt eines…
„Wer-Löwen?"
Platzte es aus mir heraus.
„Ja auf die Bezeichnung könnte man kommen aber die meisten meiner Anhänger nennen mich einen Engel."
Brummte er mit einer noch tieferen Stimme als seine eigene schon war.
„Deine Anhänger?"
„Ja, der Glaube an mich, also an Engel, ist in vielen monotheistischen Religionen fest verankert. Sie sind meine Anhänger. Viele von ihnen glauben an die Version Engel die du kennst, aber manche sind eingeweiht in das Treiben meines Heeres, der schwarzen Seelen."
„Aber wofür brauchst du Anhänger?"
„Na, wenn Velnias Satanisten haben darf, stehen mir doch wohl auch ein paar Gläubige zu, oder? Und jetzt steig auf, wir haben es immer noch eilig."
Satanisten, das sind Teufelsanbeter, aber wofür brauchten die beiden denn überhaupt menschliche Anhänger? Egal ich musste nun mit ihm kommen bevor Jackson nachher wirklich noch aufwachen würde und Seraphim nicht in der Stimmung wäre ihn zu verschonen. Ich trat auf das pferdgroße Tier zu und hielt mich an zwei seiner Strähnen fest um mich daran hoch auf seinen Rücken zu ziehen.

Kaum saß ich auf seinem Rücken da preschte er schon los in den Wald hinein. Ich hatte Mühe, nicht von ihm runter zu fallen da er eindeutig schneller war als ein normaler Löwe, aber auch weil ich stetig den Kopf runter nehmen musste um nicht irgendeinen Ast ins Gesicht zu bekommen.

Je tiefer er mich in den Wald hinein brachte desto stärker wurde der Geruch von Tannen und Laub. Ich hörte das Zwitschern der Vögel in den Baumwipfeln und im Hintergrund ein monotones Grollen was ich mit dem Lärm von Traktoren assoziierte. Das Reiten auf Seraphim ließ das Adrenalin wieder in meine Adern schießen, es hatte etwas von motorradfahren nur noch viel besser. Das Gefühl zu fliegen hatte mir schon immer gefallen, was sich zum Glück mit meiner Wandlung noch nicht geändert hatte. Trotz Seraphims rasender Geschwindigkeit schien der Weg unendlich weit zu sein. Manchmal rannten wir durch dichtes Gebüsch, mal rannten wir über freie Fläche, mal sprangen wir über einen kleinen Hang und dann stoppte er plötzlich. Auf einer kleinen Lichtung weit entfernt von der Straße. Ich glitt vorsichtig von seinem samtenen Fell und sah mich um. Ich konnte nichts erkennen was mir sagen könnte wo ich mich befand und nun kam mir ein einleuchtender Gedanke. Mit ziemlicher Sicherheit war dieser Ort gar nicht so weit von der Straße entfernt wie der Weg lang gewesen ist. Ich war mir sicher, dass er einen Umweg gelaufen ist und das nur um mich zu verwirren, damit ich keine Chance hatte zu fliehen. Ich wand mich zu

ihm um als er gerade in das Dickicht ging und mich mit den Worten:
„Warte hier!"
Zurückließ. Aber was dort aus dem Dickicht kam war weder ein Mensch noch ein Tier. Es war beides… Das Gesicht eines Menschen, die kurzer Mähne eines jungen Löwen, ein aufrechter Gang, Pranken mit scharfen Krallen und eine menschliche Brust an dem sonst löwenähnlichen Körper fielen mir direkt ins Auge. Selbst wenn diese Kombination doch äußerst fragwürdig war, hatte er immer noch ein attraktives Erscheinungsbild. Mein Blick hatte sich auf ihm fixiert und ich bekam gar nicht mit, dass ich ihn schon peinlich lange anstarrte. Er hatte dies anscheinend auch bemerkt und lächelte, woraufhin ich sofort wieder an Jackson denken musste. Ich sah ihn genau vor mir wie er da im Straßengraben lag mit diesem leeren Gesichtsausdruck und dem regungslosen Körper. Ich erwachte aus meiner Starre und ließ den Blick umhergleiten während ich stotterte:
„Ja, ähm… also was ist denn jetzt diese Aufgabe, die ich hier erfüllen sollte?"
„Oh ja, das ist der lustigste Teil unseres Ausflugs." Er hatte immer noch diese gänsehautbereitende tiefe Stimme mit der er nun erklärte.
„Diese Aufgaben, wie du ja weißt, sollen dich auf dein zukünftiges Leben vorbereiten und Fähigkeiten freisetzen, als Teil-Therianthrop musst du natürlich die charakteristischsten Eigenschaften meiner Rasse erlernen."
„Eigenschaften? Es sind mehrere?"

„Es sind zwei die du dir aneignen musst, wie bei den Wasser-wesen auch. Die Erste ist notwendig um die Zweite zu schaffen, welche die Wichtigere ist. Obwohl eigentlich beide gleich wichtig sind. Bist du bereit?"
Er sah etwas nachdenklich aus und das lag wohlmöglich an meinem Gesichtsausdruck, denn in meinem Kopf hatte sich gerade ein großes Stück Nebel geklärt. Ich wusste nun was ich bin, jedenfalls im Grunde. Ich war nicht nur ein Vampir, ein Wasserwesen und ein Therianthrop, ich war jede einzelne der Kreaturen, gebündelt in einer Person. Aber es war geradezu lachhaft das ich, ein Durchschnittsmädchen aus einem Dorf in England alle Rassen zugleich in mir trage. Ich verwarf das klare Bild in meinem Kopf, da ich nicht wieder an eine Lüge glauben wollte. Abgesehen davon könnte ich Seraphim sowieso nicht fragen ob er mir das erklärt also nützte mir dieses Wunschdenken überhaupt nichts.
„Ist alles in Ordnung?"
„Was? Ja, alles gut. Also, was muss ich tun?"
„Okey, nun das klingt für dich jetzt vielleicht etwas hart aber du musst ein Tier fangen, vorzugsweise ein Reh, die sind groß genug und nicht so stark wie Wildschweine…"
„Und ich soll das fangen? Und womit? Mit einem riesen Netz oder mit einem Seil?"
Er lachte als hätte ich einen Scherz gemacht.
„Natürlich mit deinen Händen, oder Füßen aber ohne Hilfsmittel."
Ich war fassungslos und ich bin sicher mein Mund stand offen als ich das hörte.

„Sag mal, hast du mich vielleicht schon mal angesehen?"
„Ja, schon viel zu oft muss ich gestehen."
Ich war zwar verdutzt und wurde auch etwas rot, wollte aber auf etwas hinaus.
„Na gut, dann wird dir wohl aufgefallen sein, dass ich nicht die Statur eines Holzfällers oder Jägers habe. Also wie soll gerade *ich* ein Reh fangen?"
„Das wird dir leichter fallen als du denkst."
„Ach ja? Also das würde ich gerne sehen."
Bei der Vorstellung musste selbst ich lachen.
„Also, wie genau stelle ich das nun an?"
„Erst mal…"
Er schob mich mit seiner Pranke in das Dickicht aus dem er eben noch heraus gekommen ist.
„…kauerst du dich hin, wie ein Raubtier das nach Beute sucht." *was du ja auch bist…*
Ich hatte die Stimmen in meinem Kopf schon vermisst, die mir immerzu seltsame Sachen einredeten. Dabei war es garkeine Stimme, eher eine Art unsichtbarer Schriftzug den mein Hirn automatisch las und mir zuflüsterte. Aber wie Seraphim es wollte kauerte ich mich neben ihn auf die Erde. Ich spürte den Waldboden unter meinen Händen, eine Mischung aus weicher Erde, Tannennadeln und kleinen Ästen. Der Geruch hier unten war sehr streng aber was es war wusste ich nicht, etwas von Erde hatte er aber auch noch etwas anderes, strenges.
„Leg deine Hand auf das Relief und denk an ein Tier, vorzugsweise ein Raubtier."
„Klar, mach ich, aber was ist ein Relief?"

Er musste schon wieder lachen. Mir war gar nicht klar wie witzig ich eigentlich war, aber leider ungewollt.
„Was ein Relief ist? Oh nur die riesen Prägung an deinem Arm"
Er deutete auf mein Vampirmal
„Das heißt Relief?"
„Ja…?"
Ich seufzte ein leises
„oh…"
Während ich meine Hand auf das *Relief* legte.
„Also konzentrier dich, du musst einerseits an dieses Tier denken, andererseits musst du auch wachsam sein. Du musst riechen und hören wenn ein anderes Tier in der Nähe ist."
Ungläubig schloss ich die Augen und lauschte und roch und dachte. Die Minuten verstrichen wie Sekunden und das einzige was ich hören konnte war mein Herz wie es lautstark pochte.
Von einem auf den anderen Moment ertönte ein Rascheln im Gebüsch…
Ich riss die Augen auf, es war tatsächlich einfacher als gedacht.
Ich stemmte mein gesamtes Gewicht auf das zappelnde Wesen unter mir.
„HALT STILL!"
Zischte ich und das Reh gab auf.
„Gut gemacht… und jetzt muss es sterben."
Ich lächelte gehässig, ohne hochzublicken und rammte meine Kralle in das Fleisch des Rehs. Die angespannten Muskeln des Tiers wurden weich und sein Blick leer.
„Und jetzt" hauchte er „schlitz es auf."

Ich zog meinen Finger aus dem Herz des Kadavers und stach ihn über dem Brustbein wieder ein. Immer noch mit einem Lächeln auf den Lippen schlitzte ich es bis zum Bauch auf. Wie einprogrammiert legte ich meine Hände unter die offenliegenden Rippen und brach sie mit einem Ruck heraus, solange bis ich das Herz des Tieres freigelegt hatte. Blut trat aus einem Loch darin aus. Erneut nahm ich eine meiner Krallen und trennte damit alle Adern vom Herzen ab. Ich hielt das warme Stück Muskel in meinen Händen und betrachtete es.
„Was jetzt?"
Er sah mich stolz an und flüsterte:
„Tropf das Blut auf das Relief."
Ich nahm das Herz in die linke Hand und wrung es aus bis mein Relief kaum noch zu erkennen war von all dem Blut.
„Und jetzt beiß rein…"
Ich lächelte ihn an, bis ich meinen Blick wieder dem Herzen zuwandte und genüsslich ein Stück heraus biss.
Kathy wo bist du?
Für einen kurzen Moment unterbrach ich das Kauen und horchte, ich war sicher das Jackson es war der da nach mir suchte doch schmerzlich wurde mir bewusst, dass die Stimme nur in meinem Kopf klang.
„Gut, jetzt leck das Blut vom Relief und warte ab was passiert"
Er hockte nun neben mir und biss ebenfalls von dem Herz ab bevor er sich ganz über das tote Tier hermachte. Ich beachtete ihn kaum noch während er in einer Minute bereits das halbe Reh gefressen

und einen Turm aus Knochen errichtet hatte. Ich war nämlich viel zu fasziniert von dem Gefühl welches mich überkam als ich das Blut von meinem Arm gekostet hatte. Mein Herzschlag wurde immer schneller und stärker. Ab und zu musste ich runter sehen, um mich zu vergewissern, dass es mir noch nicht aus dem Körper geschossen war. Wellenartig strömte eine Gänsehaut meinen Körper hoch und runter. Alles in allem war dies wieder ein unglaubliches Gefühl, Stärke, Spannung und freudige Erregung waren in jeder Zelle meines Körpers zu spüren. Doch es blieb nicht bei dem Gefühl, es war zwar noch da aber etwas anderes, seltsames, schlich sich dazu. Es betäubte mich ein wenig, fügte mir aber gleichzeitig auch stechenden Schmerz zu. Mit einem Mal sah ich, wie sich meine rechte Hand vom Relief aus völlig schwarz verfärbte. Ich bekam aber erst einen Anflug von Panik als sich meine Fingernägel anfingen in Krallen zu verwandeln. Lang und schwarz sowie messerscharf blitzten sie mich an. Während ich schockiert auf meine Finger starrte bemerkte ich nicht wie aus der schwarzen Haut nun langsam schwarzes, dichtes Fell wuchs. Sowie der Schmerz in meinen Armen und Händen verklungen war, zog er weiter über meinen Körper, bis hin zu meinem Gesicht. Geplagt von dem Schmerz der in meinen Kiefer zog, sah ich Hilfe suchend zu Seraphim. Er stand reglos da vor mir und betrachtete mich als würde er auf etwas warten.
„Was passiert mit mir…?"
Presste ich mit letzter Kraft hervor.
„Keine Panik, gleich ist es vorbei."

Flüsterte er sanft. Aber diese Aussage half mir ganz und gar nicht. Der stechende Schmerz in meinem Kiefer war verblasst und ich hatte endlich wieder die Kraft aufzustehen und mich zu bewegen. Seraphim grinste und schob mich zu einer großen Pfütze, die ein paar Meter von uns entfernt lag. Sie war pechschwarz und erlaubte mir, mich in ihr zu spiegeln. Ich erkannte mich jedoch nirgends in dem Spiegelbild, also fragte ich erstaunt wer das ist, den ich da ansah woraufhin Seraphim mich fragte nach wem es denn aussähe. Ich betrachtete das Bild zu meinen Füßen, ein schwarzes, pelziges Gesicht mit runden Ohren, leuchtend blauen Augen und langen Fangzähnen sah mich an. Ich war das. Ich war das Tier da in der Pütze. Meine Therianthropen Seite sah aus wie ein schwarzer Panther, das Tier was ich mir vorgestellt hatte bevor die Jagd auf das Reh los ging. Ich sah an mir herunter. Immer noch trug ich das hellgraue Spitzentop, die dunkelgrauen Kapuzenjacke und die schwarze Jeans. Mein Körperbau und der aufrechte Gang war der gleiche geblieben aber ansonsten hatte ich die Aura einer Großkatze. Ich kam mir, ehrlich gesagt, etwas vor wie ‚Catwomen' aber ich war deutlich cooler und ich war real.

„Bist du bereit für den zweiten Schritt?"
„Ich denke schon, was ist der zweite Schritt?"
„Ach, das wirst du schon schaffen"
Er winkte ab und schob mich zurück zur Lichtung, wo ich wartete. Er ging wieder in das Dickicht.

„Nein, bitte nicht... ich... ich mach auch alles was sie wollen, wirklich alles... aber bitte, bitte lassen sie mich laufen."
Das flehende Klagen kam eindeutig nicht von Seraphim dafür war die Stimme viel zu hoch. Ich hatte erst Angst es würde Jackson sein aber auch zu ihm passte die Stimme nicht. Doch wem gehörte dann dieses hilfesuchende Schreien? Ein schleifendes Geräusch kam immer näher und das Schluchzen und Flehen der Person wurde von Sekunde zu Sekunde kläglicher. Ein Bangen schlich sich mir unter die Haut und ich bekam Angst, woraus denn nun meine Prüfung bestehen würde.

 Wäre mir an diesem vierten November bereits klar gewesen, dass ich in nicht mal fünf Minuten einen großen Teil meiner Selbst verlieren würde, ich denke ich wäre davon gerannt. Ich hätte mich im Unterholz versteckt nachdem mir klar gewesen worden wäre, dass Seraphim schneller war als ich und wäre dann doch getötet worden. Doch diesem Verbrechen wäre ich am vierten November 2013 trotzdem aus dem Weg gegangen, auch wenn dies einen hohen Preis und keine Sicht auf Gewinn gefordert hätte.
„Kannst du auch irgendwann mal dein Maul halten, sonst bringst du mich noch in Versuchung."
Das war Seraphims knurrende Stimme gewesen und die andere verstummte augenblicklich. Ein verachtendes Schnauben war das letzte Geräusch das aus dem Dickicht kam, denn nun trat Seraphim aus dem Wald hervor. Er schleppte

jemand regungslosen am Fuß hinter sich her. Das Winseln ertönte schon wieder, es stammte von Seraphims *Begleiter*.
„Seraphim wer ist das? Und warum schleppst du ihn her?"
Ich war mehr als schockiert und wollte mir gar nicht erst ausmalen wofür Seraphim einen jungen Mann hier her zerrte.
„Meinst du den? Ach, mach dir um den bloß keine Sorgen, der ist Abschaum…"
„Sie sind doch krank, sie kennen mich gar nicht!" Platzte es aus dem schwarz-weiß gekleideten Kerl heraus, welcher immer noch auf dem Boden lag und ein Bein von ihm zwischen Seraphims Pranken klemmte.
„Du hast gefälligst still zu sein!"
Zischte Seraphim, während er das Bein auf den Boden warf.
„und wag es bloß nicht abzuhauen, denn ich bin schneller als du es je sein wirst und wenn ich mit dir fertig bin, hast du die Konsistenz von Hackfleisch. Verstehen wir uns?!"
Das Häufchen Elend was sich langsam auf die Beine hob nickte deutlich. Noch sah ich nur seinen Rücken, doch bald schon drehte er sich um zu mir. Sein Blick war verängstigt aber auch skeptisch. Das war wahrscheinlich die Reaktion darauf, dass ich fast anfing zu heulen. Ich wusste genau was nun kommen würde, ich konnte es mir zu gut ausmalen aber unterdrückte dieses Gefühl mit aller Kraft. Reflexartig wollte ich seinen Namen heraus schreien, konnte mich aber noch zurückhalten. Er wäre nur noch verwunderter über die Situation gewesen, also legte ich langsam

meine linke Hand auf mein Relief und dachte an mich selbst, in menschlicher Gestalt. Ich spürte wie schnell meine Krallen und das Fell verschwanden und wie der junge Mann vor mir lauthals
„Kathy?!"
Schrie. Es war so rührend, dass ich nun eine meiner letzten Tränen vergoss.
„Aber Kathy was machst du denn hier, du musst weglaufen, der Kerl da ist ein Irrer!"
So wie man ein kleines Kind ansah das gerade erfahren hatte, dass es den Weinachtsmann nicht gibt so sah ich auch ihn jetzt an. Er wusste einfach nicht was das Ganze hier war.
„Oh Kai..."
Seufzte ich und ging auf ihn zu während ich im Augenwinkel Seraphim beobachtete. Ich schlang meine Arme um ihn und wollte einfach nur vergessen, dass wir gerade hier an diesem Ort, zu dieser Zeit gefangen waren. Denn er war nicht einfach die Geisel eines Irren, was wohl sein Gedanke war, sondern er war der Hauptdarsteller dieser Hinrichtung.
„Kathy was ist hier los, was soll das alles?"
„Das kann ich dir nicht erklären... ach Kai, wärst du heute doch bloß im Bett geblieben."
Seufzte ich erneut.
„Kathrin es schmerzt mich wenig das zu sagen, denn die Zeit drängt und du hast noch eine Aufgabe zu erfüllen."
Ich ließ von Kai ab.
„Nein, Seraphim, das mach ich nicht, nicht Kai!"
Ich schüttelte den Kopf und sah ihn flehend an.

„Ich muss gestehen, er war auch nicht meine erste Wahl aber mit Jackson wäre der Aufstand doch wesentlich größer gewesen, nicht wahr?"
„Warum nicht irgendeine fremde arme Seele die keinen mehr hat? Bitte Seraphim, bitte."
Kai starrte gebannt von einem zum andern und langsam wurde ihm wohl auch bewusst, dass er nicht hier war um zu plaudern.
„Weißt du Kathrin, wenn ich nicht wüsste, dass du dein Herz an Jackson vergeudet hast, könnte ich dir keinen Wunsch abschlagen aber in Anbetracht der Umstände ging es leider nicht anders. Schließlich ist die Voraussetzung zur Erfüllung der Prophezeiung, dass du einen Vampir tötest."
Ein funken Erleichterung schoss in mir hoch.
„Hah, Kai ist doch gar kein Vampir…"
Und er erlosch sogleich wieder als ich gleichzeitig in Kais Gesicht sah. Kai war viel größer als vorher, seine Haltung war stabiler und auch seine Haut war unnatürlich rein.
„Nein… du kannst keinen Vampir erschaffen, du bist ein Therianthrop, das kannst du nicht…"
Es ratterte in meinem Kopf, natürlich konnte er das nicht, heißt aber nicht, dass er nicht jemanden dazu bringen könnte es für ihn zu übernehmen.
„Oh, ich mag das wenn man dir ansehen kann wie du nachdenkst und herausfinden möchtest wie ich das gemacht habe, und ich gebe dir sogar einen Tipp, Vampire auf der Flucht vor Velnias sind zu einigem bereit um sich selbst den Hintern zu retten und glaub mir, Stylianí Galanis hat schon weitaus schlimmeres getan."

Er zwinkerte und legte seine Hand in Kais Nacken. Mit einem Ruck rammte er ihn zu Boden. Er kniete jetzt vor mir und lächelte mich an.
„Is schon gut Kathy, du meinst es ja nicht böse…"
Ich konnte es nicht fassen das Seraphim tatsächlich darauf bestehen würde, dass ich einen so netten Menschen wie Kai töten sollte, welcher mir in die Augen sah und mir verzieh für das was ich nun tun müsste.
Ich lächelte ihn auch an und legte meine Hand auf seine Wange. Kai war ganz kalt, so wie Jackson es immer war, wie ein Stein. Ich sog geräuschvoll die Luft ein und blickte hoch in Seraphims kaltherzige, eisblaue Augen.
„Was muss ich tun?"
Fragte ich mit fester Stimme und leicht drohendem Unterton.
„Töte ihn."
Viel zu locker flossen die Wörter aus seinem Mund als wäre das nichts. Aber es war nicht nichts.
„Warum Kai?"
„Seine Eltern sind Velnias Spione sie sollen bestraft werden für ihren Glauben an das Schlechte."
Ich sah in Kais Gesicht, er verzog keine Miene, er schloss ab mit allem, mit seinem Leben. Er lächelte nur.
„Ach, und du willst das *Gute* sein?"
„Ich bin das Gute"
„Sagte er und zwang mich, meinen besten Freund zu töten."
Er stieß einen leisen Lacher aus und erstarrte wieder zu einer Statue.

„Er wird sowieso sterben, durch deine Hand oder durch die meine, nur ich ziehe keinen Vorteil daraus. Du schon."
Ich legte meine Hand auf das Relief, dachte an einen Panther, ließ den Blick auf Kai fallen während er mich staunend ansah.
„Es tut mir so leid…"
Flüsterte meine Stimme als ich mich zu ihm kniete und ihm einen letzten Kuss auf die Wange hauchte, während meine Krallen seinen Körper durchbohrten und ein dunkelblaues Herz herausrissen. Er sackte zusammen und war das erste und einzige Wesen das ich je kennen lernte, welches mit einem Lächeln auf den Lippen starb.
„Gut gemacht. Ich freue mich schon auf unsere nächste Begegnung."
Er stand nun so nah bei mir, dass ich die Wärme spürte die von ihm ausstrahlte. Wie eine Sonne. Erstaunlich, wie kalt sich jemand so Warmes anfühlt und wie warm jemand Eiskaltes. Er sah mich lüstern an und leckte sich über die scharfen Zähne.
„Die hoffentlich erst in geraumer Zeit stattfindet."
Warf ich schnippisch zurück und mit einem Lachen raste ein weißer Löwe durch den Wald. Seine Schritte verklangen schon nach wenigen Sekunden. Und dann lag nur noch eine Totenstille über der Lichtung. Ich hockte noch eine Weile bei Kai und beobachtete das Blut das langsam aus seinem Körper sickerte. Ich dachte ja öfters an die *alte Zeit* zurück in der Vampire und andere übernatürliche Wesen für mich nur eine Phantasie waren, manchmal wäre ich auch gerne wieder an diesem Ort. Da wo alles so friedlich und sicher

war. Oft hatte ich das Bild vor Augen wie meine Freundinnen und ich an unserem Lieblingsplatz saßen und über banale Dinge quatschten. Wie wir lästerten und tratschten während alles um uns herum so alltäglich und selbstverständlich wirkte, dass wir es gar nicht vollends warnahmen. In Erinnerungen schwälgend bemerkte ich nicht, dass das Grollen der Traktoren immer näher zu kommen schien. Bis sich herausstellte, dass dies gar keine Traktoren waren die ich da in der Ferne brummen hörte. Ein Stampfen ließ den Boden erbeben und ein Knacken und Bersten hallte dem nach. Ein Dämon mit Pranken größer als mein Kopf und Krallen länger als ein ganzer Finger drückte zwei mächtige Weißtannen am Rand der Lichtung auseinander bis diese ächzend und brechend den Weg frei gaben. Ich hatte nun zwei Optionen, denn weglaufen war definitiv nicht drin, ich war kein kleines Kind mehr. Entweder würde ich in menschlicher Gestalt um Kai trauern und hoffen der Dämon hielte mich für eine ahnungslose, oder als Therianthrop das Vieh bedrohen, was eventuell sehr dumm wäre. Mir blieb nicht viel Zeit also legte ich die Hand aufs Relief und dachte wieder an Kathrin Jones, das Vampirmädchen von nebenan, die gerade einen ihrer besten Freunde wie ein Schwein geschlachtet hatte. Das Fell verschwand und ich war wieder ich. Mit schweren Schritten stampfte ein Bär mit schwarzem Pelz und roten Augen auf die Lichtung. In meinem Kopf schummerte es, als hätte ich dies schon mal erlebt, ein echtes Déjà-vu. Er trat auf mich zu und musterte mich.
„Kathrin Jones."

Seine tiefe Stimme hatte einen Bass als würde die Erde beben und ich musste zu der Pütze am Lichtungsrand sehen, um mich zu vergewissern, dass sie das nicht tat. War klar, dass er mich kannte, aber Plan eins war damit hinfällig. Konnte ich es wieder mal riskieren einfach planlos abzuwarten, was auf mich zukommen würde? Bisher hat es schließlich bestens funktioniert, warum dieses Mal nicht? Keine Zeit mehr, einen Plan konnte ich vergessen, Kathrin Jones sieht dem Problem offen ins Gesicht und bleibt spontan. Eine gute Idee.
„Die bin ich. Wer bist du?"
 „Entschuldige, ich vergaß mich vorzustellen, mein Name ist Tyron Wegera. Ich bin oberster Befehlshaber von Seraphims Armee."
„Schön, Tyron Wegera, darf ich fragen warum man mich aufsucht? Oder ist das eine zufällige Begegnung?"
„Dies ist kein Zufall, dass sich unsere Wege kreuzen, ich bin hier um dir zu gratulieren."
„Na, wenn das eine ganz friedliche Gratulation zu was auch immer sein soll, Tyron Wegera, wieso stehen sie dann in Gestalt eines Therianthropen vor mir und blecken die Zähne?"
Ich war überrascht von der Strenge meines Tonfalls, da ich meine Stimme nicht kannte, so klar und fest. Ich konnte es zwar nicht sehen aber innerlich lächelte das Untier und anscheinend dachte es darüber nach, sich als Mensch zu zeigen.
„Genauso, Miss Kathrin Jones könnte ich fragen wieso sie mir als Halbmensch gegenübertreten und nicht als Therianthrop."

„Da ich ein halber Mensch bin, Tyron Wegera, und in meinem jetzigen physischen Zustand denke ich nicht, dass ich eine Bedrohung ausstrahle, da ich auch im Moment keine darstellen möchte. Oder, Tyron Wegera, habe ich etwa einen Grund mein Äußeres zu ändern?"
„Nein, keinen Grund. Aber sie, Miss Jones, stellen eine Bedrohung dar sobald ihr Relief zum Vorschein kommt. Nun, ich bin friedlich in welcher Gestalt auch immer, sind sie das auch?"
Wut und Aggression sprudelten in mir hoch, denn je mehr er von Frieden redete und von mir, desto mehr spürte ich wie die Wut mir entglitt. Das war der Dämon in mir, ein blutrünstiges Biest das nach dem Leben Anderer trachtete. Es war noch nie so stark gewesen wie nach Kais tot durch meine Hand. Ich öffnete den Käfig mit jeder Leiche einen Spalt mehr und irgendwann würde es entkommen. Aber nicht heute, es war zu früh und zu riskant, auf Tyron loszugehen, im Übrigen war da kein plausibler Grund und doch hatte ich dieses Verlangen.
„Friedlich, ja?"
Ich lachte.
„Wenn sie möchten, können sie das Gespräch mit meinem Arm fortsetzen der immer noch nachtragend ist, aufgrund der tiefen Fleischwunde neulich Nacht."
Mein Blick hielt seinem stand, gefühlte zehn Minuten herrschte absolute Stille. Und dann verschwand das Biest im Wald, welcher bald wieder sein Dickicht öffnete und einen jungen Mann frei gab. Naja er war zwar kein ganzer Mann aber ein Teil von ihm war ein Mann. Er

hatte noch Krallen an den Füßen und Händen und Fell an Armen und Beinen, nur seine Brust und sein Gesicht waren ganz normal. Er hatte den Körperbau eines Menschen und seltsamerweise auch die Kleidung. Wahrscheinlich war, dass er die Hose, die er trug aus dem Dickicht aus dem er gekommen war, geholt hatte, um nicht halb nackt vor mich zu treten. Sein Gesicht war sehr markant, er hatte große braune Augen, dunkle Haut und scharfe weiße Zähne. Ebenso wie Seraphim, war auch er gut trainiert und ebenso wie sein Anführer trug auch er die kyrillischen Schriftzeichen auf der Brust, den Oberarmen und am Hals.

„Tut mir leid, mehr ist nicht drin. Selbst wenn ich über 1700 Jahre alt bin bleibt es mir verwehrt mich völlig in menschliche Gestalt zu verwandeln. Seraphim, Lutecia und du mögen diese Gabe vielleicht besitzen aber wir anderen haben Pech gehabt."

Ich war mir zwar nicht sicher, wer diese Lutecia sein sollte und es brannte mir unter der Haut es nicht zu wissen aber ich wollte auf keinen Fall riskieren wie ein unwissendes Dummchen vor Tyron zu stehen. Er durfte keinen Schwachpunkt in mir erkennen.

„Also wieso bist du hier?"

„Wie schon gesagt, ich möchte dir gratulieren, du hast meinen Rat anscheinend befolgt und nun dein Beuteschema verändert. Sag bloß, du kannst dich nicht mehr an unser Treffen erinnern. Es war sogar…"

Er ging um mich und Kais Leiche langsam herum.

„…genau hier. Weißt du noch?"

Er deutete auf den Fluss hinter mir der so leise und still war, dass ich ihn tatsächlich nicht bemerkt hatte.

„Der Fluss war zwar etwas blutgetränkter als jetzt gewesen und der Wald war übersät mit Körpern aber ansonsten ist es die gleiche Stelle, und das gleiche Wesen das dir gegenüber steht."

„Wie hast du das gemacht?"

Es platzte vor Neugier aus mir heraus und so gestand ich mir die Frage zu.

„Wieso kannst gerade du in meinen Traum kommen?"

„*Gerade ich* was ist denn mit den Anderen?"

Die Anderen? Waren sie auch alle real? Würde ich sie auch persönlich kennen lernen?

„Die…ähm die hab ich noch nicht persönlich kennen lernen können."

„Ach so ist das, du kennst sie gar nicht?"

Er blieb stehen und ich trat einen Schritt zurück.

„Na dann wird es doch Zeit, dass dein Kumpel Jacky dir das mal erklärt… Nicht wahr Jacky? Das ist doch deine Aufgabe oder irre ich mich? Wenn ja, dann bist du echt ein lausiger Lehrer! Vielleicht sollten wir mal tauschen, das käme ihr sicher zu Gute!"

Er rief das so laut in den Wald hinein das ein leises Echo zu hören war. Ich drehte mich um und sah Jackson wie er durch das Unterholz stapfte. Er stand genau an der gegenüberliegenden Seite der Lichtung, das war ungefähr zehn Meter entfernt. Ich spürte seine Wut, seine Augen wurden schwarz und er zeigte seine Zähne. Ebenso spürte ich Tyron's warmen Atem auf meiner Schulter.

„Vorsicht Jacky, ich bin stärker und näher an ihr dran."
„Wenn du ihr ein Haar krümmst dann würde erstmal ich dich töten und die Zehn werden es auch tun. Sogar Seraphim und Lutecia. Dann hättest du dich schließlich gegen den Willen Rhiamons aufgelehnt und wer will das schon?"
„Naja, töten wäre schon etwas zu riskant aber schon einmal habe ich sie verletzt und ich tue es wieder, wenn's sein muss!"
„Könntet ihr diese kindischen Drohungen vielleicht mal lassen, niemand wird hier verletzt oder getötet, also Tyron, sag was du noch willst und dann lass mich gehen."
Ich überraschte mich und dieses mal Jackson sowie auch Tyron, immer mehr.
„Fein. Fürs Erste lass ich euch in Frieden aber solltest du.."
Er wand sich beleidigt an Jackson
„tatsächlich diese Sache hier sabotieren in dem du sie schlecht vorbereitest, dann werde ich dich wegen plötzlichem Todesfalls vertreten. Klar?"
„Das wird nicht passieren!"
Schnaubte Jackson und mit einem Windzug war Tyron verschwunden, ein letztes Rascheln im Gebüsch und dann Totenstille. Jackson rauschte an meine Seite und sah auf den Boden zu Kais reglosem Körper hinab. Mir wurde unwohl und ich schämte mich zu sehr um etwas zu sagen.
„Ich hatte zwar die Vermutung aber hätte nie gedacht, dass sie tatsächlich anfangen würden deine Freunde anzufallen… tut mir leid."
„Wieso sprichst du denn im Plural?"

„Tut mir leid Kathy ich hab echt gedacht, dass es sich da um ein Versehen handelt aber, weißt du, das mit Sarahs Vater und das mit Kim, das waren keine Unfälle. Das waren Anschläge, und eigentlich war auch nicht Sarahs Vater das Ziel sondern Sarah selbst. Das gehört alles zu so einem dämlichen Ritual was ihre Macht demonstrieren soll."
„Was? Was soll das denn für eine kranke Art sein seine Macht zu demonstrieren? Und warum tun sie das überhaupt, dass macht doch gar keinen Sinn?"
„Also für sie eigentlich schon, sie zeigen dir damit wie stark ihre Rasse ist und dass sie sich nehmen können was sie wollen, ohne aufzufliegen. Sie nehmen Leute aus deinem nahen Umfeld damit du in direkten Kontakt zu den Anschlägen stehst."
„Aber was versprechen sie sich davon? Ich meine, dass bringt doch keinem was, meine Freunde zu töten."
„Sie verhoffen sich davon, dass du auf ihre *kleine Massakershow* anspringst und von ihren Fähigkeiten beeindruckt wirst, sodass du ihre Spezies auswählst."
„Erklär mir das doch mal, wie soll ich sie auswählen und warum, ich verstehe das alles nicht?"
Ich wurde lauter.
„Also da ist ja diese Sache, die da auf deinem Arm steht und sobald du alle Kräfte hast, dann hast du eine ziemlich große Macht und diese wollen die anderen anwerben. Ich kann dir das nicht so genau erklären aber jede Spezies versucht dich auf ihre Seite zu ziehen."

„Aber das ist doch ganz leicht, ich bin ein Vampir so wie du und ich will auch einer bleiben." Jackson drückte mir die Hand auf den Mund. „Pssst… sag das bloß nicht zu laut. Wenn die Anderen das hören, könnte es sein, dass sie anfangen auf dich loszugehen. Du würdest nämlich eine große Bedrohung für die anderen vier Spezies darstellen und wer weiß ob sie dich dann lieber aus der Welt haben wollen."
„Entschuldige, aber ich finde das alles einfach zum kotzen. Ich meine, man kann niemandem mehr vertrauen."
„Mir kannst du vertrauen."
„Da bin ich mir auch gar nicht mehr so sicher." Hatte ich das gerade wirklich gesagt? Normalerweise dachte ich so etwas nur. Aber ich meinte es genau so wie es über meine Lippen geflossen war. Schließlich hatte er mir noch vor ungefähr zwanzig Stunden gesagt ich sei nicht vertrauenswürdig, also hab ich doch wohl das Recht mir auch meine Gedanken zu machen.
„Was willst du damit sagen? Wann habe ich dir einen Grund gegeben mir zu misstrauen?" Jackson sah gekränkt aber auch wütend aus und seine tiefe Stimmlage unterstrich dies gewaltig.
„Komm Jack, erspar mir das Erklären denn wir wissen beide, dass du schon in mich rein gehört hast, also kann ich mir den Atem sparen."
Ich war nun wirklich etwas genervt. Und Jacksons verwunderter Gesichtausdruck machte es nicht gerade besser.
„Kathy du hast an nichts gedacht. Die ganze Zeit über nicht."

„Oh jetzt bin ich auch noch hohl, oder was? Ich denke die ganze Zeit, wegen Kai, wegen dieser Lutecia und vor allem wegen stel..."
„Warte, Moment. Du hast die Aufgabe der Therianthropen gemeistert. Ich kann nicht mehr in deinen Kopf. Das ist deine Vampirzusatzkraft. Zwar nichts großes, aber immerhin."
„Das ist zwar alles schön und gut aber um zurück zum Thema zu kommen vergiss nicht, dass du selbst meintest, du könntest mir nicht vertrauen. Vielleicht hast du das vergessen aber ich nicht."
„Ich hab das nicht vergessen und ich habe auch einen guten Grund dafür."
„Da bin ich aber mal gespannt."
Ich verschränkte bockig die Arme und sah ihm tief in die blauen Augen. Er fuhr sich durch das schwarz glänzende Haar bevor er schließlich antwortete.
„Es kann für mich echt gefährlich werden so nah bei dir zu sein und dir blind zu vertrauen. Du hast vielleicht noch keinen Schimmer davon aber du bist für mich eine große Bedrohung."
„Wie soll ich denn..."
Jackson hob die Augenbrauen und sah zu Kai auf den schneebedeckten Boden hinab. Die roten Tropfen von Blut sahen aus, als seien sie schon festgefroren auf dem eisigen Boden. Sie ähnelten Blumenblättern, wie denen um Stylianís Schlachtertisch.
„Oh..."
War alles, was ich nun antworten konnte.
„Dir ist das zwar nicht klar, aber du hast vor ein paar Stunden eine Gabe erhalten die dich zu einem Therianthropen macht, dem einzigen

Wesen das uns, ohne im Besitz von Osmium zu sein, töten kann. Ich kann mir nicht sicher sein, dass du immer auf meiner Seite stehen wirst und ich habe kein Recht dich dazu zu zwingen. Es ist möglich, dass du schon jetzt tief in dir drin eine schwarze Seele hast. Aber vielleicht irre ich mich auch und du bist grundgut, was ich gerne glauben würde."
Er trat zu mir heran und ich spürte die Angst in ihm. Er legte die Hand auf meine Wange und fing mich mit seinen Augen. Es war für mich unbegreiflich, wie ich diesem wunderbaren Vampir je etwas antun könnte. Und doch verstand ich seine Gedanken. Er seufzte:
„Es tut weh in deiner Nähe zu sein, weißt du das?"
Das kränkte mich dann schon ein wenig…
„Aber nicht in deiner Nähe zu sein würde mich umbringen."
Er küsste mich und eine warme Welle durchzog jede meiner Zellen. Doch da war sie wieder, die Schuld. Sie lag dort unten auf dem Boden und blickte tot zu mir hinauf.
„Lass ihn uns begraben."
„Das wird schwer ohne Schaufel."
„Stimmt…"
Ich sah zu dem Bach der am Rand der Lichtung vor sich hin floss.
„Wie wäre es mit einem Wasserbegräbnis? Der Bach ist zwar zu klein aber er muss irgendwo münden."
„Ja das ist eine gute Idee."
Jackson warf Kai über seine Schulter und wir folgten dem Bach ein paar hundert Meter bis er

sein Ende in einem Fluss fand welcher sich ins Meer zu ergießen schien.
Ich murmelte ein paar Worte zu Kai vor mich hin und dann warfen wir seinen Leichnam auch schon in die reißende Strömung. Viele Male dachte ich diesen Tags noch an Kai. Ich kannte ihn seit dem Kindergarten und er gehörte schon immer zu meinen engsten Freunde. Auf dem Weg zum Auto zurück, während der Fahrt nach Lizard, wärend dem Einchecken ins Housel Bay Hotel und sogar noch wärend ich mir das Zimmer ansah. Einfach alles in der Junior Suite erinnerte mich an Kai. Ich vergaß sogar ganz den Umstand, dass ich in einer Junior Suite mit einem riesigen Fenster nun leben durfte. Bis ich zu dem Fenster hinaus sah, da klärte sich plötzlich die Wolke aus Schuldgefühlen, Trauer und Bitterkeit in meinem Kopf und machte Platz für ein fröhliches und aufgeregtes Kribbeln. Es wanderte meine Wirbelsäule hinab bis in die Spitzen meiner Zehen. Ich riss mit einem Ruck das Fenster auf und sog tief die Luft ein.
?-?-?
Ich spürte wie Jackson hinter mir den Kopf hob und verdutzt zu mir hinüber sah als ich begann mich aus dem Fenster hinaus zu lehnen. Ich schmeckte das Salz der See in meinem Mund und sah die faszinierenden Klippen der Housel Bay, sowie die hohen Wellen die ihre weiße Gischt hoch Richtung Wolken warfen, als wollten auch sie zu Wolken werden. Der Himmel sowie das Meer waren beide so strahlend blau, dass ich den Horizont welcher die beiden trennen sollte nicht fand. Himmel und Meer waren eins, sonst

tausende Meter von einander entfernt und nun flossen sie ineinander und wurden zu einem Element.
„Kathrin? Ist alles in Ordnung?"
Ich hörte das knarzen der Dielen unter seinen Füßen und seine Stimme hatte einen weichen und bedachten Ton angenommen als hätte er Angst, sollte er die Stimme heben, ich würde aus dem Fenster stürzen. Langsam strich ich mit der Hand über meinen Arm, bis zu dem schwarz geschnörkelten Relief. Der Nebel in dem Schnirkelkranz, der erst gewirkt hatte wie ein Spiegel welcher mit Rosenästen umrankt war, hatte sich langsam gelichtet und ich erkannte den schwachen Umriss eines Diamanten. Ich legte meine Hand darauf und murmelte so leise das selbst Jackson es nicht hören konnte.
„Kathrin was ist los?"
Er tat nun einen größeren Schritt auf mich zu. Kurz bevor er mich am Arm packen konnte stoppte er wegen der Welle von Fell die mich nun bedeckte. Er zuckte zurück.
!-!-!
Hatte er nun Angst? Vor mir? Bitte…? Als ob er sich erschrak weil ich ausnahmsweise eine meiner neunen Kräfte auskostete. Ich wollte mich umdrehen doch ich überlegte es mir anders. Mit einem einzigen flinken Sprung hatte ich mich aus dem Fenster geschwungen und mir einen Weg auf den First des Daches gebahnt. Ich setzte mich auf die breite Kante und blickte raus auf das unendlich weite Meer. Keine Ahnung, wodurch es zu Stande kam, vielleicht weil ich mich früher immer so davon abgewand habe, aber nun hatte

das Meer mein Herz durchzogen und ich konnte es nicht fassen, dass ich mich früher so davor gefürchtet hatte. Das *Meer*... ich hörte das Wort mit dem Klang jeder Welle in meinem Kopf rauschen. Mein Fell stellte sich auf vor gespannter Erregung.
Innerhalb weniger Sekunden hatte auch Jackson das Dach erreicht.
„Geht es dir gut?"
„Sie dir diesen Ausblick an, wie kann es einem da nicht gut gehen?"
Ich sah meine blauen Augen in den seinen funkeln und er schien nicht sicher zu sein ob er sich freuen sollte oder doch vielleicht lieber nicht.
„Wenn man gerade einen guten Freund umgebracht hat, würde ich's verstehen."
„Und wenn schon. Kai ist Tot. Tot, tot, tot. Es bringt nichts, ihm hinterher zu heulen, das habe ich lang genug getan. Und hat es ihm geholfen? Nein. Bringt es ihn mir wieder? Nein. Ich habe es satt zu trauern. Und wenn, kannst du das auch nicht verstehen, ich meine hallöö...? Vampir. Schon vergessen, Egoismus und so."
Ich scherzte, das schien mir angemessen in der Situation und es war so, wie ich es sagte. Ich meinte alles wie ich es sagte. Jack stutzte. Und so redete ich weiter um ihm meine Gefühlslage noch etwas näher zu bringen.
„Schau mal dieses Leben wäre eh nichts für ihn gewesen. Ich, ich hab ihm sozusagen einen Gefallen getan. Ich meine, ich kenne Kai, er steht nicht auf diesen Mythologiekram, er ist... er war einfach gestrickt. Und er hätte weder ein Tier noch einen Menschen je leer oder ansaugen können.

Das hätte er nicht geschafft und wäre letztendlich doch verreckt."

Er stutzte verwunderlicherweise noch mehr und so ließ ich ihn zu Wort kommen.

„Warte, wie hat Seraphim es denn geschafft ihn in einen Vampir zu verwandeln?"

Kaum zu glauben, Jackson fragte tatsächlich mich um ihn aufzuklären wovon er noch keine Ahnung hatte. Normalerweise wäre ich wohl sensibler gewesen doch der Tag war zu hart verlaufen für Sentimentalitäten. Ich lachte laut.

„Jaa, hahaha. Das war die beste Geschichte von allen, denn weißt du, deine gute Stylianí, die dumme Bitch, hat da wohl so einen deal mit Seraphim am laufen, wenn du weißt, was ich meine."

Ich hob die Augenbrauen. Und Jacksons Mimik wurde erstaunlicherweise nicht ernst und gekränkt sondern er fing auch lauthals an zu lachen. Ein Wusch und da war er weg. Ich sah mich erstaunt um. Noch ein Wusch und da war er wieder, mit einem six pack Bier im Arm.

„Ja, das würde sie wirklich zu einem Miststück machen, deshalb werden wir sie direkt morgen fragen gehen, was das für eine Verwechselung sein soll. Obwohl mir das echt bescheuert vorkommen würde wenn Seraphim falsch informiert wäre. Bis dahin…"

Er öffnete eine Dose Bier und hielt sie hoch, ich glaubte zwar nicht, dass er mir hundertprozentig glaubte aber er nahm es wahr und für den Moment genügte das.

„Auf das Miststück."

Eine völlig neue Ebene von Jacksons fassettenreichem Selbst offenbarte sich mir, eine Art Frusttrinken. Heute fand ich diese Ebene äußerst einladend und so leerte ich eine Dose nach der anderen. Im Laufe des Abends fand ich etwas heraus, was für mich von äußerster Wichtigkeit war, herauszufinden. Konnte man als Halbvampir, Halbtherianthrop, Halbwasserwesen und auch irgendwas mit einem Menschen immer noch betrunken werden? Jackson schaffte das nicht. Er trank nur aus Prinzip und ich wette er wollte einen Grund finden sich über mich lustig zu machen während ich betrunken im Catwomankostüm auf einem Dach in Lizard saß. Ich lachte und lachte und auch Jack lachte und lachte, wahrscheinlich über mich als ich katzenähnlich das Bier von meinem Arm schleckte. Wir redeten immer weiter bis spät in die Nacht hinein. Über alles Unwichtige, über das es sich nüchtern nicht zu reden lohnte und es befreite auch ein wenig von der Last. Einmal in den anstrengenden Tagen hinter mir und vor mir über nichts nachdenken zu müssen, sich um niemanden sorgen zu müssen und niemand vermissen zu müssen. Einfach frei zu sein und wie ein Vogel auf diesem Giebel zu tronen.

Ich fand mich plötzlich im großen dunkelblauen Bett des Hotels wieder. Jackson lag neben mir und hatte die Augen geschlossen, vielleicht schlief er sogar. Ich trat ans Fenster und sog erneut die klare Nachtluft ein. Ich warf einen Blick hinaus auf die Housel bay. Das Meer hatte ein tiefes dunkelblau angenommen und die Sterne des pechschwarzen Firmaments glitzerten auf der sich wellenden

Oberfläche. Ich legte meine Therianthropenseite ab und warf einen letzten Blick auf Jackson. Anscheinend schlief er wirklich, denn keiner seiner Muskeln bewegte sich. Wenn ich es nicht besser gewusst hätte, wäre mein erster Gedanke gewesen, er sei nun tot. Doch das war er nicht, also machte ich guten Gewissens einen Abstecher hinunter an die Klippen.
Weit war mein Weg nicht, vor allem wirkte er dank seiner Schönheit viel zu kurz. Unter meiner Haut prickelte es und jeder Schritt fühlte sich an, als würde ich über Wolken wandeln. So weich, so still und so unendlich weit kam es mir hier vor. Am Rand einer steilen dunklen Klippe kletterte ich hinab. Meine Füße hatten guten Halt auch ohne mein Großkatzenoutfit. Ich sprang von einer Felsplatte hinab zur nächsten und stand nun endlich auf der untersten von allen, welche schräg ins Meer führte. Ich versteckte meine Kleidung unter einem großen Stein und sprang mit einem gekonnten Kopfsprung in die nächste Welle. Sofort legte ich die Hand aufs Relief und schon begann das warme Wasser um mich herum zu sprudeln und zu zischen. Meine Haut färbte sich wie üblich lilaschwarz und das Funkeln auf meiner Haut konnte mit dem der Sterne locker mithalten. Ich fühlte wie meine Beine sich zu der großen weißen Schwanzflosse zusammenschlossen und wie meine Zunge sich teilte. Ohne jeglichen Schmerz wurden meine Zähne zu scharfen Dolchspitzen und meine Augen wurden groß und weiß wie der Mond, in dessen Licht ich badete. Ein letzter seeliger Atemzug und dann tauchte mein Kopf auch schon

unter Wasser. In vier Metern Tiefe verweilte ich erst und drehte mich mit dem Bauch zur Oberfläche hin. Faszinierend, die Welt aus der Perspektive eines Fisches wahrzunehmen. Die Oberfläche schien von hier unten wie versilbert von dem Schein des Mondlichtes. Ich war vollkommen frei hier. Weder unter mir noch um mich herum war irgendetwas zu erkennen. Ich schwebte einfach friedlich durch das unendlich dunkelblaue Nichts, es war fantastisch. Hier unten war ich eine Andere. Dies hier war eine andere Welt. Hier war Kai nicht tot, Styliani war nicht das Miststück welches meinen besten Freund zum Vampir gemacht hatte und vor allem war ich hier eine Fremde, jemand unbekanntes, *etwas* Unbekanntes. Nach einer ganzen Stunde des vor mich hin schwälgens hörte ich einen lauten, langsamen Herzschlag ganz in der Nähe und dazu noch viele leise und rasend schnelle. Wem das große Herz gehörte konnte ich noch nicht ausfindig machen doch die kleinen stammten von einem Schwarm aus vielen hundert Fischen die nach Heringen aussahen. Ich tauchte mehr als zwanzig Meter tiefer zu dem Schwarm und bekam allmählig Hunger. Ich behielt einen Fisch des Schwarms genau im Auge und mit einem einzigen Schlag meiner kräftigen Flosse hatte ich schon zu ihm aufgeschlossen und jagte meine messerscharfen Fangzähne in sein zartes Fleisch. Ein leises Knacken und der Fisch entspannte den Körper woraufhin mir ein Schwall süßen Blutes in den Mund strömte. Ich hatte nach vier großen Bissen bereits den ganzen Fisch seines Fleisches entledigt und kaute noch genüsslich auf dem

letzten Stück Flosse herum. Doch kurz nachdem ich fertig war hörte ich das dumpfe Klopfen des riesigen Herzens wieder.
Das Herzklopfen wandelte sich zu einem immer lauteren Hämmern aber es stammte von mehr als einem Tier. Ich sah mich erneut um und erkannte riesige schwarze Schatten die sich auf mich und den Schwarm zu bewegten. Ein wunderschönes melodisches Heulen kam von den immer größer werdenden Tieren. Das Bild vor meinen Augen wurde schärfer und eine Herde mit 23 Tieren an der Zahl schwamm durch den Schwarm und sammelte Tonnen voll Hering zwischen ihren Kiefern. Ich erkannte die schwarzweißen Riesen, es waren Schwertwale, Orca's. Riesige Orca's zogen ihre Kreise um mich herum. Und doch, kein einziger Hauch von Angst packte mich, ich war wie eine von ihnen. Vier Kälber hatte die Herde bei sich und sie alle waren friedlich mir gegenüber. Mit den Gesängen schienen sie sich zu unterhalten, ich hätte zu gerne gewusst worüber doch da schwamm einer der Wale plötzlich auf mich zu und schmiegte seine großen Kopf an meinem Arm. Als er an mir vorbei glitt hielt ich mich an seiner Rückenflosse fest und er trug mich mit samt seiner Herde in das offene Meer hinaus.
Kathrin?! Wo bist du nur verdammt?!
„Hier Jacky, hier bin ich, auf dem Rücken eines Wals."
Hat sie mir gerade geantwortet?
„Ja ‚sie' hat gerade geantwortet"
Oh Gott nein, das ist zu früh…
„Du darfst mich Kathy nennen."
Was redete ich da? Und wie kam ich auf die Idee,

dass Jackson mich da rief? Bisher war das doch auch immer
nur eine Halluzination gewesen, oder etwa nicht? Völlig ausgeschlossen, ich meine, selbst wenn ich ihn hören sollte, wie gelang es ihm meine Antwort zu bekommen. Ich war so tief unter Wasser und weit vom Festland entfernt, da konnte selbst ein Vampirgehör nicht mithalten. Ganz und gar in meine Gedanken vertieft bemerkte ich gar nicht wie tief der Wal mich ins Meer trug. Wo wollte er mit mir hin? Um mich herum sah ich keinerlei Felswand oder Riff, nur den weißen Sand am Meeresboden der funkelnd die Strahlen des Monds reflektierte. Die Herde schwamm so dicht am Grund, das manche von ihnen mit ihren Bäuchen, Furchen in den Sand zogen.
„Wo bringst du mich bloß hin?"
Ohne auf eine Antwort zu hoffen, warf ich diese Frage ins Meer, und erhielt gegen jede Erwartung sogar eine Antwort. Zwar nicht in Form von Worten, sondern darin, dass die Herde abrupt stehen blieb. Erst war ich irritiert, doch dann sah ich dort ein funkelndes Wesen auf dem einzigen Fels mitten in dieser Unterwasserwüste. Es hatte den Rücken uns zu gewandt und dann begannen die Orca's plötzlich wie im Chor ein einziges Lied zu singen. Das schillerndeWesen erhob sich von dem Fels und glitt leicht wie eine Feder zu dem Rudel und mir hinüber. Ich dachte bisher zwar immer, dass ich die schönsten Wesen dieser Welt bereits getroffen hatte aber weit gefehlt. Diese grazile Meerjungfrau übertraf sie alle um Längen. Direkt ins Auge stach mir ihre ungewöhnlich schmale Taille, ich hatte schon von normalen

Frauen gehört die sich die Korsetts so eng schnürten um eine solche Taille zu bekommen, was einfach nur unnatürlich wirkte. Aber bei ihr unterstrich es nur ihre atemberaubende Aura. Das war jedoch nicht das einzige besondere an der Nixe. Ihre Augen waren kleine Regenbögen die von einem pechschwarzen Rand begrenzt wurden. Ihr Haar war leuchtendweiß und durchzogen von bunten Strähnen und letztendlich noch ihre Flosse. Diese war, ähnlich wie ihr Haar, voller bunter Schuppen mit hin und wieder schneeweißen dabei. Im ersten Moment brachte mich ihr farbenfrohes und fröhliches Aussehen beinahe dazu, ihr blind zu vertrauen, aber nur beinahe. Die Orca's bildeten einen schwarzweißen Ring um uns herum und ließen den Gesang verstummen als das Wesen seine Stimme erhob.
„Hallo Kathrin. Es wird Zeit, dass du zu uns kommst."
Ihre Stimme war sehr warm und weich, was mit ihrem Aussehen gut harmonierte. Doch schon wieder kannte jemand Fremdes meinen Namen. Dieses Mal jedoch geschah das alles nicht in einem meiner Träume, was die Überlegung nahe legte, ob ich nun keine Albträume mehr bekommen würde? Dass nun alles sich in Realität abspielte. Dies wiederum hieße, ich bekäme heute noch eine unangenehme Überraschung serviert. Die Frage war nur, welche? In Gedanken rasten die Bilder meiner Freunde und meiner Familie an meinem inneren Auge vorbei, in der Hoffnung wenigstens ein paar ausschließen zu können. Aber nichts. Jeden von ihnen hätten sie fangen und mitnehmen können, sie alle würden heute ungeschützt sein.

Woher ich das wusste? Nicht die leiseste Ahnung. Es war schlicht so ein Gefühl.

„Tut mir leid wenn du früher mit mir gerechnet hast, aber dazu wäre eine Einladung nötig gewesen."

„Oh jaja, selbst verständlich. Für dich ist das ein Zufall mich zu treffen aber eigentlich ist dies dein Schicksal."

Mein Schicksal? Mein Schicksal war es mich auf dem Grund der Housel Bay mit einer schillernden Nixe zu treffen? Wenn´s weiter nichts ist soll´s mir recht sein. Dachte ich vor mich hin.

„Wenn das hier also Schicksal ist, dann heißt das doch sicher, dass du mir etwas zu sagen hast, nicht wahr?"

Fragte ich zaghaft.

„Ja, in der Tat, das habe ich. Wie ich sehe, hast du den Wasser-wesenteil deiner Ausbildung bereits hinter dich gebracht. Zu schade."

Seufzte sie:

„Ich hätte dir sehr gerne dabei geholfen."

Ich wagte mich zwar nicht dies auszusprechen aber hatte sie gerade gesagt, sie hätte mir gerne geholfen zu ertrinken? Nett.

„Aber trotzdem ist unser Zusammentreffen nicht sinnlos. Denn, wie ich weiß, hat dein Ausbilder beim ausbilden so ziemlich versagt."

„Nein, das ist nicht wahr!"

Platzte es viel zu harsch aus mir heraus und ich wollte die Worte am liebsten wieder einfangen, doch da hatte das Meer sie bereits zu der Nixe hingetragen. Hastig ergänzte ich

„Ähm ich meine, er hat sich wirklich Mühe gegeben. Aber er war etwas zu versessen darauf, mich vor allem und jedem zu beschützen, da wollte er nicht jedes Detail bis ins letzte breit reden."

Erst guckte sie verdutzt wegen meiner patzigen Antwort, nahm es dann aber gelassen.

„Ich bin sicher, Jackson meinte es nur gut mit dir. Doch nichts desto trotz, du bist zu wenig informiert über das Leben Unterwasser und dafür hast du nun mich."

Sie lächelte mir einladend entgegen als bot sie mir eine Stadttour an. Ich überlegte dieses Mal nicht lange und entschied mich, sofort mit ihr zu gehen.

„Gut, in Ordnung. Aber sag mir erst wer du bist."

„Liebend gern, mein Name ist Moana. Ich bin die primäre Nixe meiner Gattung. Eigentlich bin ich in diesen Breiten nicht zu finden. Ich lebe nämlich in Neuseeland, in der Golden Bay. Ich bin einen ganz schönen weg geschwommen um hier her zu kommen, musst du wissen."

Tatsächlich schien dieses Treffen für sie von großer Wichtigkeit gewesen zu sein, sonst wäre wohl niemand auf die Idee gekommen, einfach mal so um die halbe Welt zu schwimmen. Verrückterweise fand ich den Gedanken äußerst verlockend. So wie ich nun war, war ich stark. Ich könnte die Welt ganz umrunden wenn ich es wollte, nichts würde mich aufhalten. Kein Wesen und keine Welle könnten mich brechen. Von Selbstsicherheit getränkt antwortete ich mit einem offenen und respektvollen Gesichtsausdruck, den sie erwiderte.

„Komm jetzt, ich hab dir viel zu erzählen."

Sie nickte mit dem Kopf in die Richtung hinter sich. Und schwamm vor. Ich folgte.

Verwunderlicherweise führte sie mich nicht noch weiter ins Meer hinaus sondern wieder in die Housel bay, beziehungsweise knapp vor die Housel bay. Von dort aus beobachteten wir eine korallfarbene Gestalt, die immerzu zwischen einem Seetangwald und den umliegenden Riffen hin und her schwamm.

Es war ebenfalls eine Nixe. Zwar keine besonders schöne aber eine Nixe. Sie war durch und durch korralfarben. Korralfarbenes gelocktes Haar, ein matt schimmernder koraller Schwanz und rose bis bleiche Haut.

„Was machen wir hier?"

„Sieh genau hin was sie da tut."

Ich beobachtete warum die Nixe ständig zum Riff schwamm und dann immer wieder zur gleichen Stelle im Seetang. Sie hatte etwas in den Händen, als würde sie Dinge an den Riffen sammeln und zu dieser bestimmten Stelle im Seetang bringen.

„Ich verstehe aber immer noch nicht was und warum sie das tut, was auch immer sie überhaupt tut."

„Ich muss gestehen ich hätte erwartet, dass jemand wie du sowas sieht, aber ich bin ja dafür da, dir die Dinge hier unten zu erklären. Jedenfalls ist sie dabei, sich zu stärken, in dem sie ihren Geburtsort pflegt."

„Achso, ja klar, aber wie genau muss ich das verstehen?"

Tatsächlich machte es mich etwas traurig, dass ich ihre Erwartungen nicht erfüllte aber diese ganzen Ansprüche, die man an mich stellte, waren doch etwas zu viel für mich.

„Na, das ist unser wunder Punkt. Wir sind Sklaven der See, eins mit ihr. Stirbt die See, dann sterben auch wir. Jede Nixe hat ihr ganz eigenes Gebiet zu schützen. Wenn unsere Nachkommen geboren werden, musst du wissen, sind sie ganz gewöhnliche Fischeier und dann werden wenige glückliche von unseren Sammlern mitgenommen. Sie werden zu meiner Höhle gebracht, wo ich und Whenua sie in unserem Blut und unseren Tränen baden. Dann werfen wir sie in die Strömung. Sobald die Eier sich dann irgendwo festsetzen, schlüpft die Nixe und muss für den Rest ihres Lebens ihren Geburtsort schützen und eine ihnen zugetragene Aufgabe erledigen. Ähnlich wie bei den Therianthropen, nur mit dem feinen Unterschied, dass wir nicht bei Fertigstellung unserer Aufgabe sterben, sollten wir jedoch sterben bevor die Aufgabe erfüllt wurde, sind wir verdammt. Verdammt dazu als Seele durch die Meere zu schweben, ohne je auch nur einen Tropfen Wasser auf der Haut zu spüren. Diese Seelen sind Sklaven der ersten Zehn. Sie sind Wesen die verdammt wurden, aber nicht nur Wasserwesen sondern ebenso alle anderen. Ich bin zwar nicht stolz drauf diese armen Geschöpfe herumzukommandieren, aber das haben sie nun mal verdient. Wie dem auch sei, wenn die Seelen sich als nützlich erweisen bekommen sie von Aer und Lapis in manchen Fällen sogar magische Kräfte zugeteilt, natürlich nur eingeschränkt, doch das hat schon was. Nun, ich glaube, mehr gibt es vorerst nicht zu diesem Thema oder hast du noch irgendwelche Fragen?"

Fragen? Ich ging das ganze Gespräch noch einmal in Gedanken durch. Soviel konnte sich doch keiner merken aber doch eine Frage kam mir da wieder in den Sinn.
„Wer ist Whenua?"
„Wer Whenua ist?"
Sie lachte lauthals.
„Das muss ich ihm erzählen wenn wir uns wiedersehen. Das Kathrin Jones keine Ahnung hat wer er eigentlich ist. Dabei ist das gar nicht so schlimm, er ist nämlich nur meine Zweitbesetzung, er ist das sekundäre Wasserwesen."
Ich prügelte den Namen in meinen Kopf und hoffte, ihn nicht sofort wieder zu vergessen.
„Kathrin."
Ich sah sie an. Sie stand mir nah gegenüber und hatte die bunten Augen weit geöffnet.
„Es war mir eine Ehre dich auf einem langen Weg ein kleines Stück getragen zu haben. Aber nun muss ich gehen. Ich werde wahrscheinlich schon vermisst."
Sie zwinkerte und grinste mich an.
„Ein paar Wale lasse ich dir hier, sie scheinen dich zu mögen und werden deinen Befehlen treu folgen wenn du wie heute wieder auf die Idee kommst, im Meer unterzutauchen. Aber sei vorsichtig, die Orca's können dich nur beschützen wenn du ihnen ein Signal gibst."
„In Ordnung. Ich denke schon, dass ich das ein oder andere Mal noch hier her komme. Da bin ich froh wenn ich mal nicht von Menschen oder wie Menschen aussehenden Spezien umgeben bin."
Moana's Lächeln wurde breiter.

„Du hast gar keine Angst, dass sie dich angreifen?"
„Die Orca's? Ich denke, wenn sie mich töten wollten hätten sie es bereits getan."
„Und doch hast du ab dem ersten Moment ihnen dein Vertrauen geschenkt."
„Ich bin so wie sie, ich lebe im Meer, also hin und wieder."
„Das ist schön. Kathrin Jones es wird mir eine Freude sein, sie wieder zu sehen."
„Eben…falls."
Doch da war sie bereits abgerauscht, so schnell, dass die Wale die ihr gefolgt waren Mühe hatten, sie nicht zu verlieren. Ein Drittel der Herde war noch bei mir und hatten ihren Blick erwartungsvoll auf mich gerichtet. Aber nun war es Zeit für mich, wieder ins Apartment zu huschen, bevor Jack bemerkte, dass ich schon zwei Stunden lang weg war.
Es war ein Leichtes für mich, an den steilen Klippen hoch zu springen und mich gleichzeitig wieder zu einem Halbvampir in Menschengestalt zu verwandeln. Geschwind legte ich die Kleidung wieder an bevor ich mich leichtfüßig die rauen Felswände hochschwang bis zum Housel bay Hotel. Einen letzten Blick warf ich hinunter zu meinen Orca's denen ich frei gegeben hatte und sprang dann an der Fassade hoch und ins Fenster hinein. Erschöpft von den vielen Eindrücken die ich heute gesammelt hatte, fiel ich wie in ein Koma, aber ein schönes, tiefes Schlafkoma.

~Goldener Regen~

Sonnenstrahlen fielen mir wie goldener Regen ins Gesicht und ließen mich die Augen öffnen. Ich sah den klaren blauen Himmel, die karibisch blaue Housel bay mit den weißen Wasserfontänen. Ab und zu kam sogar eine Schwanzflosse zum Vorschein. Heute war ohne Zweifel ein guter Tag. Ich ließ meinen Blick durchs Zimmer wandern und suchte vergeblich nach Jackson. Wo war er? Und wo war er bereits gestern Abend? Ich konnte mich nicht daran erinnern, ihn gesehen zu haben als ich durch das Fenster herein gesprungen war. Ich bekam Panik, es passte heute überhaupt nicht in meinen Plan, Jackson suchen zu müssen, mir Sorgen zu machen und nachher in einer aussichtlosen Situation zu stehen. Hastig warf ich mir ein paar saubere Klamotten über und ging die Treppe hinunter. Das Frühstücksbüffet war schon aufgebaut und ich hoffte Jackson würde dort irgendwo an einem Tisch sitzen und auf mich warten. Aber das tat er nicht. Jeden Tisch und jeden Gast beäugte ich, aber kein Jackson. Ich fand mich an der Rezeption wieder. Wohin nun? Ich konnte nicht einfach hier rumsitzen und warten, dass er wiederkommt.
Die Klippen der Housel bay waren tatsächlich ein perfekter Ort um unterzutauchen. Überall Höhlen, Nischen und Winkel. Hier suchte ich als erstes nach ihm. Ich huschte die rauen Felsen soweit hinunter bis ich bereits knöcheltief im Salzwasser stand. Flink bewegte ich mich von Stein zu Stein und beäugte jede noch so kleine Spalte ob nicht irgendwo hier ein mysteriös gutaussehender

Vampir dazwischen saß. In den letzten Tagen war ich viel zu selbstverständlich mit ihm umgegangen. Es wurde mir nun schwerlich bewusst, wie zerbrechlich unsere *Beziehung* war, wenn man das überhaupt noch so nennen durfte. Er und ich, wir hatten mehr Feinde als uns klar war, also hätten wir diese friedliche Zeit viel besser nutzen sollen. Ich ärgerte mich, wie dämlich ich gewesen war, ihn so auf Distanz gehalten zu haben. Schließlich war er die Sonne, um die ich mich drehte, das Blut, das in meinen Adern pulsierte, ohne ihn, wo wäre ich dann? Ohne ihn wäre ich allein und unwissend. Verloren. Ich dachte an unseren ersten Kuss zurück. War das nicht eigentlich alles, was ich immer gewollt hatte? Es war etwas Besonderes, etwas *Magisches*, zwischen uns. Dieses Gefühl, wenn ich in seiner Nähe war, mein Herz beginnt meinen ganzen Körper zum beben zu bringen, als stände ich auf einem riesigen Verstärker der unter meinen Füßen brummt. Er war derjenige, der mein Blut zum kochen brachte. Diese greifbare Chemie zwischen uns, wie konnte ich das ignoriert haben? Ich stapfte wütend über mein dummes, kindisches Verhalten weiter über die Steine, bis ich plötzlich etwas im Augenwinkel wahr nahm. Blitzschnell riss ich den Kopf herum, richtung Ozean. Ein Schatten flog unter der Wasseroberfläche umher, viel zu klein für einen Orca und Kälber schwammen nie ohne ihre Mütter, also war es etwas Anderes. Eine Nixe? Nein, es war ein dunkler Schatten und er war nicht so schön geformt wie der einer Nixe, eher etwas plumper. Nun stand eine Frage im Raum:

Ängstlich? Oder Leichtsinnig?
Lange überlegen war nicht, also sprang der Leichtsinn voraus und katapultierte mich mit einer ungeheuren Sprungkraft ins Wasser. Wie ein eingespielter Profi legte ich die Hand auf meinen Arm und dachte an die gefährlichste Kreatur der See. Nicht Skylla, nicht Charybdis sondern Ich. Ich fühle mich mehr als stark und sah mich nach dem Schatten um. Ich hätte ebensogut oben bleiben können, feige wäre das wohl kaum gewesen, doch ich sah das Meer nun als mein Revier an und ich wollte wissen, wer sich dort rumtreibt.
Wenigstens musste ich nicht lange Zeit mit Suchen verschwenden sondern konnte von weit entfernt, bereits das Biest auf mich zu schwimmen sehen. Und wie war das nochmal mit dem Hochmut...?
Ein Vieh fast so groß wie ein Orca blitzte mich mit den rotglühenden Augen an. Sein Schatten hatte weitaus kleiner gewirkt... Seine Haut war schwarz und übersät von Narben und Einkerbungen. Der stämmige Körper eines Hais raste mit viel zu hoher Geschwindigkeit auf mich zu. Erst wenige Meter vor mir öffnete er das riesige Maul mit den weißen Zähnen und schlug zum finalen Mal mit dem Schwanz. Ich dummes Ding war so überzeugt gewesen, unbesiegbar zu sein, was mir nun zum Verhängnis wurde. Die zwei Reihen Zähne gruben sich in mein Fleisch und bald schon war das Meer getränkt von all meinem Blut. Eigentlich hätte das Wesen einen normalen Menschen wie einen Zahnstocher zerbissen, allerdings war ich kein normaler Mensch, aber das steigerte nur die Dauer meiner

Qual und findet sein Ende doch letztlich im Tod. Seine Zähne schmirgelten an meinem Hüftknochen als wollte er ihn zersägen. Langsam gab auch die Schutzschicht meiner Organe auf, welche wie festes Leder meine Bauchhöhle auskleidete. Nun stand wieder eine Frage im Raum:
Leben? Oder Sterben?
Wieder erfolgte die Antwort wie ein Impuls, Leben!
Heute war ein guter Tag, ein guter Tag hieß nicht aufgeben und an einer schlecht getroffenen Entscheidung scheitern. Du machst einen Fehler, du korrigierst ihn. Das nennt sich erwachsen werden. Mit aller Kraft versuchte ich die gewaltigen Kiefer des Hais auseinander zu drücken, aber das brachte die Zähne nur dazu, sich auch noch in meine Hände zu graben. Ich musste seinen Schwachpunkt finden, schnell. Ich quetschte meine Hand ins Maul des Untiers bis ich vor Schmerz aufjaulte, oder eher kreischte. Wie ein Echolot oder sowas. Der Hai hatte natürlich sein Tempo nicht verlangsamt, nur weil er da was zwischen den Kiefern hatte, nein er war weiter geschwommen. Nur hatte diese Bucht einen Rand, der aus spitzen Riffen bestand. Mit voller Kraft hatte der Bastard von einem Fisch meinen Rücken gegen die harten Felsen gerammt. Wut und Rachsucht brannten in mir. Mit aller Kraft grub ich meine scharfen Krallen in das Innere des Hais. Ich kannte die Anatomie eines Hais nicht genau aber ich glaube so weit wie mein Arm in ihm steckte und so wie es sich anfühlte war es etwas wie die Leber. Das Vieh wand sich und drückte

noch fester sein Maul zusammen, währemd ich nun meine zweite Hand hineinsteckte und das Ungeheuer von innen zerriss. Sicher fünfzehn Zentimeter hatte der Riss bereits und der Hai ließ langsam von mir ab.
Das ist kein Hai! Das ist ein Therianthrop, ein Wer-Hai.
Ganz egal woher die seltsame Stimme in meinem Kopf kam, jetzt hatte ich wenigstens kein schlechtes Gewissen mehr. Das war kein *Was* sondern ein *Wer*, der mich da angriff. Ein Halbmensch. Das hieß aber auch, er war schwer zu töten und würde sich schnell von der Verletzung erholen. Handeln war gefordert, schnell! Ich gab mir einen Ruck und tauchte zu dem Vieh zum Grund hinunter. Da war es am zappeln und sich winden. Ich sträubte mich zwar erst aber es wiedersprach vollkommen meinen Moralvorstellungen jemanden der am Boden liegt, weiter zu treten. Ich zügelte mich also und platzierte mich bewusst zu ihm hinabblickend, vor das Wesen. Ob er meine Sprache auch in der Gestalt sprach? Einen Versuch war es mir wert.
„Wer bist du?"
Stolz lobte ich mich dafür, solch einen reifen, ausgeglichenen Tonfall angeschlagen zu haben. Aber unhöflicherweise bekam ich keine Antwort. Das Tier schwamm einen Kreis um mich herum und hatte doch tatsächlich vor, schon wieder nach mir zu schnappen. Das war genug. Wie ein echtes Raubtier fletschte ich die rasiermesserscharfen Zähne. Blitzschnell legte ich eine Hand an die Nase des Dämons und eine an den Unterkiefer. Dank seines Anlaufes viel es mir umso leichter

den riesigen Kiefer des Monsters auseinander zu brechen. Blut floss, augenscheinlich aus jeder seiner Öffnungen.

„Schade, jetzt kannst du ja meine Frage gar nicht mehr beantworten…"

Ja, Sarkasmus fand er jetzt gar nicht lustig, sollte es aber auch nicht sein. Der Hai schwamm mit eingezogenem Schwanz aus der Bucht und zog eine lange, rote Spur in den Ozean. Die Orca's um ihn herum stießen ab und zu die Nasen in seine Flanke was ihn oft wieder zu Boden sinken ließ. Danach sahen sie zu mir und funkelten mich aus ihren schwarzen Augen an. Vielleich hatte der Hai sie auch gestört, denn irgendwie wirkten sie dankbar.

Ich ließ den Blick noch einmal durch die Housel bay wandern bis ich mich mit Schwung auf die Klippen warf. Ich sprang hoch hinaus aus dem Wasser und verwandelte mich wieder im Flug. Völlig getrocknet landete ich auf der schwarzglänzenden Klippe. Sie war nass und völlig dunkel, als wäre sie mit Schuhcreme eingeschmiert worden. Ich warf mir schnell meine Kleidung über, die bei meiner Verwandlung im Flug auf die Klippen gefallen waren und erhob mich. Erst jetzt sah ich mich um. Alles hatte sich verändert, das Meer war rauer und ebenso schwarz wie die Felsen und auch das Hotel wirkte tot und verlassen. Ein Schrei erregte meine Aufmerksamkeit. Vom Hügel hinter dem Hotel kam jemand angerannt. Als er mich sah wurde er so schnell, dass meine Augen ihn kaum wahrnehmen konnten. „Kathy, geh da weg! Sofort!"

Jackson! Endlich, mir fiel ein riesiger Stein vom Herzen und ich wollte ihn nur noch in meine Arme schließen und wissen, dass er nun bei mir war. Nur ich und er. Doch da hallte bereits ein fürchterlicher Krach über mir, ein Donnern, so laut wie ich es im Leben noch nie gehört hatte. Ich hob meinen Kopf zum Himmel.
„Oh nein, Kathy, NEIN!"
Jackson stand noch auf dem Festland, die Klippe, an deren Rand ich mutig richtung Himmel starrte, war gut dreihundertmeter entfernt. Zum Glück. Ich hätte mir schreckliche Vorwürfe gemacht, wenn ich ihn zu mir gerufen hätte. Denn nur einen Herzschlag später ergoss sich flüssiges Feuer vom rußgeschwärzten Himmel und brannte mir die Haut von den Knochen. Goldener Regen. Alles, was ich noch sah, war meine Hose die lichterloh brannte und Jacksons Körper der auf dem Boden zusammenbrach und schrie. Der Lavaregen ergoß sich nur über mich und die Klippen, er blieb verschont. Wie gesagt… zum Glück.

Der ekelhafte Gestank von verbranntem Fleisch und geronnenem Blut lag über der Housel bay. Immernoch war der Himmel übersät von aschegeschwärzten Wolken die am Horizont das Meer verschlangen. Das unaushaltbare Brennen auf meinem ganzen Körper konnte man nicht in Worte fassen und so erflehte ich meinen Tod, und hoffte dabei doch nur Sekunden später in meinem Bett von einem weiteren bösen Traum zu erwachen. Aber das blieb mir verwehrt. Ich hörte Jacksons herannahende Stimme. Zwar nur dumpf und undeutlich aber ich konnte sie erkennen.

Sehen konnte ich ihn nicht, denn das glühende Gestein hatte mich umfallen lassen. So lag ich nun wie ein Teil der Klippe da. Alles was man noch von Kathrin Jones sah waren kleine offengebliebene Flecken und eines meiner Augen, das andere war von nun abgekühlter Lava bedeckt worden. Ein Schatten gleiste über mich hinweg und da sah ich sein vertrautes, schönes Gesicht. Die markanten Gesichtszüge, den makellosen Schimmer seiner Haut, die leicht rose farbenen Lippen und die wasserblauen Augen. Kummer stand ihm ins Gesicht gebrannt und er beäugte meinen versteinerten Körper. Wie in einem Märchen tropfte eine einzelne seiner Tränen auf meine Wange. Aber so sehr ich mir nun auch wünschte ihn in die Arme zu schließen, ich war in einem steinernen Käfig gefangen. Mit leerem Blick starrte ich zum Himmel hinauf. War das mein Ende? Auch in meinen Träumen endete alles mit meinem Tod. Vielleicht war dem Universum ein Fehler unterlaufen und es hatte vergessen, mich schlafen zu schicken bevor der Traum mich tötete. Man konnte es drehen und wenden wie man wollte, der sechste November 2013 war mein Todestag…

Hier ruht
Kathrin Maria Jones,
Geb. 1.2.1998 ✝ 6.11.2013
Selbstsüchtige Tochter,
hinterhältige Freundin und
blutrünstiger Vampir…
R.I.P

Ja, das würde man auf meinen Grabstein schreiben sobald die Wahrheit über mich ans Licht kommen würde, da war ich sicher, meine Vergehen bis zu diesem Tag waren unverzeihlich. Mein Blick erstarrte nun vollkommen und ich ließ den letzten Atem aus meinen Lungen gleiten. All meine Muskeln entspannten sich und ich lauschte dem letzten Schlag meines Herzens. Stille.

~Neue Perspektiven~

Seidengleicher Stoff schmiegte sich an meiner Taille hoch bis zu den Schultern. Auch an meinem Gesicht spürte ich das glatte Material. Irgendwas war hier falsch, ganz falsch. Da war ein dumpfes Hämmern was meinen Körper rhythmisch zum erbeben brachte. Ebenfalls war da ein starker Luftzug der mich, als wäre ein Ventilator in mir, von innen kühlte. Alles war so anstrengend, mein Körper war schwer und träge und jeder Sinneseindruck hämmerte geradezu auf meine Nervenzellen ein. Vor allem an den Ohren brannten sie… brannten? Mit dem Wort brachte mein Hirn etwas in Verbindung, mit Feuer und brennen… und Schmerz. So lächerlich es auch klingen mag, plötzlich fiel mir wieder ein, ich war tot. Aber ich fühlte und hörte und da war auch kein Hämmern unter mir und kein Ventilator in mir. Es war mein Herz, das schlug und meine Lunge, die wieder atmete. Das war unmöglich, ich hatte gespürt wie ich starb, es war als hätte der Schmerz meine Seele aus dem Körper vergrault. Sie war feige weggelaufen und hatte mich allein zurück gelassen. Auch das war nicht ganz richtig, bemerkte ich. Ich ließ die Situation revúe passieren und ich war nicht allein gewesen, da war Jack und er hatte mich gerettet. Mein Leben, so stellte ich erfreut fest, war kein Albtraum, sondern ein Märchen. In dem mein Prinz mich gerettet hat. Für all die Strapazen die ich ihm bereitet hatte schuldete ich ihm eine Umarmung und mindestens tausend Küsse. Gespannt schlug ich die Augen auf. Grelles Licht blitzte mich aus einem großen Fenster an. Nur langsam gewöhnten sich meine Augen an das Licht des frühen Tages. Doch so wie das Universum mich schon vor Tagen anfing zu piesacken tat es das weiter. Dieses Mal war es der gerne gespielte Joker der vollkommenen Orientierungslosigkeit. Ich befand mich nicht in meinem Hotelzimmer. Es war größer und ohne Zweifel war dies echte Seide auf der ich lag. Ich war mir ziemlich sicher das sogar mindestens zehn Kilo Seide in diesem Bett verarbeitet waren, man nehme allein schon die ganzen Kissen. Ich richtete mich mühsam auf. Obwohl das Bett mir neu war, schien ich diesen Raum zu kennen und nicht nur das, es machte mich sogar etwas nervös hier zu sein, aber warum? Wieso hatte mich Jackson hierhin gebracht? Und am allerwichtigsten, wie sah ich eigentlich aus? Das hatte rein garnichts mit zu viel Eitelkeit zu tun, sondern war eine äußerst legitime Frage, nachdem ich von einem Lavaregen überrascht worden war. Ich sah mich um. Ein großer Schrank, ein Fenster ohne Blick auf die Housel bay, ein dutzend Pflanzen und ein kleiner Schminktisch. Vorsichtig bewegte ich meine Beine unter dem seidenen Laken hervor. Ich stand auf und setzte mich gleich wieder, um nicht hinzufallen. Als lernte ich das erste Mal laufen, schwankten meine Beine unter mir. Doch der zweite Versuch klappte besser. Ich stützte mich an dem Bett ab und setzte mich schließlich auf den kleinen Hocker vor dem Schminktisch. Erst traute ich mich kaum hinein zu sehen, doch es wäre nun sowieso zu spät irgendetwas zu ändern also blickte ich einfach im Spiegel meinem Gesicht

entgegen. Keine gute Idee, denn ich saß so nah am Tisch, dass ich mich vor Schreck abstieß und aufspringen wollte, worauf meine Beine jedoch nicht vorbereitet gewesen waren. Ich fiel wie ein nasser Sack zu Boden, und versuchte mich wieder hinzusetzen. Dieser Versuch gelang mir so gut wie einer Schildkröte die auf dem Rücken lag, naja vielleicht etwas besser, aber es dauerte. Ich hatte mich endlich wieder auf dem Hocker positioniert, da musste ich erneut in diese kalten, toten Augen des Wesens mir gegenüber blicken.
„Was zur Hölle…?"
Kam es ganz automatisch aus meinem Mund. Aber als ich nun wieder zum Spiegel sah, entdeckte ich dort etwas, was aussah wie kleine Eisblumen. Ich streckte mühevoll den Arm aus und wollte sie wegwischen. Doch kaum berührte ich den Spiegel, da zersprang er auch schon in tausend Teile. Dabei hatte ich Pech bereits im Überschuss, dachte sich mein abergläubisches Selbst, das ich mittlerweile übrigens abgelegt habe. Was war hier bloß los? Und wo war ich überhaupt? Fragen über Fragen und sicher würde mir keine in diesem Zimmer beantwortet werden. Ich bewegte mich mühsam zur Tür und drückte vorsichtig die Klinke herunter. Quietschend öffnete sie sich und ich stand auf einer hoch gelegenen Empore. Rechts und links von mir ebenfalls zwei Räume, beide hatten die Türen geschlossen, so dass ich nicht hinein sehen konnte. Ich hatte aber auch keine Lust und vor allem keine Kraft, hier herum zu schnüffeln. Vorsichtig hangelte ich mich an der schmalen Treppe hinunter ins Erdgeschoss. Hier war ich eindeutig

schon mal gewesen. Die hellen Wände, die hölzernen Möbel, die vielen Pflanzen…
„Oh schön, du bist wach."
Nicht zu vergessen diese giftigen grünen Augen die sich vollkommen von der karamellbraunen Haut und den weißblonden Haaren abhoben. Ich stand in Stylianí's Haus. Klar, eigentlich wäre ich erfreut gewesen, sie zu sehen, doch nach dem Gespräch mit Seraphim war ich eher etwas rachsüchtig. Sie war das Biest, das Kai zu einem Vampir gemacht hatte. Lieber hätte ich ihr Herz herausgerissen anstatt Kais.
„Wo ist Jack?"
Ich versuchte, mit möglichst fester Stimme zu sprechen und mir nicht anmerken zu lassen, wie sehr es mich wunderte, das weißer Nebel mir während dem Sprechen aus dem Mund glitt.
„Wohow, das ist echt schräg, aber irgendwie auch faszinierend, nicht wahr?"
Sie lächelte, und - aber ich glaube, das lag an meiner zunehmenden paraneua - ich könnte schwören, sie wollte einfach nur ihre Reißzähne zeigen. Egal, ich wiederholte mich im gleichen Tonfall, was irre viel Selbstbeherrschung kostete. Seltsam war es in letzter Zeit mit mir. Diese Aggression die aus dem Nichts alles in mir zum Kochen brachte. Da war es ein zunehmender Masochismus, mich davon abzuhalten, ihr die eigenen Eingeweide vor die Füße zu legen.
„Wo ist Jack?"
„Oh, da hat aber wer ganz schlechte Laune. Ich hab ihn eben aus den Augen verloren. Aber wir können ihn gerne suchen, wenn du möchtest."

Was war das bloß für eine groteske Person? Mir eine solch dämliche Frage zu stellen, ging's noch?! Ich, schlechte Laune, quatsch, niemals. Was dachte die sich denn? Hallo? Ich bin lebendig verbrannt worden, von Lava. Lava! Vielleicht reagierte ich über, vielleicht war es die Aggression, vielleicht simple Logik aber ich wollte Jackson. Ich wollte ihn jetzt und ich wollte ihn hier und diese Frau sollte sich verdrücken, das war zwar ihr Haus aber dann hat sie sich gefälligst ein neues zu suchen. Egal was, das war mir alles viel zu anstrengend für den ersten Tag nach meiner *Auferstehung*.
„Könntest du mir bitte sagen, wo er ist?"
„Ich sagte doch, ich weiß nicht wo er ist…"
Sie war verwirrt, das verriet mir zumindest ihre Mimik. Aber sie blieb in exakt fünf Metern Entfernung. Respekt? Oder Reaktionsfreiraum? Überflüssig was es war, ich wollte jetzt Jackson sehen, also tat ich das, was jeder tat der seinen Kater suchte. Ich ging, soweit man das gehen nennen konnte, durch die Gegend und rief seinen Namen. Stylianí würdigte ich keines blickes mehr, war aber nicht so naiv sie aus dem Augenwinkel zu verlieren.
„Jack?!, Jaack! Schwing deinen Arsch hier her damit ich rein treten kann Jackson!!"
Ich betone es gerne nocheinmal, ich war sehr gereizt.
„Kathrin… warte, soll ich dir nicht helfen? Brauchst du was zum Aufstützen?"
Etwas. Nicht ob sie mich stützen soll, ob *etwas* mich stützen soll. Sie wollte Abstand wahren, warum?

Kathy?
„Wer sonst will dir in den Arsch treten, wenn nicht ich?!"
Schrie ich es quer durch den Wald.
„Kathrin, ist alles in Ordnung? Du wirkst etwas abwesend."
„Nein Styliani, alles gut bei mir und wie geht's dir so? Was willst du beim Schulball tragen? Meine Güte deine Frisur ist ja niedlich. Woll'n wir nicht mal einen Tee zusammen trinken gehen, das wäre doch toll, nicht?"
Wenn ich angesäuert bis wütend war neigte ich damals gerne dazu ein weinig sarkastisch zu werden und ich war sicher gewesen, wenige Momente später würde ich nur noch ein Stuhlbein oder ein Messer im Rücken spüren. Aber nichts. Sie stand fassungslos mir gegenüber. Ich humpelte an ihr vorbei, sie wich aus auf den Mindestabstand.
„Jaackyy, die kleine Kathy möchte aus dem Spieleland abgeholt werden!"
Vielleicht ging's mir tatsächlich nicht gut. Unwichtig, die kleine Kathy wurde nämlich kurz darauf vom edlen Jackson in seiner glänzenden Rüstung empfangen. Er saß auf dem weißen Marmortisch der draußen umgeben von roten Rosen stand. Von weitem roch ich schon die Blutstropfen darauf, die sich ein paar Momente später auch schon in Wasser wandelten und verdampften. Sein Blut?
„Ritzen wir uns jetzt? Als Vampir bringt's das nicht wirklich, weist schon, wegen Selbstheilung und so."

Ich war erstaunlich schnell bei ihm angekommen und er glitt elegant vom Marmor und wollte die Arme um mich schlingen, doch er tat es nicht. Warum tat er's nicht?
„Nein, ich finde es nur irgendwie ironisch oder eher poetisch zu sehen, wie mein rotes Blut, alles was an mir menschlich ist sich plötzlich in Wasser verwandelt und verdampft, so wie auch meine Menschlichkeit verpufft war, bevor ich denken konnte."
„Aber ich dachte, du magst es, ein Vampir zu sein."
„Das tue ich auch, ich liebe es über alles, aber vielleicht hätte ich gerne, naja eine wa…"
„Ach da bist du! Wir suchen dich schon die ganze Zeit!"
Ob ich die heute noch los werden würde?
„Stylianí, nichts für ungut, aber ich hab was mit Jackson zu besprechen und, du weißt schon. Das würde ich gerne mit ihm allein tun."
„Oh… Ja, klar. Ist in Ordnung, ich warte dann drinnen."
„Danke."
Sagte ich, diesmal ohne biestigen Unterton.
„Jack was zum Teufel ist hier los? Ich fühle mich wie eine menschgewordene Nebelmaschine und eben war da so was im Spiegel… aber ich glaube, das war nur Einbildung, und dann war Eis auf dem Spiegel, ich fasste ihn an und er zersprang… und ich… Was ist da falsch mit mir?"
„Mit dir ist gar nichts falsch, Kathy."
Das war einer dieser Momente in denen er mich sonst in die Arme schloss und mir so das Gefühl gab, mein Fels zu sein aber auch er blieb weiterhin

auf Abstand. Dabei fühlte ich mich gerade in diesem Moment so hoffnungslos verloren und allein.
„Doch, hier ist was faul, ich war tot, ich bin verbrannt und…"
Mir kam eine Idee:
„…und jetzt steh ich hier und motze irgendwas würde nicht mit mir stimmen, ohne dir überhaupt gedankt zu haben, dass du mich gerettet hast."
Ich ging auf ihn zu und wollte die Arme um ihn legen, doch wie erwartet tat er einen flinken Schritt nach hinten, um mir auszuweichen. Jetzt, da er auf Abstand blieb, brauchte ich dringend Antworten auf meine Fragen.
„Ja, ich weiß, dass wirkt jetzt seltsam, aber ich bin einfach nicht so in Stimmung…"
Er hatte die Ideenlosigkeit breit im Gesicht stehen, dachte er, ich gebe mich mit dieser Antwort zufrieden?
„Du bist nicht in Stimmung, mich zu berühren, warum nicht?"
Ich würde immer weiter bohren bis ich die Wahrheit von ihm hören würde. Er seufzte, mit einem Lächeln. Jackson kannte mich gut, er wusste, ich brauchte Klarheit und die bekam ich zum Glück auch endlich.
„Kathy, hast du dich heute schon mal genau betrachtet?"
„Nein, gefall ich dir etwa nicht?"
Er lachte, mir wurde ganz wohlig warm wenn er das tat, sonst schien die Welt mir zunehmend kälter zu werden. Aber sein Lächeln brachte den Schnee zum Schmelzen und auch mich.

„Du gefällst mir immer, zugegeben, so machst du mir etwas Angst, aber das ist okey. Warte kurz, ich hole dir einen Spiegel."
Ein Windzug, ein zweiter und da war er schon wieder und baute einen großen Standspiegel vor mir auf. Vorsichtig ging ich näher darauf zu, um mich zu sehen. Ich konnte mich nicht finden. Klar, da war wer, aber niemals war ich das.
„Fass ihn aber besser nicht an, Stylianí hat nicht mehr so viele Spiegel."
Ich hätte mich sowieso nicht getraut, diesem Wesen näher zu kommen, dies war der gruseligste meiner inneren Dämonen. Ich darf vorstellen: Kathrin Maria Jones alias der wandelnde Tod. Meine Haut, wenn es denn Haut war, war schneeweiß als sei ich ein Stein. Lange, schwarze Locken hingen wie Bänder an mir herunter. Sie waren zwar wie Haare aber trotzdem wirkten sie künstlich, ein wenig wie Geschenkband, das man mit schwarzem Lack angesprüht hatte. Ich setzte an, um etwas zu sagen, doch da sah ich schon in das schwarze Loch hinter meinen ebenso schwarzen Lippen. Diese Gestalt hatte weder eine Zunge noch besaß sie überhaupt einen Rachen. Alles was dort herausblitzte waren die Eckzähne. Zwei oben rechts, zwei oben links und das gleiche auch unten. Diese acht Eckzähne waren auch alles was ich an Zähnen besaß, nicht mal Zahnfleisch war da, sie entsprangen einfach meinem Kiefer. Aber selbst das konnten meine Augen toppen. Sie waren weiß, wie Milchglas. Nicht vollkommen durchsichtig aber auch nicht wie eine feste Materie. Aus dem Milchigen hob sich eine große

schwarze Pupille, größer als sie bei normalen Menschen war.
„Sehe ich jetzt für den Rest meiner Tage so aus?"
„Nein, das ist eine neue Facette von dir, durch deinen Tod hast du die Fähigkeiten einer Seele erhalten."
„Und was ist mit dem ersten Mal als ich gestorben bin?"
„Da bist du nicht gestorben."
„Ich bin ertrunken."
„Nein, du warst nur voller Wasser, es hat Besitz von dir ergriffen und wurde so ein Teil von dir."
„Achso, na, das ist doch mal eine ganz neue Perspektive. Was sind das für neue Fähigkeiten?"
„Ich hab mir sagen lassen, das Seelen fliegen können und Kontakt zu Toten aufbauen können."
Kontakt zu Toten? Kai war tot. Konnte ich ihn nun wieder sehen? Mich entschuldigen für das, was ich ihm angetan hatte? Wollte ich das denn noch, ich meine, ich war gezwungen worden, egal.
„War da irgendwo schon die Erklärung, warum jeder Abstand von mir braucht? Und ich der Feind aller Spiegel geworden bin?"
„Nein, die war noch nicht dabei. Aber das liegt daran, dass du eine Kerntemperatur von ungefähr minus fünfzig grad hast. Vampiren macht Temperatur zwar nichts aus, aber alle Wesen die keine Seelen sind und die du nicht um dich haben willst die bekommen einen Schlag, der könnte sogar so stark werden, das er einen anderen Dämon töten kann."
Das hörte sich eigentlich gar nicht so schlimm an, ich konnte sogar fliegen, auch wenn ich mich im

Moment unfassbar schwer fühlte, meinte er, das würde ich können.
„Hast du vielleicht Lust, mir das fliegen beizubringen?"
„Hah, Kathy. Ich bin ein Vampir, jeder hat mehr Ahnung vom fliegen als ich. Aber Stylianí weiß es vielleicht."
Stylianí. Meine Freude hielt sich in Grenzen.
„Ja, natürlich weiß sie das… Sag mal, ich verstehe zwar, ihr seid ewig schon befreundet aber sie hat meinen besten Freund zu einem Vampir gemacht und auf dem Dach des Housel bay Hotels meintest du doch selber noch das sie ein Miststück sei. Bist du nicht mal ein bisschen sauer deswegen?"
„Kathrin, was redest du da? Stylianí könnte niemanden auch nur ein Haar krümmen, das ist nicht ihre Art und ich würde sie doch nie ein Miststück nennen, wir sind sowas wie Geschwister."
Was? Hatte ich mittlerweile lebhafte Halluzinationen? Ab und zu war das vielleicht sogar der Fall aber ich hab mir dieses Gespräch doch nicht eingebildet. Wir saßen mit Bier auf dem Dachgiebel als ich ihm das erzählt hatte, ich weiß es ganz genau.
„Jack ich weiß es noch haargenau, das war als wir im Hotel angekommen waren, ich bin auf den Dachgiebel geflüchtet und dann kamst du nach und wir haben Bier getrunken und die ganze Nacht geredet."
Er starrte mich an, aber es war eher als sah er durch mich hindurch.

„Ja, das weiß ich noch, aber kein Wort viel über Stylianí."
Langsam fing ich schon an, an mir selbst zu zweifeln, aber als es um sie ging war ich noch nicht mal angetrunken gewesen. Ich hatte recht, aber warum wusste er das nicht mehr?
„Doch Jack, aber ich kann's dir auch gerne nochmal erklären. Seraphim hat mich gezwungen Kai zu töten, welcher bereits ein Vampir war. Nachdem ich fragte wer Kai verwandelt hatte, erzählte er mir das Stylianí das gewesen war. Ich wüsste nicht, wieso er mich deshalb anlügen sollte."
„Das ist unmöglich."
„Was? Wieso? Ich kann verstehen, dass das jetzt schwer ist zu glauben aber manchmal täuschen wir uns in Anderen, selbst in denen, die uns sehr nahe stehen."
„Nein, du verstehst das nicht. Es ist nicht möglich, dass sie das war."
„Das *sie* was war, Jackson?"
Da stand sie auch schon und sah uns mit einem giftigen Blick aus ihren leuchtend grünen Augen an. Ich fragte mich wie viel sie gehört hatte und ob sie uns nun wirklich böse war, das wir über sie redeten. Ich hielt es aber nicht mehr aus, vor Jackson wie eine verwirrte Lügnerin dazustehen, also wand ich mich ab von ihm und stellte mich Stylianí auf einen Meter gegenüber. Diesmal blieb sie stehen. Ich hielt es zudem für sinnvoll, mein bedrohliches Äußeres noch nicht so schnell abzulegen. Wer weiß, ob man ihr nun miss- oder vertrauen sollte.

„Hast du meine Anschuldigung gehört oder soll ich sie nochmal wiederholen."
Ihr Blick war vernichtend gewesen und würde ich keinen Dämon aus einem Horrorfilm verkörpern, hätte mich das sicher ein wenig eingeschüchtert.
„Nein, schon klar, du denkst, ich hätte deinen besten Freund zum Vampir gemacht aber wie Jackson bereits sagte, das geht nicht."
„Gibt's dazu auch eine Erklärung?"
„Ja. Denn um jemanden zu verwandeln muss man ihn beißen, wofür man nah an ihn heran muss und das ist nicht möglich. Dank dieser Kuppel um mein Haus herum. Hier kommt keiner rein, außer Jackson weil er die Erlaubnis hat und dir, weil du das Bindeglied bist. Zudem kann ich sie nicht verlassen, das wäre purer Selbstmord."
„Wenn Jackson doch eine Erlaubnis hat, wer sagt, das du Kai nicht auch eine gegeben hast."
„Kathrin, versteh doch. Ich kann nicht so einfach Erlaubnisse verteilen wie es mir passt. Diese Kuppel wurde mir von Aer gegeben, um mich zu beschützen. Nur Jackson war in dieser Zeit mein Verbündeter, deshalb habe ich sie überredet bekommen, ihm Zutritt zu gewähren. Niemand lebendiges außer dir hat es bisher geschafft, hier herein zu kommen oder das hier überhaupt zu finden."
Dummerweise kam mir das überaus glaubwürdig vor. Aber wieso erinnerte sich Jackson nicht an unser Gespräch? Und wer hatte Kai dann verwandelt?
„Wieso nannte mir Seraphim dann deinen Namen?"
Sie zuckte mit den Schultern:

„Keine Ahnung, vielleicht ein Trick, der dich gegen mich aufhetzen soll, dann hätte sein Plan natürlich funktioniert."
Stimmt, sollte das sein Plan gewesen sein, hätte er funktioniert. Ich war sauer auf Stylianí aber ich traute ihr die unschuldige Ahnungslose nicht zu, die Rolle stand ihr nicht. Aber jetzt weiter rumstochern ohne Beweise für ihre Schuld zu haben, konnte ich auch nicht.
„Stimmt, das kann sein, nichts für ungut, ja? Das waren ein paar harte Tage für mich, ich bin wohl einfach etwas durch den Wind."
Ich lächelte sie charmant an und hoffte, sie nahm das vermeindliche Friedensangebot an.
„Schon in Ordnung, das mit Kai hat dich sicher getroffen aber jetzt ist ja alles wieder gut."
„Nicht ganz."
Meldete sich Jackson wieder zu Wort.
„Ich habe gehofft, es wäre noch nicht so weit, aber dein Relief vervollständigt sich, deine Wandlung ist in vollem Gange."
„Was soll das heißen?"
„Das heißt, ich muss dir noch ein paar Dinge zeigen und erklären und dafür haben wir wenig Zeit."
„Worauf warten wir dann noch, und warum hast du mich überhaupt hergebracht?"
„Ich hab dich hergebracht, um dich zu schützen. Nachdem ich dich aus dem Stein herausgebrochen hatte trug ich dich hier in die Kuppel denn dieser Hai wird dich nicht umsonst angegriffen haben."
„Jetzt bin ich aber wieder bei Kräften und ich will zurück zur Housel bay."
Jackson grübelte, war aber einsichtig.

„Du weißt doch, ich würde mit dir ans Ende der Welt gehen, wenn das dein Wunsch wäre."
Ich musste schmunzeln und war auch irgendwie gerührt, die Welt hat zwar nicht wirklich ein Ende aber trotzdem sagte er das mit einem charmanten Ernst der mich wünschen ließ, sie hätte eins, nur damit wir dorthin reisen könnten.
„Was? Ihr wollt gehen, warum?"
Weil ich dir nicht traue, Miststück! Aber das konnte ich nicht sagen, es wäre nicht von Vorteil für mich also stellte ich eine Gegenfrage:
„Was hält uns hier? Und warum ist das so schlimm für dich?"
Damit hatte sie nicht gerechnet, sie suchte, nach den richtigen Worten? Wohl eher nach einer guten Lüge.
„Ich dachte, ich könnte dir ein bisschen helfen, du weißt schon als Co-tainer und ganz ehrlich, ich bin ziemlich einsam hier ohne meinen besten Freund."
Sie machte den Rehblick und klimperte Jackson an, ob ich mit meinen toten weißen Augen das überbieten konnte?
„Stylianí, ich glaube als Trainer reiche ich Kathy aus und sonst hat es dir doch auch nichts ausgemacht hier allein zu sein."
Gewonnen. Schluck das, Miststück! Ich war stolz, dass er tatsächlich mich seiner besten Freundin vorzog und nicht mal versuchte, einen Kompromiss zu machen. Vielleicht glaubte er mir tatsächlich die Sache mit Kai. Das müsste ihm schließlich auch alles schräg vorkommen.
„Wollen wir dann los? Du hast ja selbst gesagt, es ist noch viel zu tun."

Ich streckte meinen Arm aus um seine Hand zu nehmen. Jack machte schnell einen Schritt zurück.
„Oh stimmt, tut mir leid…"
Ich legte die Hand aufs Relief und sah mich als Mensch-Vampir Mädchen. Öffnete die Augen und sah direkt in das leuchtende Blau von Jacks. Sie stachen wie Kristalle aus der verschneiten Umgebung heraus. Kurz darauf spürte ich Jacksons starke Arme die mich umschlangen und festhielten. Das waren die kleinen Momente die alles ausmachten, das Gefühl von Liebe, Sicherheit und Wärme welche mir ein egoistischer, blutrünstiger und kalter Vampir gaben. Manche nannten sowas Chemie, ich empfand es als *Magie*. Es gibt nur wenige dieser Menschen die in unseren Augen *magisch* sind aber wenn man einen gefunden hat sollte man ihn nie wieder gehen lassen denn dieses Gefühl übersteigt die Liebe um Längen.
Er trug mich den ganzen Weg zum Auto, denn ich hatte aus irgendeinem Grund keine Schuhe angehabt. Ob er wusste, dass mir Kälte nicht zu schaffen machte? Egal, so war es sowieso viel schöner. Jack setzte mich ins Auto und kurz darauf lag Styliani´s magische Kuppel auch schon hinter uns.
„Wer war eigentlich Lutecia?"
„Wie kommst du denn jetzt plötzlich auf Lutecia?"
„Weiß nicht, das fliegt schon seit vorgestern durch meinen Kopf."
„Du meinst seit der Begegnung mit Seraphim?"
„Ja, was soll sonst vorgestern gewesen sein."

„Naja, vorgestern war eigentlich Garnichts und die Begegnung mit Seraphim ist schon fünf Tage her. Heute ist der neunte November, Samstag."
„Was? Ich habe seit Mittwoch geschlafen?"
„Jep, drei Tage lang."
„Wow, aber zurück zum Thema: Wer ist Lutecia?"
„Lutecia ist eine der Zehn. Sie ist secundus Angelus, das heißt so viel wie zweiter Engel. Sie ist wirklich klug und sehr geschickt. In tierischer Gestalt ist sie eine sechs meter lange weiße Anakonda, mit giftgrünen Augen und rotem Maul. Als Mensch hat sie weißes, glattes Haar, die gleichen Augen, nur stärker schwarz umrandet. Als Mensch ist sie eigentlich ungefährlich aber wenn du sie als Therianthrop, also als Mischwesen siehst, dann würde ich aufpassen. Sie hält ihre Augenfarbe bei, auch ihre gespaltene rote Zunge. Dabei hat sie aber einen menschlichen Körper und lange giftige Schlangenzähne. Sie hat auch keine Haut, sondern weiße Schuppen. Und wie gesagt ist sie äußerst klug. Ich hatte zum Glück erst einmal das Vergnügen, ihr zu begegnen deshalb weiß ich wenigstens wie sie aussieht, aber ihre Geschichte kenne ich nicht. "
Das hörte sich tatsächlich etwas bedrohlich an, ein kluges Halbwesen über das nicht viel bekannt ist. Aber nachdem das jetzt geklärt war, musste ich überlegen was ich nun wegen Styliani's Lügen machen sollte? Ich musste herausfinden wer Kai in einen Vampir verwandelt hatte, das schuldete ich ihm, Rache. Nur einer kannte die Wahrheit und würde sie mir vielleicht auch erzählen, Seraphim. Ich musste Seraphim wieder treffen und das hörte sich zwar erst leicht an aber eigentlich wusste ich

auch nichts über ihn. Er lebt in Sibirien, aber selbst wenn ich bis nach Russland reisen würde hieße das nicht, dass ich ihn finden würde wenn er denn überhaupt zu dem Zeitpunkt dort wäre. Ich sammelte Informationen, vielleicht musste ich ihn auch gar nicht finden, vielleicht musste ich nur jemanden finden der ihn für mich findet. Alle die ich kannte und die vielleicht wussten wo er war, waren Jackson, aber den konnte ich nicht fragen, Moana, aber die war mittlerweile sicher wieder in Neuseeland und Tyron Wegera. Tyron streunte sicher hier irgendwo durch die Wälder. Wahrscheinlich war sogar, dass ich ihn gar nicht finden brauchte, er würde mich finden. So wie in meinem Traum. Meine Augen durchkämmten vom Auto aus den Wald. Unwahrscheinlich, dass ich ihn von der Straße aus sehen konnte, das wäre selbst für jemanden wie Tyron zu leichtsinnig. Aber doch suchte ich nach einem Zeichen. Einen Kratzer an einem Baum, eine Spur seiner Pfoten oder nach abgeknickten Ästen. Irgendetwas, was mich auf seine Fährte brachte. Nichts. Ich hatte einen so gestochenscharfen Blick, ja es war geradezu so, als könnten meine Augen zoomen und trotzdem bewegte sich dieser riesige Bär wie eine Katze.

„Beschäftigt dich was?"

„Ist die Frage ernst gemeint? Ich verwandle mich in einen Vampir, meine Freunde werden angegriffen und man hat mich gezwungen, meinem besten Freund das Herz heraus zu reißen. Was beschäftigt mich nicht?"

Jackson schnaubte lächelnd, ich hatte das nicht ironisch oder böse gesagt und doch kam ich mir

gemein vor. Er war auf meiner Seite und wollte mich wahrscheinlich nur unterstützen. Warum stieß ich ihn bloß immer weg von mir? Dabei wollte ich nichts sehnlicher, als ihn bei mir zu wissen.
„Stimmt."
„Tut mir leid, es ist nur alles noch so neu für mich."
„Schon okey."
Er sah tatsächlich so aus als würde er genau wissen wie ich mich fühlte:
„Wirklich ich verstehe das, nur will ich dir helfen und dir das Ganze leichter machen aber ich weiß einfach nicht wie."
„Das brauchst du nicht, ich bin ein großes Mädchen und ich hab das Gefühl, seit ich dich getroffen habe bin ich viel reifer und ausgeglichener geworden. Ich hab das Gefühl, jetzt zu wissen wer ich bin und ich habe durch dich so viel neues gesehen, mehr schuldest du mir nicht."
Ich wusste nicht wer ich war, vielleicht weiß ich es selbst heute noch nicht genau. Aber früher ganz bestimmt nicht, vielleicht wäre alles anders gelaufen hätte ich bereits da ein Ziel gehabt. Es war immer so als schwebte ich nur durch Leere und mit Hilfe von Jackson stand ich wieder auf dem Boden, er gab mir Halt.

~Käfige~

Der Wagen wackelte aufgrund der Löcher im Asphalt als wir in die Einfahrt des Housel bay Hotels einbogen.
„Was ist eigentlich mit unserem Zimmer?"
„Ich habe ihnen gesagt, sie sollen solange frei halten bis ich auschecke."
„Heißt das, wir haben gar keine Frist?"
„Nein, wir kommen und gehen wie wir wollen."
Ich stieg aus dem Wagen und nur mit einem Seidenkleid bedeckt stolzierte ich hoch erhobenen Hauptes an der Rezeption vorbei auf unser Zimmer. Meine drei Teile waren nach wie vor da. Aber plötzlich traf es mich als schlüge jemand ein Brett in mein Gesicht. Was war mit meinen Eltern?! Ich war zum See gefahren und fünf Tage lang nicht wieder gekommen. Noch schlimmer, ich war in ihren Augen zu Kim ins Krankenhaus gefahren. Warum musste alles immer in einem Chaos enden? Zu ihnen fahren und eine Erklärung abgeben konnte ich definitiv nicht, sie würden mich einsperren und nie mehr frei lassen. Ich musste anrufen. Ich setzte mich auf das Bett mit dem Telefon neben mir und wählte, im gleichen Moment kam Jackson in den Raum.
„Du telefonierst?"
„Meine Eltern…"
Er fasste sich an den Kopf.
„Jones."
Meldete sich meine Mutter.
„Hey Mom, ich bin es, Kathrin."
Meine Hände schwitzten, hoffentlich hatten sie nicht die Polizei gerufen.

„Oh, Kathrin, ich hab mich schon gefragt ob du dieses Jahrhundert nochmal zurück rufst."
Was sollte das? Sie klang ziemlich gelassen und heiter. Aber ich ging erst mal darauf ein.
„Ähm, ja, ich konnte nicht ans Handy gehen, der Akku war leer."
„Ja, genau darum hatte ich ja angerufen, du bist seit fünf Tagen schon bei Sarah brauchst du nich mal andere Klamotten und ein paar deiner Sachen?"
Bei Sarah? Irgendwas war hier los aber solange es mir den Ärger ersparte musste ich mitspielen. Tatsächlich bräuchte ich ein paar Klamotten, aber konnte ich nun einfach so nach Hause gehen, mein Zeug packen und so tun als sei alles in Ordnung?
Ja, eine bessere Lösung gab es nicht, aber zuvor würde ich bei Sarah vorbei kommen und mich danach erkundigen wieso sie mich deckte.
„Ja stimmt, weißt du, ich komm gleich einfach mal vorbei."
„Also wenn du willst kann ich dir ein paar deiner Sachen auch rüber bringen."
„Quatsch ich muss sowieso mal raus hier und du weißt doch gar nicht genau was ich brauche."
„Okey Kleine. Dann bis gleich, pass auf dich auf."
„Mach ich, bis gleich."
Ich legte auf und schob das Telefon wieder auf den Nachttisch.
„Jack ich muss gleich nochmal los."
„Zu wem? Sarah oder nach Haus?"
„Erst zu Sarah dann nach Hause und vielleicht noch mal zu Kim. Wer weiß, was sie sich nun denkt."
„Ich fahre dich."

„Nein!"
Das kam zu schnell und zu laut, Mist. Nochmal…
„nein, das brauchst du nicht, ich laufe."
Das war besser aber Jackson wunderte sich. Dabei würde ich gerne mehr in seiner Nähe sein, aber wenn ich sowieso durch den Wald gehen musste, könnte es doch sein, dass ich Tyron dort irgendwo fand. Dann durfte Jackson nicht dabei sein und aus dem Auto heraus würde ich ihn eh nie finden.
„In Ordnung, bleib aber nicht zu lange weg und ruf an wenn es Probleme gibt."
„Mein Akku ist leer."
„Willst du wirklich alleine los?"
„Ja, ich geh schon nicht verloren."
Er sah skeptisch aus und kam zu mir herüber. Seine Hände glitten an meinem Hals entlang bis er schließlich die Arme um mich legte und mich küsste. Lange, intensiv und wieder war da eine deutlich zu spürende Wärme an seinen Lippen, obwohl er doch so kalt war.
„Bleib nicht zu lange weg."
Flüsterte er und verpasste mir eine Gänsehaut. Er strich über meine Wange und ließ mich losgehen.

Der Weg bis zum *Bochym Hill* war vollkommen unspektakulär, sogar ziemlich langweilig. Ich lief durch die Felder und war mittlerweile sogar erstaunlich schnell. Die Strecke, für die ein normaler Mensch sicher zwei Stunden gebraucht hätte schaffte ich in zwanzig Minuten, ich fand, das konnte sich schon sehen lassen. Doch im Bochym Hill Wald angekommen stand ich wieder an der gleichen Stelle an der ich Seraphim getroffen hatte. Ich blieb also nicht auf dem Weg sondern stiefelte geradewegs in den Wald hinein. Ich kam von der gleichen Stelle wie letztens, deshalb viel es mir leicht, zurück auf die Lichtung zu gelangen. Es schockierte mich erstaunlich wenig wieder hier zu sein und genau zu meinen Füßen, Kais vor sich hin faulendes Herz zu finden. Es war mittlerweile kaum noch blau sondern eher schwarz mit einem Stich blau darin. Es sollte eigentlich ein bewegender Moment sein mit einer Rückblende vor meinem inneren Auge, aber nichts. Eher machte ich mir Sorgen, dass es jemand anders finden würde und sich über die komische Farbe wunderte, also kickte ich es etwas harsch in den Bach der hier entlang floss. Da waren die umgestürzten Bäume die Tyron mit seinen Pranken auseinander gebrochen hatte und dort irgendwo musste auch das Versteck gewesen sein in dem er seine Klamotten gelassen hatte. Ich schlich durch das Unterholz und drehte jeden Stein einzeln um. Irgendwo im Augenwinkel sah ich auf einmal etwas Beiges. Ich riss den Kopf herum und sah dort einen Fuchsbau. Er war unter Geäst versteckt aber darin lag ein Bündel aus Klamotten. Eine beige Hose, ein weißes t-Shirt, Socken und eine Unterhose. Plötzlich fühlte ich mich komisch. Ich kam mir mit der fremden Unterhose in der Hand vor wie eine dieser kitschigen möchtegern Detektive. Was verhoffte ich mir eigentlich davon, sein Klamottenversteck gefunden zu haben? Tyron war nicht hier. Ich nutzte diesen Ausflug in den Wald aber trotzdem. Schließlich hatte ich vor mehr als zwei Stunden eine neue Kraft erhalten, die ich noch nicht beherrschte und zudem war das eine sehr coole

Kraft. Heute war der Tag, an dem ich lernte zu fliegen. Ich strich mit der Hand über das Relief wobei mir etwas Wichtiges ins Auge viel, der Nebel hatte sich so gut wie geklärt aber über dem ganzen war nun ein Symbol abgebildet. Zwei Flügel waren da, aber warum war das Symbol ganz allein über dem Spiegel. Das sah nicht mal so aus, als sollte das so sein, es war völlig asymmetrisch und unter dem Spiegel waren lauter solcher Symbole, alle geordnet und in der perfekten Position. Es waren sieben. Ein Kreuz, das aussah wie diese auf den Erstehilfekisten. Ein weiteres, das aussah wie das Zeichen, dass mein Handy-welan hatte, nur ohne den Punkt, schlichtweg die Halbreise. Ein anderes war eine Flosse, dieses stand direkt neben einer Lunge in der Wasserwellen gezeichnet waren. Das fünfte war ein Totenkopf mit Reißzähnen die aus seinem Mund guckten. Darunter war ein Katzenauge und das letzte war ein Geist, der teils fett gemalt war und teils nur angedeutet. Nur die Flügel standen asymmetrisch ganz oben. Was das hieß, konnte ich so einfach nicht entschlüsseln aber ich glaubte, dass ein paar dieser Zeichen vielleicht für meine Kräfte stehen könnten. Ich drückte meine Hand auf das Bild und stellte mir diese gruslige Gestalt vor. Als ich meine Augen aufschlug stand ich noch immer auf dem Boden. War aber nur noch ein Schatten meiner selbst. Oder eher gesagt war ich nun meine Seele, frei, ungebunden an lästiges Fleisch aber rein war sie nicht. Blut klebte an meiner rechten Schulter. Ich sah verwundert zu den Baumkronen hinauf aber da war nichts was Blut verlor. Ich wischte darüber. Es ging nicht weg, es war als strich ich einfach durch das Blut hindurch. Es klebte nicht an meiner Hand und ließ sich auch nicht durch reiben am Baum entfernen. Alles verwirrte mich mal wieder, nicht so als hätte irgendwas das je nicht getan. Aber ich tat das, was ich neuerdings immer tat wenn sich ein Problem nicht lösen ließ. Weiter machen mit dem, was man vorhatte und nur wenn es eine akute Angelegenheit ist sofort nach einer Lösung suchen. Das bisschen Blut oder Farbe war nicht gefährlich also konzentrierte ich mich aufs fliegen lernen. Erst probierte ich die Flugzeug Methode: Viel anlaufen und nach höchstmöglichem Tempo leicht in die Luft springen.

Schlechte Idee, wie sich herausstellte aber ich gab noch nicht auf. Als nächstes probierte ich die Baby Vogel Methode:

Auf einen hohen Baum klettern bis die Krone erreicht war und dann herunter fallen. Noch schlechtere Idee, ich heilte zwar von selbst wieder und war ein bisschen unzerstörbar aber danach war mein Fuß irgendwie verdreht. Verdutzt drehte ich ihn wieder so wie er sein sollte und wartete ein paar Momente. Geflogen war ich dieses Mal zwar praktisch schon aber ich denke, mit fliegen ist was anderes gemeint. Nächste Methode, es visualisieren:

Ich schloss die Augen und dachte an alles Mögliche das flog, Vögel, Flugzeuge, Ballons und schließlich auch an mich beim fliegen. Als ich die Augen wieder öffnete, zeigte sich mir ein Panorama das sicher jeder gerne einmal gesehen hätte. Aber so schön dieser Wald auch war, geflogen war ich bis Methode vier noch nicht.

Also auf ein Neues. Methode vier war das Wünschen:
Das plausibelste war nun natürlich, die Hand aufs Relief zu legen und zu wünschen, in der Luft zu stehen. Eigentlich dachte ich, das sei zu vorhersehbar aber ich lernte nun zu akzeptieren, dass das Universum manchmal sehr faul sein kann. Natürlich war diese die richtige Methode aber hätte ich von Anfang an mir das Fliegen nur gewünscht wäre das bestimmt auch falsch gewesen, einfach war schließlich nicht drin. Doch wie man es auch drehte und wendete, ich schwebte. Frei in der Luft. Unter mir sah ich den frostigen Boden, die Stämme der Bäume und weit in der Ferne die umliegenden Häuser. Ich kannte dieses Gefühl noch nicht also versuchte ich erst einmal, damit um zu gehen. Ich versuchte, mich zur Seite zu lehnen, was mich allerdings völlig aus dem Gleichgewicht brachte. Langsam fing ich mich wieder und probierte es dieses Mal mit etwas Neuem. Ich dachte nicht lange nach wie ich nun nach vorne fliegen konnte, sondern tat so als würde ich mich selbst nach vorne schieben. Und endlich mal funktionierte etwas so wie es sollte. Es tat meiner Psyche erstaunlich gut, diese Bestätigung, dass etwas klappte. Ich sog die Luft tief in mich hinein, keine Ahnung wieso, aber ich flog nun gen Himmel. Heißt, ich atmete all die Luft aus und stand wenige Zentimeter über dem Boden. Aber so schön es auch war, durch den Wald zu fliegen, so konnte ich nicht bleiben. Ich legte meine Hand wieder auf das Relief und sank langsam zu Boden. Meine Haut nahm wieder die leichte Bräune an und meine Augen blieben auch

nicht länger weiß. Wie ein Wiesel flitzte ich durch das Geäst bis zum Waldrand. Tyron hatte ich immer noch nicht gefunden aber mir blieb ja noch der Rückweg um nach ihm Ausschau zu halten. Wieder rannte ich schneller als der Schall und blieb erst stehen als mein Finger auf Sarahs Klingel drückte. Nach ein paar Sekunden riss bereits jemand die Tür auf. Zum Glück war es Sarah und nicht ihre Mutter.
„Was machst du denn hier?"
„Ich bin doch schon seit fünf Tagen hier."
„Ja, deine Mutter hat durch die Gegend telefoniert und ich dachte, nachdem was am See passiert, ist bräuchtest du sicher etwas Ruhe."
„Ja… also was da am See passiert ist, da…"
„Spars dir, wenn du mich jetzt auch noch anlügst weiß ich nicht, wie lange ich dich noch bei mir wohnen lasse."
„Ich wollte nur sagen, dass es mir leid tut, das ihr so einen Stress wegen mir hattet. Wie geht es eigentlich den Anderen?"
„Melissa kann sich an nichts erinnern, dein Gruselfreund hat den Tag irgendwie aus ihrem Hirn gelöscht, zum Glück, die Arme ist voll durchgedreht. Jenna und ihre Eltern waren einfach nur verwundert aber ihr Hals ist wieder so gut wie geheilt. Und, ich weiß zwar nicht ob dich das noch interessiert, aber Kim hatte einen Nervenzusammenbruch und ist nun in der geschlossenen Abteilung nahe Truro."
„Sie ist in der Psychiatrie? Warum?"
„Sie hat nicht mehr aufgehört, davon zu reden wie du in ihrem Kopf warst. Sie hat es immer und immer wiederholt, Kathrin war in meinem Kopf.

Wo ist Kathrin? Jemand muss Kathrin sagen, sie darf nicht in meinen Kopf. Und es wurde immer schräger mit ihr. Sie fing an, ihren Kopf auf die Bettkante zu schlagen und wurde richtig aggressiv. Die Ärzte denken, sie hat sowas wie Schizophrenie, aber seit diesem Tag am See zweifel ich irgendwie daran, ob sie in dieser Abteilung überhaupt richtig ist. Du nicht auch?"
Verdammt. Was wäre ich für ein Mensch wenn ich eine meiner besten Freundinnen in der geschlossenen Abteilung versauern ließe.
„Wie lange soll sie da bleiben?"
Sarah lachte abschätzig.
„Was denkst du denn? Bis sie aufhört, das zu tun, aber das wird sie nicht, weil sie das alles einfach nicht verstehen kann. Nachvollziehbar finde ich."
So hatte sie mich noch nie angesehen, mit so viel Abscheu in ihrem Blick.
„Sarah, ich wollte nicht, dass sie jetzt da ist."
„Das will ich auch hoffen, aber wie kam es überhaupt dazu? Hast du das gleiche mit ihr und Mandy gemacht wie mit Jenna hm? Bin ich jetzt die Nächste?"
„Sarah, ich hab mit Mandy nichts zu tun gehabt und das mit Jenna war ein Unfall. Dir und den Anderen würde ich doch nie absichtlich etwas antun."
„Ach ja? Dann sag mir eins. Wo ist Kai?"
Ihre Stimme war so eiskalt und scharf wie ein Messer. Und damit stach sie mir direkt ins Fleisch. Aber auch nur ins Fleisch, nicht ins Herz, dafür hatte ich die Sache schon zu weit hinter mir gelassen. Aber doch schnitt sie mich, wer sonst fragte sich noch wo Kai war? Wer suchte schon

nach ihm? Nur seine Familie, die Schule, oder vielleicht schon die ganze Stadt? Gab es bereits eine Spur und wenn ja, führte sie zu mir?
„Ich weiß nicht wo er zurzeit ist."
Wie sie mich gebeten hatte, ich lügte nicht, denn zurzeit könnte Kais Körper überall sein, im Fluss, im Meer oder sonst wo.
„Hast du ihn kurz vor seinem Verschwinden oder danach nochmal gesehen?"
„Ja."
Sie zog die Luft ein und hatte so ein Zittern darin als müsse sie weinen, versuche es aber zu unterdrücken.
„Wie lange ist es her, dass du ihn des letzte Mal gesehen hast?"
„Fünf Tage."
Ich hielt meine Stimme klar und neutral und meinen Blick auf ihr. Ich konnte jedes Zucken in ihrem Gesicht und jedes wirre Fingerzucken deuten. Es war unglaublich interessant aus ihrem Auftreten wie aus einem Buch zu lesen. Ich sah sie nun. Ich sah die Menschen ab da. Wie sie waren, ihre innersten Gefühle, die jeder versucht einzusperren aber vergisst, dass der Käfig aus Glas ist. Jeder kann hinein sehen wenn er sich bemüht, aber was man darin zusammen pfercht, lässt einen von innen erfrieren. Sarah hatte so viele eingesperrter Gefühle, sie zeigte nicht gerne Verletzlichkeit.
„Wie ging es ihm als du gingst?"
„Das weiß ich nicht."
„Wieso nicht?"
„Ich weiß nicht wie es einem dort geht."
„Wie es einem wo geht?"

„Im Himmel."
Das war zu viel für sie. Wieso hatte ich das gesagt? Klar sie wollte die Wahrheit aber die kann man auch angenehmer verpacken. Sarah schluckte, sie bekam kaum Luft, so groß schien der Klos in ihrem Hals zu sein. Auch sie war ewig schon mit Kai befreundet gewesen. Auch wenn sie es nie gezeigt hatte, ich glaube sie war verliebt in ihn gewesen.
„Sarah, darf ich rein kommen?"
„Ich…ich weiß nicht ob das…"
Ich ging rein. Sie sollte nun nicht alleine sein und musste mir zu dem auch noch ein paar Fragen beantworten. Wir schlossen die Tür hinter uns und gingen ins Wohnzimmer. Ich wollte sie erst stützen doch sie war erstaunlich schnell für jemanden der kaum noch Luft bekam, wahrscheinlich versuchte sie einen möglichst großen Abstand zwischen uns zu bringen. Ich setzte mich allerdings direkt neben sie und legte ihr tröstend den Arm um die Schultern. Jedenfalls dachte ich vordergründig daran sie so zu trösten, allerdings auch daran, dass ich die Regeln machte und entschied, wann sie sich zu entfernen hatte und wann nicht. Hätte mich etwas an dieser Einstellung wundern sollen?
„Ist deine Mom hier?"
„Nein, sie ist bei Dad im Krankenhaus."
„Wünsch ihm gute Besserung von mir, ja? Und weiß deine Mutter, dass ich hier kampiere?"
Ich versuchte zwar aufheiternd zu wirken aber irgendwie hatte ich das früher besser drauf gehabt, im Moment hörte sich alles nur an wie

„Mach was ich sage, sonst triffst du Kai früher wieder als dir lieb ist, beste Freundin." Oder sowas.
„Ich hab meiner Mom gesagt, dass du hier übernachtest aber im Moment eine Krise hast und deshalb nicht gerne unter Menschen bist weshalb sie sich nicht wundern solle wenn sie dich nicht sieht."
„Das hat sie dir einfach abgenommen?"
„Mein Dad liegt im Krankenhaus, sie denkt ich rede davon, dass du nicht beim Frühstück bist, sonst ist sie nämlich kaum noch da."
„Achso, und die Schule? Fragen die nicht auch wo ich bin?"
„Ich hab dich gedeckt und gesagt, dass du krank bist und weil deine Eltern auf Geschäftsreise sind, du bei mir schläfst."
Ich konnte nicht fassen, dass alle so leichtgläubig waren, aber das lag sicher nur an mir und meiner Art einfach alles zu hinterfragen.
„Was ist mit Kai passiert?"
Schluchtzte Sarah.
„Er wurde getötet."
„Wie?"
Ebenfalls ein Indiz für ihre heimliche Zuneigung zu Kai, sie wollte nicht wissen wer oder warum, sondern wie: Musste er leiden oder nicht? Das interessierte sie. Aber wie gern ich sagen würde, dass er sich mutig vor einen Bus geworfen hatte um ein Kind vor dem Tod zu retten, hatte ich gesagt, ich würde ehrlich sein.
„Man riss ihm das Herz heraus aber er starb mit einem Lächeln."
Dieser Tag blieb in meinem Gedächtnis als der Tag an dem ich Sarah Vesseley zum heulen

brachte, wie ein kleines Kind. Das war der Tag, an dem ich das zweite Mal bereits eine wirklich schlechte Freundin war aber dieses Mal auf psychischer Ebene. Nach Kim würde bald auch Sarah durchdrehen wegen mir. Falls sich je jemand fragen sollte wo mein Gewissen in der Zeit abgeblieben war, nun ich weiß es nicht, hab es lange nicht gesehen.
„Aber-aber, warum weißt du das so genau."
„Sagen wir, ich stand in der ersten Reihe."
„Und du hast nichts unternommen?"
„Er wäre so oder so gestorben durch meine oder durch die Hand eines And…"
Weiter kam ich nicht.
„Durch DEINE Hand?!"
Ich hielt ihrem Blick stand obwohl ich gestehen muss, es war nicht schön, dieses Feuer und den Schmerz in ihren Augen zu sehen.
„Ja, durch meine Hand, gezwungenermaßen."
„Wer zwingt dich denn dazu einfach mal Kai das…"
Sie schluckte wieder:
„…Das Herz raus zu reißen. Das ergibt doch keinerlei Sinn!"
„Nicht alles ergibt immer einen Sinn und glaube mir, es war nicht leicht für mich, aber Kai konnte mir vergeben, er hat mir vergeben und das musst du jetzt auch tun. Bitte Sarah er war sowieso halb tot gewesen, ich musste es tun."
„Vorher schuldest du mir noch etwas."
„Alles."
Klar, nun ließ ich sie eine Regel aufstellen doch nur zur Beschwichtigung.

„Ich will eine Erklärung was mit dir passiert ist. Du bist anders. Vor allem das am See, das warst nicht du. Also sag mir die Wahrheit."
Konnte ich ihr mein größtes Geheimnis anvertrauen? Dass ich ein übernatürliches Wesen war und es viele Spezien gab, die sie gar nicht kannte und am besten auch nie kennen lernen sollte. Ich wollte irgendwie schon, weil mir klar war, dass ich ihr vertrauen konnte aber dann fiel mir wieder der Preis für solch ein Vergehen ein. Sarah war ein Mensch und von daher durfte sie nichts erfahren sonst würde sicher auch jemand wie ich sich Ärger einfangen. Aber ich blieb bei der Wahrheit.
„Ich darf es dir nicht erzählen, das würde dich und mich einen zu hohen Preis kosten. Das ist die Information nicht wert."
„Ach ja? Und was hast du jetzt vor?"
„Ich werde zu meinen Eltern fahren, ein paar Sachen holen und dann hole ich Kim aus der Psychiatrie."
Diese letzten Worte ließen Sarahs Augen leuchten und obwohl sie soeben erfahren hatte, dass ich einen ihrer besten Freunde vor kurzer Zeit tötete war ihre Reaktion
„Nimmst du mich mit?"
„Gern aber bis hier bin ich gelaufen und höhst wahrscheinlich kannst du mein Tempo nicht annähernd halten."
„Wir könnten mit Bus und Bahn fahren."
„Ja… nein, Bus und Bahn ist langweilig und zu langsam, wir machen's auf meine Art, okey?"
„Klar, du bist der Chef."

Sie lächelte und da war seit langem wieder dieses hoffnungsvolle Glitzern in ihren Augen. Es war ihr wichtig, Kim da raus zu haben, was es mir auch immer wichtiger machte.
Sarah warf sich eine Jacke um und ging mit mir die paar Straßen bis zu mir nach Hause.
„Komm bitte mit rein, dann erscheint das alles meiner Mutter vielleicht etwas glaubhafter."
„Ja, aber was ich immer noch nicht verstehe ist warum du überhaupt von zuhause weg bist?"
„Ich bin mit Jackson in einem Hotel weit von Porthleven entfernt. Er bringt mir bei, nicht nochmal so eine Show wie am See abzuziehen."
„Dann zwingt er dich nicht, Drogen zu nehmen, sondern er tut dir gut?"
„Er tut mir mehr als gut, er hält mich fest und beschützt mich. Wer weiß, wo ich ohne ihn nun wäre."
Ich drückte die Klingel an meiner Haustür. Mom riss die Tür ebenso schwungvoll auf wie Sarah.
„Na, dass ich euch zwei sobald nochmal sehe hätte ich aber auch nicht erwartet. Ihr seid anscheinend schwer beschäftigt mit …?"
War das ein Test? Sie wollte wirklich, dass eine von uns ihren Satz beendete.
„Mädchenzeug. Ich hab mich von meinem Freund getrennt wissen sie, da brauchte ich einfach mal eine Freundin an meiner Seite."
Meine Sarah, wie stolz ich auf sie war. Niemand anders könnte so einsichtig und loyal sein wie sie. Sie verkaufte die Story so glaubhaft, dass selbst ich drauf reingefallen wäre, an Stelle meiner Mutter. Jetzt wand sie sich allerdings wieder mir zu:

„Und, was brauchst du alles?"
Wir schoben uns an ihr vorbei in die Wohnung.
„Ach, dies und das. Sarah, wartest du kurz hier ich bin sofort fertig."
„Klar."
Antwortete Sarah nickend. Ich dachte, wenn meine Mutter noch was mit ihr plaudern könnte würde sie nicht so schnell misstrauig werden. Ich schloss aus, dass Sarah sich versprechen könnte, dafür hatte sie die Geschichte zu gut drauf.
Ich zog eine Tasche aus dem Kleiderschrank und stopfte alles hinein was nicht zu viel Platz wegnahm. Dünne Shirts und Tops, kalt wurde es mir sowieso nicht mehr und außerdem hatte ich eine dicke Jacke dabei, für den Fall. Einen ganzen Haufen Unterwäsche, bisher kam ich zwar mit der Bikini Hose und meiner einen Unterhose gut aus, schließlich hatte ich nicht allzu viel Zeit in meinem menschlichen Körper verbracht aber trotzdem. Ich rannte ins Bad und packte ein paar Waschsachen ein, davon gab es in dem Hotel zwar genug aber wäre meine Mutter nicht verwundert, wenn ich schon mal nach Hause gekommen war und trotzdem nicht mal eine Zahnbürste mitgenommen hätte? Als Letztes schmiss ich noch mein Ladekabel in die Tasche und huschte auch wieder ins Esszimmer, in dem Sarah sich bereits befand.
„Hey Kathy, hast du schon gesehen, dass euer Küchenfenster wieder ganz ist und der Blutfleck sogar aus dem Holzboden wieder rausgegangen ist?"
Sarah nickte zur Küche und hob die Augenbrauen an.

„Ja, das war echt blöd mit dem Fenster gewesen."
„Ja, das war es."
Meldete sich jetzt meine Mutter wieder, warum redete sie mit Sarah denn über das Blut? Sie wusste doch nicht, dass Sarah schon so einiges gesehen hatte. Denn hätte Sarah keine Ahnung gehabt, sie würde doch nun ziemlich verängstigt und irritiert sein. Wusste meine Mom vielleicht Bescheid von allem? Oder war das nun ein Test für Sarah gewesen? „Kathy ich muss dir da was erzählen aber sei jetzt nicht wütend oder traurig, ja? Denn weißt du, Jack ist verschwunden. Seit wir wieder hier waren hat keiner ihn mehr gesehen."
„Ach wirklich? Er hat sich sicher nur verlaufen, der taucht schon wieder auf."
„Ähm, ja, glaub ich auch."
Mom sah irritiert aus, kein Wunder. Das war tatsächlich die schlechteste Antwort gewesen die ich je gegeben hatte. Welches Mädchen ist bitte so optimistisch wenn ihr kleines Kätzchen vermisst wird? Ich spürte gerade jetzt, wie schwer es mir mittlerweile fiel, wie ein Mensch rüber zu kommen. Es war so anstrengend, so kompliziert. Durfte mir das überhaupt so schwer fallen? Denn eigentlich war ich mindestens zu vierzig Prozent noch ein Mensch. Oder etwa nicht?
„Also Kathy, meine Mutter wartet sicher schon mit dem Essen auf uns."
„Stimmt, ja. Wir müssen dann auch wieder los. Sag Dad schöne Grüße von mir."
Hastig trabten Sarah und ich zur Tür, ich wollte ihr schon auf die Straße hinterher stürmen, aber da viel mir noch etwas ein, was uns den Weg zu Kim ebnen sollte. Denn ich, Kathrin Jones, fuhr

bereits als Mensch ungern Bus oder Bahn und als Vampirmischling musste ich das auch nicht mehr.
„Ach, Mom. Sag mal, sind unsere Nachbarn etwa immer noch im Urlaub? Ich dachte eben ich hätte ihr Baby schreien hören."
„Echt? Kann nicht sein, das war sicher eine Nachbarkatze oder ein Vogel. Ich hab nämlich heute früh noch nach ihrer Wohnung gesehen und da war noch niemand da. Die kommen sicher erst in einer Woche wieder."
„Stimmt, das war sicher nur ein Tier, also dann, bis in ein paar Tagen. Ich rufe an wenn ich wieder komme, aber Sarah geht's echt mies."
„Ja klar, ist schon in Ordnung."
Sie winkte noch kurz bevor sie wieder ins Haus ging und ich versicherte mich, ob sie uns nicht noch durch ein Fenster beobachtete. Dann zog ich Sarah hinter den Zaun, der das Grundstück unserer Nachbarn von dem unseren trennte.
„Was hast du vor?"
Ich zischte ihr zu:
„Pssst, vertrau mir."
Sie rollte mit den Augen, doch da stand ich bereits auf der Fußmatte des Nachbarhauses und fischte den Haustürschlüssel aus einem Blumentopf hervor. Seit Jahren versteckten sie dort ihren Schlüssel, was ich schon immer für naiv gehalten hatte, aber heute war ich ihnen dafür doch äußerst dankbar. Im Haus lag der Autoschlüssel, wie erwartet, direkt vor meiner Nase auf einer Ablage. Ich steckte ihn schnell ein, schloss die Tür, versteckte den Hausschlüssel wieder und stopfte die perplexe Sarah auf den Beifahrersitz des Geländewagens. Mit einem Aufheulen des Motors

und einem starken Vibrieren startete der Wagen. Zwar kein so schöner Maserati wie der von Jackson, aber dieser hatte auch etwas und wenn man sich schon ohne zu fragen ein Auto ausleiht, dann doch bitte auch ein anständiges.
„Du willst uns doch jetzt nicht mit diesem Auto bis zur Klinik fahren?"
„Nein, ich hab den Schlüssel nur geholt um zu schauen wie bequem der Sitz ist. Was für eine Frage?"
Ich legte den Rückwärtsgang ein und parkte aus. Sicher wäre es purer Leichtsinn gewesen als unerfahrene junge Dame einfach so mit einem, theoretisch geklauten, Monster von Geländewagen bis Truro zu fahren, aber ich war gar nicht so unerfahren im Steuern eines Kraftfahrzeugs. Schon seit Monaten fuhr ich heimlich mit dem Auto meiner Mom wenn sie einkaufen war. Ich hab dann immer im Auto gesessen und gewartet bis sie außer Sicht war und bin dann meistens einmal quer über den Parkplatz gerauscht. Am Anfang war das das Todesurteil für den ein oder anderen Busch, doch es hatte sich letztlich gelohnt. Sarah sah anfangs zwar noch sehr verängstigt aus, fing sich aber im Laufe der Fahrt wieder. Die neunzehn Meilen vergingen wie zehn, statt einer halben Stunde brauchten wir nur zwanzig Minuten, Glücklicherweise ohne Zwischenfälle. Wir rollten auf den Parkplatz eines großen Betongebäudes und guckten uns skeptisch um. Wo hatte ich Kim bloß rein geritten? Wir betraten die Rezeption des sterilen, weiß-grauen Gebäudes. Das hier war nicht wie ein Krankenhaus. In einem Krankenhaus war es

freundlicher, Dekoration und Blumen um die Patienten positiv und optimistisch zu stimmen, aber hier wurde darauf anscheinend nicht so viel Wert gelegt. Als wäre es egal, hier kam man hin, um da zu bleiben, man brauchte also keinen Optimismus mehr.
„Hallo, wir würden gerne Kim Sladoslawek besuchen."
Sarah hatte bereits die Rezeptionistin angesprochen. Diese musterte uns kritisch und suchte dann in ihrem Computer nach Kim.
„Tut mir leid, wenn ihr nicht zur Familie gehört kann ich euch nicht zu ihr lassen."
Traurig wollte Sarah sich schon verabschieden, aber ich hatte Kim das angetan. Wir mussten uns wenigstens bemühen, sie hier raus zu bekommen. Also mischte ich mich ein:
„Na, da haben wir ja Glück, dass Kim unsere Cousine ist, wir sind praktisch zusammen aufgewachsen."
Ich lächelte:
„Also, wo ist ihr Zimmer?"
„Nicht so schnell, ich bräuchte erst noch eure Namen, jeder Besucher wird in eine Liste eingetragen."
„Klar, gerne, ich bin Kathrin Jones und das ist Sarah Vesseley."
„In Ordnung, dann werde ich einen Pfleger rufen der euch zu ihrem Zimmer geleitet."
Die Frau im dunkelgrünen Pullover drückte einen Knopf und kurz darauf erschien ein Mann, ich schätze mitte dreißig. Die Rezeptionistin erklärte ihm wer wir waren und der Mann begleitete uns bis zu einer großen eisernen Tür. Sie wirkte auf

mich erst wie eine Mischung aus Kühlraumtür und Notausgang, tatsächlich erwägte ich die Möglichkeit, dass wir raus geworfen würden. Nein, dieses war die Tür zur geschlossenen Abteilung. Sarah krallte sich an meine Hand, ihre Angst vor mir schien gewichen zu sein. Aber ebenso möglich war, dass ihre Angst vor diesem Ort einfach größer war. Keiner von uns wagte es ein Wort zu sagen, zwar war es übertrieben, aber könnte ja sein, dass die Pfleger dachten, wir müssten vielleicht auch hier bleiben. Ich versuchte meinen Blick auf den Pfleger gerichtet zu lassen und nicht nachzusehen, welche Leute dort im Hintergrund schrien und murmelten. Vor einem kleinen Raum blieb der Pfleger stehen, er drückte die Klinke herunter, doch die Tür blieb geschlossen. Sichtlich verwundert sah er sich um nach einem weiteren Pfleger, die hier ab und zu vorbei kamen.
„Hey, weißt du wo Kim Sladoslawek zurzeit ist, ihr Zimmer ist abgeschlossen."
„Ja, ich hab sie in Behandlung, wer sind die zwei?"
„Ihre Cousinen Sarah und Kathrin."
Der indisch aussehende Mann machte große Augen sah uns erstaunt an und ich hatte das Gefühl als hätten wir lieber nicht unsere echten Namen gesagt. Der Pfleger kam energisch auf uns zu gerannt.
„Kathrin- Jones?"
Natürlich kannte er ausgerechnet meinen Namen.
„Ja und Sarah Vesseley. Aber könnte uns mal jemand sagen wo unsere Cousine ist?"

Sarah verstand die Situation nicht aber mir war soeben ein Licht aufgegangen.
„Gerne ich bringe euch zu Kim."
Der dunkelhaarige Mann führte uns durch mehrere Gänge bis wir schließlich vor einer dicken Tür standen, daneben ein kleines Fenster mit einer Klappe davor.
„Eure Cousine Kim ist zurzeit in einer ‚seclusions' Therapie."
„Und was soll das heißen?"
„Das heißt, dass sie einen solch starken Anfall hatte, dass sie in diesen mit Matten ausgekleideten Raum gebracht wurde, um sich nun dort wieder zu fangen."
Egal was der Pfleger auch sagte, er wand den Blick nicht von mir ab, als versuchte er jede kleinste Reaktion wahr zu nehmen. Aber wenn man die Menschen so gut lesen konnte wie ich mittlerweile, dann kann man ebenso seine eigene Mimik im Zaum halten. Ich hatte das ultimative Pokerface, was ihn anscheinend verwunderte.
„Sie meinen wohl eher, dass sie ausgerastet ist, sie keine Kontrolle mehr über dieses Mädchen hatten und Kim daraufhin in einem gruseligen Raum einsperrten damit sie sich fühlt als sei sie eine Irre."
Selbst während ich das sagte hielt ich meine Maske aufrecht.
„Ich bin zwar nicht sicher, ob sie es bemerkt haben, Miss Jones, aber wir sind hier in einer Irren-Anstalt."
„Was sie nicht sagen, nur frage ich mich, warum Kim dann hier ist?"

Meine Stimme wurde schnippisch wie eine Peitsche und diese schwer kontrollierbare Wut breitete sich wieder über meinen Körper aus. Aber dieser Pfleger dachte gar nicht, daran sich das gefallen zu lassen.
„Obwohl sie das ziemlich genau wissen müssten, bin ich gerne bereit ihnen da weiter zu helfen."
„Ich bin ganz Ohr."
„Fein, dann fragen sie sich doch mal, wieso die Arme ständig ihren Namen schreit? Und wenn sie die Lösung haben, lassen sie uns doch gerne daran teilhaben, denn dieses Mädchen hat ernsthafte psychische Probleme und alle Fäden führen zu ihnen."
Das ließ mich verstummen, dieser möchtegern Professor wollte mir vorwerfen, ich hätte meiner Freundin etwas so traumatisches angetan, dass sie jetzt nur noch ein wandelndes Wrack ist? Ich brannte vor Wut, einerseits weil er die Dreistigkeit hatte mir zu kontern, andererseits, weil er vielleicht sogar recht hatte. Nachdem ich Kim berührt hatte war das alles mit ihr geschehen, hatte ich doch mehr damit zu tun als ich zugeben wollte?
„Ich will zu ihr."
Der Pfleger öffnete die Klappe vor dem Fenster.
„Da ist sie."
„Ich will rein zu ihr."
„Sie sind echt lustig, dieses Mädchen ist ein frei liegender Nerv, Kim wird auf sie los gehen."
„Das würde ich zu gerne mal sehen. Eine Friedenskämpferin greift ihre eigene Cousine an."
Obwohl ich sie nicht mal ansah spürte ich Sarah lachen, keine Frage, sie wusste, dass ich nicht

mehr dieselbe wie früher war. Sie wusste dort bereits, dass ich *anders* war. Aber der Pfleger schüttelte nach wie vor den Kopf während er sagte:
„Meinetwegen, aber wenn du sie in irgendeiner Form versuchen solltest zu peinigen, hole ich den Sicherheitsdienst und ihr fliegt raus hier, klar?"
Ich grinste, wie ich es immer tat, wenn ich gewann.
„Glas klar"
Der Pfleger sah trotz seiner Entscheidung unsicher aus, aber legte nun endlich den großen Hebel um, der die schwere Tür öffnete. Es war, als wäre ich hier im Hochsicherheitstrakt von ADMAX gelandet. Wenn man bedachte, dass hier eigentlich doch nur kranke Menschen und nicht bewusst böse waren, konnten die Maßnahmen einen echt erschrecken.

Als die Tür sich quietschend öffnete fiel mein Blick sofort auf das kaputte, magere Ding das sich dort in der Ecke zusammen gerollt hatte. Wäre von einem Hund die Rede, käme sicher mein Aufpeppelimpuls hoch, aber da dies dort eine meiner besten Freundinnen war, ein vor wenigen Tagen noch lebensfroher Mensch, weckte dieser Anblick nur Wut und Kummer in mir. Was hatte meine durch und durch positive und optimistische Kim in solch kurzer Zeit gebrochen? Leise betrat ich den Raum. Ein Rums war hinter mir ertönt und Sarahs Stimme wie sie meckerte. Die Klappe vor dem Fenster wurde aufgerissen und Sarahs Gesicht kam zum Vorschein. Sie war verwundert, dass man mich hier eingesperrt hatte.

Aber das war okey. Nachdem ich meinen Blick von dem Fenster gelöst hatte und den Kopf wieder wandte saß Kim bereits aufrecht da. Sie hatte ihr rechtes Bein, das nach wie vor eingegipst war neben sich gelegt und das andere unter sich gefalten. Statt das ihr Kopf komplett mit Verband eingepackt war, wie bei unserer letzten Begegnung, trug sie nun nur noch eine Bandage die wie ein Stirnband um ihren Kopf ging. Ihre Augen waren leer als sie vor sich hin auf den Boden starrte.
„Kim?"
Ihr Blick wanderte langsam an meinen Füßen hoch bis in meine Augen. Es sah aus, als würde sie sich erschrecken, bis sie den Mund öffnete und sprach.
„Kathrin?"
Ihre Stimme war erstaunlich klar und wirkte keinesfalls verwaschen wie man es eigentlich von einer psychisch labilen und wahrscheinlich auf Drogen gesetzten Person vermuten würde.
„Was machst du hier?"
Fragte sie.
„Was machst du hier, Kim? Du bist doch nicht irre."
„Doch das bin ich."
Stöhnte sie, starrte wieder auf den Boden und sah aus als wäre sie ganz woanders.
„Wieso denkst du das? Haben die dir das eingeredet?"
„Nein. Das waren nicht die. Das warst du."
Ich bekam eine Gänsehaut. Sie schlich meinen Nacken hinab als hätte man Schnee ins T-Shirt

bekommen. Kim sah so müde und kaputt aus und das wegen mir?

„Was habe ich denn getan, das du nun hier bist."

„Nein, das ich hier bin habe ich meinen Eltern zu verdanken! Sie wollten mich wegsperren, damit sie nicht ständig vor Augen haben, das ihre missratene Tochter eine geisteskranke ist!"

„Aber du bist weder missraten noch geisteskrank, Kim!"

„Hör doch auf mit dem dämlichen Versuch mir einzureden, ich sei ein völlig normaler Mensch, das bin ich nicht! Ich bin krank!"

„Du bist nicht krank, aber auch kein normaler Mensch! Du bist etwas besonderes Kim, und hier gehörst du nicht hin."

Kims Augen wurden groß und sie atmete immer schneller, rasend vor Wut und doch immer noch so klar.

„Vielleicht bin ich wirklich nicht krank. DU bist KRANK!"

Mit der Antwort hatte ich wirklich nicht gerechnet, was wusste sie bloß alles? Aber Kim war noch gar nicht fertig mit ausrasten.

„Du warst in meinem Kopf! Du hast mein Hirn von innen besetzt, ich musste diese ganze, bescheuerte Demo von vorne erleben und immer, zu jederzeit standest du neben mir! Ich lag am Boden, man hat nach mir getreten und du? Du standest nur am Rand und starrtest mich an! Schlimm genug, das einmal erlebt zu haben, wer erlaubte es dir mich das nochmal erleben zu lassen? Hm? Sag schon, WAS!?"

Es war wirklich meine Schuld gewesen, nur wegen meiner Neugier hatte sie die gleiche Vision

wie ich gehabt, nur natürlich steckte sie in ihrem eigenem Körper.
„Aber nun ist doch alles wieder gut, oder nicht? Jetzt liegt das alles hinter dir und du bist wieder komplett gesund. Du musst nur noch hier raus, dann bist du wieder frei."
Kim war fassungslos, diese Sicht war neu für sie und es brachte ihr Hirn zum rattern.
„Du hast recht, ich bin gefangen. Draußen wäre ich frei."
Eine Träne rann an ihrer Nase hinunter und verfing sich in ihrem Haar. Sie sah mich an
„Ich will frei sein. Ich muss hier raus."
Das war mein Stichwort. Mit einem Grinsen nahm ich den Auftrag an.
„Wir holen dich hier raus. Jetzt."
Ich erhob mich aus der Hocke und hielt ihr meine Hand hin. Etwas skeptisch, ob sie mich wirklich berühren sollte, zögerte sie einen Augenblick. Doch dann ergriff sie meine Hand und ich stützte sie auf die Beine.
„Sarah."
Rief ich, als wir vor der Tür standen.
„Mach die Tür auf."
Ein Knarzen und dann ein Rums worauf ein Quietschen folgte. Die Tür flog auf, aber da stand leider nicht nur Sarah vor der Tür, sondern fünf Pfleger mit Staturen wie Schränke.

$$\Omega$$

Wie hatte sie es bloß geschafft, Kim zu aufbrechen zu bewegen? Die Frage beschäftigte mich die ganze Zeit in der ich sie beobachtet hatte. Kaum

zu fassen, ich kannte Kathy schon seit Jahren aber im Moment lernte ich jemand völlig anderes kennen. Sie war von einem auf den andern Tag nicht mehr die kleine smarte Kathy, sie war nun die starke und zugleich bedrohliche Kathrin. Hatte sie Kim vielleicht bedroht damit sie mitkommt, ohne zu murren. Ich meine, vielleicht war das alles Teil eines Plans und es passte einfach nicht in ihr Konzept, das Kim hier war.
„Was soll die menschliche Mauer? Da hätten sie die Tür auch einfach zu lassen können."
Sagte sie mit ihrer neuen harten und scharfen Stimme, früher war ihre Stimme weich und süß gewesen wie ein Marshmellow.
„Was haben sie mit der Patientin vor?"
Fragte einer der Pfleger was Kathrin offensichtlich nicht gefiel, denn sie zischte:
„Ich werde sie nach Hause bringen."
„Das geht nicht."
„Ach? Nicht ihr Ernst? Dann bin ich gespannt, wie sie mich davon abhalten wollen."
Ich wagte es nicht, ihr herein zu reden, besser sie bestritt diesen Kampf alleine und sie zu beruhigen, wäre noch unvorteilhafter, denn damit würde ich mich gegen sie stellen.
„Ähm, haben sie sich vielleicht mal umgesehen? Hier stehen fünf Pfleger die alle verhindern werden, dass die Patientin dieses Gebäude verlässt, also zwingen sie uns nicht handgreiflich zu werden und verschwinden sie einfach."
Der Pfleger hatte die Drohung kaum ausgesprochen und schon wusste ich, dass ich hier in einem Kriegsgebiet stand. Kathrin würde sich

nicht davon abhalten lassen, Kim hier raus zu holen.

„zzzz… Sie wollen unbedingt die harte Tour, ja? Die sollen sie haben."

Kim sah in der ganzen Zeit nur auf den Boden während Kathrin plötzlich ihre Miene verdunkeln ließ. Sie strich mit der Hand ihren Pulli hoch bis man das seltsame Tattoo auf ihrem Arm sehen konnte und legte die Hand darauf. Sie tat so dramatisch, sah zu mir rüber und entschuldigte sich. Erst wusste ich nicht wofür, aber plötzlich wurde ihre Haut immer heller, ihr Haar immer schwärzer und ihre ganze Person immer gruseliger. Die Pfleger traten einen Schritt zurück, da schlug sie plötzlich die Augen auf und fauchte die Männer an. Es wurde eiskalt hier drin. Vor Schreck zuckte ich zusammen, wagte mich aber nicht weg zu rennen. Kathrins Augen waren auf einmal milchig weiß, sonst waren ihre Augen hellbraun bis orange. Wie gelang es ihr, sich von jetzt auf gleich vollkommen zu verändern? Wer war das dort? Kim sah immer noch zu Boden, zum Glück wohl möglich, da wir sie sofort wieder in die Zelle hätten bringen müssen wenn sie das dort gesehen hätte.

„Denken sie immer noch, es sei klug, sich mir in den Weg zu stellen?"

Die riesigen, muskulösen Männer kauerten reglos an der Wand vor Schreck und ergriffen die Flucht als Kathrin ihnen ihre Zähne zeigte, von denen sie nicht mehr so viele hatte wie sonst. Es waren nur Eckzähne, vier oben, vier unten.

„Wollen wir dann jetzt abhauen?"

Traute ich mich, zu stottern. Wieder legte sie die Hand auf das Tattoo und alles war beim Alten. Auch Kim hob den Blick wieder.
„Ja, bringen wir dich nach Hause."
Flüsterte Kathrin und sah Kim lächelnd an, diese lächelte auch endlich wieder. Wir schlichen einen leeren Korridor entlang und erreichten die riesige Tür, welche geschlossene von offener Abteilung trennte.
„Wie sollen wir hier raus kommen? Ein Pfleger muss die Tür öffnen."
„Genau, also suchen wir uns einen Pfleger" Antwortete mir Kathrin.
„Aber niemand wird uns mit Kim gehen lassen, sie trägt ja nicht mal normale Klamotten, jeder würde sie erkennen."
„Wir könnten doch jemand den Schlüssel abnehmen."
Schlug Kim vor und die Idee war sogar ziemlich gut, nur wenn wir außerhalb der geschlossenen Abteilung wären, hätte Kim immer noch diesen Kittel an, wie die anderen Patienten. Wir brauchten andere Kleidung für sie. Obenrum war das kein Problem, sie könnte eine unserer Jacken bekommen aber wo sollten wir eine Hose für sie herbekommen?
„Das ist eine gute Idee, aber du brauchst noch was zum anziehen."
Flüsterte Kathrin nun auch. Wir alle drei sahen uns um, ob nicht irgendwo etwas Klamottenähnliches zu finden war.
„Wie wäre es, wenn ich einfach ein Stück Stoff um mich schlinge und es an der Seite zuknote, das wäre dann doch einfach ein Rock."

„Säh das nicht etwas seltsam aus?"
„Wieso, kann doch sein das ich einfach keinen guten Modegeschmack habe, deshalb dürfen die mich doch nicht hier behalten."
Kim hatte nicht ganz unrecht und viele Optionen hatten wir nicht. Also stimmte ich ihr zu:
„Ja, lass uns das versuchen. Du kannst dann meine Jacke drüber ziehen und schon sind wir hier wieder weg."
„Okey, aber wir müssen erst mal irgendwo Stoff herbekommen."
Flüsterte Kathrin aber Kim winkte ab.
„Ich weiß da was, kommt mit."
Sie ging voran zu einem Zimmer. Vorsichtig schob sie die Tür auf und lugte hinein.
„Alles klar kommt mit."
Leise schlichen wir zu ihr hin, verwunderlich nur, dass auf einmal kein Pfleger mehr hier war. Im Zimmer war Kim bereits drauf und dran, einen Bettbezug zu zerreißen.
„Kathy, könntest du mir mal helfen?"
„Klar."
Kathrin lief zu ihr auf die andere Seite des Raumes und riss mit einer einzigen Handbewegung das Laken zu einem breiten Tuch zurecht. Schnell knotete Kim das Stück um ihre Taille und zog meine Strickjacke an.
„Jetzt müssen wir nur noch einen Pfleger finden."
„Ja, aber das mach ich allein okey?"
Kim und ich nickten Kathrin zu, obwohl ich es nicht so gut fand, dass sie alleine loszog, wir waren in meinen Augen ein Team, wenn auch nur für heute. Aber trotzdem, ich vertraute darauf, dass sie wusste was sie tat. Denn, ganz gleich wer

oder was sie nun war, sie würde auf ewig meine beste Freundin bleiben.

Ω

Keine Ahnung, was nötig war um den Pfleger von seinem Schlüssel zu trennen aber ich wollte auf keinen Fall riskieren, dass sich etwas ereignete was Kims und Sarahs Bild von mir trüben würde, wenn es das nicht schon längst hatte. Klar, ich hatte sowieso nicht vor, handgreiflich zu werden oder so was, aber man kann ja nie wissen. Leise huschte ich von Flur zu Zimmer, zu Flur, achtete aber darauf, nicht zu weit von den Beiden entfernt zu sein. Tatsächlich fand ich, anscheinend den letzten Pfleger dieser Einrichtung, in einem Vorratsraum. Es war ein sehr junger Mann, erstaunlicherweise trafen wir hier nur auf männliche Pfleger, aber dieser ist mir besonders im Gedächtnis geblieben. Aber Bob Mcbrian war eine Nadel im Heuhaufen, zwar klein in einem großen Ganzen aber trotzdem erkannte man sofort den Unterschied zwischen ihm und den Anderen. Er sortierte gerade abgelaufene Ampullen aus und schien so in seine Arbeit vertieft, dass er das, was alle Anderen zum Gehen bewegte, anscheinend verpasst hatte. Nicht mal, dass ich die Tür aufriss, schien er als wichtig wahrgenommen zu haben. Was wiederum daran gelegen hatte, dass er mich zu dem Zeitpunkt noch nicht sah. Erst als ich meine weiße Hand mit den langen Fingern und noch längeren schwarzen Nägeln auf seine Schulter gelegt hatte, drehte er den Kopf. Der Kittel, den er trug war dünn, und

nicht für Temperaturen bis zu minus fünfzig Grad geeignet, also war sein plötzliches Aufschreien schon ziemlich verständlich. Zuerst blickte Bob Mcbrian nach oben um sicher zu gehen, dass ihm von dort nicht etwas auf die Schulter getropft war, dann sah er zu seinem Kittel, dessen Schulter etwas steif war vor Kälte. Erst, als allerletztes blickte er zu mir.
„Entschuldigung aber hast du gesehen was da Kaltes an meiner Schulter war, ich glaube hier ist was ausgelaufen und dieses Chemiezeug hier ist zum Teil echt gefährlich."
„Tut mir leid, aber das bin wohl ich gewesen."
„Naja, mir geht's gut aber wenn du so kalt bist… das ist doch sicher nicht gesund."
Ich war baff. Bob machte auf mich nicht den Eindruck, ein Vollidiot zu sein, ganz im Gegenteil. Er war eine graue Maus und etwas schmächtig, aber klug schien er zu sein.
„Nein, das wäre sicher nicht gesund aber ich bin nicht deshalb hier."
„Hab ich auch nicht gedacht, aber bitte frag nicht, ob du hier was mitgehen lassen kannst, das kann ich nicht machen."
Er zeigte auf die ganzen Pillen und Ampullen in den Regalen. Oxycodon und THC standen dort rum, aber wegen Drogen war ich nicht gekommen.
„Nein, das will ich nicht, ich will deinen Schlüssel damit ich aus der Abteilung raus komme."
„Warum bist du denn überhaupt hier?"
Nun, keine Ahnung ob er die eine oder andere Pille hat verschwinden lassen, denn jeder normale Mensch hätte, sobald er mich gesehen hat, die

Flucht ergriffen und dieser hatte vor, zu diskutieren? Sicherlich hatte er hier schon schlimme Fälle gesehen, aber die waren doch wohl sicher kein Vergleich zu mir.
„Das ist unwichtig für dich, also gib mir einfach den Schlüssel und ich verschwinde."
„Das ist nicht unwichtig, ich muss auf die Patienten aufpassen und wenn du hier bist, ohne Begleiter, dann darf ich dir meinen Schlüssel nicht geben."
Ich konnte mein Lachen nicht mehr verstecken. Aber mit einem Mal fiel der Vorhang in meinem Kopf. Er teilte mein Bewusstsein und ließ mich nur noch Sterne sehen. Als wäre ich nicht mehr ich selbst, so packte mich dieser Rauschzustand und ich konnte mich nicht mehr wehren. Er hielt mich mit den Zähnen fest und verschlang mich dann in einem Stück…

~Blackout~

Nach gefühlten fünf Minuten schloss ich die Tür der geschlossenen Anstalt auf. Mich zurückzuwandeln hatte ich total vergessen und so sah ich mein Spiegelbild in der glänzenden Tür. Aber etwas war anders an mir: Statt nur dem einem Blutfleck auf der Schulter hatte ich noch einen zweiten, welcher von meinem Oberschenkel tropfte. Ich wischte darüber, aber wie zuvor konnte ich ihn nicht verschmieren, obwohl er so frisch und nass aussah. Ich wandelte mich zurück, in mein weniger blutbeflecktes Ich. Immer noch paralysiert, achtete ich kaum auf Sarah und Kim. Mir war klar, dass sie hinter mir her liefen aber keines ihrer Worte drang an mein Ohr, ich bekam es schlichtweg nicht mit. Wie das Gefühl, sich nach einem fünf Stunden Dauerlauf auf einmal hinzusetzen. Man ist zwar erschöpft von der Anstrengung, aber das plötzliche Sitzen tritt einem die Beine weg. Glücklicherweise war nicht mal die Frau von der Rezeption zu sehen, ich drückte den Schalter der die Tür öffnete und endlich waren wir raus aus diesem Gruselkabinett. Die ganze Fahrt über schwieg ich, es gab einfach nichts zu sagen und meine Freundinnen respektierten das. Minuten später standen wir vor Kims Haus und verabschiedeten sie mit den Worten:
„Wir haben dich da rausgeholt, sieh zu, dass deine Eltern dich nicht gleich wieder reinstecken."
Dann fuhren wir weiter, nächster Halt: Sarahs Haus.
„Danke."

„Du hast Kim nach Hause gebracht, ich schulde dir ein Danke."
„Nein, denn nur wegen mir war sie erst dort drin."
„Trotzdem."
Ich nickte Sarah zu und ließ die Reifen wieder rollen. Selbstredend brachte ich den Wagen wieder zu meinen Nachbarn zurück und verschwand direkt wieder. So schnell ich konnte trugen meine Beine mich über die Felder zur Housel bay zurück. Um nach Tyron zu suchen fehlte mir die Lust, das würde ich die nächsten Tage übernehmen. Dabei brach bereits der Abend herein, Jackson war sicherlich in Sorge um mich, der Plan war nämlich, nur ein kurzer Besuch zu Hause und bei Sarah gewesen und das Zeitlimit dafür hatte ich weit überschritten. Minuten später kam ich am Hotel an, meine Sohlen waren so gut wie durchgelaufen und an meiner Kleidung hingen viel mehr fliegenähnliche Tiere als mir lieb war. Aber wenn das der einzige Nachteil daran war, schneller zu laufen als jedes mir bekannte Auto fuhr, nahm ich das gerne in kauf. Leise betrat ich das Hotelzimmer und warf meine Jacke in die Ecke. Hier war es wesentlich leiser als sonst, ich konnte nicht genau definieren was dies bewirkte, aber es war, als wäre ein Geräusch aus dem Hintergrund plötzlich verstummt. Ich lugte ins Badezimmer aber Jackson war auch dort nicht. Verzweifelt legte ich den Kopf in meine Hände, diese Situation kam mir vor wie ein grauenhaftes Déjà-vu. Es erinnerte mich daran, als ich das letzte Mal nach Jackson suchen musste, als ich raus auf die Klippen gerannt war, und er einfach nirgends

zu finden war. Der Moment, als das Feuer sich über mich ergoss und meinen Körper verzehrte. Die Erinnerung ließ mich kurz zittern aber doch stupste ich mich selbst in Richtung Tür. Jackson war nicht hier, also lag es nun in meiner Hand, ihn zu finden, mal wieder. Das ihm vielleicht etwas zugestoßen war ließ ich erst gar nicht in meinen Kopf. Ich huschte die Treppen hinab bis ins Foyer und schlug die Haupttür auf. Ein kräftiger Wind blies mir salzige Meeresluft ins Gesicht und ich hatte das mulmige Gefühl, am besten doch nicht hinaus zu gehen. Das kleine, abergläubige Stimmchen in mir schrie förmlich: *„Das ist ein Zeichen! Geh mit dem Wind!"* Noch nie konnte ich meinem Glauben an Schicksal und das Universum und die Tatsache das es keine Zufälle gibt widersprechen. Auch an diesem Tag nicht. Ich wand mich um und versuchte genau in die Richtung zu gehen, in die der Wind mich gedrückt hatte. Also trug mich dieser Glaube in den Speisesaal. Ich hatte nicht eine Sekunde daran gedacht, dort hinein zu sehen, denn ich wollte gar nicht erst die Hoffnung aufkeimen lassen, dass er dort sitzen und auf mich warten würde. Wie bereits gesagt, in meiner Welt gibt es keine Zufälle, alles hat seinen Sinn. Und gerade dieser Windstoß hatte seinen Sinn erfüllt, denn er hat mich geradewegs zu Jackson geweht. Er saß dort, in der Mitte des Saals, an einem runden Tisch und wartete auf mich. Sofort hatte er mich erkannt und erhob sich von seinem Platz.
„Wag es nicht, mir jemals wieder sowas an zu tun!"

Flüsterte er mit erleichterter aber auch mahnender Stimme. Ich hob an, um mich zu entschuldigen aber da presste er bereits seine Lippen auf die Meinen und hielt mich fest. Mir wurde jedes Mal, wenn er das tat, klarer wie sehr ich ihn brauchte. Liebe ist nichts wofür man eine Gebrauchsanleitung bekommen kann, man muss sie erforschen und blind ins Ungewisse laufen. Aber trotzdem konnte man bestimmen in welchem Raum der Liebe man sich befand. Es gibt den pinken Plüschraum in dem man in die Liebe verliebt ist. Daran ist nichts Schlechtes mit seinen Spitznamen wie Schatzi, Süße, Mäuschen und so weiter aber diese Liebe ist doch eher oberflächlich. Das, was Jackson und ich hatten war etwas Anderes. Es war schmerzhaft und wundervoll zu gleich. Das Wissen, ohne einander nicht auszukommen und doch nicht in die Kitsch-Schiene zu fallen. Es war etwas Magisches. Etwas Einmaliges, und jeden Tag denke ich an diese atemberaubende Zeit zurück.

Das Wasser lief mir im Mund zusammen als ich den Duft von frischem Steak wahrnahm. Jackson hatte für mich bestellt und obwohl ich Vegetarierin war, seit ich denken kann, konnte ich nicht widerstehen, meine Zähne hinein zu graben. Es war einfach köstlich! Ob es daran lag, dass ich den ganzen Tag nichts gegessen hatte war auch möglich aber eher unwahrscheinlich.
„Wo bist du denn den ganzen Tag gewesen?"
„Ich war erst wie vereinbart bei Sarah und zuhause, aber dann erzählte Sarah mir das Kim in

einer Anstalt feststeckt, naja, dann sind wir halt hin und haben etwas die Leute aufgemischt. Aber weißt du was?"
„Was?"
„Ich kann jetzt Fliegen! Naja, mein *Bloody Mary*, ich kann es also eigentlich doch nicht, aber das war einfach fantastisch, soll ich's dir gleich mal zeigen?"
„Gerne, doch zuerst, komm nochmal auf die Sache mit Kim zurück."
„Oh jaja, das war zwar nicht einfach aber besonders schwer jetzt auch nicht, belassen wir es doch darauf, dass sie wegen ihrem Zusammenstoß mit mir in dieser Vision etwas erschrocken war und wir nun alles geklärt haben."
„Hast du ihr erzählt was du bist?"
„Jackson, ich weiß doch selbst noch nicht genau was ich bin. Keine Sorge."
Nach dem Essen zog ich ihn an der Hand hoch in unser Zimmer, öffnete das Fenster und setzte mich an Jacks Seite auf den Dachgiebel. Ich verwandelte mich und konzentrierte mich auf den Himmel. Wie bereits im Wald flog ich ein paar Runden und sank dann wieder an seine Seite auf den Giebel.
„Das ist echt toll, aber erklär mir bitte was. Woher hast du das?"
Er zeigte auf den Blutfleck an meinem Bein.
„Der? Der war plötzlich da, wie der an meiner Schulter."
„Ich habs dir erst nicht erzählt weil ich dachte es würde dich zu sehr an die Hinrichtung von Kai erinnern. Aber du bekommst die nicht einfach mal

so."
„Ach nein? Wofür dann?"
Leichte Nervosität stieg in mir auf.
„Dieses Blut steht symbolisch für all das Blut was wortwörtlich an deinen *Händen* klebt. Das heißt, wenn du jemandem das Leben nimmst, bekommst du einen neuen. Wer ist gestorben bei der *Befreiung von Kim*?"
„Niemand! Ich bring doch nicht einfach mal irgendwen um und das weißt du auch!"
„Nein, das glaubte ich, aber dieses Blut gehörte mal wem anders und ich will wissen wem."
„Ich weiß es nicht! Ich hab niemanden getötet!"
„Wo ist Kim?"
„Zuhause, wo ich sie lebendig abgesetzt hab."
„Und Sarah?"
„Ihr geht's auch gut!"
Wie konnte er mir das bloß unterstellen? Meine eigenen Freundinnen getötet zu haben.
„Wem ging es dann nicht gut nachdem er dich getroffen hatte?"
„Ich weiß es wirklich ni…"
„Was Kathrin?"
Tatsächlich wusste ich es nicht, dass jemand meinetwegen tot war. Aber ich reimte es mir zusammen.
„Da war etwas, ich kann mich nicht mehr dran erinnern. Als sei ich weggetreten gewesen. Erst war es nur Wut und dann sah ich Sterne. Am Ende war alles wieder gut aber ich glaube ich hab Mist gebaut, Jack."
Ja, das hatte ich, denn Bob Mcbrian blieb mir genau deshalb so gut im Gedächtnis. Er war derjenige an dem ich erkennen musste wie instabil

mein Gemüt doch war. Eine unkontrollierbare Stimme, die von Zeit zu Zeit aus mir heraus brach und meinen Körper übernahm. Wie ein Symbiont oder eher ein Parasit, der mich von innen als seinen Wirt besetzte und dabei versuchte, seinen eigenen Willen durchzusetzen.
„Weißt du vielleicht noch, wie du ihn zurück gelassen hast?"
„Ich weiß garnichts mehr in diesem Zeitraum, bekomme ich jetzt auch eine Strafe."
„Hah, nein bist du verrückt. Das Töten von Menschen liegt in unserer Natur. Es ist zwar nicht nötig, sie immer gleich zu töten, vor allem für dich nicht, weil du dich von allem ernähren kannst, aber ich muss zugeben, dass ich doch etwas enttäuscht bin."
„Achso, aber Jackson bitte glaub mir, ich wollte das nicht tun. Es hat von mir Besitz ergriffen, dieses Gefühl. Ich konnte mich nicht wehren."
„Schon in Ordnung, ich glaub dir. Du bist kein Monster und Fehler macht jeder Mal."
„Und was ist, wenn ich wieder einen Anfall bekomme?"
„Wir trainieren einfach, deine Gefühle zu unterdrücken, als Teilvampir wird dir das leicht fallen. Wir können unseren Körper sehr gut kontrollieren, manche von uns sind sogar im Stande zu kontrollieren wie schnell man das Blut aus dem Magen extrahiert."
„Wow, ich wusste nicht mal ob Vampire einen Magen haben."
„Ich weiß nicht, ob man es wirklich noch Magen nennen kann. Es ist einfach ein Organ in dem das Blut durch die Wände gezogen wird. Abgesehen

von Herz und Hirn ist das das einzige Organ was nicht versteinert ist."
„Interessant, Vampirbiologie."
Ich lachte, genau wie er. Impulsiv schlang ich meine Arme um ihn, natürlich erst, nachdem ich wieder meine gewohnte Gestalt angenommen hatte.
Die Nacht brach herein. Wir kuschelten uns in die weichen Kissen die im Bett lagen.
„Du bist Jackson."
„Du bist Kathrin."
„Nein, ich meine du bist nicht Jack, du bist keine Katze mehr."
„Moment, du nennst mich auch Jack wenn ich kein Kater bin."
„Bleib beim Thema."
„Ich weiß, ich hab meine Strafe abgesessen."
„Das ist gut, oder?"
„Jemand kommt aus dem Gefängnis in Freiheit, denkst du er würde wirklich lieber wieder rein?"
„Ja, aber du warst nur in einem anderen Körper."
„Ja, einem kleinen, schwachen, hilflosen, wie in einem Gefängnis."
„Achso, aber was…"
Jackson strich mit der Hand über meine Augen.
„Schhhh… Schlaf jetzt, morgen reden wir weiter, okey?"
„Okey, gute Nacht."
„Träum was Schönes."
Er küsste mich auf die Wange und betrachtete mich noch eine Weile, bis ich schließlich einschlief und nichts Schönes träumte…

Dieses laute Dröhnen in der Luft war unerträglich. Es war störend und riss an meinem Trommelfell. Genervt versuchte ich heraus zu finden, was diesen Lärm verursachte, was nicht allzu schwer war. Nur die Augen musste ich aufschlagen und wusste bereits wo ich mich befand. Um mich herum standen die brennenden Ruinen einiger kleiner Häuser. An denen konnte ich ungefähr festmachen, dass ich in einer Zeit um siebzehnhundert gelandet war. Dieser Traum schien nicht einmal ein Traum zu sein, sondern eher eine Vision. Schließlich gab es in meinen Träumen nur jemanden der mir wehtat, manchmal jemanden dem ich wehtue und mich. Hier rannten mehrere hundert Personen herum. Alle schrien und hatten Wunden über den ganzen Körper verteilt, sogar Tote waren nicht rahr hier. Mein Kleid war dieses Mal sehr altertümlich und verdreckt, ich passte also perfekt in dieses Bild. Und es war ein Bild von Tod, Trauer und Zerstörung. Ein durch und durch dunkler Fleck. Was ich hier verloren hatte, war die Frage und was es für meine Zukunft zu bedeuten hatte. Ich wollte mich nicht, wie die letzten Male, einfach mit der Vision mitziehen lassen, als sei ich ein Blatt im Wind. Ich wollte möglichst viel erfahren. Also erhob ich mich vom schlammigen Straßenpflaster und lauschte den Menschen um mich herum. Ein türkisches oder ukrainisches Wort, vielleicht auch arabisch, keine Ahnung. Überall schrien es Frauen und Kinder, die aus den brennenden Häusern flüchteten. Ich war nicht sicher, was das bedeutete, aber es schien mir ein Hilferuf zu sein. Frauen knieten an den verbrannten und sich doch bewegenden Überresten ihrer Männer und schrien dieses Wort aus tiefster Kehle. Erstaunt über das Ausmaß der Zerstörung an diesem Ort sah ich zum Himmel. Ein Zischen und das Dröhnen was mich schon am Anfang gestört hatte, das waren Granaten. Mörsergranaten, Kanonenkugeln und auch ein paar Gewehre knallten. Hier stand ich nun, siebzehntes Jahrhundert, in der zerstörten Stadt Baturyn mitten im großen, Nordischen Krieg. Fasziniert und zugleich eingeschüchtert davon, in solch einem historischen Krieg an forderster Front dabei zu sein, ganz ohne die Angst, mein Leben zu lassen, war schon eine Klasse für sich. Ich schlich mich hinüber zu einem großen Geröllhaufen und hielt Ausschau nach jemandem, den ich hier treffen würde. Nach geschätzten fünf Minuten zweifelte ich allmählich daran, dass ich hier überhaupt richtig war. Denn alles was ich sah, waren immer mehr Bomben, immer mehr Soldaten und immer mehr Tote oder Verletzte, wobei grausamerweise der Großteil aus Verletzten bestand. Es war ungerecht, in der heutigen Zeit fuhr man nur leicht mit dem Auto gegen die Leitplanke und war in vielen Fällen auf der Stelle tot, wobei wir solch gute Rettungsmöglichkeiten haben. Doch die Leute hier, wurden von Granaten in die Luft gesprengt, flogen Meter weit durch die Luft und landeten auf einer harten steinernen Kante, wobei sie trotz allem versuchten, ihr kümmerlichen Überreste in Sicherheit zu bringen. Es war grausam und ungerecht. Plötzlich wurde ich auf etwas aufmerksam, jedoch nur unbewusst. Ich ahnte, da war etwas anderes und ich sollte nach dem Ursprung sehen, aber ich erkannte nicht worum es sich handelte. Eine Stimme, eine vollkommen normale und tiefe Stimme. Ich kannte sie nicht, sie war rau und hart, verständlich bei all dem Ruß hier in der Luft. Aber ich suchte immer noch nach dem Unterschied. Ein Mann, er sprach energisch und hoffnungsvoll. Was mir allerdings endlich auffiel war,

das ich ihn verstand, dies war keine osmanische Sprache wie die der anderen Menschen. Ich konnte nun endlich auch sehen, woher die Stimme stammte. Ein Mann, dessen Figur man auch mit einem Wandschrank vergleichen konnte, redete energisch auf eine, einen Kopf kleinere Frau ein. Wie sie aussah wusste ich nicht, da sie, mit dem Rücken mir zugewand, vor ihm stand. Aber der Mann hatte dunkelbraunes Haar, das wild verwuschelt gut zu seinem kuttenartigen Mantel passte, sowie die großen graubraunen Augen, die wie mit einem Kajalstift umrandet waren. Alles in allem war er ein rustikaler Kerl, dem sogar der leichte Dreck im braunen Gesicht stand. Vorsichtig hastete ich hinter dem Geröll hervor und stellte mich in die Nähe der Beiden, um mitzuhören, was sie sagten.
„Felina, es ist nicht mehr weit, wir werden das schaffen und keiner hier wird es wagen, uns zu nahe zukommen."
„Wie kannst du das so einfach behaupten, ich spüre es doch. Hier stimmt was nicht, ich habe da eben einen schneeweißen Schwanz gesehen und…"
„Das ist der Krieg, er macht uns paranoid und wirr im Kopf. Vertrau mir, sind wir erst mal raus hier und auf dem Land, dann können wir wieder entspannen."
„Jorek! Hör mir zu, ich bin weder wirr noch paranoid, ich weiß was ich dort sah."
„Ich glaube dir, trotz allem müssen wir weiter ziehen."
Der Mann zog seine Dame an der Hand weiter und sie folgte widerwillig und ständig um sich blickend. Bei diesem wachsamen Verhalten war ich erstaunt, dass sie mich noch nicht bemerkt hatte. Die beiden schafften es zwei Straßen weiter bis ich sie wieder eingeholt hatte, aber nicht nur ich. Da sah ich nämlich auch auf einmal

den weißen langen Schwanz hinter einer Ecke aufpeitschen. Das war aber nicht alles was ich sah von dem Untier. Eine ganze Gestalt erhob sich nun auf zwei Beinen hinter den Beiden. Leiser als eine Feder wenn sie zu Boden sank, schlich er sich von hinten heran. Sollte ich etwas sagen? Sie warnen? Nein, war die einzig logische Antwort, denn ich war gar nicht wirklich hier, das alles war nicht echt.

„Hier ist nicht euer Platz!"
Brüllte das Ungeheuer von engelsgleichem Therianthrop.
„Nein, Seraphim, wir…"
Stotterte der Mann unsicher, doch Seraphim unterbrach ihn forsch:
„NICHT EUER PLATZ!"
Er griff mit seiner großen Pranke, als sei sie weich wie Butter, durch Felina, die Frau. Und ließ nur einen Augenblick später ihr blaues Herz zurück. Die Frau starrte auf ihr Herz, das vor ihr auf dem Boden auslief und streckte die Hand aus, um danach zu greifen. Felina verlor das Gleichgewicht und viel nach vorne. Starr vor Schreck fing Jorek seine Frau auf. Ein letzter Blick den sie ihm schenkte, ein Blick der mehr sagte als ein Wesen es in Worte fassen konnte, und dann floss das letzte Leben aus ihrem Körper und verflog wie ihr sich auflösendes Blut im Himmel. Sie war ein Vampir und er wahrscheinlich auch.

„Nein. Felina? Felina, du kannst jetzt keine Pause machen. Hm? Wir müssen doch weiter meine Süße. In ein paar Tagen sind wir weg hier. Dann sind wir auf dem Land und bauen uns eine kleine Hütte. Da kannst du dann schlafen solange du willst, versprochen. Jetzt musst du aber mitkommen hörst du? Felina?! Wir müssen doch los, Felina…"

Es war so unfassbar traurig zu sehen, wie dieser Fels von einem Mann um seine kleine zierliche Frau weinte. Er konnte es nicht begreifen, sie für immer verloren zu haben. Ich beobachtete ihn noch eine Weile, wie er um seine verlorene Liebe klagte und wimmerte, aber alsbald stellte sich mir die Frage, warum, um alles in der Welt, ich hier war und wieso auf einmal alles unscharf wurde um mich herum. Als würde die Welt verwischen, die ganze Farbe lief von der Leinwand und ich fand mich in einem schwarzen Nichts wieder. Da verharrte ich allerdings nicht lange, kurz darauf schien sich neue Farbe aufzutragen. Die Konturen wurden langsam schärfer und ein klares Bild war wieder zu erkennen, doch nicht das Gleiche von vorhin. Ich befand mich nicht mehr im Krieg, sondern in einer atemberaubenden Landschaft. Das musste man meinen Träumen und Visionen lassen, sie schenkten mir Einblicke in die Welt, die selten jemand zu Gesicht bekam. Auf einem Gipfel stand ich nun, vor mir eine tiefe Schlucht. Rings herum fast schwarze Nadelwälder und weißer Schnee. Der Moldoveanu, höchster Berg Rumäniens und Teil der transsilvanischen Alpen erstreckte sich zu meinen Füßen. Ich genoss mit allen Sinnen diesen schönen Fleck so weit oben. Ich roch die Tannen und das Schmelzwasser welches plätschernd in einem Rinnsal neben mir den Abhang hinunter floss. Ich fühlte die Kraft der Sonne und die klare, kühle Luft die meine Lunge füllte. Es war alles so wundervoll und natürlich, kein Mensch hatte hier die Landschaft verbaut oder seinen Müll verteilt, solche Orte sind selten, also kostete ich den Moment solange wie möglich aus. Es blieb leider bei einem kurzen Moment, denn plötzlich hörte ich Schritte im Schnee knirschen. Zunächst unentschlossen über mein weiteres

Verbleiben beschloss ich dann, mich zu verstecken. Ich rutschte ein wenig die Kante hinunter bis ich gerade noch darüber sehen konnte. Aus dem Nadelwald hinter mir schritt ein muskulöser weißer Löwe hervor, der auf seinem Rücken eine weißblonde Frau trug. Die Frau trug ein graubraunes Fell, das sie wie ein Kleid um sich gewickelt hatte. Kein Zweifel, der Löwe war Seraphim.

Aber wer war diese Frau? Ich sah ihrem ‚unvollkommenen' Antlitz an, das sie kein Vampir sein konnte. Ihre Haare waren zerzaust, an ihren Armen und Beinen waren alte wie auch frische Narben auszumachen und trotzdem machte sie auf mich keinesfalls einen unbeholfenen Eindruck. Sie sah sehr zäh aus, sonst hätte sie die zentimetertiefe Wunde an ihrem Bein wahrscheinlich auch verbluten lassen. Seraphim ließ sie von seinem Rücken gleiten und strich den Schnee von ein paar Ästen die auf dem Boden lagen, welche er dann ebenfalls wegschob. Darunter war ein großes Erdloch, angefüllt mit Wolle von Schafen und vielleicht auch Hasen, so genau war das nicht zu erkennen. Die Frau schritt wieder an Seraphins Seite und legte die Hand auf seine Wange während er schon seine halbmenschliche Gestalt angenommen hatte. Er presste seine Lippen auf die der blonden Frau und ihr schien das zu gefallen.

„Ich bin bald wieder da. Hier kannst du bleiben, bis das Junge kommt, aber sieh zu, dass dich niemand entdeckt."

„Ja, werde ich, aber beeil dich mit deiner Rückkehr."

Die Stimme der Frau war wie aus Glas und glockenklar. Ihre Augen strahlten leuchtendblau in meine Richtung und ich befürchtete, dass sie mich entdeckt hatte, aber das tat sie nicht. Sie hievte sich in die Kuhle und nun sah auch ich ihren großen,

schwangeren Bauch. Die Frau war, allem Anschein nach, ein ganz normaler Mensch, aber warum war sie so stark? Mein Gedankenfluss wurde plötzlich durch ein Knacken im Wald unterbrochen. Seraphim schien etwas vergessen zu haben, denn er war erst seit fünf Minuten weg. Es drückte allerdings eine dunkle Gestalt die Zweige einer mächtigen Tanne auseinander. In der gleichen Kutte wie eben, als ich ihn im Jahre siebzehnhundert gesehen hatte. Nur sah er nicht so dreckig aus und seine Augen waren geprägt von Schmerz und Verlust, das letztemal waren sie noch voller Hoffnung und Glück, aber das machte der Tod mit einem Wesen. Er reißt nicht nur einer Person die Seele aus dem Leib, sondern gleich zweien.
„Hallo Isha, nettes Versteck, aber nett rettet dich nun auch nicht mehr."
„Ich habe keine Angst vor dir, wer immer du auch bist. Aber du solltest eines wissen, wenn Seraphim herausfindet, dass du auch nur hier in der Nähe warst wird er dich töten."
„Ich weiß, Seraphim ist kalt und herzlos und doch werde ich es schaffen ihm den Schmerz zu zufügen, den er mir zugefügt hat."
„Wer bist du, ihm sowas zu unterstellen?"
„Ich bin Jorek Admacov und alles was dich noch angeht ist, dass dieser Tag dein letzter Tag auf der Erde ist."
„Nein, bitte tu mir nichts. Ich trage ein Junges in mir, willst du etwa eine Mutter und ihr Kind töten?"
Ishas Stimme war von drohend auf flehend umgeschwungen aber Jorek's Stimme war hart wie Stein.
„Ja."
Ein lautes Kreischen zog durch das Gebirge und ich hatte das Gefühl, Seraphims Schritte weit entfern hören

zu können. Nach einem Schritt kniete Jorek bereits neben der Schwangeren und biss ihr in den Hals.
„Was? Du willst mich nicht bis auf den letzten Tropfen aussaugen? Willst mich lieber zu einem Vampir machen?"
Isha begann zu lachen.
„Du ungebildeter Naivling, egal in welcher Gestalt, ich werde ihn immer lieben genau, wie er mich!"
„Ach, was du nicht sagst? Ich dachte doch eher daran, dich zu töten, aber es durch mein Gift zu tun ist wesentlich effektiver."
„Was? Ich sterbe doch nicht durch das Gift eines Vampirs, ich verwandle mich."
„Wenn das tatsächlich so kommen sollte bin ich gezwungen, dich auf die herkömmliche Weise umzubringen."
Erneut ertönte ein schmerzerfüllter Schrei und aus all den fast verheilten Narben, begann das Blut in Strömen zu fließen. Ihr Kreischen wurde lauter und kläglicher. Das Gift verätzte ihren Körper von innen heraus. Erst gelangt es ins Herz, dann weiter zur Lunge, die Folge davon, man kann atmen aber Sauerstoff gelangt nich mehr ins Blut. Dann fließt das Gift wieder ins Herz, von da aus in die großen Arterien, welche in haargroßen Gewebesblutgefäßen enden. Letztlich ist jeder Millimeter ihres Körpers voller Gift und kein bisschen Widerstand ist mehr vorhanden. All ihre Energie und Abwehr konzentrierte sich nun auf das Ungeborene, das ebenfalls das Gift abbekommt, jedoch im Mutterleib nur die verdünnte Version. Plötzlich verstummte das gequälte Schreien und Sekunden später erklang es wieder, aber anders, heller und jünger. Ich sah wieder hoch und mir bot sich das Bild einer so gut wie toten Frau die einen fremden

Mann mit ihrem Kind fortgehen sieht. Die letzte Luft glitt aus ihren Lungen und mit ihrem Tod und Seraphim, der aus dem Gebüsch gestürmt kam, endete diese Szene für mich. Doch das war noch immer nicht das Ende dieser Vision. Ein verwischen der Farben und ein neues Bild entstand, in dem ich mich nun wiederfand. Es war eine Art Schnelldurchlauf. Das ganze Leben eines kleinen Jungen der mit einem riesigen Kerl auf einer winzigen Insel lebte. Seine Mutter, eine der letzten auserwählten Menschen mit außergewöhnlichen Kräften, starb bei der Geburt, durch das Gift seines Trainers. Er wird ausgeschlossen von den anderen Kindern, behandelt wie ein Sonderling, der er tatsächlich auch ist. Erwachsene fühlen sich in seiner Gegenwart unwohl, verursacht durch sein makelloses Gesicht, sein lackschwarzes Haar und die leuchtend blauen Augen, die manche der Menschen in ihre Alpträume verfolgten. Eine ärmliche Schule. Ein schmutziger Platz davor. Eine horde Kinder, nicht älter als acht. Alle versammelt in einem Kreis. Lautes Gelächter. Im Kreis zwei Jungen. Ein pummeliger blonder und ein anderer, ein dünner, mit schwarzem Haar und blauen Augen in ärmlichen Kleidern. Der blonde Junge drückt den schmächtigen zu Boden. Eine Träne rinnt aus dessen schwarzroten Augen. Es wird ruhig auf dem Platz. Er greift den blonden Jungen am Kragen. Seine scharfen Zähne schneiden dem Jungen überall ins Fleisch. Geschrei. Ein Knacken. Der Gewinner steht. Der Verlierer fällt. Staub klebt an den blutenden Wunden und Blut klebt am staubigen Boden. Die umherstehenden Kinder sind starr vor Schreck. Die Lehrer bang vor Entsetzen. Doch der ärmliche Junge mit den leuchtend blauen Augen fürchtet sich am meisten. Sie alle rennen

*vor dem Monster weg, aber wie soll er weglaufen?
Plötzlich, ein erneuter Szenenwechsel. Jorek und eine
Frau mit feuerfarbenen Augen und langem schwarzen
Haar. In ihrer Hand balanciert sie einen Ball aus Feuer
dem Jorek's Augen fasziniert folgen. Ich registrierte
eine lange Affäre zwischen den beiden, Luneas Mann
durfte auf keinen Fall davon erfahren, es würde
Anarchie herrschen, sollte er solch einen Verrat seiner
eigenen Spezies mitbekommen. Jorek, endlich wieder
von Liebe erfüllt, bat sie seine Frau zu werden, doch sie
verweigerte ihm die Heirat. Voller Trauer und Frust
ging er zurück zu seinem Schüler auf die kleine Insel
vor Rumänien, dürstend nach Gerechtigkeit und Strafe
dafür, ihn so benutzt zu haben. Zum Himmel sah er
hinauf und verlangte den ersten Vampir zu sehen, um
Velnias zu berichten was zwischen ihm selbst und des
Teufels Frau entstanden war - um die Affäre
aufzudecken. Doch sein Ruf wurde nicht vom
Richtigen empfangen, sondern von dem, der ihm seit
Jahrhunderten bereits nach dem Leben trachtete. Dem
angeblichen Engel, der Jorek's eigene Frau tötete,
dessen Kind er daraufhin gestohlen hatte. Dieser stand
nun vor ihm auf der kleinen Insel. Direkt daneben sein
Sohn, an dessen Überleben er nicht geglaubt hatte und
dessen Existenz er nun nicht wahrnahm. Nach einem
Drohen und Zähnefletschen erschien die Göttin des
Feuers erneut, vor Wut über die Drohung Jorek's, ihre
Affäre auffliegen zu lassen, tat sie es vor Seraphim und
als sie verschwand war auch Jorek nicht mehr unter
ihnen gewesen. Der Junge, der mittlerweile schon zum
Mann geworden war, brach zusammen unter der Last
des Verlustes seines letzten Freundes, seines Trainers,
seines Ziehvaters. Sein Name war Jackson Gorgovea
Sohn von Isha Gorgovea und…*

Ich riss die Augen auf und schnappte hektisch nach Luft.
„Kathrin?"
Nein, keine Chance, ich wollte mit Jackson jetzt auf keinen Fall über meine Vision reden. Also blieb ich stocksteif liegen und tat, als würde ich schlafen. Ich konnte noch spüren wie er mich weiter betrachtete, aber schließlich hörte ich, wie er den Telefonhörer auflegte und die Zimmertür ins Schloss fiel. Erstaunt richtete ich mich auf. Wo wollte er denn hin, um drei Uhr nachts? Ich musste schnell eine Entscheidung treffen und worauf diese fiel war mir sofort klar. Ich schwang mich schnell in eine Jeans und T-Shirt und rannte leise die Treppen hinab. Das Brummen von Jacksons Wagen war unüberhörbar, er fuhr weg vom Hotel. Wer um alles in der Welt rief ihn nachts an und brachte ihn dazu, ohne einen Ton zu verschwinden? Sein Auto hatte wirklich ein ganz schönes Tempo drauf aber ich war locker genau so schnell wie er. Jackson fuhr so schnell, das ich Angst hatte er würde bald das Gaspedal durch den Boden treten. Diesen Weg kannte ich mittlerweile viel zu gut, um nicht zu erkennen, wo er hin führte - Jackson fuhr nach Porthleven. Wir kamen an meiner Haustür vorbei und ich hatte Angst er wollte vielleicht zu meinen Eltern, aber falsch. Er fuhr weiter bis in den Wald hinein, der an die Felder hinter meinem Haus angrenzte. Und mitten im finsteren, gefrorenen Wald blieb er stehen, stieg aus dem Wagen und stapfte gerade aus bis er im Dunkel verschwand. Nun wusste ich auch endlich wo wir waren. Leise schlich ich zur

Grenze der unsichtbaren Kuppel die Styliani's Haus umschloss. Glücklicherweise war es stockfinster, ansonsten hätte man mich längst ertappt. Die Dame des Hauses stand bereits vor der Tür und empfing Jackson. Ich hatte erst vorgehabt zu verschwinden, um nicht mit ansehen zu müssen wie sich mein ein und alles an seine Mätresse ranmacht. Aber wie bei einem Unfall will man wegsehen, kann es aber einfach nicht. Sie zog Jack an sich heran und flüsterte ihm etwas ins Ohr. Ich stand nicht allzu weit entfernt aber trotzdem verstand ich kein einziges Wort. Dann nickte Jackson, drehte sich um und stapfte zurück zum Wagen. Ich versteckte mich im Schatten des Hauses und beobachtete ihn. Ein letztes Mal sah ich zurück zu Styliani, was mir ein Gefühl einflößte als würde meine Seele gefrieren. Mit ihren grünen Augen die die Nacht zerschnitten sah sie mich genau an. Sie sah mir in die Augen und warf vor sich die Tür zu. Ich rang nach Luft und mir kam es vor, als hätte ich versucht mich vor einer Eule zu verstecken. Ich flüchtete so schnell mich meine Beine tragen konnten, weg von diesem Haus hinter Jacksons Wagen her. Er fuhr denselben Weg zurück den er gekommen war, doch vor dem Haus des Bürgermeisters hielt er plötzlich an. Ich versuchte so nah wie möglich an ihn heran zu kommen, um möglichst viel mitzubekommen sollte jemand etwas sagen. Jackson ging weiter zur Tür und verschaffte sich Zutritt. Er klingelte nicht, sondern riss einfach das ganze Schloss aus der Tür. Empört verfolgte ich ihn bis ins Haus hinein. Es war Nacht, also verständlich, dass niemand uns bemerkt hatte. Ich war nicht sicher, ob ich ihn ansprechen sollte, einerseits war ich verwundert warum er die Tür aufgebrochen hatte aber andererseits wollte ich auch auf keinen Fall verpassen was nun sein weiteres Vorgehen war. Ich schlich Jackson hinterher durch das Wohnzimmer, bis ich ihn auf einmal aus den Augen verlor. Ich sah nach rechts, nach links aber nichts. Als wäre er vom Teppichboden verschluckt worden. Was sollte ich nun tun? Einfach verschwinden wollte ich auf keinen Fall, denn Jack musste hier ja noch irgendwo sein. Mein Gedankenfluss wurde unterbrochen von etwas absolut Barbarischem. Aus einer dunklen Tür rechts von mir flog eine Art Sack direkt vor meine Füße. Bei dem Aufprall spritzte mir irgendetwas ins Gesicht und ein winziger Tropfen landete zufällig genau auf meinen Lippen. Erst war ich angewidert irgendeine Flüssigkeit nun überall im Mund und im Gesicht kleben zu haben, aber das war nicht einfach irgendeine Flüssigkeit, sondern etwas das am besten nicht einfach so auslaufen sollte. Blut. Ich schmeckte das Eisen und spürte, als ich es wegwischte, wie dickflüssig und klebrig es war. Ich beugte mich hinunter und tastete über den Haufen vor mir. Was eben wie ein Sack ausgesehen hatte entpuppte sich als haariger, mit Blut verklebter Haufen. Ich bemerkte, dass manche Teile irgendwie übernander lagen, aber auf komische Art und Weise. Ich versuchte mir ein Bild von dem zu machen, was da vor mir lag und ging von einem Ende zum Anderen. Alles in allem war es nur einen knappen halben Meter lang aber ich erfühlte doch so etwas wie eine Kontur. Da waren zwei Stücke, die wie eine Brezel ineinander gewebt waren. Das eine war hart und knöchern aber das andere war wie ein Schlauch Hackfleisch mit groben Sägespänen vermischt. Und jeder Zentimeter mit klebrigem Blut überzogen. Etwas weiter links war dann etwas haariges, oval bis rundes. Irritierend war nur die komische Ecke darin. Wie vom Blitz getroffen entstand da ein Bild vor meinem Auge als ich die weiche Substanz spürte die anscheinend nichtmehr vom Schädelknochen geschützt wurde. Vor meinen Füßen lag ein menschlicher Brezel und ein kleiner noch dazu. Langes, weißblondes Haar war voll von rotem Blut. Beine und Arme unnatürlich stark verdreht und abgeknickt. An dem Rücken des kleinen Mädchens ein langer aufklaffender Schlitz, der sich die ganze Wirbelsäule entlang zog. Ich hatte erst noch einen Schimmer Hoffnung in mir, dass Jack hier einen perversen Killer heldenhaft fangen wollte. Doch als aus dem Raum ein erstickter Schrei erklang und er dann selbst mit einem weiteren Knäuel aus Fleisch und Blut und Haaren gehuscht kam, verflog auch dieser. Ich versteckte mich schnell, während Jackson die beiden Kinder aus dem Haus schleifte und in den Kofferraum des Wagens warf. Kurz bevor ich das Haus verließ, ging an der Treppe zum Obergeschoß das Licht an.

„Ruby? Holly? Was ist das denn für ein Lärm da unten?"

Ich sah zu, dass ich schnell aus dem Haus kam und versuchte nicht mehr an die Eltern zu denken, die gerade die Treppe herunter kamen und gleich anstatt ihrer Töchter nur Blut in den Betten finden

würden. Wieder einmal fuhren wir in den Wald und wieder einmal hielten wir vor Stylianí's Kuppel. Jackson schleifte den Rest von Ruby und Holly über den Boden bis zum weißen Altar, der, umgeben von roten Rosenblättern die wie Blut im Schnee lagen, vor Stylianí's Haus stand. Er legte die beiden vor Blut tropfenden Körper auf den steinernen Tisch. Stylianí kam auch dazu und strich mit dem Finger durch die Blutlache die sich auf dem Tisch schon angesammelt hatte. Genüsslich leckte sie ihre Fingerspitze ab.
„Schön so, was hast du hinterlassen?"
„*Fast* leere Betten."
Jacksons Stimme war ganz anders plötzlich, viel härter und monotoner. Außerdem zeigte er auf die Hände der Mädchen an denen nur neun statt zehn Finger waren.
„Gut, und was ist mit den Eltern?"
„Kamen die Treppe runter als ich ging."
Stylianí fing an zu lachen als wäre dies nur ein dummer Streich gewesen, aber das war es nicht. Ich verachtete diese Person mittlerweile so Abgrund tief und konnte einfach nicht verstehen wie Jackson so etwas für sie tun konnte. Erpresste sie ihn vielleicht? Hatte Jackson sie vielleicht deswegen nicht für Kais Verwandlung verantwortlich gemacht? Fragen über Fragen und eine, die mich ganz besonders beschäftigte: Kannte Jackson seinen leiblichen Vater?
„Sunteți liber"
Du bist frei
Sagte Stylianí als letztes noch woraufhin Jackson sich umdrehte und zurück zu seinem Wagen ging. Ich musste vor Jack zurück im Hotel sein sonst

würde er misstrauisch werden, aber bevor ich loslief sah ich noch einmal zu Stylianí die ihre Eckzähne bereits tief in Hollys Körper gebohrt hatte. Ich preschte durch den Wald parallel zu Jacksons Auto, aber auf genügend Abstand, damit er mich nicht sehen konnte. Ich hatte allerdings , sein Tempo zu halten, nicht weil er zu schnell war, sondern weil ich fast alle fünf Meter ausweichen, springen oder mich ducken musste. Trotzdem konnte ich schneller als er werden, denn ich rannte Schnur geradeaus, abgesehen von den Bäumen, während die Straße dauernd Windungen und Ecken hatte. Bald schon roch ich die salzige Luft die der Wind mir vom Meer entgegen blies. Ich hörte das Rauschen der Wellen und sah die Fontänen die meine Orca's in die Luft warfen. Ich rannte gerade über den Parkplatz und wollte die Tür zum Hotel aufreißen, da sah ich im letzten Moment noch einen Wagen im Augenwinkel. Einen Maserati genau wie der von Jackson. Wie sollte er es denn geschafft haben so schnell schon hier zu sein? Flink lief ich um den Wagen und überprüfte das Kennzeichen, WK12 JTR, Jacksons Kennzeichen. Er war schon hier, und was tat ich jetzt?

Das frische, klare Wasser fühlte sich einfach wundervoll an. Es war als spülte es mit jedem Atemzug die Sorgen etwas mehr aus meinem Körper raus. Ich legte mich wieder in das weiße Licht des Mondes und ließ mich langsam bis zum Grund schweben. Mal schwamm ich aber auch mit den Orcakälbern kopfüber durch die Bucht oder ich schmiegte mich an einen Orca und ließ mich

von ihm tragen. Wozu sollte ich das Wasser je wieder verlassen? Wie hatte ich überhaupt die Zeit überlebt in der ich so panisch Angst davor gehabt hatte? Unbegreiflich, diese friedliche und von Menschen unbewohnte Unterwasserwelt nicht sein zweites Zuhause nennen zu können. Ich genoss dort unten jede einzelne Sekunde, bis schließlich das geschah auf das ich eigentlich hin gearbeitet hatte. Jackson rief mich. Ich tauchte an die Oberfläche.
„Oh hey."
„Kathy, was machst du denn hier draußen?"
Hoffentlich sah man mir nicht an was ich nun über ihn wusste, oder eher, was ich gesehen hatte, denn was das sollte wusste ich schließlich noch immer nicht.
„Ich bin diese Nacht plötzlich aufgewacht und war im Wasser, anscheinend bin ich geschlafwandelt, das mach ich ab und zu mal."
„Wie lange bist du denn schon hier draußen?"
„Nicht so lange, warum bist du denn überhaupt angezogen?"
„Ich…"
Jack sah an sich runter, anscheinend fiel ihm keine passende Ausrede ein, also drängte ich ihn weiter in die Enge.
„Und wo bist du denn überhaupt hingefahren?"
„Hingefahren?"
„Ja, ich hab eben deinen Wagen ankommen sehen."
„Quatsch, da hast du dich sicher verguckt."
Jetzt war's mir echt genug, für was hielt der mich denn? Ich war kein dummes Kind mehr, ich war Kathrin Maria Jones, das Spiel, das ich verliere

musste erst noch erfunden werden. Und diese Runde würde auch an mich gehen. Ich schwang mich aus dem Wasser, verwandelte mich im Flug und nahm Jackson bei der Hand, bis zu seinem Wagen.

„Der Motor ist noch heiß und ich habe dich darin gesehen."

Ich legte seine Hand auf die Motorhaube. Aber die gewünschte Reaktion gab es nicht. Statt das er mich reumütig ansah, weil er aufgeflogen war guckte er verwirrt auf den Wagen.

„Kathy ich war das nicht."

„Verarsch mich nicht Jackson! Ich hab dich mit eigenen Augen gesehen und deine Schuhe sind voll mit frischem Schnee und Matsch, woher sollst du den haben?"

„Ich… ich weiß es nicht"

Wieder sah er zu Boden, aber es machte mich stinksauer, dass er sich so billig rausreden wollte. Ich spürte die Glut in meinem Herzen und wie es das Feuer durch all meine Adern pulsieren ließ.

„LÜG mich nicht an!"

„Ich lüge dich nicht an Kathrin."

„DOCH das tust du! Ich weiß es doch! Ich bin dir gefolgt, den ganzen Weg!"

Jackson runzelte die Stirn.

„Was?"

„Du weist ganz genau was ich meine!"

„Nein, ich habe keine Ahnung."

~Unterwasserwolken~

Meine Finger brannten und aus meinem Herzen strömte das Blut, jedenfalls fühle es sich so an. Betrübt saß ich am Fuß der Klippen und starrte ins Wasser. Wie hielt es Jackson überhaupt mit mir aus? Wollte er mich nach allem was passiert war überhaupt noch? Sollte ich mich vielleicht entschuldigen? Ja. Ich war gemein gewesen, das kann man nicht auf sich beruhen lassen. Mein Entschluss stand fest. Ich machte einen Hechtsprung ins Wasser und holte Jackson zurück vom sandigen Meeresboden. Vorsichtig legte ich ihn auf die Steine. Aufgrund des starken Blutverlusts würde es wohl eine Weile dauern bis er wieder wach werden würde. Ich warf seinen nassen Körper über die Schulter und legte ihn in das Bett unseres Hotelzimmers. Wie ich ihn dort hoch bekommen hatte, ohne dass jemand es bemerkte, grenzte wirklich an Magie. Ich hatte dieses ständig auflodernde Feuer tatsächlich nicht mehr im Griff. Es entglitt mir immer mehr und ich fühlte mich schuldig, meinen eigenen Freund fast umgebracht zu haben. Ich erinnerte mich nicht mehr genau an die Eskalation aber seinen Wunden zufolge hatte ich irgendwoher eine Stange oder einen Stock bekommen. Ein Loch war in seinem Bauch, ein paar Bissspuren am Hals und an den Armen und anscheinend hatte ich meine Nägel schon fast durch den Brustkorb in sein Herz gebohrt. Danach hatte ich ihn ins Wasser geworfen damit ich sehen konnte wie das Blut in Wolken aus seinem Körper strömte. Aber hinterher sah es wirklich so aus als hätte ich

maßlos übertrieben. Und eine schwerwiegende Frage stand im Raum: Wäre ich bereit weiter zu gehen? Wäre ich in der Lage Jackson zu töten? Gestern noch hätte ich gesagt, dass mir das nie im Leben passieren würde. Meine große Liebe, Jackson, kaltherzig zu verletzen oder gar zu töten. Ich betrachtete Jackson und hoffte, bald sehen zu können wie die Wunden zuheilten, aber das taten sie nur sehr langsam. Vielleich wegen dem Wasser, vielleicht wegen dem Salz, vielleicht wegen dem Mangel an Blut oder einfach wegen meiner Kaltherzigkeit. Meiner Meinung nach lag es am Blutmangel. Richtig. Aber wessen Blut sollte ich anzapfen? Mein eigenes? War das eine gute Idee, oder wohlmöglich auch nicht. Ich schuldete ihm mein Blut, schlecht wird es schon nicht sein für ihn. Ich ging zur Miniküche unseres Zimmers und holte ein kleines Messer hervor mit dem ich mir in die Hand schnitt. Ein paar Tropfen liefen meine Hand hinab und tropften auf seine Zunge. Seine Haut heilte so schnell zusammen wie sie gerissen war. Nach nicht mal zehn Sekunden war nichts mehr zu sehen, außer zerfetzten Kleidern und nassem Haar war von meinem Wutanfall nichts übrig geblieben. Ein paar Minuten später, begann Jackson langsam die Augen wieder zu öffnen. Mein Körper wurde von Moment zu Moment unrühiger, was würde er nun sagen? Ob er mich verlassen würde, ich könnte es ihm nicht verübeln. Was würde ich tun, hätte er mich so zugerichtet? Ich hatte keine Antwort, ich musste abwarten. Still betrachtete ich ihn weiter, während er sich benommen umsah.
„Jack?"

„Mhmm…?"
„Ist alles in Ordnung?"
„Wa…-was is denn passiert?"
„Du erinnerst dich nicht?"
„Ich meine, was ist passiert das ich auf einmal wieder im trockenen bin?"
„Oh… Naja ich hab dich hochgeschleift."
„Das ist nett, danke."
Ich stutzte, war das nun Ironie oder nicht?
„Meinst du das ernst?"
„Klar… Auch als Vampir verliert man nicht an Körpergewicht und mich bewusstlos die Stufen hoch zu schleppen, war sicher nicht leicht."
Ich runzelte die Stirn. Das war sein Ernst, doch ich wartete auf den Wendepunkt unserer Unterhaltung.
„Du hattest da noch was gut bei mir, das bisschen Treppensteigen ist wohl das Mindeste."
„Wovon hab ich denn was gut bei dir?"
„Meinst du das ernst? Ich dachte du erinnerst dich."
„Ja und zwar an mehr als mir lieb ist, aber trotzdem brauchst du dich bei mir für nichts zu entschuldigen."
„Jack, das, was ich mit dir gemacht habe war unverzeihlich und
es tut…"
„Dir nicht leid, weil es erst unverzeihlich gewesen wäre, hättest du mich umgebracht und das nur aus dem einfachen Grund, dass ich dir dann dies hier nicht mehr hätte sagen können: Ich verzeihe dir und ich liebe dich und ich hoffe du kannst auch mir verzeihen, dass ich so ein mieser Trainer bin."

Ich war so gerührt, dass ich heulen könnte aber dafür fehlten mir leider die Tränen.
„Du bist kein schlechter Trainer und ich könnte dir alles verzeihen."
Ich sah ihm tief in die eisblauen Augen und fühlte mich als würde ich ins Wasser springen. Ich versuchte auf die Geschehnisse dieser Nacht anzuspielen.
„Egal, was du tätest, ich könnte nicht aufhören dich zu lieben, nie hörst du? Wir zwei gehören zusammen denn, ohne dich wäre ich nicht mehr ich selbst, dann würde mir der wichtigste Teil fehlen."
Er stutzte über meine Worte:
„Kathy ich…"
Nein, ich ließ ihn nun nicht zweifeln.
„Ich verspreche dir, ich werde dir nie mehr von der Seite weichen. Ich werde nicht aufhören dich zu lieben, nie."
Ein Versprechen, dass nicht für die Ewigkeit bestimmt war, wie ich in nicht allzu ferner Zeit feststellen musste.

Den Morgen verbrachte ich eingekuschelt in Jacksons Armen. Es war das schönste Gefühl, das es gab für mich, Sicherheit, Wärme, Liebe, Halt. All das gab er mir, jeden Tag aufs Neue. Aber bald schon riss der Weckruf mich aus Jacksons starken Armen, die all das Böse in der Welt von mir fern zu halten schienen. Mit dem Klingeln sprangen wir auf, zogen uns an und eilten in den Speiseraum zum Frühstück. Selbst als Teilvampir musste ich meinen Magen noch mit Essen füllen. Ob ich überhaupt noch verhungern konnte? Keine

Lust, das auszuprobieren. Das Frühstück war fantastisch, allein deshalb lohnte es sich zu essen. Ein klassisches British breakfast mit Würstchen, Toast, Eiern und Speck. Viel besser kann ein Morgen nicht beginnen. Danach gingen wir raus zu einer steilen Klippe nahe dem Lizard Point. Die Luft war heute Morgen noch kühler als sonst und umso schöner war das Prickeln warmer Sonnenstrahlen auf meiner Haut.
„Was wollen wir hier?"
„Flugtraining."
„Ich kann fliegen."
„Aber ich hab es noch nie mit eigenen Augen gesehen. Und du musst auch lernen, über unebenen Boden zu schweben, dafür ist das Meer am besten."
„Oh, na gut. Wie mein Trainer es möchte."
Ich verwandelte mich, sog tief die kalte Luft in mich hinein und schoss locker zwanzig Meter in die Höhe. Noch allerdings über Land. Siegessicher flog ich zehn Meter raus übers Meer und bekam ein seltsames Gefühl als würde ich gleich… fallen. Tiefer, tiefer und schließlich mitten ins Meer hinein. Eigentlich war Wasser kein Problem mehr, aber Eis schon. Denn mit meiner Kerntemperatur von zirka minus fünfzig Grad sah das schon ganz anders aus. Jeder Tropfen Wasser den ich berührte gefror blitzartig zu Eis. Das Wasser in einem Radius von einem Meter, über die ganze Tiefe, die ich ins Wasser eingetaucht war, erstarrte zu Eis. Ich steckte fest. Großartig. Glücklicherweise hatte ich die Macht Eis zu schmelzen, mit Hilfe meines Laserblicks. Schön wärs. Ich habe nie und werde auch nie einen Laserblick besitzen, also war ich

doch eingeschlossen in diesem Eisberg und wie sollte ich nun hier raus kommen? War Jackson überhaupt schon aufgefallen das ich hier feststeckte? Würde ich hier noch lange klemmen oder war Hilfe in Aussicht? Fragen über Fragen mal wieder und nach mindestens zehn Minuten endlich ein Zeichen von Leben um mich herum. Ein oranger Blitz schlug ins Wasser genau an dem Eisklotz vorbei. Daneben. Ob noch einer käme war nur zu erhoffen. Einen Moment später floss ein Rinnsal Schmelzwasser an meinem Kopf vorbei und quetschte sich durch bis zu meinem Hals. Dem folgte ein gewaltiges Zischen das sämtliches Eis um mich herum in Luftblasen verwandelte. Kalt wie Eis gab mir diese Luft den nötigen Auftrieb, der mich wieder schweben ließ. Bevor ich wieder abstürzen konnte schwang ich mich zurück aufs Festland.

„Ich dachte schon ich käme garnichtmehr aus diesem Eisblock raus."

Sagte ich lächelnd während ich mich umsah. Meine Verwunderung war groß als ich merkte, dass mich nicht das Bild empfing mit dem ich gerechnet hatte. Jackson, in seinem Rücken die rote aufgehende Sonne die sein makellos perfektes Aussehen unterstrich und wie er mich in die Arme nahm und mir mit seiner tiefen Stimme etwas zuflüsterte. Stattdessen traf ich auf das Gegenteil eines siegreichen Ritters in strahlender Rüstung. Ich fand einen gefallenen Helden, mit verbeultem Stolz und tiefen Schnitten in der Seele, gefangen in einem Ring aus Feuer. Blut tropfte aus seinem Ohr und auch von seiner Stirn. Es floss seine Wange hinab und fiel von seiner Lippe aus auf den

Boden. Ich sah den Tropfen wie in Zeitlupe dabei zu, wie sie durch die Luft glitten und am Boden zu einer Pfütze zersprangen. Ohne es unterdrücken zu können leckte ich mir die Lippen, was Jackson offensichtlich in den falschen Hals bekam. Plötzlich war er wie ausgewechselt, völlig unausgeglichen und wie ein in die enge getriebenes kleines Kind schlug er um sich. Seine Augen hatten nicht diese Stärke und vermittelten nicht diesen leicht einschüchternden Respekt, der ihn sonst immer so reif und doch gefährlich wirken ließ, dieser wich nun einem panischen und paranoiden Blick.
„Was soll das, hm? Wieso machst du sowas denn, wolltest du mich tatsächlich umbringen, aber wusstest nicht genau wie?"
„Jack was redest du da? Du weißt, das war ein Unfall."
„Nein, ein Unfall wäre es wenn du mich ausversehen umgefahren hättest weil du abgelenkt warst. Aber das ist doch nicht dein Ernst oder? Seh ich etwa aus als sei das okay, mich aufzuspießen und ver-… verdings-…verhacken zu Hackfleisch und… und…"
Er schrie aus voller Kehle und presste die Hände gegen seine Schläfen. Der Schmerz ließ seine Knie versagen und er brach erneut auf dem Boden zusammen. Sein Schreien riss mein Herz in viele kleine Stücke. Ihn so leiden zu sehen, hielt ich nicht aus. Es quälte mich, es peitschte meine Seele und ließ mich wünschen, ihm die Schmerzen abzunehmen, sie wären eine Wohltat im Gegensatz dazu. Ich wollte mir erst die Ohren zuhalten, aber das hätte alles nur schlimmer

gemacht, dann hätte ich mich auch noch egoistisch und mies gefühlt. Abgesehen davon war ich wahrscheinlich sogar schuld an diesem Wrack eines Vampirs. So schnell ich konnte sprang ich über das Feuer, kniete mich neben ihn und schlang die Arme um ihn. Ich wollte ihm Halt geben aber er konnte nicht aufhören, vor Qual zu schreien, und seine Hände gegen den Kopf zu drücken. Er fiel auf den Rücken und mit jedem seiner Schreie wurde die Flammenwand höher und höher.

„Schhh… Jack, alles wird gut, ich bin ja da. Ich geh nicht mehr weg. Was kann ich nur tun, Jack, wie kann ich machen, dass es aufhört?"

Ich rechnete gar nicht mit einer Antwort aber er schaffte es tatsächlich, einen Satz zu formulieren.

„Reiß es raus, Kathrin! Reiß mir das Herz raus, ich halt das nicht mehr aus!"

„Nein, Jack. Es wird besser, du wirst schon sehen. Es dauert nicht mehr lange."

Es dauerte noch lange. Fünf Minuten ging das so weiter. Er flehte, bettelte und winselte, ich möge sein Herz rausreißen und ihn befreien aber erst nach den längsten fünf Minuten, die ich je erlebt hatte, verklangen seine Schreie. Erst dachte ich, der Schmerz habe ihn letztendlich besiegt aber tatsächlich ging es ihm besser, wenn man es denn so nennen konnte. Er zitterte am ganzen Körper und Blut floss unaufhörlich aus seinem Mund. Ich strich ihm über die Wange und sah ihm in die Augen. Er war zwar wieder klar im Kopf aber immer noch angeschlagen. Was zur Hölle hatte ihm so etwas angetan, direkt nachdem ich ihn schon genug gequält hatte? Wer oder was auch immer das war, ich schwor ihm Rache!

Wir saßen dort noch bis die Sonne hoch über dem Meer stand. In regelmäßigen Abständen schlug Jackson die Hände aufs Gesicht und klagte: „Wieso, wieso? Wer macht sowas nur?"
Danach bat er mich wieder und wieder, ihn umzubringen und sagte, dass diese Welt so falsch wäre. Er redete immer wieder davon, alles sei falsch, die Welt wäre ein schlechter Ort und man sollte niemandem vertrauen. Als ich ihn zum ersten Mal gefragt hatte, ob dies auch auf uns beide zutreffe, stöhnte er nur ich solle mal die Augen aufmachen, mit wem ich hier wohl sprach. Er betonte immer wieder, dass er ein Vampir war, dass er nur sich selbst gehöre und dass er das alles nicht fassen könne. Die Frage zu stellen, was überhaupt passiert war, stellte sich ebenfalls als unklug heraus, denn das gab ihm die Gelegenheit, mich komplett zu ignorieren. Ich musste also einfach warten, bis er fertig war mit was immer er auch tat. Irgendwann hörte er endlich auf mit dem ständigen Selbstmitleid und setzte sich auf. Zu meinem Erstaunen wollte er nicht wieder erzählen was für ein toller Vampir er doch sei um den sich die Sonne zu drehen schien. Er zog mich auf seinen Schoß und hielt mich fest. Er küsste meinen Hals und strich mir durch die Haare.
„Ist alles wieder gut? Oder haben die Stimmungsschwankungen nur ihre Richtung geändert?"
„Tut mir leid. Mir ist nur grade klar geworden, wie toll du eigentlich bist."

„Oh, gut zu wissen und wie kam dir so plötzlich diese Eingebung?"
Wie reagiert man auf sowas? Ich wusste nicht mal was ich fragen sollte, klar, letztlich hab ich einen Satz formuliert aber ich habe wirklich schon bessere Antworten gegeben.
„Du hast mich von meiner schlimmsten Seite gesehen, du wusstest bis vor ein paar Stunden mehr über mich als ich selbst. Wahrscheinlich tust du das immer noch aber in dieser speziellen Sache ist das nicht leichthin zu erwarten, dass du bei mir bleibst. Das tust du doch, oder?"
„Natürlich bleibe ich bei dir, aber ich bin nicht sicher, ob wir über die gleiche Angelegenheit reden."
„Oh doch, das tun wir. Wir reden darüber wie ein selbstsüchtiges Biest mich zur Marionette machte. Wie sie mich zwang, hunderte Leben auf barbarische Weise zu nehmen."
„Also war Stylianí es, die dir das angetan hat."
„Haha, nein. Das hätte sie nicht geschafft, zum Einen, weil ich stärker bin und zum Zweiten, weil sie nicht einen Schritt aus ihrer Kuppel machen darf, da sie ansonsten schneller tot wäre, als sie denken kann."
„Wieso denn das? Und wer war es dann, wenn nicht Stylianí?"
„Jemand, der unbedingt erneut seine Macht demonstrieren wollte: Lunea Lumen."
Der Name hatte aus Jacksons Mund einen solch minderwertigen Klang, das mir ganz ekelig zu Mute wurde. Man konnte es ihm nicht verdenken, schließlich hatte sie ihm seinen Ersatzvater und einzigen Freund genommen und den zweiten

hatte Jack mittlerweile auch verloren, noch schlimmer sogar, denn Stylianí hatte ihn benutzt, sein Vertrauen missbraucht und ihn manipuliert. Wie, war mir noch nicht ganz klar, da er das offensichtlich nicht mal mitbekommen hatte, aber auch dieses Geheimnis lüftete ich mit der Zeit. Wichtig war jetzt erstmal, dass er sich wieder erinnerte.

„Was hat sie denn getan, dass du solche Schmerzen hattest?"

„Naja, eigentlich war nicht nur sie das. Sie hat das Feuer entfacht und die Drecksarbeit jemand anderen erledigen lassen."

„Wen?"

„Lapis."

Mit diesem Namen konnte ich rein garnichts anfangen, das spiegelte auch meine Mimik wieder woraufhin Jack eine Erklärung nachschob.

„Lapis ist die secundäre Seele, er ist Aers Partner…"

„Also hat er magische Kräfte, oder?"

„Ja, hat er und mit denen kann man jemanden viel mehr quälen als mit bloßer Gewalt und sie hält länger an."

„Aber wenn er dich doch nur quälen wollte, wie hast du dann deine Erinnerungen zurück?"

„Vielleicht war das ihr Plan, mich erst körperlich zu foltern und dann auch noch psychisch. Aber damit wird sie nicht durchkommen."

„Wie meinst du das?"

Fragte ich verdutzt.

„Nach dem Ritual, das deine Kräfte vervollständigt, werde ich sie töten."

Ich wollte es nicht tun, aber ich musste ihm eine verpassen. Was dachte er sich eigentlich, wer er war? Eine Gottheit?
„Bist du irre? Zum Einen wird sie dich schneller töten als du „Attacke" schreien kannst und zum Zweiten, sollte sie dich tatsächlich töten, werde ich sie auch angreifen müssen, dann tötet sie mich auch und das alles nur wegen deinem dummen Racheplan. Selbst wenn du es schaffst, wie geht's dann weiter? Velnias und die anderen werden dich verfolgen und lynchen lassen."
„Was soll ich denn deiner Meinung nach tun? Sie laufen lassen, so tun als wäre nichts passiert, mal wieder?!"
Jackson war außer sich vor Wut und lechtzte nach Rache.
„Ich weiß es nicht, aber auf jeden Fall solltest du nicht diesen Weg einschlagen, nicht, wenn das bedeutet für diese Rache dein Leben zu lassen."
Wütend schwang er sich auf die Beine und trat gegen einen Fels am Rand der Klippe. Dieser brach in tausend Teile und verlor sich in den stärker werdenden Wellen der Housel bay. Er drehte sich wieder in meine Richtung zurück:
„Du willst es also weiter versuchen?"
„Ich muss es doch lernen oder nicht?"
Er lächelte und betrachtete mich.
„So siehst du ganz anders aus, so böse."
„Ja aber das soll als Seele doch so sein und niemand weiß besser als du, dass mir das Zeug zum *Bösewicht* fehlt."
„Das stimmt, als Bösewicht bist du eine Niete, du bist einfach zu süß."

Er kam näher heran und ich spürte wie er mich küssen wollte.
„Schon vergessen, ich bin eiskalt und ziemlich tödlich, falls du versuchen solltest mich zu küssen."
Ich grinste verschmitzt und er erwiderte:
„Zu schade… Dann müssen wir wohl wieder an die Arbeit."
„Nicht traurig sein, du weißt doch, zuerst die Arbeit, dann…"
Ich beendete den Satz absichtlich nicht sondern ging direkt wieder zum Rand der Klippe. Ich schwang mich in die Luft und wagte mich tatsächlich, einige Meter aufs Meer hinaus zu schreiten. Ich versuchte zu visualisieren, dass ich nicht über dem Boden schwebte sonder in der Luft stand, was ein gewaltiger Unterschied war. Denn tatsächlich, diesmal funktionierte es. Wenn nicht, wäre es dieses Mal auch sicher nicht so einfach gewesen dem Eisblock zu entkommen, da anscheinend Luneas Feuer mich daraus befreit hatte.
Wir feierten mein nun vollendetes neues Talent mit einem entspannten Abend auf dem Dachgiebel unseres Hotels. Wir lachten und weinten, vor Lachen. Wir gossen Bier über den ganzen Ärger der in uns brodelte. In Verlauf des Abends hätten wir auf dieser Basis eigentlich literweise Bier vernichten müssen doch wir hielten uns im Zaum, schließlich war ich erst sechzehn aber als kommender Vampir-Therianthropen-irgendwas Mix sahen wir das mit dem Gesetz nicht allzu eng. So locker unsere Unterhaltung auf

dem Dach auch bislang war, so musste ich ihm doch noch etwas wichtiges mitteilen:
„Ich hatte eine Vision."
„Ach ja? Wovon?"
„Von dir, von deinem Leben…"
„Du kennst meine Geschichte doch."
„…und Jorek Admacov's."
Er schwieg und das Lächeln floh aus seinem Gesicht.
„Aha. Was genau hast du gesehen."
„Viel. Den Krieg, Jorek's erste Frau Felina, deine Mutter, dich und deinen Vater."
„Ich habe keinen Vater! JOREK war mein Vater!"
„Wenn du es weißt, warum musst du dann schreien?"
Jack war fassungslos und wusste nicht was er antworten sollte. Ich hatte nicht vor ihn in die Ecke zu drängen, ich wollte nur ehrlich sein und meine Vision mit ihm teilen.
„Das beweist gar nichts, du hattest wohl einen schlechten Traum. Niemand kann beweisen, dass diese Träume der Wahrheit entsprechen."
„Jack was redest du denn da? Ich wollte es dir nur mitteilen, wenn du sagst Jorek ist dein Vater, dann ist er dein Vater, weil du ihn als diesen siehst."
„Du sagst es, aber Jorek ist tot. Er war mein Vater."
„Nein, er wird ewig dein Vater sein, wenn du es denn so willst."
Jackson zitterte ein wenig, wahrscheinlich war es eine schlechte Idee gewesen, die Bombe jetzt schon platzen zu lassen. Der ganze Tag war zu viel gewesen, zu viel Schmerz, zu viel Neues, zu viel Enttäuschung.

„Du sagst, Jorek wäre nicht mein leiblicher Vater, wer dann?"
„Jackson, ich glaube, wir sollten morgen darüber reden."
„Wenn du mir schwörst, dass es ein Morgen gibt, an dem du es mir sagen kannst."
„Wie meinst du das?"
„Wir sind nicht irgendein Paar in den Flitterwochen, Kathrin, schon vergessen. Ich habe die Aufgabe, dich zu trainieren, damit du einer höheren Macht dienen kannst. Wer sagt mir, dass nicht in dieser Nacht, in dieser Sekunde, jemand der Meinung ist, ich wäre zu dieser Aufgabe ungeeignet? Ich könnte gleich schon mit dem Kopf dort unten auf dem Parkplatz und mit dem Körper dahinten in dem Baum wiederzufinden sein."
„Sag sowas nicht Jackson, ich will das nicht hören."
„Ich will auch so einiges nicht hören, weißt du, aber manche Sachen sind unausgesprochen schlimmer als wenn man sie in die Welt hinausposaunt."
Er hatte ja recht und trotzdem lagen wir später im Bett und ich hatte ihm die Wahrheit über seinen Stammbaum noch nicht mitgeteilt. Wir schliefen ein, und ich hatte endlich wieder eine sorgenlose Nacht. Keine Träume, keine Visionen, keine Anrufe, nur Schlaf.

~Diamanten~

Dafür rammte mir der frühe Morgen bereits um acht Uhr seine Faust in den Bauch. Ein Brennen und Ziehen aber auch ein stumpfes Hämmern und Pochen machte mich wach und schubste mich aus dem Bett. Ich stöhnte vor Schmerzen und wand mich auf dem Boden hin und her. Keinen Wimpernschlag später kniete Jackson schon neben mir und hielt meine Hand. Ich fragte mich, was das bringen sollte und ob er nicht etwas Hilfreicheres tun könnte als Händchenhalten bis mir auffiel, dass er sie nicht einfach festhielt sondern auf mein Relief sah.
„Jack, was ist los?"
Presste ich mit zusammengebissenen Zähnen hervor.
„Es wird Zeit."
„Zeit für was?"
„Zeit für die Wandelung."
„Oh Jackson, komm schon, musst du gerade jetzt in Rätseln sprechen?"
„Tut mir leid, du musst dich verwandeln, dein Körper ist im Moment noch zu schwach um die Wandelung auszuhalten."
„Oke-oke-oke aber in was, in was?"
„In alles."
„Alles, geht's noch? Wie soll das denn aussehen?"
Sein ruhiger und klarer Blick linderte die Schmerzen ein wenig, aber nur ein wenig.
„Das schaffst du, denk einfach an alle wie sie nebeneinander stehen."
Ich nickte, durch den Schmerz kaum merklich und presste die Hand auf mein Relief.

„Siehst du. Du kannst es."
Die Schmerzen waren von jetzt auf gleich verschwunden. Ich stand auf und ging zum Spiegel. Vor mir stand mein „Seelen-Ich" aber nur für ungefähr eine Minute, dann war dort das Bild von mir als Therianthrop. Die gleiche Verwandlung machte mich zum Mensch und schließlich auch zur Nixe. Aber an dieser Gestalt hatte sich etwas geändert, ich besaß keine Flosse. Stattdessen hatte ich Schwimmhäute zwischen den Zehen und auch zwischen den Fingern. Nun besaß ich anscheinend alle Kräfte gleichzeitig. Ich konnte zwischen ihnen hin und her switchen, ich war von jetzt auf gleich eiskalt besaß aber trotzdem die Gestalt eines Menschen. Auch meine Körperteile konnte ich einzeln austauschen, mal hatte ich die schwarze Haut einer Nixe, mal die langen Fangzähne eines Therianthropen.
„Was hat das zu bedeuten?"
Jackson hatte stolz die Arme vor der Brust verschränkt und nickte während er verkündete:
„Du bist bereit."
„Wie meinst du das, bereit? Bereit für was?"
„Für die Wandelung."
„Und was muss ich da tun?"
Er schnaubte.
„Ich hab nicht die leiseste Ahnung. Das ist das bestbehütetste Geheimnis der mir bekannten Welt. Niemand weiß wo, wann, wie oder warum und schon gar nicht welches Ende das ganze nimmt."
„Aber wenn niemand etwas darüber weiß, wer sagt mir dann was ich tun muss?"

„Ich weiß es nicht. Aber dein Relief, das sollte deine Karte und dein Schlüssel sein, frag bloß nicht wozu, aber einen Blick solltest du riskieren." Ich hob den Arm und Jackson hatte recht, da war etwas völlig neues zu sehen. Ein vollständiges Bild, von einem Diamanten. Unter dem Diamant, der von den gleichen Schnörkeln umrankt war wie die Wolke, die aussah wie ein Spiegel, waren acht kleine Symbole, nicht nur sieben wie das letzte Mal. Außerdem war dort kein einzelnes mehr asymmetrisch über dem Diamant, dieses fand sich in perfekter Formation unten bei den anderen wieder. Acht Symbole, jedes beschrieb eine meiner Kräfte, aber was sollte der Diamant für ein Schlüssel sein? Und wo fand sich die Karte darin? Wie leichtsinnig, zu denken, alles würde irgendwann mal einfacher werden. Aber statt mir selbst oder Jackson diese Frage zu stellen, stellte ich sie einfach meinem Relief. Ich legte die Hand auf und schloss die Augen. Von Jackson bekam ich darauf hin einen irritierten Blick zugeworfen, doch sobald ich die Hand abhob stand etwas auf einer Schriftrolle die sich um den Diamanten gelegt hatte geschrieben. Natürlich fand sich nichts darauf was einem einigermaßen helfen konnte - jedenfalls nicht, wenn man nicht rumänisch sprach. Aber zu meinem Glück hatte ich ja einen Freund, der sich stolz gebürtiger Rumäne nannte. Also hielt ich ihm meinen Arm hin und deutete auf die Schrift.
„Kannst du das übersetzen?"
„Klar, da steht, das der Diamant der Schlüssel zur Karte ist."
„Echt jetzt?"

„Ja, nicht wörtlich übersetzt, aber sinngemäß."
„Nein, ich meine echt jetzt, wie soll ich mit dem Bild eines Diamanten eine Karte finden?"
„So wie du alles andere auch mit dem Relief machst."
Ich legte wieder die Hand auf aber dieses Mal passierte nichts. Nur der Schriftzug verschwand wieder. Frustriert setzte ich mich auf das Bett.
„Was passiert wenn ich nicht herausfinde wo ich hin muss?"
„Nichts Gutes."
„Geht das auch etwas genauer?"
„Nein, weil dieser Fall nicht eintreffen wird."
„Welcher Fall Jackson?"
Er blickte mir ernst und düster in die Augen, immer bekam ich auf der Stelle eine Gänsehaut, wenn er das tat.
„Dein Körper würde irgendwann dieser stärker werdenden Kraft nicht mehr standhalten können, bis sie dich von innenheraus zerreißt."
„Na, das sind doch mal gute Nachrichten."
Ich warf mich nach hinten in die weichen Kissen. Befand ich mich nun wirklich in einer Sackgasse? Ratlos bin ich oft gewesen aber in einer Sackgasse stand ich nie, immer war irgendwo noch ein versteckter Weg zu finden, an den niemand zuvor gedacht hatte. Ich musste ihn auch dieses Mal finden. Aber wo finde ich das, was ich suche? Ist das nicht immer die Frage? Jackson saß auf dem Schreibtischstuhl und überlegte.
„Können wir nicht einen der Zehn fragen?"
„Na, dann such mal fleißig, denn in der Zeit, die dir noch bleibt, wirst du sie nur am Ziel antreffen und dann brauchst du sie ja nichtmehr fragen."

Er hatte recht, anscheinend eilte das Finden meiner Karte wirklich, wenn sie sich alle bereits an diesem geheimen Ort befanden. Ich zog die Linien des Diamanten nach, was mich auf eine echt verrückte Idee brachte. Die Währung meiner neu für mich entdeckten Welt war Blut und alles hatte seinen Preis, musste ich nun auch für den Schlüssel zur Karte bezahlen? Ich ging zur Mini-Küche und holte ein scharfes kleines Messer hervor.
„Stopp, was soll das werden Kathrin?"
„Ich bezahle die Karte."
Flüsterte ich.
Noch bevor er protestieren konnte, hatte ich einen kleinen Schnitt in meine Hand gemacht und ließ das Blut auf das Relief tropfen. Nichts geschah. Alles blieb beim Alten. War das vielleicht zu wenig Blut gewesen? Erst mal konzentrierte ich mich auf den Schnitt in meiner Hand und konnte beobachten wie er schnell wieder verheilte und sich die Blutstropfen in Wasserdampf verwandelten. Voller Frustration über dieses dämliche Relief rammte meine Hand das Messer mitten hinein.
Blut begann zu fließen, sehr viel Blut.
„Kathy! Was ist denn los mit dir?"
Jackson sprintete an meine Seite und zog das Messer raus.
„Okay, jetzt lass es heilen und dann vergessen wir das Bezahlen mit Blut mal für einen Moment, ja?"
Ich nickte und konzentrierte mich auf den Schnitt, aber irgendetwas funktionierte nicht ganz einwandfrei. Mehr Blut floss wie bei einem Wasserfall aus meinem Arm. Je mehr ich es

verheilen lassen wollte desto mehr dunkelrotes Blut tropfte aus meiner Ader und desto mehr tat es weh. Es brannte, juckte und fühlte sich kaputt an. Jackson riss die Augen auf, mit so etwas hatte er anscheinend nicht gerechnet. Aus einem Reflex heraus schaltete ich meinen inneren Eisschrank ein, sodass das Blut auf der Stelle gefror. Ich kratzte das zu Eis erstarrte, fast schwarze Zeug ab und versuchte nocheinmal die Wunde verheilen zu lassen, was mir nun gelang. Ich taute mich wieder auf und griff, noch bevor Jackson es mitbekommen hatte, nach dem Messer. Mir war tatsächlich eine Idee gekommen und so fuhr ich mit dem Messer die Linien des Diamanten nach. Ich verspürte nicht den geringsten Schmerz. Was mir vorhin, als ich dies mit meinen Fingern tat, schon aufgefallen war.
„Kathrin, das kann doch nicht dein Ernst sein, das alles hilft doch nicht."
„Pst. Sieh doch."
Ich zeigte auf den Diamant aus Blutlinien, die langsam, eine nach der anderen, zuheilten. Danach waren es aber nichtmehr einfach schwarze Linien, sondern es waren Sätze aus vielen so winzigen Buchstaben, dass ich die Wörter ohne mein besseres Sehvermögen niemals hätte entziffern können.
„Pură ca apă. Periculoase ca focul. Puternică ca pământul. Liber ca de ae."
Stand dort und ich hatte nicht die leiseste Ahnung warum ich diese Wörter laut aussprach.
„Was? Was redest du denn da?"
„Ich weiß nicht, das steht hier, was heißt das?"

Ich sah zwar noch wie Jacksons Lippen sich bewegten und hörte auch was er sagte
„*Rein wie das Wasser. Gefährlich wie das Feuer. Stark wie die Erde. Frei wie die Luft…*"
Die Umrisse verschwanden und ich spürte wie meine Knie das Gewicht nicht mehr tragen konnten. Jackson rief direkt neben mir meinen Namen, dabei klang es als wäre ich weit entfernt von ihm. Ich driftete immer weiter ab auch wenn mein Körper sich mit aller Kraft dagegen wehrte, ich war zu schwach…

Mit Schwung warf ich die Hand auf mein Gesicht, irgendetwas kitzelte mich so schrecklich an der Nase, dass ich es einfach nichtmehr aushalten konnte. Langsam versuchte ich die Augen aufzuschlagen aber das Licht schien so hell von oben auf mich herab, sodass ich kaum etwas erkannte. Nach ein paar Sekunden hatten sich meine Augen an das Licht gewöhnt und ich bekam die Möglichkeit, mich umzusehen. Alles war weiß. Ich saß auf einer Wolke aus weißen Federn die vom Himmel herab regneten. Ich trug ein dünnes weißes Kleid, das ich erst gar nicht bemerkt hatte. Es war so leicht und glatt als sei es ein zarter Windstoß der meinen Körper entlang glitt. Vorsichtig stand ich auf. Ich spürte unter meinen nackten Füßen wie die Federn leicht nachgaben bei jedem Schritt, den ich machte. Keine Ahnung wieso, aber plötzlich hatte ich eine Eingebung, dass ich in diese ganz bestimmte Richtung gehen mußte. Und so Schritt ich den Weg aus wolkengleichen Federn entlang, bis zu einer riesigen Nebelwand. Ich ging an der Wand entlang und gelangte an einen Abgrund, an dem die Wolke ihr Ende fand.Vorsichtig sah ich hinab, aber dort unter mir war nichts, außer den unendlichen Weiten des Universums. Ganz langsam bewegte ich meine Hand durch den dichten Nebel, der folgte mein Arm und schließlich mein ganzer Körper. Nur einen Schritt musste ich gehen und fand mich bereits auf einer grünen Wiese mit lauter bunten Blumen wieder. Sie hatte ungefähr die gleiche Größe wie die Wolke aus Federn, nur bestand diese aus weicher dunkelbrauner Erde auf der saftig grünes Gras wuchs. Ich blickte an mir hinab, auch mein Kleid war ein völlig anderes. Statt dem glatten seidenen Stoff besaß es bunte Rüschen und Spitze, abgesehen von der leuchtenden Farbe könnte man es ein Couture Kleid nennen. Ich lief den Weg wieder barfuß, was allerdings nicht schlimm war, da mir das Gefühl von gesunder weicher Erde immer schon gefallen hatte. Sie speicherte so viel Energie und auch wenn das purer Schwachsinn sein müsste habe ich bis heute noch immer das Gefühl sie gäbe die Energie an mich weiter. Während ich ging hatte ich Zeit, den Geruch von frischem Morgentau und blühenden Blumen einzufangen. Wie ein junges Reh sprang ich durch das hohe Gras bis mir ein Meter hoher Vorhang aus Lianen den Weg versperrte. Es war allerdings nicht nur eine Reihe von Lianen, hierauf folgte eine zweite, eine dritte, eine vierte und noch sicher zehn weitere Reihen. Ich schob mit dem Handrücken die Lianen auseinander und schritt immer weiter hindurch. Nach ein paar wenigen Metern erschien ein weißes Licht mir gegenüber, durch die letzten paar Reihen von Lianen. Kurz überlegte ich ob ich nicht vielleicht wieder umdrehen sollte, doch da spürte ich bereits wie das Licht meinen Körper zu sich zog. Als ich den Lianenwald verlassen hatte, fand ich mich auf einem steinernen schwarzen Weg wieder. Ein

Kleid aus langem schwarzem Stoff schmückte meinen Körper. Hinten zog ich eine lange Schleppe den Weg entlang und nach vorne hin wurde es so kurz, dass es mir über die Knie ging. Das Kleid hatte einen seltsamen Effekt, da es Goldorange glitzerte, wie Funken eines Feuers am schwarzen Nachthimmel. Ich schritt mal wieder ohne Schuhe über die dunklen Kohlen, die mich vor dem See aus glühender Lava ringsherum schützten. Es war die gleiche Szene nur mit einer anderen Kulisse und neuem Kostüm. Der See aus Magma hatte die gleiche Größe wie vorher die Wolke und die Erdplattform, nur an seinem Rand floss das flüssige Feuer wie bei einem Wasserfall in die Tiefe. Ich huschte flinken Fußes über den schwarzen bröckligen Boden aus Kohle. Diese ganze Energie um mich herum und die Farbe von solch einer heißen Substanz, sind äußerst imponierend anzusehen. Allerdings machte es mich etwas nervös, da ich bei jedem zweiten Schritt spürte, wie die bröckelige Kohle unter meinen Füßen ein Stück absackte. Bald schon kam ich an der Quelle der Lava an, einem Feuerfall. Wie ein Wasserfall, nur statt Wasser, was mir eindeutig lieber gewesen wäre, floss Lava aus einer unerkennbaren Höhe hinab wie ein Vorhang aus Feuer. Ganz klar, es war wie bei den anderen Ebenen. Ich musste die Mauer überwinden, also tat ich das, was ich bereits bei dem Nebel getan hatte. Ich streckte die Hand aus, welcher mein Arm und mein ganzer Körper folgte, ich spürte keinerlei Schmerz, es war, als ergoss sich Wachs über mich, es war zwar ziemlich warm, aber in keinster Weise zu heiß. Als ich wieder die Augen öffnete fand ich mich in einer gänzlich anderen Umgebung wieder. Ich fühlte mich etwas wie eine winzige Mikrobe in einer riesigen Zelle. Ich schwebte in einem riesigen Wassertropfen der wie von einer Membran in Form gehalten wurde. Der Tropfen lag auf einer Platte, die wie der Meeresboden aussah, gut, vielleicht konnte man doch ein paar Parallelen zwischen den Ebenen finden, aber diese Unterwasserkulisse war die schönste von allen. Die blaue Membran um den Tropfen war teils durchsichtig und ließ mich dahinter die Sterne funkeln sehen. Überall Korallen in den buntesten Farben, die auf dunkelgrauem Sandboden gediehen. Ich trug, gegen jede Vermutung, wieder ein Kleid ohne Schuhe und ohne Flosse. Das Kleid war so blau wie das Wasser und hatte eine lange Schleppe die funkelnd hinter mir her durch das Wasser schwebte. Am liebsten hätte ich diese Ebene gar nicht mehr verlassen bis ich aufwachen würde aber nun war ich ja eigentlich am Ziel angekommen. Ich hatte alle vier Elemente durchlaufen, erst Luft, dann Erde, dann Feuer und schließlich Wasser. Was nun? War ich jetzt durch? Kam ich nun zurück in meinen Körper, nachdem meine Seele diese Wanderschaft betreten hatte? Nur eine Wand trennte mich von diesem Wissen. Also bahnte ich mir meinen Weg bis ans andere Ende des Wassertropfens. Dort war ein Tor aus Stein, das an die Hülle gesetzt worden war. Wie auch bei den anderen drei Toren ging ich langsam und vorsichtig. Erneut das helle Licht, das mir in den Augen so brannte, dass ich sie schließen musste. Als ich sie wieder aufschlug war unter mir ein riesiger Diamant auf dessen Tafel ich stand. Ich trug ein langes weißes Hochzeitskleid, mit unglaublich viel Stoff und Edelsteinen darauf. Ich sah mich um. Ich konnte nichts entdecken um mich herum. Ich schritt über den klaren, harten Stein während meine Schuhe bei jeder Berührung klackten. Das Klacken hallte weit ins

Universum hinaus und des erste Mal in diesem Traum fühlte ich mich schrecklich allein. Ich sah geknickt zu Boden und wollte mich eigentlich hinsetzen und darauf warten, dass dieser schreckliche und zugleich faszinierend schöne Traum sein Ende finden würde. Da fiel mein Blick in das Innere des Diamanten hinein. Er war nicht völlig lupenrein, denn eigentlich hätte ich das Universum auf der anderen Seite sehen müssen, doch da sah ich einen großen dunkelblauen Stein. Nicht etwa einen Saphir oder etwas ähnliches, nein, einen einfachen dunkelblauen Stein, einen, den man auch einfach auf der Straße finden könnte nur sehr viel größer. Er war umgeben von vier kreisrunden Platten. Diese standen jeweils für eins der vier Elemente, soviel war sicher. Aber wieso waren diese vier einfach überall wieder zu finden? Was hatten sie mit meiner Verwandlung zu tun? Ich betrachtete das Bild genauer und in mitten dieses großen dunklen Steins erkannte ich einen leuchtenden kleinen Fleck. Es war ein Loch in der Kruste und irgendetwas im Inneren war gleißend hell. Je länger ich das Loch betrachtete desto mehr viel mir auf, dass es immer größer zu werden schien. Der Stein riss an allen Seiten und als er schließlich zersprang und das helle Licht das ganze Universum mit seiner Energie flutete riss es mich…

…In die Wirklichkeit zurück. Ich schreckte vom Boden auf, mit gewaltigen Kopfschmerzen, als hätte ich zweiundsiebzig Stunden lang Fernsehen geguckt, und einer in mein Hirn gebrannten Erkenntnis. Der Karte zu meinem Schatz. Ich wusste ganz genau, wohin ich zu gehen hatte und ich wollte mich auf der Stelle auf den Weg

machen, vor allem weil die Zeit wie Sand durch meine Finger rann.
„Kathy? Ist alles in Ordnung? Du bist auf einmal in Ohnmacht gefallen. Was hatte das zu bedeuten?"
„Ich hab die Karte."
„Wo?"
„In meinem Kopf, aber das kann ich dir später noch erklären, jetzt müssen wir los."
Ich zog mir ein paar anständige Sachen an und stürmte durch die Tür mit Jackson, mir dicht auf den Fersen. Wir standen bereits vor dem Hotel auf dem Parkplatz als Jackson vorschlug:
„Komm wir fahren mit dem Auto."
„Nein, wir können den Weg nur zu Fuß gehen und es ist noch ein weites Stück bis dort."
„In Ordnung, wo lang?"
„Übers Meer."
„Okay, ähm ich bin sicher wir finden hier irgendwo ein Boot oder etwas ähnliches."
„Das brauchen wir gar nicht."
„Und wie sollen wir dann über das Meer kommen?"
Ich deutete auf die Fontänen die aus dem Wasser emporstießen.
„So."
Im Sprung verwandelte ich mich in eine Nixe und glitt ins Meer hinein. Jackson stand noch am Ufer und sah etwas unsicher in das leuchtende Blau der Housel Bay.
„Na komm schon rein, das Wasser wird dich nicht beißen."
„Wegen dem Wasser mache ich mir auch keine Sorgen sondern wegen dem was darin ist."

„Hier ist weit und breit niemand außer dir und mir."
„Ja, und das reicht mir auch schon."
Murmelte er.
„Was willst du damit sagen?"
„Dass du mich beim letzten Mal auffressen wolltest und, dass du seit dem deutlich stärker geworden bist, was wir vor ein paar Stunden ja bereits gesehen haben."
„Wow, komm sprich dich ruhig aus. Ist klar, ich hab echt Mist gebaut, aber dass du mir das gerade jetzt vorhältst hätte ich nicht gedacht. Dann bleib doch einfach hier! Um mit dir zu diskutieren fehlt mir die Zeit!"
„Tut mir leid. Natürlich komme ich mit. Ich wollte das nicht sagen, es ist nur…"
„Du traust mir nicht."
„Nein so ist das nicht, ich bin einfach… keine Ahnung"
„Ist schon okay wir müssen da nicht weiter drüber reden."
Ich konnte mir denken wie es ihm ging aber verstehen konnte ich es nicht. War ihm denn nicht klar wie sehr ich dies alles bereute? Ich hasste mich dafür, ihm je auch nur ein
Haar gekrümmt zu haben. Wusste er denn nicht wie sehr ich ihn liebte? Wusste er nicht, dass ich auf der Stelle mein Leben geben würde, um ihn zu retten? Letztlich sprang er aber doch ins Wasser. Zugegeben, mit seinen Argumenten hatte er nicht unrecht. Aber er hatte an diese Konsequenzen nur zu denken, so etwas sollte ich aussprechen. Denn selbstverständlich wusste auch ich wie gefährlich es für ihn war, sich mit mir in einem Element zu

befinden in dem ich eindeutig Heimvorteil hatte. Im Wasser war ich stärker, schneller und auch taktisch klüger als er. Doch letztlich gäbe es keinen Grund zur Sorge, ich musste mich einfach nur beherrschen und nicht die Fassung verlieren, so schwer sollte das ja wohl nicht sein. Jack schwamm zu mir rüber und zog mich an der Taille zu sich ran.
„Wir sollten uns nicht streiten. Ich liebe dich, das weißt du doch."
„Und ich liebe dich und du misstraust mir doch."
„Weil wir von Natur aus Feinde sind und ich hab ja eigentlich auch einen Grund dazu."
Zärtlich gab er mir einen Kuss und wir sanken wie zwei Steine auf den Grund der Bucht. Erst war ich skeptisch, dass er nicht ertrank, aber anscheinend braucht ein Vampir nicht mal Luft. Es war wie er gesagt hatte, nur Magen Herz und Hirn arbeiten bei Vampiren noch. Hand in Hand glitten wir durchs Wasser bis hin zu dem größten meiner Orca's, auf den Jackson sich setzen sollte. Während er misstrauisch ins weite Blau der See starrte hatte sich der schwarzweiße Gigant bereits unter Jackson begeben, welcher sich nun nur noch an der Schwertflosse festhalten musste. Ich suchte mir ebenfalls einen Orca an dem ich mich festhielt. Jackson und ich, im Schlepptau die ganze Herde von Walen, hatten nun unseren Kurs aber das Ziel war weiter entfernt als alle dachten, abgesehen von mir. Wir hatten nach wenigen Minuten England verlassen und trieben schon nach einer Stunde vor Frankreichs Westküste der Bay of Biscay. Dort angekommen legten wir eine Pause ein in der die Wale einen Schwarm Fische fraßen,

Jackson ans Ufer von La Rochelle schwamm um Beute zu reißen und ich mich einfach durchs Meer treiben ließ. Keine Ahnung wie es mir gelang aber nur dadurch, dass ich den Walen sagte wo sie uns hinzubringen hatten, taten sie es und das, in einer übernatürlichen Geschwindigkeit. Schließlich waren es von England zu Frankreichs Westküste um die siebenhundert Kilometer. Trotzdem hielt die ganze Herde Schritt, selbst die frisch geborenen Kälber. Nach einer halben Stunde war Jackson wieder da und wir konnten unsere Reise fortsetzen. Die nächsten ca. 400 Kilometer ging es weiter an Frankreichs Westküste entlang. Dann erschien vor uns, wie in einem rechten Winkel, bereits Spanien. Die Sonne glühte immer heißer und heißer vom Himmel auf uns herab je weiter wir von England wegkamen. Ich hatte das Ausland so gut wie noch nie gesehen, meistens sind meine Eltern und ich bei Ferienanbruch durch das vereinigte Königreich mit einem Wohnmobile gefahren, was nicht schlecht war, da es wirklich schöne Ecken in Schottland, Irland und auch in Wales gibt aber das Klima bleibt das selbe. Als wir die Ecke überwunden hatten und an der Westküste Richtung Portugal unterwegs waren, beschloss ich dem Wal, den ich ritt, etwas Freiraum zu geben und schoss einige Meter vor die Herde. Das Wasser war so wundervoll warm und weich, dass ich es kaum an meinen Schuppen spürte.
„Wie weit ist der Weg denn noch?"
Maulte Jackson
„Nicht mehr sehr weit."

„Wie weit?"
Ihm jetzt zu sagen, dass wir gerade mal einen Bruchteil der gesamten Strecke hinter uns hatten wäre wohl nicht so klug gewesen, also antwortete ich nur:
„Wir haben's gleich geschafft."
Schön wär's.

Nach über 11000 Kilometern und einer ganzen Tagesreise hatten wir unser Ziel endlich erreicht. Die Insel São Tomé, die direkt vor dem afrikanischen Land Gabun, im Westen Afrikas, gelegen ist. Jackson beäugte die Insel unsicher.
„Sind wir hier wirklich richtig?"
„Ja, wieso? Findest du hier müsste es anders aussehen?"
„Naja, das hier ist ein Inselparadis und zu den ersten Zehn passt eher eine Eiswüste oder ein Kriegsgebiet."
„Eis?"
„Ja, wegen seiner Reinheit. Das halten sie anscheinend für eine gute Metapher, wegen ihrer, ach so reinen, Seelen."
Er verdrehte die Augen, Jackson hasste die ersten Zehn tatsächlich, mit Leib und Seele. Wie sehr, würde mir allerdings erst etwas später an diesem Tag klar werden.
Wir ließen die Orca's ein paar Meter vor der Küste zurück und schwammen an den weißen Sandstrand der kleinen Insel. Jackson sah über alle Maßen erleichtert aus, endlich wieder festen Boden unter sich zu spüren.
„Also, wohin führt uns deine Karte jetzt?"

„Wir müssen zu dem höchsten der inaktiven Vulkane."
„Und was erwartet uns dort?"
„Das siehst du wenn wir da sind."
Ich rannte an ihm vorbei in das Dickicht der Insel hinein. Jackson hatte nach ein paar Metern wieder an mich aufgeschlossen und huschte ebenso lautlos wie ich zwischen all den exotischen Bäumen und Sträuchern umher. Wir irrten sicher eine halbe Stunde durch den Dschungel bis der Himmel bereits von Abendrot getränkt war. Eine helle, weiße Scheibe warf, vom pink roten Firmament, ihr klares Licht auf uns zwei herab. Hand in Hand bestritten wir die letzten Meter die sich zogen, als seien es viele Meilen gewesen. Mein Herz pochte bei jedem Schritt stärker und ich zitterte am ganzen Körper obwohl es auf dieser tropischen Insel unfassbar heiß war.
„Hast du Angst?"
Fragte Jackson und blieb stehen. Ich blieb ebenfalls stehen und sah ihn an.
„Ein wenig. Und du?"
Er nahm mich zärtlich in die Arme und flüsterte mir tröstend zu:
„Ich werde immer auf deiner Seite stehen, *du* brauchst keine Angst zu haben."
Er betonte dieses *du* ganz besonders, was mich etwas stutzen ließ.
„Wieso, hast du denn Grund zur Sorge?"
„Den hab ich nicht, es gibt keinen Grund für mich. Jedenfalls noch nicht."
Er verstummte, ohne weitere Erklärung zog er mich voran. Ich gab wieder die Richtung vor und auf einmal türmte sich vor uns ein steiler Berg auf.

„Wir sind da."
„Das ist der Vulkan?"
„Ja."
„Und wo treffen wir auf die Ersten?"
„In einer Höhle, im Innern des Vulkans."
Ich hatte nicht lange zu suchen, eher ging ich Zielgerichtet auf das gut versteckte Loch im Boden zu. Es war ein Tunnel, so groß wie der Eingang eines Dachsbaus und gut versteckt hinter dichtem Gebüsch. Ich ging voraus und Jackson quetschte sich hinter mir in den Bau hinein. Die Wände wurden stetig breiter und die Decke höher, sodass wir uns von robbend zu krabbelnd und schließlich auch gehend hindurch bewegen konnten. Ich hörte ein Rauschen, das durch den Tunnel hallte und am Ende des stock dunklen Ganges war ein flackerndes blaues Licht zu sehen. Alles hier roch nach Erde und Asche, was mir Sorgen bereitete, wie inaktiv der Vulkan überhaupt war. Konnte ich wirklich sicher sein, dass das Ganze keine Falle war? Man hatte mich doch bereits gewarnt vor den hinterlistigen Hoch-Vampiren und den scheinheiligen primären Therianthropen sowie den verräterischen ersten Seelen. Ich krallte mich in Jacksons Arm und versuchte möglichst keinen Ton von mir zu geben. Auch Jackson war angespannt, wir wussten beide nicht was uns erwartet, jedenfalls ging ich davon aus. Klare Kristalle wuchsen an den Wänden des Tunnels kurz bevor sich uns die Höhle öffnete. Diese war ebenfalls vollkommen besetzt von Edelsteinen, bis unter die Decke. Alles glitzerte so wunderschön, sodass ich zunächst die Wesen hier überhaupt nicht bemerkte. Die ganze Höhle war

aufgeteilt in fünf Bereiche. Das erste Fünftel war ein blauer See in dessen Oberfläche sich die Kristalle an der Decke spiegelten, daraus tauchte zuerst Moana auf und dann jemand, den ich noch nicht kannte, Whenua. Er hatte glitzerndes goldenes Haar und dunkelbraune, fast schwarze Schuppen die ebenfalls gülden schimmerten. Sein Augapfel war tief schwarz aus dessen Mitte sich eine riesige goldene Iris abhob. Er hatte fünf scharfe Krallen an den Händen und Schwimmhäute zwischen den Fingern. Er war wie Moana, den Menschen ähnlich und doch erkannte man allein an seinem Körperbau, dass er definitiv keiner war. Er hatte eine Größe von mindestens zwei einhalb Metern und ein riesiges Kreuz. Allerdings hatte Whenua keine Schwanzflosse, sondern zwei tellergroße Füße mit Schwimmhäuten zwischen den Zehen. Alle beiden sahen zu mir hoch, ohne eine Miene zu verziehen. Als sie Jackson jedoch sahen, bleckte Whenua die Zähne, zwei lange Eckzähne kamen aus seinem Unterkiefer wie bei einem Fisch. Als nächstes traten rechts von dem See zwei Gestalten hinter einem Baum hervor. Das nächste Fünftel bestand aus normalem grasbewachsenen Boden, Pflanzen und einem Baum. Die zwei Gestalten waren Menschen, echte Menschen. Adames, ein einfacher Mann, zwar nur mit Blättern bekleidet aber sonst sah er ganz normal aus. Braunes kurzes Haar, braune Augen leicht gebräunter Teint. Daneben Evemia, sie trug ebenso nur Blätter und hatte dunkelblondes schulterlanges Haar, nichtssagende blaue Augen und einen ebenso leicht gebräunten Teint. Alle beide nickten mir und Jackson ehrfürchtig zu und vielen dann auf die Knie. Sie waren die Vertreter der untersten Rasse, einer bestraften und mit Kurzsichtigkeit gepeinigten Rasse. Als nächstes stiegen Aer und Lapis aus einer Wolke, auf dem Boden, auf. Bei beiden erkannte man nur die unstabilen Konturen, sie waren wie aus Nebel. Aer war hell- und Lapis dunkelgrau. Heraus stießen Aers schwarze und Lapis strahlend weiße Augen. Welche allerdings nicht wirklich wie Augen sondern leuchtende Kreise aussahen, wie eine einzelne Iris wirkte jedes. Die Konturen der beiden waren eigentlich wie bei einer normalen Frau und einem normalen Mann, nur konnten sie diese Figur beliebig verformen. Das nächste Fünftel bestand aus einem See aus Lava in dessen Mitte zwei Steine aufragten, darauf standen Velnias und Lunea. Velnias hatte schwarzes glänzendes Haar und blutrote Augen, ein Vampir wie er im Buche steht. In schwarzer Kutte und mit hinterhältigem Lächeln sah er zu uns beiden hoch. Und dann war da noch Lunea Lumen, sie war Velnias Frau und hatte dickes, langes, schwarzes Haar, das sie mit goldenem Schmuck zusammen gesteckt hatte. Ich betrachtete besonders sie genau und bemerkte, wie in ihrer Iris Flammen flackerten. Das waren wirklich unglaublich schöne Augen, aber dahinter schien ein wahres Biest zu stecken. Sie lächelte herausfordernd zu uns hinauf und ich spürte wie sehr Jackson sich zusammenriss, um nicht die Fassung zu verlieren und auf sie los zu gehen. Als Letztes kamen Seraphim und Lutecia hinter einem verschneiten Baum hervor. Dieser stand auf einer kristallklaren Platte in deren Mitte zwei Sockel

standen auf denen beide sich postierten. Seraphim wurde vom Löwen zum Therianthrop und Lutecia verwandelte sich von einer weißen riesigen Anakonda in ihre Therianthropengestalt. Sie sah ich heute auch zum ersten Mal und der Anblick war erschreckend. Ihre Haut war mit weißen Schuppen überzogen, ihre Augen waren giftgrün, riesengroß und wie von einem Filzstift schwarz umrandet. Sie hatte langes, weißes Haar und eine rote, gespaltene Zunge sowie zwei lange, dünne Schlangenzähne. Seraphim grinste mich lockend an und ich verspürte das Gefühl, von dem Loch oben in der Wand, hinunter zu gehen. Eine Treppe aus Stein brachte mich nach unten zu einem schmalen Pfad zwischen dem Fünftel der Vampire und der Therianthropen. Ich blickte nach vorne: Am Ende des Pfads, also genau in der Mitte, stand ein großer Sockel aus schwarzblauem Gestein. Alle zwanzig Augen waren auf Jackson und mich gerichtet. Ich Schritt voran und ließ vorsichtig Jacksons Hand los. Ich betete, er möge sich bloß weiter im Zaum halten. Auf einmal begannen auch die Zehn sich zu bewegen, sie schritten ebenso schnell wie ich, auf den Sockel in der Mitte zu. Mein Herz raste, was sollte ich nun überhaupt tun? Musste ich mich irgendwie beweisen, eine Aufgabe lösen oder so etwas? Ich machte einen letzten Schritt und konnte nun genau von oben auf den Sockel schauen. Elf Löcher befanden sich in dem Stein, eines in der Mitte zehn drum herum.
„Kathrin Jones."
Hob Moana an und sah mich mit stolzem Blick an.
„Ja."

„Beweis uns, dass du bereit bist diese Macht zu tragen."
Sagte Velnias mit fester Stimme. Aber wie sollte ich das tun? Was sollte ich nun tun? Das hatte mir nie jemand erklärt.
„Wie kann ich es euch beweisen?"
„Zeig uns das Relief, Kathrin."
Half mir Seraphim und ich streckte meinen Arm über den steinernen Sockel aus. Einer nach dem anderen warf einen Blick darauf und berührte es mit einem Finger. Bei jeder Berührung nahm ich die jeweilige Gestalt an und gleichzeitig verpasste es mir einen Stromstoß. Ein unglaubliches Gefühl, ein Prickeln und Kitzeln bis in die letzte Haarspitze. Aus den Löchern strahlte nun helles, weißes Licht, eines nach dem anderen und das, sobald einer der Zehn das Relief berührte. Moana, Whenua, Adames, Evemia, Aer, Lapis, Velnias, Lunea, Seraphim und Lutecia. Durch alle Löcher schien das helle Licht, mit Ausnahme, dem in der Mitte. Ich sah hilfesuchend in die Runde nach einem Tipp, was nun zu tun war und bemerkte, wie Lunea mit dem Kopf in Richtung meines Reliefs nickte.
„Jetzt du."
Flüsterte sie so leise, dass ich es nur hören konnte weil ich direkt neben ihr stand. Aber ich tat was sie sagte und tippte mit der anderen Hand ebenfalls auf das Bild des Diamanten. Nun leuchtete auch das Licht aus dem letzten Loch im Stein.
„Moment, was ist mit ihm?"
Aer deutete auf Jackson.

„Das ist ein streng geheimes Ritual und soweit ich weiß, ist er nur der unqualifizierte Trainer."
„Das stimmt, sollte er wirklich einer solch heiligen Zeremonie beiwohnen?"
Mischte sich nun auch Lutecia ein.
„Nein, sollte er nicht. Das geht niemanden außer uns elf etwas an."
Seraphim fällte dieses Urteil mit fester Stimme und einem hämischen Lächeln auf den Lippen.
„Wir sollten uns dieses *Problems* so schnell wie möglich entledigen, findet ihr nicht auch?"
Zustimmendes Gemurmel war um den Stein zu hören, und wieder erhob Seraphim die Stimme.
„So sei es dann. Mit Jedermanns Einverständnis bin ich gerne bereit, mich persönlich um das *Problem* zu kümmern…"
Seraphim ging auf Jackson zu, ganz langsam. Mit weit aufgerissenen Augen sah ich starr dieser absurden Situation zu. Seraphim warf Jackson zu Boden und trat ihm ins Genick. Er bleckte die Zähne und trat erneut zu als Jackson anfing, sich wieder zu bewegen. Jacksons Augen verharrten in meinen und das Leuchten verschwand mit jedem Tritt mehr aus dem erst noch so strahlenden Blau. Was tat ich hier bloß? Seraphim würde ihn töten, das war klar, aber wie konnte ich so tatenlos dabei zusehen?
„Das reicht! Nimm auf der Stelle deine dreckigen Hände von ihm oder ich schwöre, ich reiß sie dir ab!"
Aufgrund dieser plötzlichen Aggression hatte ich mich in Bloody Kathy verwandelt. Mit einem Mal gefror der Boden bis hin zu Jackson und Seraphim, an der anderen Seite des Schmalen

Pfads. Erschrocken schnellten alle Blicke zu mir, vor allem Seraphims. Was hatte er sich denn gedacht? Dass ich es gutheiße, dass man hier über meinen Freund herfällt?
„Hörst du schwer? Ich hab gesagt: WEG DA!"
Mein Schrei hallte in der Höhle nach und Seraphim trat von Jackson weg. Immer noch waren alle sprachlos und starrten mich an, und das musste ich versuchen auszunutzen.
„Er bleibt hier und niemand wird sich wagen…"
Ich drehte mich nun zu den anderen:
„…Seraphims Sohn zu töten."

~Das letzte Licht~

Dieser Stein brachte letztendlich alles ins Rollen, all die Lügen und offenen Fragen, ich brauchte nur eine Wahrheit zu wissen, die außer mir nur Tote kannten und schon offenbart sich der Rest.
„Mein was?!"
Hörte ich Seraphim hinter mir scharf fragen. Ich verwandelte mich wieder in mein normales Ich und sagte den Satz erneut.
„Niemand wird deinen Sohn, Jackson, töten und schon garnicht du selbst."
Jackson sah mit solchem Entsetzen vom Boden zu mir auf, dass mir etwas mulmig wurde, ob ich diese Bombe tatsächlich hätte platzen lassen sollen.
„Kathrin, was redest du da für einen Schwachsinn? Jorek war mein Vater, niemand sonst."
„Das ist nicht wahr."
Antwortete ich und strahlte die tiefe Überzeugung geradezu aus.
„Woher willst gerade du das denn wissen? Vor wenigen Monaten wusstest du nicht mal, dass es mich gibt und jetzt kennst du meine Lebensgeschichte besser als ich selbst?"
„Anscheinend schon."
Entgegnete ich woraufhin Seraphim sich wieder ins Gespräch einklinkte.
„Na, dann erklär uns doch, was vor 231 Jahren genau passierte?"
„Mit dem größten Vergnügen. Ich hatte eine Vision von Jorek Admacov's Lebensgeschichte."

Ich sah bei diesem Satz zu Lunea welche zusammenzuckte als ich seinen Namen aussprach.
„Um siebzehnhundert tötete Seraphim Felina Admacov, die derzeitige Frau von Jorek, welcher sich schwor, Rache zu nehmen und so, achtzig lange Jahre hinter ihm her spionierte. Bis sich Seraphim in die Menschenfrau Isha Gorgovea verliebte und mit ihr ein Kind erwartete. Im späten Herbst kurz vor der Geburt versteckte er seine Geliebte in den Karpaten wo Jorek nur darauf wartete, dass Seraphim verschwand. Er biss die schwangere Frau und erschuf so ein Kind, dass in sich das Vampirgift trug. Dieses Kind trainierte er, dieses Kind ist Jackson."
Jackson sah baff zu Seraphim und wieder zu mir, Seraphim starrte nur zu mir und hauchte dann:
„Nein, das ist nicht möglich, sie waren beide tot, wie kann…"
Er wusste nicht mehr was zu tun oder zu sagen war. Ich war über alle Maßen überrascht über diese Wendung, was mir aber plötzlich ein Licht aufgehen ließ.
„Aber ich bin nicht die Einzige, die das wusste."
Wieder lag Erstaunen in der Luft und Lunea fragte:
„Wer wusste es denn sonst noch?"
„Mindestens zwei weitere Personen, die das schamlos zu ihrem Vorteil ausnutzten. Stylianí Galanis und Aer."
„Aer? Hast du den Verstand verloren? Wir unter den Ersten vertrauen einander."
Blaffte Lapis mich an, was ich mit einem tödlichen Blick erwiderte.

„Ohne Aer's Kräfte wäre es Stylianí doch nie gelungen, Jackson zu kontrollieren, oder?"
Ich konnte mein Wissen selbst nicht begreifen, alles wirkte plötzlich so logisch. Alle Puzzelteile waren horhanden, nur den einen, an den alles passte, hatte ich bis dato nicht gefunden.
„Bitte Kathrin, erklär uns allen die Situation etwas genauer, damit jeder einzelne von uns verstehen kann, was vorgefallen ist."
Bat mich Velnias interessiert, ich nickte und fuhr fort:
„Stylianí fand heraus, dass Jackson von Seraphim abstammt und er dadurch blutsverwandt mit Seraphim ist. Also ist er zum Teil ein Therianthrop…"
„Wenn er das tatsächlich ist, dann hätte er aber nie das Vampirgift vertragen. Ein Therianthrop, der von einem Vampir gebissen wird und genug Gift eingeflößt bekommt damit es zu einer Verwandlung reicht, stirbt an den Folgen. Von der Bissstelle an, zerfällt das Gewebe bis das Blut zum Herz gelangt."
Klärte Lutecia mich auf, doch ich fuhr fort.
„…allerdings flößte man ihm das Gift verdünnt durch die normale Blutzufuhr ein, die Nabelschnur. Schließlich war er zu dem Zeitpunkt ja noch ein ungeborenes Kind."
Ein verblüffter Blick traf mich von Lutecia sowie auch von den Anderen.
„Ein Therianthrop, wie ihr alle mit Sicherheit wisst, muss *immer* eine Aufgabe haben. Aber diese wird von den Ersten bei der Verwandlung zugeteilt, doch Jackson wurde nie verwandelt. Er war immer ein Therianthrop ohne Aufgabe. Diese

Lücke versuchte Stylianí einzunehmen, durch eine mir unbekannte Art von Magie, Hypnose oder sonst was gelang es ihr, Jackson dazu zu bringen, es als seine Aufgabe anzusehen, für Stylianí die Drecksarbeit zu erledigen."
Verblüffte Blicke - aber allesamt konnten mir folgen, trotzdem herrschte weiterhin absolute Stille. Man blickte von mir zu Aer, zu Jackson und zu Seraphim. Jackson sah zum Boden, mit einem Mal war seine ganze Welt auf den Kopf gestellt. Wider Erwartens ergriff Seraphim als Erster das Wort.
„Gut, allen Umständen zum Trotz sollten wir nicht vergessen warum wir vordergründig hergekommen sind. Den Rest…"
Er blickte Aer an
„können wir auf einen besseren Zeitpunkt vertagen, seht ihr das ebenso?"
Zustimmendes Nicken kam aus der Runde und man versammelte sich wieder um den Sockel. Der Reihe nach legte jeder die Hand auf das Loch in der Mitte und als letztes erklärte mir Seraphim ich solle auf den Stapel von Händen mit aller Wucht meine eigene Hand draufhauen. Ein Knacken hallte durch die Höhle und der Kreis der anderen Löcher war eingebrochen. Whenua's Hand war die unterste von dem Stapel also räumte er die Steinbrocken aus dem Loch heraus und hob einen großen leuchtenden Kristall aus dem Sockel hervor. Er war Diamantförmig wie die Zeichnung auf meinem Relief aber nicht lupenrein geschliffen. Seine Oberfläche war rau und die Spitze unten war mit einem Stück Lavagestein verschlossen.

„Was geschieht nun?"
Fragte ich, ohne einen Hauch Unsicherheit in meine Stimme gelangen zu lassen.
„Siehst du die Flüssigkeit im Innern?"
Fragte mich Moana.
„Ja."
Eine Flüssigkeit in einem tief dunklen Rot.
„Das ist eine Mischung aus allem, was man von der jeweiligen Spezies braucht, um sich in diese zu verwandeln. Das heißt, darin befindet sich Menschenblut, Vampirgift, Dämonenblut, mein und Whenua's Blut sowie unsere Tränen und ein Teil von Lapis und Aers Seele."
„Ein Teil ihrer Seele?"
„Wir bestehen aus unserer Seele, wir nennen uns deshalb auch Seelen. Sie hat sich von unserem Körper gelöst beziehungsweise, wir besaßen nie wirklich einen."
Erklärte mir Lapis und zeigte auf seinen und Aers nebelartigen Körper.
„Weißt du Kathrin, als wir den Pakt schlossen, demjenigen, also dir, diese Macht zukommen zu lassen durfte dies nicht nur so dahin gesagt sein. Dieser Krug ist an den besagten Pakt gebunden, er lässt er sich von keiner Macht der uns bekannten Welt öffnen. Erst wenn alle, die einen Teil von sich hineingaben, den Pakt bestätigen."
Fügte Velnias als Erklärung hinzu, was mich auch der Lösung des Rätsels, um dieses Ritual, näher brachte.
„Gut, dann wollen wir beginnen."
Seraphim blickte alle auffordernd an, worauf hin jeder seine Hände auf den ungeschliffenen Diamanten legte.

„Pactul de rai și iad, Pactul a terenului și la mare."

„Pact asupra vieții și a morții, pactul este considerat o poruncă."

Sagte es jeder nach einander, erst die Primären, was hieß: Moana dann Velnias, Seraphim, Adames und Aer und dannach die Secundären, zu denen Whenua, Lunea, Lutecia, Evemia und schlussendlich Lapis zählten. Ein deja-vu schlich sich in meinen Kopf und ich bemerkte, wie auch Jackson plötzlich erstaunt aufsah. Am Sonntag vor einer Woche ist das gewesen, an dem Tag, an dem Jackson mich eingesperrt in Stylianís Gästezimmer allein gelassen hatte. Durch diese Vision, die ich damals hatte, wusste ich nun auch die Bedeutung der Worte, die sie dort, jeder für sich, hin murmelten.

Pakt des Himmels und der Hölle, Packt des Landes und der See.
Pakt auf Leben und auf Tot, Packt der gilt als ein Gebot.

Ein sehr melodisch klingender Pakt wie ich fand, doch das lenkte einwenig von seinem Sinn ab. Schließlich war die Kernaussage dieses mündlichen Vertrags, dass derjenige, sobald er den Pakt bricht, auf der Stelle sterben würde. Plötzlich herrschte vollkommene Stille, Seraphim drehte den Stein mit der Spitze nach oben und mit einem lauten Knacken zerbrach der Lavastein, der den Kristall verschloss. Alle sahen mit weit aufgerissenen Augen zu mir und das Letzte was ich hörte war, wie aus Jacksons Kehle ein heiseres „Nein! Warte!"

geschrien kam. Ich hatte den Kopf in seine Richtung gedreht, als plötzlich ein stechender Schmerz durch meinen Körper zog. Ich stöhnte laut auf und sah an mir hinunter. Seraphim presste die Spitze des Diamanten direkt in mein Herz. Man zog mir die Beine weg und legte mich mit samt dem Stein in der Brust auf den Rücken. Ich spürte, wie die kalte Flüssigkeit in meinen Blutkreislauf trat und wie es sofort anfing an meinem Gewebe zu ätzen. Das Vampirgift, die Tränen und besonders die Teile von Aers und Lapis Seele fühlten sich an, als hätte man mir pure Säure in die Blutbahn gekippt. Es brannte und ätzte an meinem Fleisch, dieses heilte natürlich sofort wieder zu, nur um dann wieder weg zu ätzen.

Ich schrie er solle aufhören, aber Serphim drückte immer weiter auf den Stein. Meine Rippen brachen unter dem Druck und immer mehr Blut schoss unter dem Stein hervor. In der Ferne hörte ich Jackson meinen Namen rufen und ich legte den Kopf auf die Seite. Er lief über den Pfad und kniete neben mir nieder. Ich fühlte mich besser als er mit seinen Händen meinen Kopf hielt und ganz langsam verklang der Schmerz. Das Ätzen und Brennen hörte auf und Seraphim zog den Stein wieder aus meiner Brust. Ich sah hoch zur, mit Kristallen überzogenen, Decke und mit einem Mal begannen die Kristalle sich zu drehen. Die ganze Höhle drehte sich um mich herum und die Stimmen verliefen in einander. Ich driftete ab und verlor das Bewustsein, noch ein letztes Mal Jacksons wunderschöne Stimme, die mir zuflüsterte:

„Ich Liebe dich. Vergiss das nie."

Dich sah ich, und die milde Freude
floss von dem süßen Blick auf mich.
Ganz war mein Herz an deiner Seite,
und jeder Atemzug für dich.
Ein rosenfarbnes Frühlingswetter
umgab das liebliche Gesicht,
Und Zärtlichkeit für mich ihr Götter!
Ich hofft' es, ich verdient' es nicht!

Doch ach schon mit der Morgensonne
verengt der Abschied mir das Herz.
In deinen Küssen welche Wonne,
In deinem Auge welcher Schmerz.
Ich ging, du standst und sahst zu Erden,
und sahst mir nach mit nassem Blick
nnd doch welch Glück geliebt zu werden,
und lieben Götter, welch ein Glück!

J.W. Goethe-„Willkommen und Abschied" Strophe 3&4

11. November 2014.
Zwischen Heute und meiner Wandlung ist bereits ein ganzes Jahr vergangen. Komisch, für mich hat es sich angefühlt wie ein halbes Jahrhundert. In meiner Welt hat sich viel geändert seit dem. Es ist wahr was die Leute sagen, ein Schmetterling kann mit den Flügeln schlagen und auf der anderen Seite der Welt geschieht nur deshalb, durch eine Reihe von Zufällen, etwas völlig unbegreifliches. Ich habe alles verloren, meine Freunde, meine Familie, mein Zuhause, sogar meine Ideale. Alles

was mir bleibt ist meine Freiheit oder eher mein Freiraum. Heute bin ich eine Andere. Kathrin Maria Jones ist eine Fremde für mich geworden. Ich bin etwas was die Menschen ein *Monster* nennen. Wenn ich in ihre leeren Augen blicke während sie das sagen, könnte ich es manchmal fast sogar glauben. Aber nur fast. Denn dann erinnere ich mich wieder daran, wer die waren Monster sind.

Solche Tage wie heute erlebe ich nicht mehr oft, in denen mein Kopf klar ist. An solchen Tagen, schwelge ich meistens in Erinnerungen, weil diese mich aufrecht erhalten. Ansonsten hätte ich längst einen Haken durch mein Herz gezogen und an dessen Ende einen Truck los fahren lassen, um die Welt von dieser Schande zu befreien. Doch wie ich bereits herrausfinden musste, wird man mich nicht ganz so einfach los, also entschloss ich mich, mit den Selbstmordversuchen aufzuhören und mich an solchen Tagen wie heute, einem höheren Zweck hinzugeben.

Ich bin wirklich schon überall auf dieser Welt gewesen, habe die Sonne und den Schnee gesehen. Das Wasser und das Land. Und habe ihre ganze Schönheit mit jedem meiner Sinne in mich aufgenommen, dann ging es mir besser. Also verschrieb ich mich ganz der Natur. Menschen sind mir egal, besser gesagt, sie sind mir zuwider. Denn es ist so, ein Mensch besteht aus zwei Teilen, der Seele und dem Körper. Die Seele sorgt sich um gut und böse aber dem Körper ist so etwas egal. Er will nur eins, überleben, und dafür würde er alles tun. Da diese beiden Teile völlig verschiedene Sichtweisen haben, stoßen sie sich

ab, was nur durch einen festen Knoten unterbunden wird. So hält man die Seele fest an den Körper gebunden. Doch durch ihr Tun und ihr Handeln haben manche Menschen es geschafft, den Knoten bereits so weit zu lockern, dass die Seele ihnen durch die Finger gleitet und sie sie irgendwann sogar ganz verlässt. Wenn sowas passiert, fängt man eine freie Seele auch nicht mehr so leicht ein, es ist praktisch unmöglich für Menschen ihren Körper so rein zu machen, dass eine Seele sich damit verbinden möchte. Dann gibt es nur noch einen Weg. Meinen Weg…
Nun sollte auch klar sein, warum ich meinen alten Steckbrief an den Anfang geschrieben habe, so kann man nun wohl besser sehen auf welche Art und Weise ich mich verändert habe.

Datum: 11.11.2014
Name: Kathrin
Wiedergeburtstag: 11.11.2013
Heimat: Die ganze Welt
Haarfarbe: Schwarz
Augenfarbe: Jede
Hautfarbe: Jede
Schulform: /
Notendurchschnitt: /
Lieblingstageszeit: Nacht
Lieblingstier: Ich
Lieblingsfarbe: Weiß
Lieblingsessen: Blut und Fleisch (menschliches und übermenschliches)
Lieblingfach: /
Haustier(e): /
Besonderheit: Alles

Zurzeit treibe ich mich in Rom herum. Die alten Katakomben und all die Kirchen lassen meine Leidenschaft zur Theatralik voll und ganz erblühen. In meinem derzeitigen Zustand lebt es sich außerdem sehr leicht. Ich habe Geld so viel ich brauche und wohne ausschließlich in den besten Hotels der Stadt. So verlasse ich gerade meine Suite im Minerve Grand Hotel und gehe zu einem meiner üblichen geschäftlichen Termine. Ich husche wie ein Schatten die Gassen entlang und halte erst an, als ich die großen Tore des Petersdoms vor meinen Augen sehe. Knarrend und quietschend öffnet sich das mächtige Tor. Und ich gehe den langen Gang zwischen den vielen Bänken entlang. Ich komme mir vor wie eine Braut, die den Weg zum Altar beschreitet. Alle Augen wären auf mich, in einem langen weißen Kleid gerichtet und in wenigen Augenblicken würde ich einen Schwur abgelegt haben, gegenüber der Person, die ich mehr als alles andere auf der Welt liebe, mein restliches Leben zu bleiben.

Ich stehe vor dem Altar, allein, und streiche mit den Fingern über den kalten, glatten Stein. Die Versuchung lockt mich meine Krallen hinein zu schlagen um die ganzen nervigen Touristen aus dem Dom zu verjagen. Mit einem einzigen Krachen würde er in Stücke zerbersten wenn ich es wollte, hier und jetzt. Ich atmete durch und beruhigte mich wieder. Mein Geschäftspartner verspätet sich und ich lasse mich auf der Bank in der ersten Reihe nieder. Diese Großfirmenmagnate halten sich für das Alpha und

das Omega in dieser Welt, völlig falsch diese Annahme, meiner Meinung nach. Ich hatte geschlagene zehn Minuten zu warten, bis ich den Geruch von überteuertem After Shave wahrnahm und das Quietschen neuer Lederschuhe hörte. Ich lasse meine Augen den Raum erfassen und als würde ich ein Foto machen, bleibt alles in meinem Gedächtnis hängen. Mein Blick macht Halt an einem Spiegel, sicher zehn Meter entfernt von mir. Ich streiche mir eine Strähne aus dem Gesicht und überschlage die Beine. Ein gebräunter Mann mit dunkelbraunem Haar und einem ebenso weißem Anzug wie dem meinen, trat auf mich zu.
„Das wurde aber auch Zeit, Signor Fiore, ich dachte schon sie würden nicht mehr erscheinen."
„Verzeihen sie, aber Leute wie sie und ich sind nun mal sehr gefragt."
Ich schmunzle und leichtgläubig kauft er es mir ab. Ich stehe auf und gehe hinter den Altar während er mir folgt. Ich schiebe ein Eisengitter, das ein paar Etagen tiefer in das Gemäuer führt auf und schreite die kleinen steinernen Stufen hinunter bis in die Katakomben des Doms.
„Wohin entführen sie mich Signora?"
„Hier unten wickle ich meine Geschäfte am liebsten ab."
„Ich muss schon sagen, sie haben einen ausgefallenen Geschmack, als sie mir diesen Deal vorschlugen hätte ich nie gedacht, dass wir die Details unter dem Petersdom besprechen würden."
Ich werfe ihm einen zustimmenden Blick zu und gehe immer tiefer in das Gemäuer hinein.

„Sie wissen auch sicher, wie wir wieder zurück kommen, ja?"
„Ich finde den Weg nach draußen."
Er wirkt verwundert und wir halten an. Zu meiner Rechten steht eine Bank auf der wir uns niederlassen.
„Gut, dann fangen wir an. Wie genau stellen sie sich die Kooperation zwischen uns vor?"
„Nun, wenn sie es eine Kooperation nennen wollen, soll mir das recht sein, aber ich denke sie missverstehen die Angelegenheit."
„Und in wie fern?"
„Es gibt für sie nur zwei Optionen."
Ich reize ihn mit Absicht, denn so etwas missfällt den, ach so großen Tieren in der Wirtschaftsbranche umso mehr. Er lacht spöttig und wendet sich schon leicht desinteressiert ab.
„Das denke ich weniger, aber bitte, die wären?"
„Entweder sie sorgen dafür, dass ihr Unternehmen etwas mehr der Allgemeinheit angepasst wird oder sie verlieren ihren Job."
Lautes Gelächter kommt aus seiner Kehle, eine Reaktion die ich insgeheim erhofft hatte.
Alessandro Fiore, seine Unternehmen sind auf der ganzen Welt bekannt, er fördert so gut wie alles was man nicht fördern sollte. Überall auf der Welt betreibt er seine Geschäfte, mal in Form einer Bohrinsel oder in Form eines Atomkraftwerks. Alessandro Fiore verdient damit Geld seine Schadstoffschleudern in allen möglichen Ländern, ohne entsprechende Gesetze, aufzubauen. Er macht nicht mal vor Seinesgleichen halt und erstand vor ungefähr fünf Jahren ein Gefängnis im Norden Chinas, seitdem konnten dutzende

Insassen bereits fliehen, was jedoch nicht das Hauptproblem war, diese Insassen kamen halb tot frei, gebrandmarkt von schlimmer Folter. Oft wurde gegen ihn geklagt aber durch seine rechte Hand im Schatten und die linke voller Geld, verschwanden jegliche belastenden Beweise oder auch gleich die Ankläger spurlos. Er vergriff sich ebenso an der Umwelt und rodet hektaweise Regenwald in Brasilien und Teilen von Asien. Wo er noch seine Finger im Spiel hat will ich gar nicht mehr wissen, denn meinen Deal sollte er auf jeden Fall abschlagen.
„Wirklich Signora, sie sind eine bildhübsche Frau, aber wollen sie mir tatsächlich drohen? Womit?"
Er lacht weiter.
„Sehe ich es richtig, dass sie ihre Unternehmen in keinster Weise anpassen wollen, an die Vorgaben die ich ihnen stelle?"
Ich hielt ihm eine Mappe mit Vorgaben hin, die er nur abschätzig ansah.
„Signora, in aller Freundschaft, sie sind keine gute Geschäftspartnerin und wenn sie mir kein realistisches Angebot machen, werde ich nun gehen müssen."
„Sie schlagen den Deal ab?"
Er setzt eine gespielte Betrübtheit auf und antwortet mit einem
„Ja, ich werde wohl meinen Job verlieren."
Wieder prustete er los und ich erhob mich. Während Signor Fiore weiter lachend auf seinen Schenkel klopfte, traf ich alle Vorkehrungen für den eigentlichen Grund dieses *Treffens*…

Ω

Ich kann nicht anders, auch wenn es sicher beleidigend ist, das ist einfach zu lustig. Diese Frau denkt doch tatsächlich sie könne mir vorschreiben, wie ich mein Geschäft zu führen habe. Was für eine interessante und doch so mysteriöse Frau, eine Kooperation hätte mir sicher gefallen, aber dies ist einfach nur lächerlich. Wie auch immer, meine Zeit totzuschlagen kann ich mir nicht erlauben, schließlich muss ich bald wieder nach Bangkok, wahrscheinlich liege ich bereits hinter dem Zeitplan. Ich stehe auf und sehe mich um. Nirgends eine Spur von der Dame. Nun fühle ich mich schlecht, sie war anscheinend so gekränkt, dass sie einfach weggelaufen ist. Aber wenn sie weg ist, wie finde ich dann wieder raus hier? Fantastisch.

„Signora! Signora! Wo sind sie? So meinte ich das doch nicht!"

Meine Stimme hallt in dem Gemäuer weiter und plötzlich höre ich ein Geräusch hinter mir. Ich drehe mich um und blicke auf einmal einem Wesen in die Augen, vor dem sich sogar Satan selbst fürchten würde. Ich schreie, dieses Höllentier blickt mich an mit seinen riesigen, weißen Augen. Lange, weiße Zähne ragen aus dem Kiefer - doch besitzt es nur zwei Eckzähne auf jeder Seite, der Rest des Mauls ist schwarz wie ein Loch. Eine eisige Kälte strömt von dem Untier aus. Vor Schreck stehe ich stocksteif da. Ich kann mich nicht bewegen und es ist, als hätte mich der Dämon eingefroren. Es hat pechschwarzes Fell

und geht doch auf zwei Beinen. Bedrohlich schreitet es um mich herum und langsam bemerke ich, dass dieses Ungeheuer die Signora von vorhin ist. Ich sehe es an der Haltung und an dem scharfen Blick der mir ins Fleisch schneidet.
„S-Signora, sind, sind Sie das?"
„Vielleicht habe ich mich falsch ausgedrückt, nicht du verlierst deinen Job, dein Job verliert dich…"
Diese eisigen Worte lassen mich ein letztes Mal aufschrecken und ehe ich etwas mitbekommen konnte, hatte mich der Dämon bereits am Hals gepackt und drückte mich zu Boden. Meine Haut brennt vor Kälte und ich sehe in die Augen dieses Wesens
„Du Monster…"
Presse ich mit letzter Kraft hervor. Scharf wie Dolchspitzen drücken sich ihre Krallen in meinen Hals und bohren ein Loch in meine Luftröhre. Ein widerliches Gefühl wie die Luft an dieser Stelle entweicht und das Husten wegen der Blutstropfen die so in meine Lunge rinnen, macht es nur noch schlimmer. Es schnellt plötzlich weg und ich schaffe es, mich zu erheben. Meine Füße tragen mich ein paar Stufen hinauf, ohne dass ich sie kontrollieren kann. Doch dann bohrt sich etwas Spitzes plötzlich in meinen Rücken. Ich falle wieder auf den Boden, ein lautes Knurren auf das ein Knacken folgt, hallt durch die Katakomben und ich spüre wie warmes Blut unter mir eine Pfütze bildet. Ich will mich mit der Hand aufstützen, doch ich kann den Boden nicht spüren. Ich bewege den Arm immer wieder und sehe nun hinüber. Dort befindet sich mein Arm allerdings nicht mehr. Er liegt ein paar Meter weiter,

blutverschmiert im Staub. Auch mein Fuß liegt dort hinten und noch bevor ich mich wundern kann, diesen immensen Schmerz nicht zu spüren, rammt sich die eiskalte Hand des Dämons in meinen Brustkorb und hält mein Herz fest in der Hand. Immer wieder spüre ich genau, wie es versucht zu pumpen, doch die Hand dieses Viehs hindert es daran. Langsam wird mein Körper kälter und steif wie ein Eisklotz. Mein Blut gefriert schneller als ich denken kann und dann… Ende.

Ω

Hoch erhobenen Hauptes und beschwungenen Schrittes verlasse ich den Petersdom. Ich stecke meine Haare wieder zusammen und wische mir das letzte Blut aus den Mundwinkeln. Eilig suche ich mir ein schickes Auto und breche die Tür auf. Wenige Minuten brauche ich nur, um zum Flughafen zu gelangen und endlich diese Einöde zu verlassen. Ich habe keinen Hang zu Städten, sie sind groß, laut, überfüllt mit dem Gesindel was sich für die überlegene Spezies hält und so schrecklich grau. Sie haben keine Magie, die hat der Mensch ihnen ausgetrieben, dafür hat er sie erschaffen. Das Flugzeug steht kurz vor dem Start. Hinter mir wird die Tür geschlossen und ich husche ungesehen in die erste Klasse. Die Maschine dreht ihre Bahnen auf dem Rollfeld und ich sehe zum Fenster hinaus. Ich denke nach. Lasse meine Gedanken so fliegen wie es auch mein Körper nun tut, als sich das Flugzeug in die Luft begibt.

Es ist so unfassbar viel geschehen, von damals zu heute. Mein ganzes Leben wurde vollkommen umgekrempelt. Mein Zuhause, Porthleven, habe ich verlassen und ich würde nie wieder dorthin zurück kehren können. Ein letztes Mal bin ich dort gewesen, nach meiner Wandlung. Ich war zerstreut, wusste nicht wer oder was ich nun war, wusste nichts mehr mit meinem Leben anzufangen. Meinen Halt hatte ich verloren und suchte ihn in meiner Heimat wieder. Dort fand ich mich allerdings in einem zutiefst schockierten Umfeld wieder. Die Anstalt hatte eine Anzeige aufgegeben und sogar Bilder von mir wurden gefunden, auf denen ich mich gerade verwandelte. Ich musste aus einer provisorischen Zelle auf der Polizeiwache nahe der Anstalt ausbrechen. Dann gelang es mir tatsächlich bis Porthleven vorzudringen, aber natürlich machten die Bilder auch dort bereits die Runde. Meinen Eltern hatte ich einen Besuch abgestattet, doch die waren völlig in Panik. Alles war aufgeflogen, dass ich nie bei Sarah übernachtet hatte, dass ich mit diesem zwilichtigen Kerl unterwegs gewesen war und dann noch, dass all diese schlimmen Dinge, die geschehen waren, von mir ausgingen. Dieser süße kleine Ort an der Atlantikküste, in den sich mein Herz so tief verankert hatte, verstieß mich nun. Sie sahen mich mit verängstigtem Blick an, sobald sie mich sahen, wie ein Monster. Ich fühlte mich auch wie ein Monster. Seit meiner Wandelung war ich nicht mal mehr ein halber Mensch und so sahen mich die Leute auch, als Unmenschen. Sie wussten nicht was genau ich war oder wieso ich so war, aber sie wussten, dass ich anders war als sie und das passte ihnen nicht. Ich verkroch mich ein paar Nächte in der Kirche unten am Ufer. Doch die Ruhe und der Frieden dort hielten nicht lange an. Nach drei Tage fielen sie ein und drängten mich hoch in den Turm. Meine Freunde, Nachbarn, Bekannte, alle waren da und verrieten mich. Aber dies ist die Natur der Menschen, sie sind feige. Sie haben Angst vor dem, was sie nicht kennen, vor etwas das stärker sein könnte als sie, weil sie tief in ihrem Innern wissen, wie schwach sie tatsächlich sind. Sie hindern ihren Gegner aufzustehen, um sich einem Kampf nicht fair stellen zu müssen, weil dieser Gegner nur durch einen Trick in die Knie gezwungen wurde. Aber ich ließ mich nicht bezwingen oder gar bändigen. Ich wollte frei sein und war doch hin und her gerissen. All die schönen Erinnerungen, an mein altes Leben, meine Kindheit, meine Unbeschwertheit, meine Freunde und an Kai ließen sich nicht so leicht aufgeben, aber immer mehr nötigten sie mich dazu. Sie drängten mich in eine Ecke und obwohl ich ihnen drohte sie mögen bloß weg bleiben, kamen sie immer näher. Als wären wir im Mittelalter, bewaffneten sie sich mit Fackeln, Messern und Mistgabeln, alles was scharf, spitz und gefährlich war. Ich bemerkte meine Eltern und Sarah, Jenna wie auch Kim in der dritten oder vierten Reihe. Sie starrten mich alle nur an. Keiner rührte sich um mir zu helfen, sie standen einfach da und warteten, dass die anderen taten was getan werden musste. Keine Träne vergossen sie, für alles taten sie das sonst, aber nicht für mich, nicht für *das Monster*. Es brach mir das Herz und

machte mich zugleich so unfassbar wütend. Meine Haut brannte und prickelte und plötzlich, war ich weg…
Als ich wieder zu mir kam, fand ich mich auf dem Altar der kleinen Kirche wieder. Um mich, lauter Pfützen Blut und Körper, die mit dem Gesicht nach unten darin ertranken. Ich hatte mich in *Lamia* verwandelt, der Name schien mir gut für mein Seelen-Ich zu sein, da er für ein bluttrinkendes und fleischfressendes Wesen steht. Und das stimmt auch, das ist seither mein Speiseplan. Aber dennoch:
Als ich durch die Sitzreihen ging und in die leeren Augen derer sah, die mich bedroht hatte mit ihren Äxten und Mistgabeln, wurde ich für einen kurzen Augenblick ganz sentimental, es war das Werk einer einsamen, verängstigten Kreatur gewesen. Doch als ich mir mein Werk genauer ansah, fiel mir ein Muster auf. Niemand starb auf dieselbe Art und Weise. Ich kannte sie alle und sie hatten alle unterschiedliche Rollen in meinem Leben gespielt. Dieser Moment zeigte mir, wer ich war, während ich nicht wirklich da war. Deshalb bekam ich diese „blackouts". Ich war nicht einverstanden damit, was mein Körper tun wollte, deshalb übernahm er die Kontrolle. Dieses Massaker war nicht einfach ein wahrloses Niedermetzeln, ganz im Gegenteil, ich gab jedem das, was, wie ich fand, ihm zustand. Es gab einen Jungen aus meiner Klasse, der ständig meinte, in meinen Sachen herum schnüffeln zu müssen, ich hatte ihm die Hände abgebissen. Mein ex-Freund, der damals meinte, mich ausnutzen zu müssen, ich riss sein Herz heraus wie er es mit meinem

getan hatte. Ein Mädchen aus meiner Klasse, die heimlich Gerüchte über mich verbreitet hatte, ihr schnitt ich die Zunge heraus mit ihrem eigenen Messer. Eigentlich wollte ich sie überleben lassen weil ich schließlich kein Monster bin, aber das beliebte ihr wohl nicht und so sprang sie von der Turmspitze. Da waren auch ein paar Mädchen, die früher immer versucht hatten mich zu blamieren und bloß zu stellen, sie habe ich auch überleben lassen, aber mit solchen Narben im Gesicht würden sie sich nie wieder trauen, über jemanden zu spotten. Das alles war zwar nicht wirklich schön, doch ich hatte sie gewarnt. Meine Eltern und Freunde sind wie angewurzelt stehen geblieben während ich einen nach dem anderen um sie herum getötet oder verletzt hatte. Sie standen nach meinem *Erwachen* immer noch da und sagten keinen Ton ebenso wie sie immer noch keine Träne geopfert hatten. Ich verließ diesen Ort mit einer Verbeugung und schon gehörte all dies nur noch der Vergangenheit an. Ab dem 15. November 2013 hatte ich keine Blackouts mehr, ich hatte die dunkle Seite in mir akzeptiert, statt sie weiter zu verleugnen.

~Racheengel~

Das Flugzeug hatte nun seinen Höchstpunkt erreicht und wir flogen so weit oben, dass ich bereits das leuchtende Blau der Ozonschicht durch das Fenster sehen konnte. Unter mir waren flockige, weiße Wolken und zwischen ihnen sah ich die unendlichen Weiten des atlantischen Ozeans. Immerzu wenn ich den Atlantik sah, musste ich unweigerlich an Kai denken. Irgendwo dort unten müsste er gelandet sein. Ich erinnerte mich an ihn am aller liebsten. Er war der einzige, der mich gemocht hatte wie ich war, und das, obwohl ich ihm das Herz aus der Brust gerissen hatte. Dabei erwarte ich von niemandem, mich zu akzeptieren wie ich bin, ich will, dass sie das akzeptieren, was ich ihnen vorspiele zu sein…

Seit der Wandlung sehe ich nur noch Leid und Kummer um mich herum. Alles was ich berühre, stirbt und zerfällt zu Asche. Außer dem Planeten. Ihm scheine ich wirklich zu helfen. Dank mir gingen die Schäden in der Natur um einiges zurück. Das hört sich zwar alles an wie Hippiegequatsche, aber man glaubt gar nicht wie einsam und grau die ganze Welt dir erscheint wenn du keine Aufgabe mehr hast. Niemand der auf dich angewiesen ist, der dir vertraut, der dich vermisst wenn du nicht zur Schule kommst, niemand der es bedauern würde, wenn du in dieser Welt nicht mehr existierst. Ich war nur noch eine Verstoßene, ein Monster, ein Wesen dessen eigene Eltern es nicht mehr ansehen konnten. Sie waren entsetzt von diesem Ungeheuer das sie da auf die Welt losgelassen hatten, also suchte ich mir einen kleinen Funken Schönheit in dieser doch so hässlichen Welt. Ich lebte erst wie ein Tier in der Natur, mal im Meer, mal an Land. Ich lernte, die Dinge anders zu sehen, lernte, jeden Tag zu nutzen, fand einen Freund und erbte dessen Feind. Und dadurch konnte ich es schaffen, *mehr* zu leben. Das heißt nicht länger und würde auch keinen Sinn ergeben wegen meiner Unsterblichkeit. Aber es ist ein riesiger Unterschied wie lange ein Augenblick ist. Er lässt sich nicht messen in Sekunden oder Minuten er wird beeinflusst durch das, was du tust, was du fühlst und wie du deine Umgebung wahrnimmst. Ich beschloss, mich nicht zu verkriechen hinter Scham und Trauer sondern stärkte mich und lernte mich selbst besser kennen um die Situation zum Best möglichen zu wenden. Jeder Tag fühlte sich wie Wochen an und die Wochen wie Jahre. All die Dinge die ich sah, jeden Baum am Wegesrand, jede Pfütze vor meinen Füßen, all das war wirklich da. Es spielte sich nicht mehr wie ein Film ab, ich war tatsächlich da. Wenn der Tag zum Alltag geworden is, spürt man das nicht mehr, man stellt sich darauf ein, zu wissen, was passiert und das Ziel besteht darin, den Tag hinter sich zu bringen. Hast du nichts außer diese Tage und dich, kannst du dich auf nichts Gewohntes einstellen, alles ist Fremd und aufregend und ich lernte meine zweite große Liebe kennen. Die Welt.

Was man liebt, das schützt man, und aus früheren Fehlern konnte ich lernen, wie es in der Seele brennt dies nicht getan zu haben. Also stieg ich auf in meiner Position in der Nahrungskette. Ich gebe mich meistens als Vorstandsvorsitzende einer wichtigen Partnerfirma derer aus, deren Betrieb ich etwas bremsen oder eher lahm legen möchte. Diese Aufgabe zwingt mich zwa, mehr Kontakt zu den Menschen zu haben als mir lieb ist, aber ich versuche mir diese Aufgabe doch so angenehm wie nur möglich zu gestalten. Zumindest bleibe ich nie lange hungrig bei der Arbeit. Ich habe mir inzwischen sogar in D.C. einen Namen gemacht, welcher nicht *„Das Monster"* ist, sonder eher sowas in Richtung *„Racheengel"* was sich in meinen Ohren schon gleich viel positiver anhört.

Vor ein paar Tagen bekam ich allerdings einen Brief, der mit einem schwarzen Siegel verschlossen war. Auf diesen Brief hatte ich bereits seit einem Jahr gewartet, seit der Wandelung. Nur hatte ich nicht gewusst, dass ich auf ihn warte. Nach der Wandelung ging alles so schnell und ich konnte einfach nur zusehen, als säße ich in der ersten Reihe eines Horrorfilms. Mein Körper war gelähmt vom Gift das sie mir injiziert hatten, und mein Verstand war ebenso weich und nutzlos. Nur die Erinnerung daran ist die schärfste, die ich besitze. Wenn ich einen Augenblick auch nur vergesse sie zu verdrängen, spielt sich jede einzelne Sekunde von neuem ab, immer und immer wieder. Aber das war eine andere Angelegenheit, welche sich nicht auf den Brief bezieht.

Liebe Kathrin,
Ein Talent zu besitzen, heißt nicht zwangsläufig, es zu beherrschen. Gerade nicht bei einer solch komplexen Gabe, welche nun dein Vermächtnis ist. Wir gaben dir eine Zeit in der du deine Fähigkeiten kennlernen konntest, woraufhin dann die Wandlung folgte. Den darauf folgenden plumpen Abschied bedauern wir zutiefst, doch das war nötig, um dich auf deine Aufgabe vorzubereiten. In diesem Jahr haben wir dich ständig beobachtet und der Großteil von uns ist mehr als zufrieden mit deiner Entwicklung. Noch vor einem Jahr und wenigen Monaten warst du nichts als ein unscheinbares Mädchen in der Einöde, welches mit einem unterdrückten Gen gesegnet war. Nun, dank uns, konntest du es entfalten und durch deine Wandelung vollständig zum Einsatz bringen. Seitdem bist du kein gewöhnliches Mädchen mehr, das warst du allerdings noch nie, doch haben normale Menschen es davor noch nicht bemerken können. Jetzt bist du bereit, zu wissen wer du wirklich bist und wer dein ältester Vorfahre war… Sein Name lautet Rhiamon. Er ist unser aller Schöpfer. Er formte uns aus seinem Blut, seinen Tränen und der Asche einer unbewohnbaren Welt, welche wir dann von der Asche rein wuschen. Jeder von uns hatte ein Gebiet in dem er für Ordnung sorgen sollte die Wasser-wesen hatten die Meere, die Vampire die Wüßten und Vulkanregionen, die Seelen den Ort der nach dem Leben wartet, die Erdwandler hatten die Wälder und Wiesen und die Therianthropen lebten im Land der Kälte. Dieser Planet würde wieder in neuem Glanz erstahlen, doch zu zehnt waren wir einfach zu wenige. So schufen wir Kreaturen, die so waren wie wir, die dort leben konnten wo wir lebten und das in Frieden und Harmonie. Eine ganze

Zivilisation entstand, nicht solch eine primitive wie du sie kennst, sondern eine wesentlich mächtigere. Alles, was unter unserer geteilten Verantwortung stand, erblühte, wir bildeten so ein Team, das sich überall ergänzte. Rhiamon war zufrieden mit der Welt wie sie sich verwandelt hatte durch uns, von einem lebensfeindlichen Haufen heißen Gesteins zu einem blühenden und pulsierenden Herzen. Stark, rein, frei und so unendlich weit. Dies war seine Aufgabe gewesen, welche er schließlich völlig an uns übertragen hatte. Voller Stolz und Zuversicht übergab er die neue Welt in unsere Hände und damit auch all seine Kraft. Jedoch hatte er verdrängt, dass er allein der Anker war, welcher uns an einem Strang ziehen ließ und so geriet unsere Welt nach seinem Tod ins wanken.
Jahrhunderte später kippte endgültig die Ordnung und der Frieden und die Menschen waren die Ersten die nun gegen das Gesetz Rhiamons verstießen. Indem wir sie bestraften, verstießen wir unbedacht selbst dagegen. Aber die Welt stand wie ein Tisch auf fünf Sockeln und brach einer zusammen, würde der gesamte Tisch einstürzen. Anarchie bahnte sich heran und es entstand eine immer größere Kluft in der Nahrungskette. Schließlich suchten wir eine Lösung in den Hinterlassenschaften unseres Erschaffers. In der Gruft, in der Rhiamons Asche begraben lag, fanden wir dann schließlich ein Baby, dort liegen wo die Asche gelegen hatte, diese war verschwunden. Wir waren entsetzt und ließen es einen Augenblick nur aus den Augen, da war es verschwunden. Wir folgten seinen Spuren, doch irgendwann war jede Spur fort. Nie mehr haben wir das Kind gesehen. 135 Jahre zogen ins Land bis wir Nachricht erhielten, ein Wesen wäre in der Arktis plötzlich zu Asche zerfallen. Wir ließen die Asche

einsammeln und brachten sie in die Gruft zurück, doch dieses Mal blieb die Asche. Wir waren blind, verwirrt und standen vor einem unlösbarem Rätsel, das weitere zweihundert Jahre auf den nächsten Hinweis warten ließ. Dieses Mal sahen drei von uns dabei zu, wie eine alte Frau, ihrer Tochter im Alter von ungefähr fünfundzwanzig Jahren, einen Kuss auf die Stirn gab und dann zu Asche zerfiel. Velnias, Seraphim und Aer waren fasziniert von dieser Entdeckung und nahmen sowohl die Tochter als auch die Asche mit. Aus der Asche entstand kein Kind mehr denn die Kraft war bereits übergeben worden, mit diesem letzten Kuss hatte die alte Frau sie vererbt. Man beobachtete die junge Dame von Sonnenauf- bis Sonnenuntergang und oftmals sogar noch durch die Nacht hindurch. Sie war etwas völlig anderes als wir. Sie besaß von jedem eine Kraft doch sie waren sehr schwach. Durch das Blut ihres Vaters und ihres Großvaters, sowie ihrer Urgroßväter, war das Gen von Rhiamon immer seltener in ihrem Körper zu finden. Wir planten, sie einzusperren damit sie kein Kind bekommen könnte, dessen Blut noch mehr verunreinigt wäre, doch es gelang uns ebenso wenig, wie das aus der Asche entstandene Baby zu finden. Die Jahrhunderte verstrichen, und wie oft wir auch hörten, eine alte Frau sei zu Asche zerfallen, hätte aber eine Tochter zurück gelassen, nie mehr hatte eine die Fähigkeiten, die Rhiamon zu seiner Zeit gehabt hat. Bis wir schließlich von dir erfuhren. Einem jungen Mädchen, dass die Kraft seit ihrer Geburt geerbt hat und nicht durch den Tod ihrer Vorgängerin. Wir wurden so auf dich aufmerksam und kurz darauf hat Jackson Bellwon auch schon dein Training eigenmächtig übernommen. Du bist die Erste, die nach vielen millionen Jahren das

Rhiamon-Gen in vollkommenem Zustand geerbt hat. Deine Aufgabe ist es nun, Rhiamons Platz einzunehmen und unserer Welt den Frieden zurück zu bringen. Wir verbliebenen Acht werden weiterhin unsere zugeteilten Gebiete betreuen, doch sind wir ebenfalls zu dem Beschluss gekommen, die Erdwandler gehören unwiderruflich nicht mehr zum Kreis der Zehn, sie werden verbannt von diesem Planeten. Sollten sie nicht bereit sein, freiwillig diese Atmosphäre zu verlassen, wird es ebenfalls deine Aufgabe sein, uns im Krieg anzuführen...

Seraphim & Lutecia
Velnias & Lunea
Aer & Lapis
Moana & Whenua

Nachdem ich diesen Brief gelesen hatte, fühlte ich mich zum einen besser, dass ich endlich erfahren hatte wer ich war und was ich war, allerdings trieb er auch einen innerlichen Konflikt in mir hoch. Adames und Evemia hatten den Brief nicht unterschrieben. Bedeutete das, dass sie bereits *verbannt* worden waren? Wenn ja hatte man sie mit Sicherheit nicht in eine Rakete gesetzt, um sie zu einem anderen Planeten zu transportieren wie die restlichen Acht es für die Menschheit vorgeschlagen hatten. War ihnen Plan B zugestoßen? Hat man sie in eine Welt, aus der es kein wiederkommen gibt, verbannt? Ich zweifelte erst an dieser Möglichkeit, da die 10 doch allesamt unsterblich sind, doch man hatte mir vor einiger Zeit mal gesagt, sie seien nur dank ihrer Kräfte unsterblich. Die Menschen hatten keine Kräfte mehr, sie waren nur noch in der Lage, zu überleben und haben im Laufe der Zeit an Intelligenz hinzu gewonnen. Also stellte sich nun doch die Frage, waren Adames und Evemia bereits Tot? Wie sollte ich nun handeln? Ich verachte zwar die menschliche Rasse, aber nicht die Menschen selbst, jedenfalls nicht jeden. Es gab viele Menschenleben, die in meinen Augen nichts wert waren, allerdings gab es auch einige wenige, die bereits unglaubliches geleistet hatten. Gute Menschen, die Kindern in Not halfen, die ihr ganzes Leben und all ihre Kraft gaben, um den Planeten von der grauen Asche zu säubern. Wiederum entstanden alle diese Probleme erst durch menschliche Hand… Es ist ein Kampf und ich weiß nicht, zu welcher Seite ich halten soll.

~Das Blut von Liberty Island~

Die Maschine landete am J.F.K in New York City, meiner Lieblingsstadt, oder eher gesagt, die einzige Großstadt die ich leiden kann. Ich wohne allerdings nicht irgendwo, sondern auf der 5th Avenue auf der Upper East Side von Manhattan, mit einem fantastischen Blick auf den Central Park. Von welchem Geld ich das bezahle? Ich habe natürlich keinen bezahlten Job, wofür auch, bestimmte Menschen auszusortieren, kann schließlich keine Stellenbeschreibung sein. Also stehle ich. Natürlich höchst diskret. Ich stehle kein Geld sondern Platin und andere Edelmetalle. Aber natürlich so, das niemals jemand auf meine Beteiligung daran schließen kann. Ich gehe durch die Wände der Edelmetalllager, als Seele kann ich so etwas und natürlich breche ich nur in Läger ein, die in weit entfernten Ländern stehen. Dort ersätze ich Goldbarren durch ähnliche, weniger wertvolle, Metalle. Das fällt erstaunlich spät auf, da niemand vermutet, dass eingebrochen wurde. Ich tausche die Barren dann an verschiedenen Stellen auf der Welt ein, bevor ich in den Flieger nach irgendwo anders steige. Das klingt zwar alles furchtbar aufwendig, kostet mich jedoch nur einen von unendlich vielen Tagen und bringt mir erstaunlich viel Geld.
Aber ich schweife mal wieder ab. Ich denke nun seit mehreren Tagen über diesen Brief nach und habe bereits einen zweiten erhalten, bei dem es sich jedoch um eine Einladung für ein Treffen handelt. Bei dem Treffen soll eine Strategie zur *„Säuberung der Erde"* ausgeklügelt werden. Ich

werde gebeten, mich am morgigen Tag auf Liberty Island, unter der Freiheitsstatue einzufinden. Ich habe kurzzeitig darüber nachgedacht, diesem Treffen nicht beizuwohnen und mich nach Dubai abzusetze, um dem ganzen Chaos und Kriegsgerede aus dem Weg gehen zu können. Doch die Idee wäre doch eher contraproduktiv. Sie würden mich sowieso finden und dann hätte ich nur ihre Empörung hinzu gewonnen. So höflich wie ich nun mal bin, mache ich mich gleich morgen bei Anbruch des Abends auf den Weg, ob ich mein Ziel jedoch erreiche ist eine andere Frage. Der Tag ist schon bald vorbei und in welcher Gefühlslage ich mich morgen befinde, kann niemand wissen. Es hängt von meinen Träumen ab und allem anderen was sich unterbewusst in meinem Kopf abspielt. Es bestimmt darüber, ob ich guter oder schlechter Laune bin. Hoffen wir, ich schlafe gut diese Nacht.

Ich schlief nicht gut. Auch als genetisch Verwandter unseres Schöpfers brauchte ich Schlaf, wenigstens ein bisschen. Als ganzer Vampir hat man diese Sorge nicht mehr, doch die Therianthropen, Wasserwesen als auch die Menschen brauchen Schlaf. Ich bekam kaum eine Stunde in der ich ruhig schlief, dauernd plagten mich diese Albträume…

Grau. Nur grau rings um mich herum. Ich konnte kaum die Konturen der vier Wände erkennen. Nichts war hier zu sehen, alles war gleich grau. Nicht einmal einen Helligkeitsunterschied konnte man erahnen, keine Schatten, nichts. Nur grau. Ich tastete die Wände

ab, um zu sehen wo eine Ecke kam oder ob dies gar ein runder Raum ist. Das war er nicht, es war einfach ein winziger, grauer Raum.
Ich schrie, man solle mich rauslassen und trat gegen die Wände. Ich war so unglaublich schwach, ich war wieder ein Mensch. Mir kam es vor, als säße ich bereits seit Wochen in dieser kleinen Kammer und ich fühlte den Hunger, wie er an mir zerrte als wäre mein Magen bereits drauf und dran, die anderen Organe anzufressen. Dazu noch dieser Durst. Er machte meinen Mund so trocken, dass, wenn ich über meinen Arm leckte, kein kleinstes Gefühl der Nässe entstand.
Ich kauerte mich in eine Ecke und versuchte zu schlafen, um den Schmerz nicht zu spüren, doch sobald ich die Augen ein paar Sekunden schloss schlug mir etwas auf den Kopf. Ich stöhnte und drehte den Kopf nach oben, es schlug schon wieder zu und brach mir dabei die Nase. Tränen kullerten meine Wange hinunter und ich fühlte mich schrecklich allein. Der Durst wurde sekündlich stärker und mein Kopf fühlte sich an, als würde er vertrocknen, so wie eine Traube die sich zu einer Rosine zusammen zieht. Wie hatte ich jemals in diesem zerbrechlichen Körper überleben können? Jede Bewegung war ein Gesundheitsrisiko. Das Blut rann dick wie Zahnpasta über meine Lippen. Ich leckte das, wenigstens ein bisschen flüssige, Blut ab. Doch es schmeckte widerlich, nach Krankheit und nach Rattenblut. Ein Ekel überfiel mich, viele Liter dieses rattenähnlichen Blutes in mir zu tragen. Auf einmal hörte ich ein Piepen. Wie ein Tinitus bohrte es sich durch meinen Gehörgang. Ich fluchte und schlug gegen die Wand. Ein lautes Krachen und ich sah erneut die rote Paste aus mir zähflüssig hinaustropfen. Ein Teil meines Unterarms war noch über dem Handgelenk

abgebrochen und mein Knochen ragte spitz daraus hervor. Ich schrie erneut auf, zudem wurde dieses gänsehauterregende Piepen immer lauter. Ich presste die gesunde Hand gegen mein Ohr und drückte das andere an mein Knie, aber der Ton wurde kein bisschen leiser. Unvorteilhafterweise hatte ich immer noch diese Aggression in mir, die sich wiedermal aufbäumte. Wie ein kleines Kind, das von seinen Eltern Hausarrest bekommen hatte, fühlte es sich an. Ich wollte absolut alles kurz und klein schlagen und so laut schreien, bis dieser Druck von mir abfiel. Aber es funktionierte nicht. Nicht mal schreien konnte ich. Ich sog die Luft ein und versuchte es, doch dazu war mein Hals viel zu ausgetrocknet. Meine Stimmbänder pappten an der Luftröhre fest, sodas ich keinen Ton erzeugen konnte. Doppelt gefangen war ich also. Einmal in dieser folter box und zum zweiten in mir selbst. Ich kam nicht raus aus meinem inneren Gefängnis. Das Piepen wurde langsam so laut, das meine Ohren, als auch mein Hirn, schmerzten und als hätte man zwei Pfeile in jedes gesteckt, rann auch aus meinen Ohren langsam das Blut. Ich wusste es, in meinem Kopf wusste ich es, aber das Gefühl das tief in deinem Bauch brodelt, dieser Zwang, er ließ mich mit all meiner Kraft gegen die Wand treten. Vor quälendem Schmerz schrie ich auf, als ich mein Schienbein auf mich zu schnellen sah. Es hatte sich oben durch mein Knie gebohrt und der andere Knochen, das Wadenbein, war innerlich, wie ein morscher Ast, zersplittert. Ich wollte heulen vor Schmerz, doch keine Träne war mehr übrig die meine Augen verlassen könnte. Wieder floss das Blut dick hinab, bis es auf den Boden tropfte. Ich beobachtete jeden Tropfen, einen nach dem anderen, und selbst wenn ich wusste, es war fürchterlich widerlich, leckte ich die Pfütze halbgeronnenes Blut vom Boden auf. Um es nicht wieder auszuspucken, schluckte ich schnell alles hinunter. Wenn der Körper etwas jedoch abstößt wäre es lediglich angenehmer, wenn es erst im Mund war, doch da es bereits meine Speiseröhre hinab gelaufen und im Magen gelandet war, musste ich die ganze Pampe wieder hoch würgen. Ich erbroch mich und mein gesamter Magen leerte sich. Nun hatte ich nicht einmal, falls da noch ein Rest an Essen unverdaut war, diesen noch, um den Hunger im Zaum zu halten. Immer wirrer wurde mein Verstand, ich träumte von frischem Fleisch und reinen, warmen Blut, was mir das letzte Töpfchen Spucke im Mund zusammen laufen ließ. Die Gedanken an mein, so gut wie totes, Bein vermischte sich mit den hungrigen und so brachte mein wirrer Verstand mich dazu, mir ins eigene Fleisch zu beißen. Ich riss ein großes Stück einfach heraus und kniff die Augen zusammen vor Schmerz. Dumm wie ich war, kam mir zuvor nicht in den Sinn, dass mein Fleisch doch getränkt war von dem widerlichen rattenähnlichen Blut. Ich spuckte das faustgroße Stück in eine Ecke und wollte nun einfach sitzen und abwarten, dass dieser Albtraum verging. Aber nicht einen Augenblick gönnte man mir. Als wäre da ein Tier in mir, spürte ich ein drückendes Gefühl am Hals. Etwas schob sich mühselig durch meinen Körper in Richtung Hirn. Plötzlich setzten starke Kopfschmerzen ein und ich erkannte den Ernst der Lage. Ein Klumpen geronnenes Blut hatte sich gebildet und wollte sich einen Weg durch die viel zu engen Blutgefäße bahnen. Mein Kopf pochte und schmerzte immer stärker, doch das verklang schon kurz darauf wieder. Ich spürte Tränen aus meinen Augen laufen. Ich wischte sie ab um selbst den, noch so kleinen, Wassertropfen zu trinke aber, was da aus meinen Augen rann, war kein Wasser sondern Blut. Ich weigerte mich nun langsam innerlich zu verbluten, also tat ich das, was jeden Traum beenden musste. Ich nahm Schwung und schlug mit aller Kraft den Kopf gegen die Wand. Ich spürte noch wie Blut und Wasser wie ein Wasserfall meinen Nacken hinab aus meinem Schädel lief und schon hatte ich in meinem eigenen Traum Selbstmord begangen.

Am Morgen erwachte ich. Mir schmerzte jeder Knochen, ich war hungrig, durstig und mir war übel zugleich, noch dazu kam meine unfassbar schlechte Laune. Vorsichtig hievte ich mich vom Bett auf. Ich fühlte mich so schwer wie lange nicht mehr und noch ein Schock ereilte mich bei einem Blick auf mein Bett. Ich steckte zwar hier nicht in der grauen Zelle aber ebenso klebte das geronnene Blut auf der Decke und ebenso hing es an der Wand an der ich mir den Kopf aufgeschlagen hatte. Schnell sprang ich zum Spiegel. An meinen Augen: Blut. An meiner Nase: Blut. An meinem Mund: Blut. An meinem Arm: Blut. An meinem Knie: Blut. Überall in meinen Haaren: Blut… Er hatte recht. Er hatte vor ewig langer Zeit mal so etwas angedeutet. Wir redeten darüber was mir denn Schlimmeres wiederfahren könnte als das, was mir in meinen Träumen geschieht und darauf hatte er geantwortet:
„Wenn es kein Traum mehr ist."
Ich weiß noch genau wie schmerzhaft es gewesen war, solch einen düsteren Satz aus seinem Mund zu hören, aber es am eigenen Leib zu spüren ist noch schmerzhafter. Bin ich nun nicht mal mehr in meinen Träumen frei und sorgenlos? Sei es drum,

was soll ich tun? Es gibt nichts zu tun, also tue ich das, was ich immer tat um schlechte Laune zu vertreiben, ich springe in den Pool. Bleibt zu hoffen, dass ich wieder bessergelaunt sein werde, wenn ich mich mit den Zehn treffe. Ansonsten bräuchte man mir nur auf den Fuß zu treten, und ich würde Köpfe schneller spalten als sie um Verzeihung bitten können. Doch sollte tatsächlich jemand mir etwas *zuleide* tun wollen, ist es bereits ein automatischer Verteidigungsreflex. Ein Segen und ein Fluch zugleich.

Tatsächlich geht es mir nun besser, aber um wirklich sicher zu gehen, nehme ich mir den restlichen Tag frei. Ich sage alle Termine für heute ab und ziehe mich an. Ich verlasse meine Wohnung und lasse mich nach Brooklyn fahren. Ich habe es satt mich in der Stadt herrumzutreiben, also steige ich beim J.F.K. Flughafen aus dem Wagen und schmeiße mich durch die spiegelglatte Oberfläche der Jamaika Bay. Zwar ist diese Bucht kein Vergleich zu dem echten Meer aber was solls, so schnell würde ich keinen besseren Ort finden. Ich lasse mich durchs klare Wasser treiben und beobachte die Flugzeuge die so unglaublich nah über mir hinweg fliegen. Wenn man in der Unendlichkeit leben kann und weder weiß, wann oder wie es jemals enden wird, kommt einem ein läppischer Tag vor wie nichts. Am späten Nachmittag verlasse ich das Wasser wieder. In knapp einer Stunde ist mein Treffen mit den Anderen und ich will mich zuvor noch stärken. Ich laufe am Ufer entlang und suche mir ein Taxi. Jeden Fahrer mustere ich genau,

schließlich habe selbst ich auf meine Ernährung zu achten. Viele sind darunter deren Haut ich nicht mal mit einem Finger berühren wollte, geschweige denn ihr But zu schlucken. Aber in dem letzten der vielen Taxis saß ein gut aussehender junger Kerl. Eingebildet macht er sich die Haare und versucht möglichst viel von sich in dem kleinen Rückspiegel zu sehen. Ich öffne die Tür und schwinge mich in den Wagen. Er hört zum Glück sofort auf sich die Haare zu richten und fährt zu der von mir genannten Adresse.
„Was will eine Lady wie sie denn zu dieser Uhrzeit am Hafen von New York City?"
„Dort hat man seine Ruhe."
„Schon aber haben sie keine Angst dort so spät allein zu sein?"
„Genausogut könnte ich sie fragen, ob sie nicht Angst haben ständig mit fremden Menschen in einem Auto zu sitzen."
„Wieso sollte ich Angst haben?"
Er klopft an die Plexiglasscheibe welche die Rückbank von der Vorderbank trennt.
„Die Scheibe schützt mich doch, sollte jemand handgreiflich werden wollen."
„Schon, aber sie bringen zu jeder Tages- und Nachtzeit Fremde an einen Ort ihrer Wahl, sie können nicht mal ahnen was sie dort erwartet."
„Ach quatsch, ich hab Vertrauen in die Menschen, wer wäre denn so krank einen wildfremden Taxifahrer mit einem komplizierten Plan… ja was eigentlich, Geld habe ich wenig bei mir und um Erzfeinde zu haben, muss ich wohl etwas länger hier wohnen nicht?"

„Wahrscheinlich haben sie recht, aber versprechen sie mir eins, wenn die Situation je eintreten sollte, denken sie an mich."
Er lacht.
„Auf jeden Fall, jemanden wie sie habe ich echt noch nie getroffen, wenn ich das so sagen darf."
„Ja, das höre ich öfter als sie denken."
Man kann es schon als sowas wie ein Hobby beschreiben. Macht es nicht jede Mahlzeit umso kurzweiliger, wenn man sich ein Spiel daraus macht? Einfach eine Pizza in den Ofen zu schieben, stillt zwar den Hunger, aber ist wenig unterhaltsam. Der Wagen hält.
„52$ wären das."
„Ja, Moment."
Ich fummele an meiner Hosentasche herum.
„Ach könnte ich kurz aussteigen, diese Hose ist einfach so eng, da bekomme ich mein Geld im Sitzen nie aus der Hosentasche."
„Klar, kein Problem."
Ich steige aus und strecke mich. Die Fahrertür geht auf und der junge Mann sieht mich erwartungsvoll an. Doch statt Geld rauszukramen, das ich so wieso nicht dabei habe, trete ich an seinen Sitz heran. Ohne irgendwas zu sagen, löse ich den Sicherheitsgurt, nehme ihn bei der Hand und ziehe ihn aus dem Auto hinter mir her bis an die Docks. Zu meinem Vorteil scheint er nun etwas völlig anderes von diesem Abend zu erwarten, als ihm blüht, weshalb er bereitwillig mitgeht. Ich laufe mit ihm bis ins Innere des Container-Labyrinth und gerade als ich merke wie er die Orientierung verliert, schmeiße ich ihn mit Schwung gegen die Wand einer dieser

Blechkisten. Er stöhnt. Ich schmiege mich an ihn, lasse meine Augen in allen Farben aufblitzen und hauchte ihm zu:
„Und denkst du an mich?"
Seine Augen haben nun diesen typischen Ausdruck. Das ist immer mein Lieblingsoment, der eine kurze Augenblick vor dem bevorstehenden Tod in dem jeder Mensch eine Antwort auf seine Fragen und eine Auflistung seiner Fehler bekommt, voran natürlich der Größte, der Fehler, der ihnen den Tod beschert. In Josh Nolans Fall war das, heute in seinem Taxi vor dem Flughafen gestanden zu haben. Ich weiß nicht, ob eventuell noch eine *höhere Macht* über mir steht, ich glaube allerdings fest daran, dass es so etwas wie Schicksal und Karma gibt und was es auch ist, es verspürt auch eine ungeklärte Wut auf manche Menschen mit einem Hauch von Sarkasmus dabei. Warum sonst bekommt man seine Antwort auf so manche Fragen erst kurz vor dem Tod? In denke, dahinter steckt eine Aussage wie: *„Siehst du, so greifend nah und simpel war die Antwort und du Vollidiot kommst einfach nicht drauf. Tja Pech gehabt."* So kann man sich bis in die Ewigkeit über die eigene Idiotie ärgern. Aber zurück zum heutigen Abend. Der junge Mann hat noch viel zu sagen, bevor er seine letzte Berufung als Abendessen antreten will. Er bettelt wie es fast jeder tut. Doch dann zählt er lauter Gründe auf, die dafür sprächen, ihn nicht zu töten. Die Situation sah von weitem sicher sowohl tragisch grausam als auch ziemlich belustigend aus. Man stellt sich das nur mal vor, ich, wie ich mit einer Hand einen Kerl am Kragen gepackt gegen die

Wand eines Containers haue und der Kerl, der einfach immer weiter versucht Deals auszuhandeln. Doch letztenendes kann man mit mir nicht verhandeln, wenn ich etwas will, dann nehme ich es, ungeachtet der Konsequenzen und in diesem Fall gibt es keinerlei Konsequenzen. Also wofür weiter mit leerem Magen meine Zeit verschwenden? Ich sehe ihm noch einmal tief in die Augen und sage ihm ein paar letzte Worte die er auf seinem Flug ins Jenseits verdauen kann. Ein letztes Mal nehme ich Anlauf und schlage seinen verkrampften Körper gegen die Blechwand. Ein Knacken, dann Stille, endlich. Ich atmete aus. Ich schleppe das Frischfleisch ein Stück weiter zur Hafenmauer. Ich reisse ihm das Hemd vom Körper und schlitze vorsichtig den Torso vom Hals bis zum Becken mit meinen Krallen auf. Ich bin kein Fan von Innereien, abgesehen von der Leber und dem Herzen, den Rest an Organen werfe ich in die leisen Wogen des Meeres. Wenn man das tagtäglich macht, entwickelt man außerdem die skurrilsten Techniken. Ich trenne immer zuerst die Hauptschlagader vom Herzen und sauge durch sie das Blut aus dem Körper, wie durch einen Strohhalm. Desweiteren trenne ich die Gliedmaßen ab und esse so viel Muskelfleisch wie mir der Sinn danach steht und zu guter letzt, schlinge ich die Leber, ohne zu kauen, herunter und quetsche das Blut aus dem Herzen in meinen Mund bis ich es am Ende ganz in mich rein stopfe. Nach dem Essen geht es mir immer fantastisch. Ich spüre diese Leere in mir nicht mehr und bin gut gestärkt, obwohl auf dem Speiseplan meistens nur Mensch steht. Ein paar Male hatte ich es auch mit Übermenschlichem versucht, doch danach hatte die Wut und Aggression zu große Macht über mich, also ließ ich das im besten Falle bleiben. Ich stupste die Überreste meiner Mahlzeit an und sie fielen ins Meer. Ebenso stieß ich den Wagen ins Wasser, um Spuren verschwinden zu lassen. Fertig. Josh Nolan starb in dieser Nacht durch unaufgeklärte Umstände, so wird es in der Sterbeanzeige stehen.

Ich machte mich wieder auf den Weg und rannte am Ufer entlang bis zum Liberty State Park. Der Mond schien bereits kühl vom klaren, schwarzen Nachthimmel herab. Nun gab er mir meine Kraft. War es am Tag die Sonne gewesen so ist es bei Nacht der Mond. Schon sehr praktisch, zu jedem Zeitpunkt seine volle Kraft zu besitzen, wäre ich einzig ein Vampir, bliebe mir nur die Nacht, am Tag wäre ich wesentlich verwundbarer. Fast unsichtbar springe ich in das kühle Wasser und schwimme bis zur Freiheitsstatur. Unter ihr hatten sich die Anderen auch schon eingefunden. Noch bin ich keinem aufgefallen, was ich mir zu Nutze mache, um mich still und heimlich an sie heran zu schleichen. Bei dem Versuch, ihre Unterhaltung aufzuschnappen, wussten Aer und Lapis dies geschickt zu verhindern. Also konnte ich mir die Heimlichtuerei auch sparen. Ich betrat die Plattform und auf einmal ruhten alle Blicke auf mir. Ein Jahr lang hatte ich sie nicht gesehen. Für sie müsste das eigentlich nichts gewesen sein solange wie sie bereits existieren aber trotzdem wirkten sie auf einmal schrecklich alt. Seraphim trat aus ihrer Mitte auf mich zu, er sah am ältesten aus. Als ich ihn zum ersten Mal gesehen hatte,

war ich fasziniert von dieser Vollkommenheit, die er ausstrahlte. Seine Haut ist so eben, rein und leuchtend gewesen, nun sieht sie eher matt aus. Leicht angegraut und ich bin sicher, Augenringe zu erahnen. Seine Augen an sich, haben ihren Glanz und Ausdruck verloren, sie sind glasig, ausgelaugt und leer.
„Seraphim, was ist hier los?"
Ich wollte erst ihn beginnen lassen, doch selbst seine Schritte sind so wackelig, dass es wirkt, als würde er vor mir zusammenbrechen.
„Kleine Kathy Jones, war's wirklich nur ein Jahr?"
Er grinste mich an.
„Wen nennst du hier klein? Und Kathy Jones stimmt auch nicht mehr."
Ich grinste zurück, es war tatsächlich etwas tröstend ein paar vertraute Gesichter zu sehen, selbst Seraphim, der Kais Todesurteil ausgesprochen hatte, war mir jetzt angenehm zu sehen.
„Stimmt, klein bist du nicht mehr, jetzt bist du erwachsen, Kathy. Wie fühlt sich das Leben an?"
„Mein Name ist Kathrin."
Sagte ich nun mit etwas ernsterem Ton.
„Oh pardon…"
Er hebt die Hände, wartet aber immer noch auf eine Antwort.
„Das Leben ist wie es ist."
„Das Leben schon, wie ist deines? Wie fühlt es sich an, neues Blut in den Adern zu haben und zu wissen, dass niemand die Kraft hat, es dir zu stehlen?"
Ist das Stolz oder Neid den ich bei ihm sehe? Vielleicht auch einfach Neugier. Aber ich gebe zu,

er hat recht, es ist ein anderes Gefühl, es sind viele Gefühle zugleich.
„Was willst du von mir hören, Seraphim? Das ich dankbar bin für das, was in der Höhle vor einem Jahr geschah? Das ich jeden Moment genieße und nun voller Ehrgeiz bin, die Welt aus der Asche zu heben und in ein neues Zeitalter zu führen?"
„Kathrin."
Mischt sich Moana ein, aber ich schneide ihr gleich das Wort ab.
„Nein, Moana, ihr habt für mich entschieden. Ihr habt Entscheidungen getroffen, die mein ganzes Leben verändert haben und ich war nur mit einer Einzigen einverstanden. Ihr solltet mich verwandeln nichts anderes!"
Zische ich aus zusammengepressten Zähnen hervor. Was bilden die sich eigentlich ein? Wofür bin ich hier? Für eine nette Runde plaudern zwischen alten Bekannten?
„Kathrin, all unsere Taten waren in deinem Interesse."
Lutecia macht einen Schritt auf mich zu und wie ein Déjà-vu erkannte ich ihre mechanische Art endlich wieder, am Morgen des fünften Oktobers vergangenen Jahres war sie die seltsame Frau in der Eiswüste gewesen. Wieso hatte ich sie in der ganzen Zeit nie erkannt? Diese ganze Situation, die Fragenstellerei und das Offenbaren von offensichtlichen Tatsachen warf mich dreizehn Monate in der Zeit zurück, als wäre ich tatsächlich wieder die kleine Kathy Jones die ein Puzzel für Dreijährige erfolgreich zusammen gesetzt hat. Wie erbärmlich ich mir vorkomme und ohne es zu

bemerken, starre ich Lutecia auch noch an wie eine Dreijährige.
„Alles in Ordnung?"
„Ja."
Ich schüttele den Tagtraum von mir ab und erinnere mich wieder an das Gespräch, das wir gerade führten.
„Ich sehe das aber etwas anders, nur die Wandelung an sich war in meinem Interesse, sonst nichts von dem allen!"
„Schluss damit! Das ist nicht der Grund für dieses zusammentreffen."
Unterbricht Velnias meinen kleinen Anfall von Wut, zum Glück.
„Was dann? Und was ist mit euch los? Sollten die ersten 10 nicht strahlen wie…"
Jetzt erst bemerke ich den Fehler in diesem Bild.
„Ihr seid nur acht… Warum seid ihr nur acht? Wo sind die andern Beiden? Wo sind die Menschen, Adames und, Evemia?!"
„Beruhige dich Kathrin. Du hast den Brief doch empfangen. Nun, die Beiden waren mit uns nicht ganz einer Meinung."
„Wieso sollten sie auch, Seraphim? Dieses *Vorhaben* ist Schwachsinn und ich habe nicht den kleinsten Funken Interesse, euch zu unterstützen oder sogar anzuführen."
Weit aufgerissene Augen antworten mir.
„Was soll das heißen?!"
Faucht Lutecia mich an.
„Das erkläre ich dir liebend gern"
Ich riss ebenfalls die nun rot gefärbten Augen auf und trat ganz nah an sie heran.

„Hör mir nun genau zu, ich – werde – euch – nicht – helfen! Deutlich genug?"
„Was bildest du dir ein, wer du…"
„Wer ich bin?! Was für eine dämliche Frage! Ich bin das, was ihr aus mir gemacht habt! Ich bin die Nachfahrin eures Schöpfers, also zeig gefälligst ein bisschen Respekt oder ich prügel ihn dir ein!"
Zorn. Wut. Hass.
Diese Gefühle brechen nun aus mir heraus aber ich behalte die Kontrolle. Einigermaßen.
„Ich glaube, damit hat sich euer Anlass für dieses Treffen in Luft aufgelöst, kann ich dann gehen?"
„Nein, warte, Kathrin. Du musst uns anführen."
Ich habe mich bereits umgedreht aber Seraphims Annahme, ich wäre ihnen zu irgendwas verpflichtet, lässt mich wieder kehrt machen.
„Na, was du nicht sagst! Ich *muss* das also tun. Und sollte ich mich weigern, was passiert dann?"
Ich gehe langsam und drohend auf ihn zu.
„Was passiert dann, hm? Was? Werde ich dann euren Zorn zu spüren bekommen? Werdet ihr mich einsperren oder foltern bis ich kooperiere? Nein, ich denke nicht."
„Kathrin es ist deine Pflicht und deine Aufgabe uns…"
Ich denke gar nicht daran, ihn ausreden zu lassen, dadurch würde er sich nur respektiert fühlen, aber dies tue ich garantiert nicht. Also beginne ich meine Antwort mit einem abschätzigen Gelächter
„Meine Pflicht? Sag bloß, das ist also der Sinn meines Lebens…"
Ich setzte einen grübelnden Blick auf.
„Wow, ein weiteres Mysterium, das ihr für mich geklärt habt, wo wäre ich bloß ohne euch?"

Nun wende ich mich an alle und spüre bereits wie die Wut anfängt, in ihnen hoch zu kochen und genieße es.
„Ach stimmt ja, ich vergaß… ICH BRAUCHE EUCH NICHT! Ihr seid nur ein lästiges Anhängsel meiner versauten Vergangenheit, hinzufügen darf ich, dass ihr diejenigen wart, die sie versaut haben! IHR habt meine Freunde angegriffen, IHR habt zugelassen, dass ich außer Kontrolle gerate, IHR habt euch einen Dreck um meinen Kummer geschert, obwohl es nur EUER Verschulden war! Nein, ich schulde euch nichts, IHR seid nichts!" Fauchte ich sie an und bleckte die Zähne.
Vor Entsetzen aufgerissene Augen sehen mich an. Keiner traut sich auch nur ein Wort zu sagen, obwohl ihnen die Wut ins Gesicht geschrieben steht.
„Ich denke, das war's dann."
Ich drehe mich erneut um und nach einem so leisen Getuschel, das nicht mal meine Ohren es verstehen können, spüre ich auf einmal wie zwei lange Zähne sich in mein Genick rammen und stahlharte Krallen sich in meine Rippen bohren. Man wirft mich um und ich liege auf dem nasskalten Boden. Auf einmal sehe ich einen Tropfen meines schwarzen Blutes, der auf den Boden neben mir fällt. Sie hatten die Dummdreistigkeit mein Blut zu vergießen? Dann mussten sie auch dafür bezahlen, und ein einziger Tropfen ist bereits teurer als der Wert der Existenz eines Einzelnen von ihnen. Ich zählte acht Tropfen bevor ich mich losriss. Seraphim saß auf meinem Rücken, er hatte nicht die kleinste Chance. Ich warf ihn zu Boden und stellte mich mit einem Fuß

auf seine Kehle. Meinen Blick lasse ich durch die Runde wandern. Sie alle wussten, dass diese Entscheidung eindeutig die Falsche gewesen war. Doch was sie nicht ahnen können, wie auch, ist, dass ich gerade im Moment gegen meinen größten Feind kämpfe, mich selbst. Seele und Körper sind nicht nur durch einen Knoten miteinander verbunden, bei mir sind sie bereits verschmolzen zu einem, da meine Seele sich nie vom Körper trennen darf, sonst wäre ich nicht unsterblich. Aber manchmal, wie jetzt gerade, hintergeht mein Körper die Seele. Er blendet sie so, dass ich mich nicht mehr unter Kontrolle habe. Ein zutiefst erschütterndes Gefühl, nicht zu wissen wer dich steuert. Ob du dein eigener Herr bist oder ob du gleich schon aufwachst und hinter dir nur einen blutverschmierten Weg findest. Lange Zeit musste ich diesen Kampf nicht mehr austragen, doch im Moment bin ich nicht im Einklang mit mir selbst. Ich versuche bloß nicht zu zeigen, wie sehr ich mich anstrenge, diesen Kampf zu gewinnen, auch wenn es im Moment schlecht für mich aussieht. Ich muss es einfach schaffen mich zu besiegen, sonst würde die Insel zu einem Schlachtfeld werden. Aber ihnen raten, zu verschwinden, geht auch nicht. Ich kann nicht gleichzeitig sprechen wenn ich all meine Konzentration auf das Bewusstsein lenken muss. Sie würden den Braten riechen und mich eintüten und mitnehmen, wahrscheinlich dann einsperren bis ich kooperiere. Ich bin es so satt, allen immer alles recht zu machen, wie schwer soll es denn sein, mich mein Leben leben zu lassen? Bisher hat das ja auch ausgezeichnet funktioniert - jedenfalls seit keiner mehr darin herumpfuscht. Es reicht. Ich habe keine Lust, das Bewusstsein zu verlieren, nur weil irgendwelche Möchtegerngötter mich in Rage versetzen mit ihren wahnwitzigen Vorstellungen, die Welt von den Menschen rein zu waschen. Der Zirkel wäre kein Zirkel mehr, die Natur, völlig aus dem Gleichgewicht. Das ist meine Meinung. Muss ich sie erst foltern, damit sie es verstehen? Aber meine Gedanken sind heute einfach zu unsolide, und deshalb bricht meine Mauer auch zusammen...

$$\Omega$$

Ich kann nur beten, alles andere wäre ein unverzeihlicher Fehler, für den wir alle büßen müssten. Ich bete zu Rhiamon, das hab ich lange nicht mehr gemacht aber es kommt nur selten vor, dass jemand kurz davor ist meine große Liebe zu töten. Ich halte trotzdem jede Träne zurück. Wenn sie ihm auch nur ein Haar krümmt... Ich werde sie töten, dieses untreue Biest. Sie steht schon eine Weile nur so da und presst ihren Fuß auf Seraphims Hals. Das Bedürfnis, zu ihm zu rennen und ihm auf zu helfen ist unerträglich, doch ich habe es mir antrainiert, meine Gefühle nie offen zu zeigen. Es ist besser so, wie eine Maschine ohne Mimik da zu stehen, als sich schwach und verletzlich zu zeigen. Aber ich male mir bereits aus, wie ich ihr die ach so heiligen Eingeweide herausrupfe und an die anderen Therianthropen verfüttere.
„Kathrin... tu nichts, was du später bereuen wirst."

Moana versuchte ihr gut zu zureden, aber es wirkt als wäre sie geistig total weggetreten. Es ist trotzdem zu riskant, sich auf sie zu stürzen und sie zu Boden zu drücken, bevor Seraphim und alle anderen in Sicherheit sind. Ob ich es könnte, ist nicht die Frage, sondern ob es besonders klug und dazu auch effektiv wäre. Warum holte Lunea sie nicht mit ihrem Feuer von Seraphim weg? Auch wenn sie keinen Grund hat unserer Rasse zu helfen, er ist wichtig für den Zirkel, jetzt wo es Adames und Evemia darin nichtmehr gibt. Plötzlich war da eine Bewegung: Ihr Auge. In ihrem Auge schien sich eine andere Farbe auszubreiten. Ein leuchtendhelles Weiß, wie ein Scheinwerfer strahlt es. Und wir hören ein seltsames Geräusch, als würde sie würgen. Kurz darauf spuckt sie liter weise Blut aus und läßt es über Seraphim laufen. Erst verstand ich das alles gar nicht, aber er unterbrach meinen Denkprozess auch sofort mit seinem lauten Geschrei. Das dunkelrote dicke Blut zischte bei der Berührung seiner Haut und schien sie zu verätzen. Kathrin sieht uns an. Sie lacht….
„Gewonnen…"
Flüstert sie und tritt so stark mit ihrem Fuß auf seinen Brustkorb, dass fast all seine Rippen laut brechen und sich durch die Haut stoßen. Er schrie so laut vor Qual und sie, sie latschte über seinen Körper wie über eine Fußmatte.
„Wer will als Nächster?"
Ihr Blick funkelt wild in die Runde und ich bin mir sicher, dass das gerade garantiert kein Scherz ist. Sie meint das bitter ernst und suchte ihr nächstes Opfer. Aber obgleich ich Angst um mein

eigenes Leben habe kann ich mich nicht aus dem Staub machen, ich muss auf Seraphim Acht geben. Sein Körper war gerade dabei sich wieder zusammenzubauen, ihn mit zu nehmen stand noch nicht zur Debatte. Und wäre ich weg, würde sie mich entweder abfangen oder ihren Frust an Seraphim auslassen. Mein Herz lässt mir keine Wahl. Ich bleibe. Alle reden ruhig auf Kathrin ein und wollen sie besänftigen, nichts zu tun was sie später bereuen würde, aber sie würde nichts bereuen denn Reue war ein Gefühl, das sie nicht mehr besitzt. Ich habe es ihr genommen, ich habe ihren Anker genommen, weshalb sie zu Recht nun mich ansah. Sie starrt förmlich und ich halte ihrem Blick stand. Sie will Rache, deshalb Seraphim. Sie will Tod, deshalb ich. Wir waren zwar kein Äquivalent zu ihnen, aber ein paar Parallelen gibt es schon, das lässt sich nicht leugnen. Ich bin bereit, die Strafe für mein Handeln allein zu tragen, aber nicht Seraphim. Er ist der Letzte gewesen, der dem Jungen dieses Schicksal gewünscht hätte. Tragisch die Geschichte, aber was nun geschieht ist ein ebenso tragisches Ereignis, als eine, im Grunde erschütternde, Erkenntnis für jeden von uns. Was hatten wir aus dem süßen Mädchen nur gemacht?

Dienstag der 12.11.2014 - Manhattan
6.40 am: Mein Wecker klingelt, draußen ist es noch stockfinster. Ich überlege kurz, ob ich mich nicht doch krank stelle, Dienstage mag ich

schließlich noch weniger als Montage. Sie sind viel zu lang und anstrengend.

7.15 am: Ich bin tatsächlich aufgestanden, nicht zu fassen, aber den Klassenausflug verpassen, wollte ich doch nicht, lieber stelle ich mich nächsten Dienstag krank dann lohnt es sich mehr. Frühstück.

7.30 am: Ich renne zum Bus und erwische ihn nur knapp.

7.45 am: Ich komme an der Schule an, der Bus war zu langsam, ich bin zu spät. Renne durch die Flure zu meiner Klasse.

8.15 am: Ich hab die Mathehausaufgaben vergessen und schreibe sie in der Pause schnell von Nadja ab.

9.00 am: Ich bin klüger als mein Lehrer, keiner hat gemerkt, dass ich keine Ahnung hab, was ich da vorlese, als es um die Hausaufgabenbesprechung geht und, sieh mal einer an, mein Lehrer schreibt sich ein „A-" auf. Bisher läuft der Tag recht gut für einen Dienstag.

11.00 am: Pause, meine Freund und ich rutschen mit den Teppichen aus dem Kunstraum die Flure entlang. Fast wurden wir erwischt aber solange wir schneller als die Lehrer sind, ist nichts zu befürchten.

11.15 am: Ups… Rick ist in einen Tisch mit Farben gerammt. Ihm geht's gut aber der ganze Flur ist bunt und wir wurden geschnappt, von der schlimmsten Lehrerin der Schule. Aber für den Spaß hat es sich gelohnt.

11.30 am: Sitzen alle zusammen beim Rektor aber weniger Erdkunde Unterricht, selbst diese Situation hat eine positive Seite.

11.45 am: Strafe – vier Wochen Kunstraum putzen, was soll´s, das war's wert.
1.00 pm: Mittags Pause, nicht mehr lange, dann fahren wir. Aber jetzt muss ich erstmal Nachhilfe geben.
1:30 pm: Fertig mit Nachhilfe, fühlt sich immer gut an, Geld zu verdienen und das nur, indem man Anfängern erklärt, wie man dreimal drei rechnet.
2:00 pm: Sport. Thema – tanzen. Ich bin immer nervös in Sport aber heute hab ich ausnahmsweise keinen Vollidioten als Partner bekommen, sondern James. Er ist absolut das Gegenteil eines Idioten, wahrscheinlich bin ich sogar ein bisschen verknallt in ihn.
4.00 pm: Sport Unterricht zu Ende. Mit James kann man toll tanzen und er riecht so gut, nicht wie die bisherigen wandelnden Misserfolge die ständig mit ihrem widerlich stinkenden Mundgeruch in mein Gesicht hauchen. Kann der Tag besser werden? Gute Idee, gekommen zu sein.
4:30 pm: Alle sitzen im Bus. Ich bin die Letzte. Hoffentlich bekomm ich noch einen Platz.
4:35 pm: Meine Freunde haben mir einen Platz frei gehalten, oder eher gesagt, James hat mir einen neben sich frei gehalten.
5:45 pm: Überall Stau und plötzlich müssen wir auch noch anhalten.
6:00 pm: Lexys Eltern haben bei der Lehrerin angerufen. Allem Anschein nach, hat ein Matrose, von seinem Schiff aus, gesehen, wie jemand ihren Bruder tötete. Die Polizei habe danach seinen Körper – was noch davon übrig war - und das Taxi, indem er arbeitet, geborgen. Die Arme wurde direkt von ihrer Familie abgeholt. Sie ist

meine beste Freundin, deshalb erzählte man es auch mir als seelische Unterstützung oder so. Ich mochte ihren Bruder, er war immer nett zu mir. Schade um ihn.

7:00 pm: Kaum zu fassen, dass wir eine Stunde bis zur Fähre gebraucht haben, dabei ist der Weg gar nicht so weit, freue mich schon auf die stundenlange Heimfahrt.

7:25 pm: Lexys Eltern rufen mich an. Sie wollte ihren Bruder ein letztes Mal sehen. Nachdem sie den völlig verunstalteten Leichtnahm gesehen hatte, nahm sie sich das Leben, vor den Augen ihrer Eltern mit einem Skalpell des Pathologen. Nach dem Stich mitten ins Herz ist sie schneller verblutet als ein Krankenwagen fahren kann. Ihre Eltern hörten sich gar nicht wirklich anwesend an, innerlich tot. Trotzdem bin ich froh aufgestanden zu sein, so konnte ich mit Lexy einen letzten schönen Tag verbringen. Sie wird mir so schrecklich fehlen.

7:30 pm: Die Fähre dockt auf Liberty Island an. Ich stehe auf der anderen Seite, am Bug allein, um zu trauern. Das alles wirkt so surreal. Ich gehe Richtung Steg, aber da rennt mir schon Jennifer in die Arme…

„Renn! Lauf! Es kommt! Ich will nicht sterben! Ich will nicht sterben!"
Heult sie, aber ich verstehe gar nicht, was los ist. Wir hören Schreie und Jennifer rennt wimmernd weiter bis sie schließlich über die Reling springt. Jemand anders springt ebenfalls ins Wasser und taucht ab. Es ist schon so dunkel, dass ich kaum etwas erkenne. Plötzlich sehe ich im

Scheinwerferlicht Jennifer strampeln. Ich renne wieder an die Reling, aber bevor ich etwas rufen kann, zieht sie etwas unter Wasser. Blasen steigen auf und schließlich, ein Bein, ein Arm, ein Büschel Haare und Blut. Aber nicht lange. Langsam sinkt alles schließlich wieder in die Tiefe. Ich kann meinen Augen nicht trauen und renne zur Luke. Ich stehe in einer Pfütze, aus Blut und Innereien. Ich mache noch einen Schritt und rutsche auf etwas aus. Mein Kopf landet weich auf dem zerstückelten Körper unserer Lehrerin. Ich mache mir einen Gesamtüberblick, alle sind tot. Ich starre rüber nach Liberty Island. Dort steht eine Horde Leute. Aber bei näherer Betrachtung, sind das wahrscheinlich doch keine Menschen oder sie sind vielleicht einfach gut verkleidet. Kurz halte ich das tatsächlich für eine geschmacklose Vorstellung um mich rein zu legen, aber, eindeutig, vor mir liegt James Kopf. Aus Fleisch und Blut, abgetrennt vom Körper. Ich bin anscheinend die letzte Überlebende.
„Versteck dich! Schnell, Kleine!"
Zischt mir eine schlanke Frau mit schneeweißen Haaren zu, sie hilft gerade einem jungen Mann auf die Beine, aber ich nehme ihre Worte ernst. Ich renne in die Kapitänskabine, der Kapitän ist auch bereits tot. Sein Kopf liegt auf dem Kompass und sein Körper ist in das Lenkrad geknotet. Es muss ihm jeden Knochen gebrochen haben, um solch einen Knoten hin zu bekommen. Ich renne eine Treppe hinab in den Maschinenraum. Die Motoren rattern und auf einmal höre ich, wie sich quietschend die Tür öffnet. Mein Herz macht einen Aussetzer und ich bin kurzzeitig gelähmt

vor Angst. In meinem Hals ist ein solcher Klos, das ich nicht mehr schlucken kann. Zitternd setze ich mich hinter den riesigen Motor und vergrabe mich unter einem Berg aus Kabeln. Klackernd kommt etwas die Treppe herunter.
„Hallo? Ist hier wer?"
Ich luge zwischen den Kabeln her. Eine schlanke Frau mit langem, schwarzen Haar hat mir den Rücken zugekehrt und sieht sich auf der anderen Seite des Raumes um. Sie flüstert erneut.
„Ich bin Police Officer Price… Ist hier nicht ein einziger Überlebender?"
Mein Herz macht einen Satz, auch wenn ich es seltsam finde, dass eine Polizistin ganz alleine nach Überlebenden sucht. Ich streife die Kabel von mir ab und komme hinter dem Motor hervor.
„Doch ich."
Sie bleibt wie vereist stehen und blickt erst nur über die Schulter. Dann dreht sie sich um. Meine Augen werden groß ich fasse nicht was ich da sehe. Das ist eine junge Frau nur wenige Jahre älter als ich. An ihrem Mund, als auch an ihrem Hals läuft das Blut in vielen Rinnsalen hinab und tropft auf ihr Shirt.
„Was aber… Nein!"
Schreie ich Fassungslos wärend ihre Augenfarbe auf einmal von goldenbraun auf weiß umschlägt.
„Irgendwelche letzten Worte?"
Ich höre gar nicht was sie sagt aus mir platzt nur heraus:
„Was hat man mit dir bloß gemacht?"
Das Lachen weicht plötzlich aus ihrem Gesicht, es ist nun völlig leer.

„Wieso fragst du das? Willst du nicht um dein Leben betteln?"
„Würde das denn etwas bringen?"
Meine Worte kommen Reflexartig aus meinem Mund, ich kann nicht glauben wie mutig ich mich ihr gerade gegenüber stelle.
„Nein… aber ich würde es genießen können."
„Wieso? Kannst du das töten sonst nicht genießen?"
Sie verzieht das Gesicht bei dem Wort *töten*. Ihre Pupillen sind nun klein, sie scheinen bisher riesig gewesen zu sein, aber nun sieht sie mich genau an. Ich fasse immer mehr Mut, wenn es schon zu Ende geht, dann würdevoll.
„Ich weiß nicht."
„Hast du nie jemanden getötet der nicht um sein Leben gefleht hat."
Sie verzieht das Gesicht, als würde sie weinen, aber keine Träne verlässt ihre Augen.
„Doch, er war mein bester Freund. Und er hat mir verziehen bevor ich es getan habe, er wusste, dass es sein musste."
Auf einmal sehe ich dort nur noch eine Porzellanpuppe vor mir, in der milliarden Risse sind.
„Warum musst du denn töten?"
„Es gibt Dinge die nur die Toten verstehen können. Denk gleich nicht zu schlecht von mir."
Sie geht auf mich zu und sieht mir tief in die Augen. Sie legt die Arme behutsam um mich und reißt mir durch den Rücken das Herz heraus. Ich schreie nicht. Ich verziehe keine Miene. Ich spüre keinen Hass, nur Mitleid. Sie war so stark und

innerlich doch so schwach und sie hat recht. Nun weiß ich wer sie ist. Und ich weiß wer ich war.

Claire Wayne
6.7.1999 - 12.11.2014 ✝

Ω

Regen. Der Himmel weint und seine Tränen waschen die Erde rein von dem Blut und den Überresten der Gefallenen. Ich stehe in Mitten eines Kreises erschrockener Gesichter.
„Erklärt mir eins, wenn ihr nicht den Tod einer Hand voll Schüler sehen konntet, wie wollt ihr dann eine ganze Weltbevölkerung ausrotten?" Seraphim senkt den Blick.
„Wir hätten es nur zweimal tun müssen."
„Das Resultat wäre das gleiche gewesen. Schlagt Adames den Kopf ab und seht durch die Straßen, egal welcher Stadt, ihr werdet millionen kopfloser Männer finden. Erstecht Evemia und alle Frauen werden erstochen da liegen. Das Blut wird an euren Händen kleben auch wenn ihr dafür nicht jeden einzeln töten müsstet."
„Trotz allem wäre die Welt besser dran ohne sie!" Ich stelle mich Aer gegenüber und blicke sie nur an. Ich wechsele die Gestalt und schlüpfe in meinen Seelenkörper. Er sieht lange nicht mehr so aus wie früher, denn je mehr Kreaturen ich das Leben nehme desto mehr Blut klebt an mir. Es ist bereits so viel, das meine Kleidung davon tropft und große Pfützen auf dem Boden hinterlässt. Deshalb nehme ich diese Gestalt nur noch teilweise an. Ich kann schließlich alle

Eigenschaften kombinieren, wofür also an nur ein Paket gebunden sein?
„Was weißt du schon von der Welt? Dein Bereich ist die Nachwelt, Aer, vergiss das bloß nicht, sonst werde ich mich dazu gezwungen fühlen, dich daran zu erinnern. Glaub mir, danach wirst du es garantiert nie mehr vergessen."
Fauchte ich sie aus meinem pechschwarzen Mund an und legte die Hand an ihren Hals. Meine Berührung fügte den Seelen Schmerzen zu, wenn ich das wollte. Sehr praktisch, diese Eigenschaft.
„War das deutlich?"
„Ja…"
Knurrt sie.
„Na dann ist ja gut."
Ich lasse ab von ihr und stelle mich wieder in die Mitte des Kreises.
„Ich will die unverzügliche Freilassung von den Menschen Adames und Evemia. Sollte jemand Einwende haben, so möge er die Hand heben, damit ich sie ihm abhacken kann."
Ich sehe mich mit aufgerissenen Augen um.
„Niemand was dagegen? Schade, aber dann können wir ja jetzt zu ihnen, nicht wahr?"
„Du willst mitkommen?"
Fragte Lunea.
„Wäre das ein Problem für dich?"
„Nein, aber das ist nicht nötig, du hast ja sicherlich besseres zu tun."
„Pah, und wie ich besseres zu tun habe als euch Kretins zu beaufsichtigen, aber wer weiß, auf welche Weltherrschaftspläne ihr noch kommt, wenn ich nicht dabei bin."

Ich sehe Seraphim an und warte ein paar Sekunden.
„Was ist, gehen wir nun oder wollt ihr noch weiter die Leichen bewundern?"
Anscheinend nicht. Seraphim führt und die Gruppe folgt mit mir als Schlusslicht. Irgendwann wird es Krieg geben aber den würde ich gewinnen. Keine Mauer, keine Kette, nichts kann mich stoppen.

~Die Wärme der Kälte~

Eine Nacht braucht es bis sie mich an den Ort brachten wo die Beiden gefangen waren. Dieser Ort ist mir mehr als bekannt. Wir stehen vor dem Eingang zur Höhle auf Sao Tomé. Ein Getuschel lag bereits auf der Strecke quer durch den Atlantik in der Luft und als ich drauf und dran war die Höhle zu betreten, stellt sich Seraphim mir in den Weg.
„Kathrin, kann ich mit dir reden, bevor wir da hinein gehen?"
Ich gehe mit ihm zwei Schritte von der Gruppe weg, doch da bemerke ich wie der Rest sich in die Höhle verziehen will.
„Stopp!"
Sie drehen sich um.
„Wo soll's denn hin gehen?"
„In die Höhle, du kommst doch gleich nach."
Stammelt Lutecia.
Ich schlitze die Augen
„Macht noch einen Schritt in Richtung Höhle ohne mich und ihr werdet nichts mehr haben, womit man Schritte macht."
„Wow, Kathrin ganz ruhig. Die heiße Luft bekommt uns Therianthropen nicht, lass wenigstens Lutecia gehen, ich halte dich auch nur für zwei Minuten auf."
„Dann kann sie die zwei Minuten ja noch warten, außerdem werde ich die Erste sein die diese Höhle betritt."
„Nein!"

Schießt es anscheinend viel zu harsch aus Moana heraus. Sie presst ihre Hände auf den Mund. Ich wende mich von Seraphim ab und gehe auf sie zu.
„Und warum nicht, Moana? Was ist da drin?"
Sie blickt Hilfe suchend zu ihren Gefährten.
„Moana, WAS – IST – DA – DRIN?!"
Immer noch keine Antwort. Ich sehe mich um und gehe auf die schwere Steinwand zu, den zweiten Eingang der Höhle. Ich schiebe sie zur Seite und gehe über den schmalen Steg in die Mitte des Zirkels. An dem zerbrochenen Sockel bleibe ich stehen und mein Blick fällt sofort auf die Wiese in deren Mitte Adames und Evemia an zwei Pfähle gebunden sind. Sie sind blau und grün geschlagen, aber auch tiefe Schnitte prägen ihre sonst so nahezu perfekten Körper. Wie mich dieser Zirkel von Bastarden anekelt, sie peinigen und schlagen zwei Führer einer Spezies obwohl sie bereits am Boden liegen. Sie haben keine Scham mehr und treten umso fester zu. Widerlich. Ich knote sie ab vom Pfahl und drohe den Anderen, bloß draußen zu bleiben und sich nicht zu wagen, einen einzelnen Fuß hinein zu setzen. Aber plötzlich, als ich die Beiden los gebunden hatte höre ich ein leises Wimmern und Stöhnen. Ich drehe mich zum Fünftel der Vampire. Ein Galgen stand dort und am Hals aufgehangen baumelt dort eine Kreatur die mir erschreckend bekannt ist.

Meine Brust schmerzte und jeder Muskel fühlte sich versteinert an. Mich überkam die Angst, hier schon wochenlang gelegen zu haben. Ich riss die Augen auf. Alles war so hell und bunt und klar, als hätte ich bisher

die Welt nur verschwommen gesehen. Jeden Riss im Felsen, auch wenn er Millimeter klein und Meter entfernt war, ich erkannte ihn gestochen scharf. Ich verschaffte mir einen Überblick. Nach wie vor lag ich in der Höhle, der Diamant neben mir. Aber alle Anderen waren weg. Ich sah mich um, die Fünftel waren leer. Erschrocken sah ich auf den Weg. Jackson war auch weg. Ich war ganz allein. Auch wenn das nicht möglich war, wurde es mir auf einmal bitterkalt. Warum hatten sie mich zurück gelassen und wo waren sie hin? Hatten sie die Insel schon verlassen? Ich ging um die Säule herum und entdeckte beim Aufstehen einen Brief unter mir. Ich hob ihn auf. Es war ein schwarzer Brief, mit weißem Siegel und weißem Stift beschrieben. Kathy Jones stand auf dem Umschlag.
Ich zerbrach das Siegel und zog ein Stück schwarzes Papier heraus. Nichts stand dort. Ich drehte ihn und wischte darüber. Da verschwamm das Schwarz und ein paar weiße Flecken tauchten auf, die sich langsam zu Buchstaben zusammenzogen. Der Brief konnte nur von ihm sein, von Jackson.
Kathy..

Ich weiß, es ist sehr ungehobelt, jemandem solch eine Nachricht nicht auf persönlichem Wege zu übermitteln, aber mein Leben ist mir zu kostbar, als dass ich es deshalb gefährden möchte.
Die Zeit, die ich mit dir verbracht habe war wirklich nett, jedoch hatte sie von Anfang an eine Frist und die ist hiermit beendet. Du gehörst nicht meiner Spezies an und wir beide wissen, dass ich in deiner Gegenwart nicht sicher bin. Du hast nun ein eigenes, unendliches Leben und nachdem Lutecia mir klar gemacht hat, in

wie Fern du dich nun veränderst, halte ich es für das Beste, wenn mein Part darin beendet ist.
Denk nicht zu schlecht von mir.
Jackson.

Ich begriff erst, als ich seinen Namen las, dass dies kein Scherz war. Es ist nie einer gewesen, es war sein Job. Es war nicht echt, alles eine Lüge. Ich war tatsächlich ganz allein. Er hatte mit 113 Wörtern sämtliches Leben und sämtliche Liebe aus mir heraus gesaugt und verbrannt. Meine Hülle war nur noch gefüllt mit Hass, Trauer und Tod. Ich war so wütend und hatte eine solche Kraft in mir, dass ich den dämlichen Sockel in mitten des Zirkels zerschlug. Lutecia hatte ihm das also erklärt, wie sehr ich mich verändern würde, interessant, so verändert kam ich mir gar nicht vor. Aber sie scheint darüber anscheinend genau Bescheid zu wissen, obwohl so etwas noch nie in der Geschichte vorkam. Ich kam noch nie in der Geschichte vor. Woher will sie ihr Wissen haben?! Dieser Hass, diese Wut über den Verrat, über die Lügerei und die Intrigen. Warum ist mein Leben ein Puzzel, dass nur aus Rändern besteht? Der Drang, es zu füllen, war so groß. Also hoffte ich, auf Liebe bei meiner Familie und meinen Freunden zu stoßen…

Wie eine Rückblende fährt die Erinnerung an den Abend vor meinem inneren Auge vorbei. Ich löse mich aus meiner kurzzeitigen Starre und renne so schnell meine Beine mich tragen.
„Jackson!"
Rufe ich, und das verboten schöne Wesen hebt den Blick an. Ich biss die Kette los an der er hängt und er fällt mir in die Arme.

„Du bist zurück…"
Ich habe mich erst geschämt, so schnell los gerannt zu sein, da er seine Rolle schließlich aus meinem Leben gestrichen hatte. Aber wie ich nun in seinen Armen liege, fühlt es sich nicht so an. Ich schüttle mich los und als ich sein Gesicht sehe, ändert sich schlagartig die Farbe meiner Augen. Die ganze Wut und der Hass, den ich mir im letzten Jahr antrainiert habe, steigen wieder in mir hoch. Er macht einen Schritt zurück.
„Kathy ich bin's…"
„Ich weiß wer du bist, aber du weißt anscheinend nicht wer ich bin!"
„Kathy ich versteh nicht…"
„Na, dann will ich es dir erklären, ich bin nicht deine kleine Kathy, mein Name ist Kathrin und zwar seitdem die *Frist* abgelaufen ist!"
Erst will ich mich umdrehen aber ich bin doch neugierig auf seine Antwort.
„Kathrin ich bitte dich, höre dir die ganze Geschichte an."
Ich will ihn am liebsten wieder an den Galgen hängen, doch die Neugier ist stärker.
„Bitte, was hast du noch zu sagen?"
Sage ich schnippisch.
„Du weißt nicht, wie die Nacht abgelaufen ist, das kannst du nicht, schließlich warst du gerade in der Wandelung…
Ich habe neben dir gekniet und langsam zugesehen, wie dein Geist abgedriftet ist, deine Augen allerdings weit offen geblieben sind und jede Farbe durchlaufen haben. Ich hatte mich an die Anderen gewandt und wollte wissen, wie es nun weiter geht, allerdings hatte ich ganz

vergessen, was für abstoßende Kreaturen unsere *Schöpfer* doch sind. Sie sahen mich als Bedrohung an, einerseits Dank meiner Blutsverwandtschaft mit Seraphim und andererseits durch meinen Einfluss auf dich. Ihr Plan war es von Anfang an, dich von allen Ankern zu lösen. Sie wollten, dass du ein leicht bewegbares Teilchen wirst. Und ich glaube es ist ihnen gelungen…"
Ich sehe leicht beschämt nach unten.
„Jedenfalls haben sie mich von dir weggerissen und Seraphim zog einen leeren Brief aus seiner Tasche, es war einer von meinen, deshalb konnte ich schon ahnen was er vorhatte. Er las uns allen vor, was er geschrieben hatte, allerdings erst nachdem Lutecia kurz die Höhle verlassen hatte, verständlich, oder? Warum er es ihr auch in die Schuhe schieben wollte, weiß ich nicht, aber dann legte er den Brief unter dich, schlug mich und ließ mich erst auf einer Nachbarinsel verhungern, bis du dann Sao Tommé verlassen hast. Danach sperrten sie mich hier ein, ein ganzes Jahr. Ab und zu bekam ich einen Touristen rein geworfen aber sobald ich versuchte, auszubrechen hingen sie mich zur Strafe eine Woche an den Galgen. So wie vor sechs Tagen, da kamen dann auch Evemia und Adames dazu. Ich weiß nicht warum, aber ich hab schon gedacht, dass du bald da sein würdest, um denen mal kräftig in den Arsch zu treten."
Er grinst sein Jackson Grinsen.
„Also war der Brief nicht von dir?"
„Nein. Ich liebe dich nach wie vor… Kathy."
Ich glaube jedes Wort aus seinem Mund und falle ihm um den Hals. Ein wundervolles Gefühl der Vollendung durchflutet meine bislang so leeren

Adern und weckt mich innerlich auf. Er ist mein und ich würde ihn nie mehr loslassen. Mit ihm fühlte sich selbst die Ewigkeit nicht mehr lang genug an. Er küsste mich, hier an diesem wunderschönen als auch bedrohlichen Ort. Ich sehe ihn an, bade in dem wunderschönen Blau seiner strahlenden Augen. Ein einzelnes Jahr ist es her gewesen aber es hatte sich so unglaublich lang angefühlt. Dieses Blau, es war der Ozean in dem ich schwamm und der Himmel in den ich flog. Er ist mein Blut, meine Seele, mein Körper, mein Alles. Wie konnte ich je ohne ihn sein?
Wir verflechten unsere Finger ineinander.
„Wie hab ich ohne dich ein ganzes Jahr nur überstehen können?"
Flüstert er.
„Das wirst du nie mehr müssen, denn ich werde dich nie wieder verlassen, keine Frist, nur die Ewigkeit. Willst du sie mit mir verbringen, auch wenn es nicht immer sicher bei mir ist?"
„Kein Risiko ist mir zu hoch."
„Jackson... Ich liebe dich auch."
Er küsste mich und die Wärme seiner Kälte fuhr wie Stromstöße durch mich durch.
Bis da plötzlich nur noch Kälte war...

Das plätschern von Blut ließ mich in seine Augen sehen. Sie sahen mich an und Tränen flossen aus dem nun vermattendem Blau. Sie rollten über seine Haut wie durch den Schnee. Ich strich über sein Gesicht und hörte, wie er mir zuhauchte.
„Selbst durch den Tod werde ich dich lieben..."
Er sackt zusammen. Ich knie neben ihm nieder. Er streicht mit der Hand über meine Wange.

„Ich bitte dich… verlass mich nicht. Was bin ich ohne dich?"

Er beobachtet die Tränen, die sich aus meinen Augen rollen lassen und mit Jackson geht auch der in Stein gemeißelte Hass aus mir. All die Wut, der Frust und auch der Schmerz sickerten aus meinen Augen. Er nimmt die Last von mir, so wie er es immer getan hat, aber dieses Mal gibt es kein Zurück. Lutecia hat mit ihrer Entscheidung, Jacksons Herz mit der einzigen Waffe die jemanden wie ihn töten kann, beschlossen mir mein fehlendes Puzzelteil zu nehmen. Das laute klirren des Osmium-Pflogs hallte durch die Höhle. Ein so seltenes Metall, und doch hatte ihr Neid es aufgespürt. Ich sehe zu seinem Körper und beobachte, wie sich eine Wolke von dem sterblichen Überrest losreist. Seine Seele ist nun frei und wenn diese Welt ihr Ende findet werde ich wieder bei ihm sein.

Denn dort, wo die Ewigkeit endet, beginnt erst die Zeit danach.

...

Guten Morgen am 7ten Juli
Schon im Bette drängen sich die Ideen zu dir mein
unsterblicher Geliebter, hier und da freudig,
dann wieder traurig, vom Schicksale abwartend, ob
es uns erhört – leben kann ich entweder nur
ganz mit dir oder gar nicht, ja ich habe beschlossen in
der Ferne so lange herum zu irren, bis ich
in deine Arme fliegen kann, und mich ganz heimatlich
bei dir nennen kann, meine Seele von
dir umgeben in's Reich der Geister schicken kann –
ja leider muss es sein – du wirst dich fassen

*umso mehr, da du mein Treuer gegen dich kennst, nie
ein andrer kann mein Herz besitzen, nie –
nie – O Gott warum sich entfernen müssen, was man
so
liebt, und doch ist mein Leben auf Erden.
so wie jetzt ein kümmerliches Leben – Deine Liebe
macht mich zum Glücklichsten und zum
Unglücklichsten zugleich – in meinen Jahren jetzt
bedürfte ich einiger Einförmigkeit, Gleichheit
des Lebens – kann diese bei unserm Verhältnisse
bestehn?
Sei ruhig, nur
durch Ruhiges beschauen unsres Daseins können wir
unsern Zweck zusammen zu leben
erreichen – sei ruhig – liebe mich – heute – gestern –
Welche Sehnsucht mit Tränen nach dir –
dir – dir – mein Leben – mein Alles – leb wohl – o liebe
mich fort – verkenne nie das treuste
Herz deiner Geliebten.
K.
ewig dein
ewig mein
ewig uns.*

Abänderung des „immortal beloved" Letter von
Ludwig van Beethoven

~Danksagung~

Es ist irgendwie komisch eine Danksagung zu schreiben wenn man gar nicht wirklich weiß ob das ganze Projekt Funktionieren wird, denn eigentlich hat dieses Buch als Zeitvertreib angefangen. Es entstand aus einer Mischung verschiedener Stimmungen von vielen verschiedenen Tagen. Ich wurde sozusagen zum Gott einer fiktiven Welt und konnte tun was ich wollte. So kann man gut heraus lesen wann ich wütend, traurig oder glücklich war. Und die Quelle dieser ganzen „Inspiration" waren meine Freunde, im besonderen Michelle, die mich in den ganzen JAHREN, die das Buch gebraucht hat, begleitet hat und mir unbewusst eine Menge Ideen lieferte. Außerdem möchte ich Carina, Gabi, Nils und Lisanne danken, die zum Teil gar nicht wussten das dieses Buch existiert, bis heute. Natürlich möchte ich auch meiner Familie danken und vor allem meiner Mutter die meine Tausenden Rechtschreibfehler berichtigt hat ohne sich allzu oft zu beschweren. Zuletzt danke ich aber vor allem meinen Lesern das sie sich die Zeit nehmen die Geschichte zu erleben die ich über die lange Zeit erschaffen habe.
Vielen Dank euch allen!